全國高等院校古籍整理研究工作委員會資助項目
上海大學211工程第三期項目『轉型期中國的民間文化生態』資助項目
全國古籍整理出版規劃領導小組資助出版

乾嘉詩文名家叢刊

張寅彭 主編

法式善詩文集（上）

張寅彭 主編
劉青山 點校

人民文學出版社

圖書在版編目(CIP)數據

法式善詩文集/劉青山點校. —北京:人民文學出版社,2012
(乾嘉詩文名家叢刊)
ISBN 978-7-02-008974-1

Ⅰ.①法… Ⅱ.①劉… Ⅲ.①古典詩歌—詩集—中國—清代②古典散文—散文集—中國—清代 Ⅳ.①I214.92

中國版本圖書館 CIP 數据核字(2012)第 018630 號

責任編輯 周絢隆 吴柯静
裝幀設計 柳 泉
責任印製 張文芳

出版發行 人民文學出版社
社 址 北京市朝内大街 166 號
郵政編碼 100705
網 址 http://www.rw-cn.com

印 刷 北京新魏印刷厂
經 銷 全國新華書店等

字 數 810 千字
開 本 880 毫米×1230 毫米 1/32
印 張 43.125 插页 4
印 数 1—3000
版 次 2015 年 5 月北京第 1 版
印 次 2015 年 5 月第 1 次印刷

书 号 978-7-02-008974-1
定 价 156.00 圓(全两册)

乾嘉詩文名家叢刊總序

張寅彭

歷史概而言之，就是由時間貫穿起來的人和事件。文學則是用凝聚和刻畫的特有方式來呈現歷史的一種形式。而對於歷史也好文學也好，感受和認識反過來又需要時間。例如唐代文學的價值，就是在當代人和宋明以後人持續的感受中被認識的；宋代文學的特徵，也是在當代人及明清以後人的贊成與反對中逐漸被廓清的。明清文學的被認知歷程自然應該也是如此。惟距今時間尚不遠（尤其是清代文學），故對其面貌和性質的認識，目前仍還處在探究的過程之中，尚未達成如同唐宋文學那樣的共識程度。當然，如從根本上來說，對於文學和歷史的體認，又總是不可能窮盡的，永無停止的那一刻。

此次編纂「乾嘉詩文名家叢刊」，就是嘗試認識清代文學特徵的一次新的努力。

清代文學由於距今較近，較多地受到諸如晚清以來所謂「新學」的影響〔一〕，以及西式生活方式流行等現實因素的干擾，一直並非正常地處於主流研究及普偏閱讀的邊緣。在諸種體例中，小說、戲曲等或以俗文學之故，尚能稍受優待，詩、文等正統樣式則最為新派人士所排擊，如「桐城派」、「同光體」

〔一〕民國以來學者多視清代學術為高峰，文學為小丘。其論最典型和影響最大者，莫如梁啟超《清代學術概論》，其有云：「清代學術在中國學術史上價值極大，清代文藝美術在中國文藝史美術史上價值極微，此吾所敢昌言也。」

等文、詩派別，多被置於負面的地位，誤會至今未能盡去。直至近三十年，對於清代詩文的正面研究，方才漸次開展。

如再就詩、文之體進一步細究之，則清初和晚清兩個時期之作，以能反映家國變故、社會動盪的緣故，其遇又稍優；惟中葉乾隆、嘉慶兩朝，或又以「國家幸」之故，作為文學時期反而最受漠視，詩、文作家能被新派文學觀詮釋的，可謂寥若晨星。故今欲研究有清一代之詩文，宜其從世人相對較為陌生的乾嘉時期入手乎？

乾隆朝歷六十年，嘉慶朝歷二十五年，前後凡八十五年，約占全部清代歷史的三分之一。這是中國傳統社會的最後一個盛世。此後歐西文明長驅直入，中華文明遂不復純粹矣〔二〕。作為文學創作的外在生成環境，這一「傳統盛世殿軍」的特殊性質，使得乾嘉時期文學最後一次從內容趣味到技法形式仍然整體地保持着傳統樣色，其內在所有的發展變化，都仍屬固有範疇內部之事。而在這一點上，詩、文以其正統性，較之其他體例顯示得尤為典型。這個最大的時代社會性質最終投射予文學的影響，不論是積極的還是消極的，無疑都是最值得關注的。它使乾嘉詩文而不是此後的道咸同光文學，平添上文學史最近一塊「化石」的意義。

另一個方面，與此義形同悖論的是：事實上國家的幸與不幸，對文學的好壞又並不具有決定的意義。文學寫作是個人之事，文學作品的價值最終取決於作者個人。詩人的至情至性，無論「幸」與

〔二〕此用余英時之說。見其《試論中國文化的重建問題》等文。

「不幸」，才更關乎作品的成敗。而國家的盛衰與否，反而是退居其次的因素。在現實層面上，國家幸，詩人也可以不幸；而詩人又可能將現實的「不幸」，轉換超越為文學的「幸」，這才是永恆的。這也才可以解釋堪稱中國文學最上品之一的《紅樓夢》何以產生於此一盛世時期的事實。本時期袁枚、汪中、黃景仁等詩家文家的現象，莫不如是。縱覽全清一代詩史，前期的錢謙益、吳偉業、王士禛，以及後期的龔自珍、鄭珍、陳三立，也莫不如是〔二〕。

這一個末期盛世的詩、文作品數量和作者數量，如以迄今容量仍為最大且最具一代整體之觀的詩文總集《晚晴簃詩匯》和《清文匯》為據，作者即已達一千七百餘家之多，詩七千六百餘首，文近二千篇〔三〕，比例占到四分之一以上。而實際的總數目，按照柯愈春《清人詩文集總目提要》的著錄，乾隆朝詩文家達四千二百餘人，詩文集近五千種；嘉慶朝詩文家一千三百八十餘人，詩文集近一千五百種。這是目前最為確切的統計了〔三〕。這個龐大的數量表明其時詩文寫作風氣

〔二〕蔣寅曾提出一個清代最傑出詩人的十人名單：錢謙益、吳偉業、施閏章、屈大均、王士禛、袁枚、趙翼、黃景仁、黎簡、龔自珍（見其《清代文學的特徵、分期及歷史地位》一文，載其《清代文學論稿》）。余則稍有不同：前期牧齋、梅村、漁洋，中期隨園、籜石齋、兩當軒，晚期定庵、巢經巢，末期散原、海藏，亦為十人。說詳另文。

〔三〕徐世昌輯《晚晴簃詩匯》約從卷七十至卷一一二為乾隆時期，錄詩人一千二百餘家，卷一一三至卷一二九為嘉慶時期，錄詩人五百五十餘家。此據正文統計，原目人數標示有誤。又沈粹芬等輯《清文匯》，乙集七十卷錄乾嘉兩朝作者四百八十餘家，文一千九百六十餘篇，今以作者詩、文往往兼善，故不重複統計。

〔三〕參見柯愈春《清人詩文集總目提要》（二〇〇一年北京古籍出版社）。

的普及，應該是不在話下的〔一〕。

普及之餘方有精彩多樣可期。此時論詩有「格調」、「性靈」、「肌理」諸說並起，論文有桐城派創為「義理、考據、辭章」之說，駢文亦重起文、筆之爭，一時蔚為大觀。更有一奇文《乾嘉詩壇點將錄》，將並世近一百五十位詩人月旦論次，分別短長重輕，結為一體，雖語似遊戲，然差可抵作一部當代詩的史綱。此文今署舒位作，實乃其與陳文述等多人討論之作也〔二〕。凡此皆屬未及染上道光以後新習之見識，宜成為現代閱讀及研究的基礎。

本叢書第一輯所選各家，驗之《點將錄》，如畢沅為「玉麒麟盧俊義」，錢載為「智多星吳用」，王昶為「入雲龍公孫勝」，法式善為「神機軍師朱武」，彭兆蓀為「金槍手徐寧」，楊芳燦為「撲天雕李應」，孫原湘為「病尉遲孫立」，王曇為「黑旋風李逵」，郭麐為「浪子燕青」，王文治為「病關索楊雄」，皆為天罡或地煞首座；惟王又曾未入榜，則又可見此文或亦不無疏失矣。

上述十餘位，加上此前已為今人整理者如袁枚（及時雨宋江）、蔣士銓（大刀手關勝）、趙翼（霹靂火秦明）等所謂「三大家」，以及黃景仁（行者武松）、洪亮吉（花和尚魯智深）、舒位（沒羽箭張清）、張問陶（青面獸楊志）等人，庶幾形成一規模，可為今日閱讀研究乾嘉詩文者提供一批基本的文獻。而為避免重複出版，袁枚等遂不再闌入，非未之及也。

〔一〕袁枚《隨園詩話》十六卷，錄詩人近二千家，對當年作詩普及的現象，更有直接的記載。

〔二〕詳見拙文《汪辟疆〈光宣詩壇點將錄〉與晚清民國舊體詩壇》。

整理標準則以點校為主。底本擇善而從，如彭兆蓀《小謨觴館集》取有注本等。無善本者則重編之，如畢沅有詩集無文集，其文則須重輯之；王文治亦無文集，今取其《快雨堂題跋》代之；王曇集別本甚夥，此次不僅諸本互勘，且考訂編年，斟酌補入，彙為一本；諸如此類。同一家之詩、文集，視其篇幅，或合刊，或分刊。各家並附以年譜、評論等資料，用便研讀者參看。其他校勘細則，依各集情形而定，分別弁於各集卷首。

乾嘉時期，詩文名家眾多，至於第二輯的繼續整理出版，則請俟來日。

作於上海大學清民詩文研究中心

前言

法式善(一七五三—一八一三),原名運昌,字開文,號時帆,又號梧門、詩龕、陶廬、小西涯居士,蒙古伍堯氏,内務府正黄旗人。法式善八世祖以軍功從龍入關;高祖官内務府郎中;曾祖六格,官内管領;祖平安,貢生,内務府員外郎。法式善本生父廣順,乾隆庚辰科順天鄉試中式,本生母趙氏;出生一月,即奉祖命過繼給伯父和順,嗣父官圓明園銀庫庫掌,嗣母韓氏。

法式善從小在家族的期待中認真讀書,其《重修族譜序》云:「余祖嘗戒法式善曰:『汝聰明,當讀聖賢書,勿以他途進。』」但隨着祖父罷官,家業中落,加之法式善九歲時,嗣父去世,生活變得十分窘迫,嗣母韓氏只好帶法式善轉食外家。韓氏,正黄旗漢軍人,通經史,工韻語,著有《帶緑草堂詩集》。她對法式善的教育傾注了全部心血,阮元《梧門先生年譜》載:「(法式善)十五歲,太淑人典衣買善本《十三經》及字典諸書。」法式善《先妣韓太淑人行狀》亦云:「無力延師,太淑人以教讀自任。七歲後,太淑人教識字,誦陶詩。……太淑人條誡甚密,一篇不熟,則不命食;一藝不成,則不命寢。太淑人亦未嘗食,未嘗寢也。」這位賢明的嗣母對法式善的成長至關重要。

法式善刻苦攻讀,不負厚望,於乾隆四十四年(一七七九)鄉試中舉,次年又成進士,進入仕途。二十九歲受職檢討,入翰林,充四庫提調;三十一歲官國子監司業;三十三歲官左庶子;三十四歲官翰林院侍講學士；三十六歲轉侍讀學士，充日講起居注官；三十九歲御試翰詹，考列三等，為兵部員外郎行走，補工部員外郎；四十歲，以阿桂薦補左庶子，奉派辦翰林院事，充功臣館提調；四十二歲升國子監祭酒。法式善是較受乾隆帝垂青的，曾多次扈蹕；尤其是乾隆五十年九月，法式善遷左庶子，具摺謝恩，乾隆帝改其名「運昌」為「式善」，「式善」滿洲語意為「黽勉上進」。

嘉慶四年，嘉慶帝親政，下詔求直言。法式善上書言事，卻引起嘉慶帝不滿，此年十二月被免去國子監祭酒，仍賞給編修，在實錄館效力行走。次年，法式善四十八歲，升侍講。四十九歲扈蹕裕陵，充殿試收卷官；五十一歲大考三等，降贊善，旋陞洗馬，充文淵閣校理；五十三歲又官侍講學士；五十五歲，以纂修《宮史》篇頁訛脫，蒙皇上指出，降一級，授庶子；五十六歲充日講起居注官；五十八歲後，家居養病並課子讀書直到去世。

從以上履歷看，法式善是典型的館閣文臣，仕途雖有波折，官至四品即左遷，但一直為京官，生活上較為平靜。他多次參與官修典籍的編撰工作，如：乾隆四十七年即為四庫提調，嘉慶五年開始纂修《宮史》，七年奉校《南熏殿列代帝后像》、《茶葉庫諸名臣像》，考定《輿圖》、《房蘿圖》，薈萃各籍資料，編入《宮史》。嘉慶九年，翰林院院掌朱珪、英和奏請重纂《皇朝詞林典故》，推法式善為總纂。十二年，法式善奏請纂修《文穎》，十三年又奏請總纂《全唐文》。其中，較有名的是《熙朝雅頌集》的編撰：嘉慶六年四月，巡撫鐵保奏請法式善編撰「八旗詩人集」；法式善於嘉慶九年即完成撰錄，進呈閱覽，嘉慶帝賜名為《熙朝雅頌集》。

乾隆三十八年，法式善二十一歲，嗣母韓氏為他定姻傅察氏。由於韓氏次年病卒，法式善丁母憂，傅察氏至乾隆四十二年始來歸。傅察氏於乾隆四十四年八月十九日，生有一女，此為法式善長女，之後無生育。法式善三十三歲時，納妾李氏。李氏於乾隆五十六年五月十一日，生有一女，是為法式善次女；於乾隆五十八年八月初一日，生有一子，即為桂馨；於嘉慶二年十二月二十七日，又生一女，是為法式善幼女。另外，法式善三十九歲時，又納妾劉氏，劉氏無生育。故法式善共有一妻二妾、一子三女。其子出生時，法式善剛午睡，夢見朱衣人攜桂枝至，馨逸一室，故取名「桂馨」。桂馨十九歲即成進士，官中書舍人，卻體弱多病。法式善去世兩年後，桂馨亦病卒。

法式善一生嗜好詩、畫。他在居所築「詩龕」，廣交各地詩人、畫家為友，「主盟壇坫三十年」（《清史稿》），尤喜獎掖後進，提攜寒俊。「詩龕」在當時已一度成為與南方袁枚「隨園」並重的北方詩學活動中心之一。其《朋舊及見錄例言》云：

> 十年聽雨者，謂之朋舊；千里論文者，亦謂之朋舊。如簡齋、山舟、辛楣、禮堂、夢樓、甌北、姬傳諸前輩，竹初、石桐、芷衫、退庵、蘇亭、琴士、柳村、心盦諸君子，始通縑素，繼托心知。又或因其父兄，逮其子弟；或因其弟子，及其先生；若此類者，其詩皆擬錄存。

此書所載朋舊多達七百多人，偏及各地域各詩派。其中詩派的代表詩人如：袁枚為首的性靈派，翁方綱等肌理派詩人，洪亮吉、孫星衍、趙懷玉、呂星垣等常州詩人群，「浙派」後期詩人吳錫麒，「吳中七子」之一王昶，高密詩派的弟子劉大觀，秀水派金德瑛的外孫汪如洋，八旗詩人鐵保、百齡等。

朋舊們常於「詩龕」雅集。如：洪亮吉、吳錫麒、趙懷玉、鮑之鍾四人，由於來往頻頻，被稱為「詩龕四友」。李鑾宣則是「長安過夏二十年，無日不到詩龕前」(《題交遊尺牘後·李石農廉訪》)。吳嵩梁曾在詩龕住過一段時間，法式善常與他寫詩為戲。其中的大型聚會，如：法式善的生子慶賀宴會，與會名士三十餘人，「翁覃溪先生及諸名士賀以詩者百餘人」(《梧門先生年譜》)，可見當時的盛況。

法式善所居京城厚載門(今稱地安門)北，此地為明代李東陽西涯舊址。他考證李東陽所詠「西涯」，即當地積水潭。出於對這位前賢的仰慕，法式善自號「小西涯居士」，於每年六月九日，即李東陽誕生日，招友宴集，以示紀念；又與朋友訪得李東陽墓址，為之贖墓田、修墓祠、寫墓碑文，撰《李文正公年譜》等。

乾隆五十八年(一七九三)，法式善與友朋組成「城南吟社」，他與王芑孫、劉錫五、何道生、張問陶、徐嵩、李如筠、何道沖被稱為「城南八友」。另於癸丑(一七九三)、乙卯(一七九五)、辛酉(一八〇一)年，法式善三次在陶然亭組織已亥同年集會，與會人數「極一時之盛」。

每次雅集，他必請人繪圖作記，如《城南雅集圖》、《陶然亭雅集圖》、《積水潭奉祀圖》、《寒林雅集圖》、《溪橋詩思圖》、《帶綠草堂圖》、《雪窗課讀圖》、《西涯圖》、《梧門圖》、《祭酒圖》、《玉延秋館圖》、《移竹圖》、《槐雨圖》等。其中，法式善徵繪最多的是《詩龕圖》，《詩龕論畫詩》序言即云：「十年以來，為僕圖詩龕者，不下百家。」這些畫友亦多有名，如「揚州八怪」之一羅聘，指畫家瑛寶、朱本等。徵繪之後，他又偏請詩友作題畫詩，每幅圖都有題詩幾首至幾十首。

法式善注意扶植後進，如「三君子」(即王曇、孫原湘、舒位)、「三鳳」(即莫寶齋、劉芙初、王又新)、「三盛」(即盛超然、盛木及盛藕塘)，都是他在國子監任職時，首先發現并加以獎掖的人才。他還關注

那些落魄藝人，如顧鶴慶與婁承澐，曾云：「顧子工畫，婁子工詩，皆困于長安，余為延譽，二子得以成名。」（《病中雜憶》）

法式善是卓有成就的詩人與詩論家，大量的早期詩作雖已散佚，現存的存素堂詩初集、二集、續集、詩龕詠物詩等，仍有三千多首。其詩學觀點，除所著《梧門詩話》外，還散見於他所作的序跋、書信，以及酬唱、感懷、論詩詩中。

法式善論詩本性情說，認為詩歌即是表達詩人性情的，云：「詩者何？性情而已矣！欲知人之性情，必先觀其詩。」（《蔚嵫山房詩序》）又云：「有情乃有詩，此語吾深信。」（《題孫子瀟雙紅豆詞後》）他反對詩歌的唐宋之爭、門戶之爭，而以作品中「性情」的有無、真假來作為衡量詩歌的標準，云：「今之士大夫競言詩，或唐或宋，各執所尚，抗不相下。余曰『詩以道性情已耳。苟能出於性情，勿論唐可，宋亦可也。如其不出於性情，勿論宋非，唐亦非也。』」（《梧門詩話》卷六）又云：「余維詩以道性情，哀樂寄焉，誠偽殊焉。性情真，則語雖質而味有餘；性情不真，則言雖文而理不足。」（《蘭雪堂詩集序》）

當時詩壇盛行「肌理說」與「性靈說」，法式善與翁方綱、袁枚私交甚好，但對翁、袁兩派的弊端均表示不滿。針對袁枚的「性靈說」，法式善云：

隨園論詩，專主性靈。余謂性靈與性情相似，而不同遠甚。門人鮑鴻起文逵辯之尤力，嘗云：「取性情者，發乎情，止乎禮儀，而澤之以風、騷，漢、魏、唐、宋大家。俾情文相生，辭意兼至，以求其合。若易情為靈，凡天事稍優者，類皆枵腹可辦，由是街談俚語，無所不可。蕪穢輕薄，流弊將不可勝言矣。」余深是之。（《梧門詩話》卷七）批判性靈派末流「蕪穢輕薄」等弊端。法式善所言「性情」，規定在封建禮教的範疇，即「發乎情，止乎禮儀」，這與他的儒家理念是相通的。同時，又強調對以往優秀作家作品的學習，「澤之以風、騷，漢、魏、唐、宋大家」。

關於「肌理派」的詩學理論，法式善云：「有學人之詩，有才人之詩。學人之詩，通訓詁、精考據，而性情或不傳。」（《容雅堂詩集序》）認為肌理派詩缺乏真情實感。又云：「盜賊掠人財，尚且有刑辟。何況為通儒，靦顏攘載籍。……兩大景常新，四時境屢易。膠柱與刻舟，一生勤無益。」（《讀洪稚存亮吉編修詩集》其二）批評肌理派在詩作中炫耀學問，類似於盜竊典籍，又固執拘泥，不知變通，不足為訓。

對於以上兩派的弊端，他提出補救方案，云：「詩之為道也，從性靈出者不深之以學問，則其失也纖俗；從學問出者不本之以性情，則其失也龐雜。」（《鮑鴻起野雲集序》）而對性靈派中優秀的作品，法式善是肯定的，且不吝讚賞，曾云：「蘇州陳竹士秀才基詩善寫性靈，而造語精到，無率易之病，是善學隨園者。」（《梧門詩話》卷十三）

法式善對其他流派的長處多持肯定態度，如其云：「浙江有厲樊榭；……江南則鮑步江先生。兩先生所造詣，皆足以自立，而議論各不相下，然余並重之。」（《海門詩鈔序》）又如，他十分欣賞常州詩人洪亮吉，有詩稱曰：「方今稱詩家，不下數十輩。摹古厭拘攣，求新傷破碎。衆長子能賅，是由氣充内。」（《洪稚存編修乞假回里賦贈》）表現出他作為詩壇盟主之一，對各派的包容。他曾言：

譬諸水火焉，水火為生人之大用，相反也，而實相成。人之有待於水火，其用則一而已，寧可以抑揚於其間哉？文章之事，性有所近，弗能相強，歸於自立焉。至其詣境之各殊，不足以相病也。（《海門詩鈔序》）

即表達了他通達的詩學觀。

除強調詩歌需要真情實感外，法式善又提出師法「自然」，云：「所謂不假人工，天趣自足，詢乎淹有其勝。」（《容雅堂詩集序》）並指出創新的重要性：「昔東坡學靖節，而其詩不似靖節；山谷學少陵，而其詩不似少陵。惟其不似也，而東坡、山谷之真始出。」（《鮑鴻起野雲集序》）

法式善的詩歌創作以唐王維、孟浩然、韋應物、柳宗元為宗，上則推崇陶淵明。他在「詩龕」懸掛《詩龕嚮往圖》與《詩龕十二像》，表示其詩學宗尚。其友王芑孫云：「時帆先生稱詩於世，其言詩以唐之王孟韋柳為宗，而上希陶靖節，既以『詩龕』名其室，作詩龕圖，復寫陶公及有唐四公像，而貌己執卷沉吟於其下，謂之《詩龕嚮往圖》。」（王芑孫《法庶子詩龕嚮往圖贊·序》）《詩龕十二像》之「十二像」，依次是陶淵明、李白、杜甫、韓愈、白居易、王維、孟浩然、韋應物、柳宗元、蘇軾、黄庭堅、李東陽。同時，他學習歷代大家的風格，表現出創作的多樣性，云：「余好讀詩，無論漢、魏、六朝、唐、宋、元、明，惟取其是者是之，其非者輒置之。於我朝詩人中，則深嗜漁洋先生。」（《王子文秀才詩序》）故在清代流派中，法式善實際上偏于王士禛的「神韻派」。

法式善的友朋及後人對此有類似評論，如：「清而能腴，刻而不露。咀英陶謝之圃，躡履王孟之堂。」（吳錫麒《存素堂詩初集錄存序》）「其為詩也，巖松林菊，彭澤之憺詞也；海月石華，康樂之逸調也；香茅文杏，摩詰之雅制也；疏雨微雲，襄陽之俊語也。至若春潮帶雨，秋浦生風，則又兼左司之恬適，柳州之疏峭焉。」（楊芳燦《存素堂詩初集錄存序》）「至先生之詩，沖古淡泊，出入於陶謝王孟韋柳之間。」（劉錫五《存素堂詩二集序》）「其詩最工，五字出入陶韋，於漁洋所為三昧者，殆深造而自得之。此外諸體亦各擅勝場，不落窠臼。」（鮑桂星《存素堂詩二集序》）「時帆論詩主漁洋三昧之說，出入王孟韋柳，工為五言。」（徐世昌《晚晴簃詩話》）等。

關於法式善的詩歌風格，大體上亦有定論，如：「為詩質而不癯，清而能綺。」（王昶《湖海詩傳·蒲褐山房詩話》）「五言多王孟門庭中語，清遠絕俗。」（陸元鋐《青芙蓉閣詩話》）「學士詩清醇雅正，力洗淫哇。」（王豫《群雅集》）「五古清瘦堅蒼」（阮亨《瀛州筆談》）「氣義雲霞詩性命，梅花樽酒話清愁。」（林昌彝《海天琴思續錄》）「夢文子麟，法梧門式善，皆清矯不凡。」（朱庭珍《筱園詩話》）「詩則清峭刻削，幽微宕往。」（洪亮吉《存素堂詩初集錄存序》）其中的清綺、清遠、清醇、清瘦、清矯、清峭等，都着眼於一「清」字。而這種詩風的形成，與他淡泊個性、虛靜心態又是相契的。

法式善詩歌題材較為廣泛，按內容可分為唱和詩、題畫詩、懷人詩、山水風光詩、田園詩、論詩詩、詠懷詩、詠物詩等。

唱和詩，如《長至前四日招同人集詩龕消寒羅兩峰曹友梅張水屋各作一圖率題》、《七月七日吳穀人前輩招同桂未谷洪稚存趙味辛伊墨卿秉綬張船山何蘭士集澄懷園清涼界時未谷將之永昌》等，記錄他們雅集的情形，是當時詩人們生動具體的活動畫面。

題畫詩，所描述的對象既有自己與友朋的私藏畫，如《萬廉山詩龕圖》、《題嚴香甫畫冊十二首》；

又有官藏名畫，如《題元明人畫卷》十一首等。

懷人詩多是以組詩的形式，每人一首，每首七言八句或五言六句，如《懷遠詩六十四首》、《樂遊詩》三十六首、《歎逝詩》二十首、《歲暮懷人雜詠二十首》；僅這四組詩就記敘了一百四十多位詩友。法式善為人篤厚，每首詩都表達出對好友由衷的稱贊，正如楊芳燦云：「先生悃款淳篤，久而彌摯，蓋其和平樂易，天性然也。」（《存素堂文集序》）

山水風光詩，如《始春遊昆明湖》、《西涯晚步》、《西涯晚眺》、《寶珠洞》、《萬壽寺》等，情景交融，詩中有畫，吸收了陶淵明的沖淡清新與王維的清雅幽寂，形成了自己意境清遠，恬淡幽美的藝術特色，有很高的審美價值。其中，也有一些意境孤清的詩，如《僧寮聽雪》、《梅花》等，表現出師法韋柳的傾向，但在總體上體現出「幽而不冷，峭而不澀」的特性。另外，與謝靈運山水詩的風格不同，謝靈運崇尚綺靡絢麗、精雕細刻，法式善則追求清淡幽美，且多運用白描手法。

田園詩，一方面表現出對農村風光的贊美與對田家歡樂的嚮往，如《蔬圃》、《稻田》、《秋雨淨業湖上》等，即有孟浩然的恬淡溫馨；另一方面表達了對人民痛苦生活的同情。法式善作為一位長期居住京城的官員，有此想法是難能可貴的。如他寫有：「洗車雨，天上來；眼中淚，心裏灰。……長安春雨貴如油，秋霖過多農夫愁。」（《七夕汪杏江招同吳穀人鮑雅堂謝薌泉趙味辛張船山芥室小集分賦洗車雨》）「誰知養蠶人，苦逾叱牛客。」（《桑田》）他常勉勵在地方任官的朋友關注民生疾苦，如「民心即我心」（《送何蘭士出守九江》），「民安即我安，陶然百憂釋」（《送桂未穀馥出宰滇南》），「此行所切要，虛心理百姓」（《送盛藕塘之官德安司馬》），「君今官縣尹，當亟求安民。奸宄亦易除，要使歸忠淳」

（《趙偉堂大令之官安肅出種菘圖乞詩》）。

論詩詩，如《詩弊十六首和汪星石》，系統地批評了諸如「分門戶、別唐宋、填故實、習俚俗、押險韻、集成句、點穠豔、立條教、狗聲病、假高古、偽窮愁、務關係、多忌諱、襲句調、喜冗長、好壘韻」等詩弊現象。

詠懷詩，抒寫了內心蕭寥澄澹，悠然委運之感，如「不見雁飛還，柴門盡日關。年衰心易足，詩老句難刪。」（《冬夜》）又如：「但有梅花看，何妨長閉門。地偏車馬少，春近雪霜溫。老剩書藏篋，貧餘酒在樽。說詩三兩客，往往坐燈昏。」（《閉門》）等。法式善雖刻意學習陶淵明，但由於他的身份、地位以及所處年代與陶淵明相差甚遠，故其心境也就不同，如他云：「亦領神仙俸，不愁饑與寒。有年九州福，無事一家安。」（《元日試筆》）在晚年，他又表現出知足之感，如《十七日生日感懷》云：「三女皆有家，一兒早出仕。我年非上壽，七十開袠矣。……去來彈指頃，悠然委心俟。」

另外，為突破自己固有的風格，他專門寫有《詩龕詠物詩》二卷。自序云：「余詩多寫意，雅不欲妃紅儷紫，然未免入于蕭颯一派。適案頭置唐賢李巨山詠物諸作，喜其壯麗，有拔天倚地之概，爰依題擬其體為之，祇以自矯所短……」故此二卷詩中，既有他一貫的清雅詩風，如《菊》、《豆》、《宅》等，即學陶淵明之澄澹；《杖》、《李》、《麥》等，酷似王孟之閑適；又不乏氣勢豪邁、沉鬱、悲涼之作，如《山》歌頌五丁的神力，《箴》詠歎進諫的艱難，《雁》描寫邊陲的蒼涼。其中不少作品，通篇運用所詠物件的典故，詩境密實，顯示出他刻意改變自己詩多寫意的傾向。

法式善論文，亦反對類比蹈襲，注重内容真實，認為文章必有真情實感而後發，云：

余獨怪今之為文，致飾於外，如優俳登場，衣冠笑貌，進退俯仰，一一曲肖。旁觀者未嘗不感憤激昂，欲歌欲泣，迨夫境過情遷，渺不知其為何事。猶自矜絶伎，以為不如是不足以取名譽、炫流俗也。嗚呼！僞亦甚矣。古之為文則不然，不剿説，不雷同，寧為一時訾議，必使後世可傳，理得而心安，如是而已。（《與徐尚之論文書》）

通過古今對比，批判時文抄襲作僞的不良風氣，強調文章中自抒性情的重要性。

他自言文學歐陽修，詩學陶淵明：「我文師廬陵，我詩祖柴桑。」（《送陳石士編修旋里》）這後一條似並不為人所認可，而前一條則當時朋舊之評多無異議。如：「論時帆之詩，而以為摩詰；論時帆之文，而以為廬陵。……余何足以知時帆，然觀其言簡而明，信而通，有類乎廬陵之為之者。」（吴錫麒《存素堂文集序》）「以所著《存素堂文初鈔》見示，讀之，則氣疏以達，言醇而肆，意則主于表章前哲、獎成後進居多。學士詩近王韋，文則為歐曾之亞。」（趙懷玉《存素堂文集序》）「其文情之往復也，令人意移而神遠；其文氣之和緩也，令人躁釋而矜平。采章皆正色而無駁雜，韻調皆正聲而無奇衺。」（楊芳燦《存素堂文集序》）「先生之文，沖淡夷猶，俯仰揖讓，有歐陽氏之遺風。」（陳用光《存素堂文集序》）即指出了法式善散文沖淡、和緩、簡明等特點。

具體而言，法式善的論説文持論平正，明確痛快；考辯文援引淹博，考證詳核；序、跋、記等體風神淡遠，簡質淵雅。他提倡有情則言，風格上不拘一體，在其朋舊的點評中，如「全似介甫」（阮元評《借觀録序》）、「可以繼震川諸作」（吴山尊評《初太翁八十壽序》）、「極似竹垞文字」（秦小峴評《江湖小集跋》)、「體格可追南豐」(王惕甫評《江湖後集跋》)等,比比皆是,體現了其文風的多樣性。

本書收録法式善詩文共計四十二卷,包括:《存素堂詩初集録存》二十四卷、《存素堂詩二集》八卷、《存素堂詩續集》一卷、《存素堂詩稿》二卷、《存素堂文集》四卷、《存素堂文續集》四卷(缺第三卷)。

《存素堂詩初集録存》二十四卷,由法式善的受業弟子王墉于嘉慶十二年丁卯(一八〇七)刊刻於湖北德安。該詩集收録了作者從乾隆四十五年庚子(一七八〇)正月至嘉慶十一年丙寅(一八〇六)十二月的詩作,共二千零三十七首。另外,據法式善自稱:「芸臺先生刻余詩二十五卷於西湖靈隱寺,為前集。」(《王春堂自德安刻存素堂詩二集至謝以詩》)阮元亦言:「時帆先生詩前集,元為之刊於杭州,收入靈隱書藏矣。」(《存素堂詩續集録存序》)可知阮元曾刊刻法式善詩之前集,惜今已佚。

《存素堂詩二集》八卷,嘉慶十七年壬申(一八一二)王墉刊刻於湖北德安,收集了法式善嘉慶十三年戊辰(一八〇八)至嘉慶十七年壬申的詩作,共一千零十首。王墉于同年另刊有《存素堂詩二集》六卷本,與八卷本比勘,除序言有別外,内容與八卷本之前六卷基本一致,當是先刻六卷本,在此基礎上再加刻後兩卷,即成八卷本。

《存素堂詩續集》一卷,此卷收集了法式善去世那年,即嘉慶十八年癸酉(一八一三)的詩作六十五首,由王墉於當年刊刻而成。又阮元於嘉慶二十一年(一八一六)另刻有《存素堂詩續集録存》九卷,共一千零二十首。此本前八卷即王墉的八卷本《存素堂詩二集》,第九卷即王墉一卷本《存素堂詩續集》，合編而成，只是刪減或修改了部分作品而已。故本書以王墉的《存素堂詩二集》八卷本與《存素堂詩續集》一卷本作為底本，阮元的《存素堂詩續集錄存》九卷本作為對校本，王墉的《存素堂詩二集》六卷本作為參校本。

《存素堂詩稿》二卷，又名《詩龕詠物詩》，第一卷題為《詠物詩一百二十首》，第二卷題為《續詠物詩一百二十首》（此卷實為一百二十一首）。此詩集是法式善於不同時期寫成，單獨成冊，共收詩二百四十一首。王墉大約於嘉慶十二年至十八年間刊刻。

《存素堂文集》四卷、《存素堂文集續集》前二卷，嘉慶十二年丁卯（一八〇七）由揚州書商程邦瑞刊刻於揚州。此本刊刻精良。《存素堂文集續集》後二卷未刻，卷三已佚，卷四見存于《續修四庫全書》，此卷是據國家圖書館藏稿本配補。

本書的編校，由於受水平、學識所限，難免有錯訛之處，懇請讀者批評指正。

劉青山於長沙師範學院

凡例

一、《存素堂詩文集》收録法式善詩文共四十二卷，計：《存素堂詩初集録存》二十四卷，《存素堂詩二集》八卷，《存素堂詩續集》一卷，《存素堂詩稿》二卷，《存素堂文集》四卷，《存素堂文續集》四卷（缺第三卷）。

一、《存素堂詩初集録存》二十四卷，以王墉嘉慶十二年刊刻本為底本，參校《隨園詩話》、郭麐《靈芬館詩話》等所引之詩句。

一、《存素堂詩二集》八卷以王墉嘉慶十七年刊刻本為底本（省稱王本或王墉八卷本），以阮元嘉慶二十一年《存素堂詩續集録存》九卷本作為對校本（省稱阮本），又以王墉嘉慶十七年《存素堂詩二集》六卷本作為參校本（省稱王墉六卷本）。

一、《存素堂詩續集》一卷以王墉嘉慶十八年刊刻本為底本，校以阮元嘉慶二十一年《存素堂詩續集録存》九卷本。

一、《存素堂詩稿》二卷以王墉嘉慶十二年至十八年刊刻本為底本。

一、《存素堂文集》四卷及《存素堂文續集》前二卷以程邦瑞嘉慶十二年刊刻本為底本，《存素堂文集續集》卷四據國家圖書館藏稿本配補。

一、編排次序一依底本。避諱字、異體字及個別明顯誤字一般徑改，均不另出校。

一、附錄為法式善傳記、各家評論及年譜，以供參考。其中《梧門先生年譜》，由阮元編撰於嘉慶二十一年。

目錄

前言 …… 一
凡例 …… 一

存素堂詩初集錄存

王墉題記 …… 三
袁枚序 …… 三
吳錫麒序 …… 四
洪亮吉序 …… 五
楊芳燦序 …… 六
存素堂詩初集錄存原序 …… 八

存素堂詩初集錄存卷一

庚子

始春遊昆明湖 …… 一〇
訪邱介村福慶不值 …… 一〇
張雨村溥止宿草堂 …… 一一
移居 …… 一一
吳蘿村德化夜話 …… 一一
宿順義縣東郊 …… 一二

辛丑

次菊溪百齡編修韻 …… 一二
前湖 …… 一二
次樹堂德昌侍講西苑下值即日韻 …… 一三
壽安寺即臥佛寺 …… 一三
退谷 …… 一三
櫻桃溝 …… 一四
香山道中 …… 一四
菊溪移居怡園奉柬 …… 一四
贈李處士 …… 一五
廣慈庵示僧徹明 …… 一五
送姜孝廉中存 …… 一五

秋日雜詠……一六
壬寅
萬泉莊……一六
白石橋……一七
萬壽寺……一七
昌運宮……一七
青龍橋……一八
大有莊……一八
清梵寺……一八
善緣庵……一九
曉發釣魚臺……一九
黃新莊……一九
留犢村……二〇
賈島墓……二〇
督亢坡……二〇
樓桑村……二一
酈村……二一
黃金臺……二一
易水……二二
癸卯
遊西山宿潭柘岫雲寺……二二
瀛洲亭雜詠……二三
欽頒太學大成殿周彝器歌有序……二三
秋曉登山……二四
甲辰
游西山宿秘魔崖……二四
村夜……二五
除暑日作……二五
中秋後七日邀同丁蔚岡榮祚方碧岑煒許秋巖兆椿顏酌山崇溈吳樸園鼎雯程東冶炎初頤園彭齡郭謙齋在逵由長河至極樂寺茗話……二六
丙午
自題溪橋詩思圖……二六

山店題壁……二六
白瀑亭……二七
題程東冶侍讀所藏王鷗白摹惲南田一竹齋圖詩冊後用南田韻……二七
題徐立亭準檢討松鶴圖……二七
偶題……二八

丁未

兕觥歸趙歌和翁覃溪方綱先生有序……二八
雨聲……二九
蛩聲……二九
葉聲……二九
水聲……三〇
鐘聲……三〇
雲影……三〇
簾影……三一
宿古北口……三一
贈在師……三一

戊申

煦齋英和公子招同王正亭坦修侍講謝薌泉振定編修蕭雲巢大經學博豐臺看芍藥……三二
薌泉編修自豐臺歸得詩六十韻翌日見投次韻……三二
次煦齋豐臺看花韻……三三
六月三日邀薌泉雲巢煦齋長河曉行看荷花遂至極樂寺……三四
瑞光寺……三四
薌泉游極樂寺之次日復得詩五十韻屬和……三五
雨后納涼……三六
送謝薌泉編修主試江南……三六
立秋前一日再游極樂寺看荷有懷薌泉……三六
立秋日淨業湖作……三七
秋夜獨坐……三七

雨後游極樂寺贈誠上人……三七
立秋後三日偕徐鏡秋鑑檢討游極樂寺……三八
懷薌泉……三八
暮村……三八
禪堂用柳柳州韻……三九
園林晚霽用韋蘇州韻……三九
閑齋對雨用韋蘇州韻……三九
見菊花有感……四〇
招同初頤園編修極樂寺探菊范叔度鏊
方葆崖維甸二同年不至……四〇
勺亭……四〇
偶述……四一
送劉青垣躍雲侍郎校書盛京兼懷景堂
福保少京兆……四一
韋約軒謙恒中丞秋林講易圖先生時官祭酒……四一
薌泉計日至都天氣寒甚晨起奉憶……四二
阮吾山葵生司寇以一詠軒詩見貽秋夜
展讀後題……四二
慰友人……四二
吳穀人錫麒編修題詩拙作後次韻……四三
施小鐵朝幹侍郎為亡友砥峰英柱作傳
感賦……四三
嘉平九日鄒曉屏炳泰招同竹坪吉善秦端
崖潮小飲……四三
秦端崖司業招同竹坪曉屏兩祭酒時泉圖敏
學士暨令兄漪園泉編修集延綠草堂……四四
薌泉編修招飲……四四
冬夜幽居……四四
廣慈庵在然上人約同人午齋時時泉庶子
典蜀試厚圃德生檢討典黔試回……四五
冬日閱讀吳穀人點定拙集書後……四五
邁人長闈郎中以行役詩屬校……四六
除夕……四六

存素堂詩初集録存卷二

己酉

元日……四七
春懷次韻……四七
李瀌村佶孝廉夜話……四八
廣慈庵步月贈在然上人……四八
人日至大有莊憩佛寺……四八
寄邱介村……四九
侯芝亭岱毓孝廉赴粤海……四九
題常理齋愛吟草君名紀鄱陽人剿金川殉節……四九
春曉偶題……五〇
溪上……五〇
題畫……五〇
極樂寺勺亭野望……五一
上元前二日雪後煦齋招同謝薌泉陳每田士雅蕭雲巢李蓮石華飲蒙香書屋……五一
題裕軒圖鞳布學士枝巢遺詩……五一
答友……五二
同陸璞堂伯焜學士程東冶侍讀江秋史德量編修集許秋巖秋水閣……五二
清明後五日偕菊溪侍御鏡秋檢討邁人郎中東郊作……五二
攜幼女游野寺晚歸……五三
西村……五三
鄒曉屏祭酒貽詩册……五三
過王鑑溪綺書學正賜硯齋……五四
同人見賞篇末二語輒衍其意……五四
李石農鑾宣同年夜話……五四
東施小鐵太常……五五
病起偶題……五五
病後訪菊溪侍郎不遇……五五
糊窗……五六

食粥……五六
李石農移居蕭寺訪之不值寺蓋余廿年前讀書處也……五六
初冬早起……五七
鐘定……五七
題林比玉采蓴卷卷後有程夢陽詩跋……五七
題己未鴻博崇效寺看梅詩册有序……五八
題褚筠心廷璋學士西域詩册後……五八
曉出……五八
紅澗溝……五九
程立峰明愫大令貽袁子才枚太史詩册……五九
題小倉山房詩集……五九

庚戌

續題勺湖草堂圖有序……六〇
贈筠圃玉棟明府……六〇
偕友人游極樂寺有懷前游諸君子……六一
僧舍偶題……六一
謝達齋玉德侍郎贈馬……六一
秋日感懷……六二
偕潘巽堂紹觀劉葦塘大懿曾賓谷燠何蘭士道生游北山諸寺……六二
灤平僧寓為朱春山瑞椿孝廉題畫……六二
冶亭鐵保侍郎自灤陽寄懷姜度香晟侍郎詩盛推達齋侍郎畫並及鄙詩次冶亭韻兼呈達齋……六三
和何蘭士喜雨圖……六三
牛欄山……六四
密雲縣……六四
黍谷山……六四
石嶺子……六五
穆家峪……六五
芹菜嶺……六五
白河澗溝……六六
新開嶺……六六

南天門……六六
攬勝軒……六七
古北口……六七
兩間房……六七
常山峪……六八
青石梁……六八
黃土坎……六八
喀喇河屯……六九
廣仁嶺……六九
白檀山……六九
紅螺山……七〇
九松山……七〇
北石槽……七〇
南石槽……七一
青石梁道中……七一
常山峪大雨宿程也園振甲舍人幕中……七一
贈程立峰明憏明府……七二
送祝芷塘德麟侍御……七二
中秋晚出德勝門宿澄懷園……七三
澄懷園與汪雲壑如洋修撰程蘭翹昌期編修夜話……七三
訪金筠莊應琦舍人不值……七三
宿永壽庵……七四
送蕭雲巢歸楚……七四
送萬秋田化成明經歸省……七四
答王夢樓文治前輩……七五
答趙雲松翼觀察……七五
與許香巖兆桂談詩秋水閣歸途奉寄兼懷秋巖……七五
贈吳生季游方南……七六
寄泰庵和寧方伯……七六
寄吉林王生廷蘭……七六
重陽前二日王芸圃循過訪不值行將就丞倅送之……七七

徐鏡秋檢討招同玉亭伯麟詹事菊溪侍
御飲垂蔭軒 …… 七七
贈同學 …… 七七
許香巖過訪不值 …… 七八
方石歌為冶亭侍郎賦有序 …… 七八
酬王少林嵩高司馬時官河西務 …… 七八
寶晉齋硯山歌和覃溪先生 …… 七九
阮吾山侍郎秋雨停樽圖有序 …… 八〇
王少林學圃晚香圖 …… 八〇
冬曉招程立峰州牧集詩龕 …… 八一
贈詹玉淵炯 …… 八一
王少林示詠雪詩 …… 八一
雪後冶亭侍郎招同菊溪侍御芝岩文寧
編修暨閬峰玉保閣學集石經堂和冶
亭韻即效其體 …… 八二
深冬過王鑑溪賜硯齋 …… 八二
和吳淵穎題錢舜舉張麗華侍女汲井圖 …… 八三
答袁子才前輩 …… 八三

存素堂詩初集錄存卷三

辛亥

正月八日廣慈庵用壁間韻 …… 八四
正月十二日汪雲壑修撰招同陸璞堂學
士江秋史侍御程蘭翹編修小集 …… 八四
送陸鎮堂師廷樞赴絳縣任 …… 八五
送劉梧岡曙同年令江南 …… 八五
夏夜懷李石農比部 …… 八五
送徐鏡秋檢討出宰江南 …… 八六
寄懷山莊扈從諸遊好
冶亭侍郎 …… 八六
玉亭宮詹 …… 八七
何蘭士員外 …… 八七
周勉齋元鼎郎中 …… 八七
感舊懷人詩七首

曹地山先生……八八
德定圃先生……八八
許石泉兆棠編修……八八
常月阡森孝廉……八九
陸鎮堂先生……八九
袁子才前輩……八九
英煦齋秀才……八九
秋日田園雜詠同汪雲壑作……九〇
贈阮方浦……九一
寄懷劉杏垞泗道……九一
贈王雪村元梅同年……九一
七月四日邀同人飯於詩龕出西直門看
荷花至極樂寺……九二
讀洪稚存亮吉編修詩集……九三
贈夢禪居士瑛寶……九三
寄暢園尋石詩為羅介人允紹賦……九四
八月八日同羅兩峰趙味辛張船山何蘭
士集洪稚存編修萿萿閣……九四
王少林太守以詩集委勘……九四
中秋後三日陶然亭同年雅集……九五
題翁覃溪先生摹王漁洋徐東癡墨蹟
後有序……九六
閑居……九六
讀王鐵夫芑孫孝廉楞伽山房近詩……九七
重游萬泉莊……九七
秋閑……九八
題楞伽山人塞館雜詩後……九八
作詩話屬同人廣為採錄……九八
和張水屋道渥遊西山詩……九九
秋暮淨業湖待月……九九
洪稚存編修以鮒鮚軒少作見示題效
其體……一〇〇
王鐵夫孝廉寫詩冊見貽用冊中贈何
蘭士韻奉謝……一〇〇

集何蘭士方雪齋觀羅兩峰聘曹友梅鋭張水屋作畫……一〇一
王葑亭友亮給諫過訪不值留詩而去……一〇一
長至前四日招同人集詩龕消寒羅兩峰曹友梅張水屋各作一圖率題……一〇二
為曹定軒錫齡侍御題傅青主及壽眉書畫卷……一〇二
毛心浦哲明府貽同年武虛谷億大令書賦兼寄虛谷……一〇二
答何蘭士……一〇三
王鐵夫校勘拙集跋以詩謝之即效其體……一〇三

存素堂詩初集錄存卷四

壬子

正月八日秦小峴瀛侍讀招同龔海峰景瀚明府王惕甫孝廉何蘭士水部集吳蓬齋中……一〇四

横山丙舍篇為小峴作……一〇四
魏春松成憲比部過訪詩龕貽長歌賦答……一〇五
自題詩龕圖……一〇五
讀六如居士集適曹定軒侍御示獨樂園手跡因書後……一〇六
傅竹莊玉書明府偕徐立亭檢討過訪不值留詩訂看花之約次韻……一〇六
題劉松嵐大觀明府詩草後即送之官奉天……一〇六
吳南畇甸華同年自歙縣寄書至報之……一〇七
清明後二日李菊坪瀚舍人招飲不赴……一〇七
羅兩峰登岱圖……一〇八
陸杉石元鋐儀部赴灤陽校書羅兩峰繪圖同人賦詩……一〇八
馮鷺庭集梧編修新購田山薑侍郎秋泛圖屬題……一〇九
冶亭侍郎招同釣魚臺看花暮抵極

樂寺……一〇九
傅竹莊明府邀同徐立亭檢討陶然亭小酌……一〇九
雨過……一一〇
四月十三日洪稚存趙味辛張船山集古藤書屋看藤花……一一〇
題畫……一一〇
讀書四首……一一一
倪嘉樹課孫圖……一一二
招兩峰瀛洲亭作畫……一一二
乞食……一一二
立秋後一日招同人積水潭看荷花……一一三
積水潭看荷歸兩峰留宿詩龕……一一三
題葉琴柯紹楏舍人詩集……一一三
和翁覃溪先生見懷之作時督學山左……一一四
吳蘭雪嵩梁上舍過訪不值留秦淮春泛諸詩屬勘定……一一四
十一月十六日吳蘭雪留宿詩龕……一一四
翁覃溪先生葺小石帆亭於學使署因賤號適符拓石題詩見寄次韻……一一五
香蘇草堂詩為蘭雪作……一一五

癸丑

燈夕招文芝巖洗馬蔣礪堂攸銛編修小集礪堂即席賦詩次韻……一一六
武虛谷同年歸里札來索題虛谷圖……一一六
板橋……一一七
新田雜詠為吳蘭雪題十首錄四
柘塘……一一七
牛坳……一一七
煙隴……一一七
稻田……一一八
答劉笛樓念拔司馬併訂潞河之游……一一八
四月一日陶然亭會己亥同年疊辛亥韻……一一八

洪稚存編修黔中寄書至並示入黔詩……一一九
柬王愓甫孝廉時寄居何蘭士宅……一一九
送唐陶山仲冕之官江南……一二〇
畫牡丹……一二〇
八月一日舉子志感有序……一二〇
送秦小峴觀察浙江……一二一
送史漁村致光修撰出守大理……一二一
王葑亭招同何蘭士王愓甫徐朗齋嵩胡黄海翔雲集尺五園……一二二
秋夜抵順義訪縣令張臨川懷泗同年……一二二
柬張船山問陶……一二二
懷羅兩峰山人……一二三
張水屋過訪……一二三
許秋巖侍御出滇產竹實餉客和蔣礪堂編修韻……一二三
吳種芝貽詠庶常餉瀦山筍……一二四
送林樾亭喬蔭之任廣寧……一二四
冶亭侍郎招同翁覃溪先生平寬夫恕宮詹余秋室集中允吳穀人編修文芝巖洗馬集石經堂觀歐陽公所藏南唐官硯……一二五
王春堂墉效力樞曹甝文墨示秋林諸詩且委贊焉喜而賦贈……一二六
歲暮瑤華道人貽詩至次韻……一二六

存素堂詩初集錄存卷五

甲寅

題畫……一二七
伊雲林朝棟光祿梅花書屋落成……一二七
楊生作詩龕圖筆墨超雋恍置余江村煙水間題三絕句……一二八
題江秋史侍御詩龕圖有序……一二八
正月晦日周東屏興岱閣學招同戴可亭均元德厚圃宋小坡澍三侍御洪書舟其紳比部小集寓齋……一二九
畫松……一二九

趙味辛懷玉移居古藤書屋……一二九
新城道中……一三〇
盧溝橋……一三〇
房山道中……一三〇
丁家窪……一三一
羊頭岡訪高尚書墓……一三一
楊青驛……一三一
桃花口望西澱……一三二
海光寺……一三二
丁字沽……一三二
水西莊……一三三
普度庵……一三三
黃村道中……一三三
自楊村至蔡村堤行……一三四
黃花店……一三四
桐柏村……一三四
王葑亭給諫邀遊二閘兩峰山人作春
泛圖……一三五
送許秋巖太守之官江南……一三五
題秦端崖司業寒梅著花未詩意卷子……一三五
余兩蒞太學皆遇雨乞夢禪居士作槐
雨圖……一三六
送張水屋州判入蜀……一三六
題劉松嵐玉磬山房詩後……一三七
慶亭積善大令出麗川奇豐額中丞乞菊
詩冊索題即次原韻兼寄中丞……一三七
龍潭……一三七
蘆中……一三八
夕坐……一三八
紅螺山……一三八
老君堂……一三九
水南……一三九

乙卯

再會己亥同年於陶然亭重刊齒錄……一三九

題毛心浦大令詩後兼寄洪稚存武虛谷……一四〇
送胡果泉克家同年觀察惠潮……一四一
夢禪居士為煦齋太史寫山雨欲來風滿樓詩意……一四一
贈郭祥伯麐……一四二
贈蔣伯生因培……一四二
題李墨莊鼎元編修登岱詩後……一四三
太學示諸生四首……一四三
畫眉山……一四四
再題槐雨圖……一四四
東方葆崖鹽使……一四五
傳箋吟為蔣最峰和賦……一四五
送郭祥伯罷京兆試歸里……一四五
題蔣伯生胥江雅集圖後即送其歸里……一四六
汪刺史本直修元遺山墓俾其後人耕讀墓側詩以紀事……一四六
題元明人畫卷
黃子久春林遠岫……一四七
王叔明花溪漁隱……一四七
倪元鎮漁莊秋色……一四七
陳惟允溪山秋霽……一四八
王孟端湖山佳趣……一四八
沈石田柳州煙艇……一四八
唐子畏水亭午翠……一四八
文徵仲郭西閑泛……一四九
陳白石煙巒疊嶂……一四九
錢叔寶溪山深秀……一四九
陸叔平溪山餘靄……一四九
觀蔣最峰學正畫竹……一五〇

存素堂詩初集録存卷六

丙辰

題隨園梅花冊用張船山檢討韻……一五一

李載園符清明府札來索題集前詩偶不記憶為重賦此……一五一
送王惕甫歸里就官廣文……一五二
修竹讀書畫扇……一五二
村行……一五三
魏春松比部示西苑校書諸詩……一五三
曾賓谷運使寄邗上題襟集至……一五三
柬雨窗阿林保運使……一五四
送桂未谷馥出宰滇南……一五四
送吳山尊鼒孝廉之山左……一五五
贈劉松嵐兼寄吳蘭雪……一五六
七月七日吳穀人前輩招同桂未谷洪稚存趙味辛伊墨卿秉綬張船山何蘭士集澄懷園清涼界時未谷將之永昌……一五六
立秋後一日甘西園立猷侍御招王葑亭謝薌泉宋雲墅鳴琦金園看殘荷感賦……一五七
壬子歲趙味辛舍人出恭毅公世德詩冊五律三首及聞舍人述公出處宦跡與前說不合改賦此詩……一五七
閑居……一五八
秋雨淨業湖上……一五八
秋夕寄懷孫淵如星衍觀察……一五八
八月上丁邀馬秋藥履泰何蘭士顧容堂王霖笪繩齋立樞黃宗易恩長周霽原廷棨飲胙……一五九
暮秋孫河道中……一五九
密雲縣書店壁……一五九
投宿山村……一六〇
補題冶亭閬峰聯牀聽雨圖後……一六〇
為周霽原題畫……一六一
題戴菔塘璐太常藤陰雜記……一六一

丁巳

送吳穀人侍講南歸……一六一
送鮑雅堂之鍾郎中南歸……一六二

送程也園主事歸歙……一六二
為程禹山虞卿秀才題鐵侍郎贈詩
　冊後……一六二
題余貞女女貞花篇後……一六三
題盛明經本畫竹……一六三
題顏運生崇槼聽泉圖……一六四
題運生石門藤塢圖……一六四
黃小松易別駕自山左寄詩龕圖至……一六四
雨後蟬聲……一六五
立秋日同人集極樂寺國花堂小飲……一六五
立秋後三日重遊積水潭……一六五
送顏運生之興化……一六六
章石樓學濂郭虛堂立誠兩大令邀同裘可
　亭行簡比部沈舫西崐水部盛孟岩惇崇
　侍御費西塘錫章農部積水潭看荷……一六六
柬盛甫山惇大舍人灤陽乞作詩龕圖……一六七
賈秀齋崧秋日過訪……一六七
有客二章寄懷吳竹橋蔚光……一六七
陪鐵冶亭侍郎裴子光謙編修何蘭士員外
　黃杏江洽主事遊楊月峰潭主事半畝園
　讀壁上菊溪少甫倡和詩用韻……一六八
顧晴沙光旭觀察選梁溪詩鈔賈素齋綜其
　遺稿為塚紀以詩……一六九
題郎葓溪汝琛學正詩冊……一六九
篁繩齋孝廉寫詩龕圖見貽……一七〇
金手山學蓮出所著商定……一七〇
曾賓谷轉運寄六月二十一日集平山堂拜
　歐陽文忠生日詩至……一七一
西溪漁隱圖詩為曾賓谷轉運賦……一七一
曹定軒前輩招同人集紫雲山房石琢堂
　韞玉修撰即席有作定軒次韻見示
　依韻……一七二
送韓鼎臣調上舍回里……一七二
余秋室學士許作詩龕圖詩以促之……一七二

譚古愚尚忠侍郎招同百菊溪少京兆
小飲……………………一七三
八月二十二日任畏齋承恩提督招同洪稚
存編修何蘭士員外游山……………一七三
山南海甸歷青龍橋至寶藏寺寺原名蒼
雪庵……………………一七四
觀泉……………………一七四
讀鄂剛烈壁上詩……………一七四
清河道中………………一七五
重宿北石槽農家不寐…………一七五
石槽店中同蔣霽園曰綸童梧岡鳳三二先
生夜話……………………一七五
西涯詩有序……………一七六
題馮玉圃培給諫種竹圖…………一七七
王夢樓前輩寄詩翰至…………一七七
暮秋懷鮑雅堂郎中……………一七八
題王春堂家庭話別詩圖…………一七八
馬秋藥郎中寫山水樹石十二幀見貽……一七八
陳伯恭崇本祭酒和余西涯詩次韻……一七九
哭汪鹿園如藻觀察……………一七九
曾賓谷運使寄題詩龕圖詩至…………一七九
蔣湘帆衡用油紙摹李文正手跡老人孫仲
和珍藏因予有西涯之作重臨一本見貽
用文正韻賦詩……………一八〇
步楊柳灣尋文正故居不得憩湖邊諸寺仍
用前韻……………………一八〇
慶亭大令邀同人看菊聽琴坐客皆有詩余
遲未作復有魚鹿之惠賦謝…………一八一
蔣最峰指畫……………一八一
戊午
馬秋藥李石農伊墨卿訪余不值見案頭王
生堂開文奇賞之喜賦邀三君同作……一八二
章石樓大令招同人小飲…………一八二
洪稚存編修乞假回里賦贈…………一八三

趙偉堂師大令過訪不值適將餞余秋室學士洪稚存編修趙味辛舍人兼約張船山檢討何蘭士郎中為詩酒之會並邀大令先之以詩……一八三
趙子克某松陰散步圖……一八四
四月九日曹定軒侍御邀陪翁覃溪先生及王蓮府宗誠編修泛舟二閘……一八四
五月八日吳少甫樹萱吏部邀同人公餞沈舫西盛孟巖兩侍御陳梅垞萬全侍讀曹雲浦師曾通參灤陽之行……一八五
東阿雨窗……一八五
懷伊墨卿比部灤陽……一八六

存素堂詩初集錄存卷七

戊午

東夢禪居士……一八七
送李石農觀察浙東……一八七
馮湘巖兆峋郭謙齋邀諸同年陶然亭讌集余侵晨往二君皆未至……一八八
自嘲……一八八
和西涯雜詠十二首用原韻
海子……一八八
西山……一八九
響閘……一八九
慈恩寺……一八九
飲馬池……一八九
楊柳灣……一八九
鐘鼓樓……一九〇
桔槔亭……一九〇
稻田……一九〇
蓮池……一九〇
菜園……一九〇
廣福觀……一九一
續西涯雜詠十二首

積水潭……一九一
匯通祠……一九一
十剎海……一九一
淨業湖……一九一
李公橋……一九二
松樹街……一九二
慈因禪院……一九二
鰕菜亭……一九二
慧果寺……一九二
豐泰庵……一九三
清水橋……一九三
詩龕……一九三
題謝薌泉金焦小草……一九三
題冶亭侍郎鏡中小影……一九四
既題前詩復讀覃溪先生作輒衍其意……一九四
六月九日招同人集西涯舊址……一九四
為阿雨窗題羅兩峰黄約領騂合作城東訪友圖和雨窗韻……一九五
趙偉堂大令之官安肅出種菘圖乞詩……一九六
周載軒厚轅編修新搆蟻藤書屋落成……一九六
寄曾賓谷運使有序……一九七
章石樓晚過詩龕示西涯詩依韻……一九七
周載軒得余詩推許過當感愧賦此……一九八
曹儷生振鏞少詹事過訪貽詩賦報即送其典試楚北……一九八
自題移竹圖有序……一九九
送羅兩峰歸揚州……二〇〇
蔣香杜棠于野莘同訪詩龕出錢辛楣大昕詹事所署梅石心知圖并題句見貽……二〇一
蔣蔣山徵蔚寄雨窗讀史諸詩……二〇一
送王春堂屯牧德安……二〇一
題宋梅生儀部梅花背面小影……二〇二
胡蕙麓遜郭虛堂兩大令飯彌勒院出西直門游極樂大慧諸寺訪畏吾村李文正墓

歸詣詩龕備敘端末詩以紀事……二〇二
九月二十日由畏吾村至大慧寺拜西涯先生墓……二〇三
和胡蕙麓大令訪西涯先生墓詩……二〇三
慶亭別業看菊同翁覃溪先生……二〇四
上翁覃溪先生用山谷上東坡詩韻……二〇四
謝蘇潭啟昆方伯由浙中為覃溪先生作西涯圖附以詩先生和之余亦繼作……二〇五
寄陳桂堂廷慶太守……二〇五
大雪晨起戲柬仲梧鳳林孝廉……二〇五

存素堂詩初集錄存卷八

己未

送金手山南旋……二〇六
春雪初霽謝蘇潭方伯過訪歸寄新詩次韻……二〇六
題夢月圖……二〇七
訪極樂寺僧不值……二〇七
錢梅溪泳畫蘭見貽作詩以報……二〇七
贈曾賓谷運使……二〇八
訪孫少迂銓孝廉茶話許作詩龕圖賦詩先之……二〇八
賓谷運使既和西涯圖詩并示邗上題襟諸集跋後……二〇九
竹醉日訪船山太史不值遇雨話朱野雲鶴年齋中……二〇九
秋藥許為作詩龕圖久未聞命敦索之以無從着筆為詞賦柬……二一〇
小西涯晚步……二一〇
寄題方薰奚岡畫陳潄水希濂舊廬圖……二一一
詩龕十二像
陶彭澤……二一一
李供奉……二一二
杜拾遺……二一二

韓昌黎……二一二
白香山……二一二
王右丞……二一二
孟山人……二一三
韋蘇州……二一三
柳柳州……二一三
蘇東坡……二一三
黃山谷……二一三
李西涯……二一四
馬秋藥有詠萬壽寺松詩朱野雲愛其句繪松鐫石乞余題後……二一四
詩龕論畫詩有序
朱山人鶴年……二一五
顧處士鶴慶……二一五
笪孝廉立樞……二一五
朱山人木……二一五
吳翰林鼐……二一五
宋孝廉葆淳……二一六
夢禪居士瑛寶……二一六
羅山人聘……二一六
江侍御德量……二一六
玉撫軍德……二一六
馬侍御履泰……二一七
孫孝廉銓……二一七
姚山人景濂……二一七
萬大令承紀……二一七
張檢討問陶……二一七
顧主事王霖……二一八
張通判道渥……二一八
王山人霖……二一八
吳孝廉烜……二一八
關學士槐……二一八
萬明經上遴……二一九
曹指揮銳……二一九

周山人淦……二一九
倪山人璨……二一九
王山人州元……二一九
蔡主事本俊……二二〇
張山人賜寧……二二〇
潘縣尉大琨……二二〇
吳處士文徵……二二〇
盛中翰惇大……二二〇
繆處士頌……二二一
高山人玉階……二二一
黃上舍恩長……二二一
余學士集……二二一
黃刺史易……二二一
蔣學正和……二二二
王孝廉學浩……二二二
陳進士詩庭……二二二
王處士靖……二二二

邵秀才聖藝……二三二
宛平令胡蕙麓以隔院荷香冊子屬題……二三三
鮑覺生桂星太史貽詩龕歌奉贈……二三三
不浪舟畫卷……二三三
題羅兩峰為何湘雪易畫蘭時二君皆
下世……二三四
自淨業湖移居鐘鼓樓四首有序……二三四
移居後乞同人作畫……二三五
重陽日余榜所居曰陶廬李青瑯托恩多太
守惠菊及酒至余未之報也詩來作此以
答兼呈陳念齋上理同年時念齋客青瑯
齋中亦有詩見示……二三六
題思元道人萋香軒集後……二三六
寄題江南友人采菊圖……二三七
不寐……二三七
偶題……二三七
送魯鹿蕓世延之官安徽兼寄曾賓谷

運使……二二八
思元道人寫竹見貽……二二八
贈王春野蔚宗兼懷王述庵昶侍郎……二二九
續論畫詩……二二九
錢大令維喬……二二九
陳太守渼……二二九
馮助教桂芬……二三〇
袁山人沛……二三〇
陳山人嵩……二三〇
寄李寧圃廷敬觀察……二三〇
弔羅兩峰山人……二三一
訪杜梅溪群玉于蕭寺已赴任去作此代柬……二三一
題思元道人畫冊……二三一
題海寧查懷忠世官南廬詩鈔後……二三二

存素堂詩初集録存卷九

庚申

上朱石君珪先生……二三三
初春新浦道中同曹秀才華閣作……二三四
莫韻亭瞻菉侍郎邀同夢禪居士小酌觀夢禪作畫即題其畫鷹後……二三四
柬朱素人……二三四
顧皡庵鶴慶郭原庵堃邀同人小集……二三五
莫韻亭侍郎賦驛柳詩甚佳余倩顧皡庵作驛柳圖……二三五
夢中得春催十四字醒足成之既索鮑雅堂汪杏江學金和詩並倩顧皡庵作圖……二三五
謝薌泉同年授禮部主事賦紀恩詩屬和余既違其請作此以報……二三六
喜鎮堂師抵京有期同覃溪先生作……二三六
且園十二詠

小山……二三七
石筍峰……二三七
錫光樓……二三七
煙雲室……二三七
存素堂……二三七
陶廬……二三八
詩龕……二三八
小西涯……二三八
杓西書屋……二三八
有竹居……二三八
石鞘……二三九
來紫軒……二三九
克勒馬歌次覃溪先生韻……二三九
柬張山公石……二四〇
喜劉敏齋瑤至都……二四〇
掩關……二四一
清明日宿村寺……二四一
吴種之比部偕令子春麓太史賡枚移居小西涯……二四一
李青瑯欲借榻城北僧寺就余説詩兼約陳念齋顧皆菴同作……二四二
題舒白香夢蘭和陶詩後即送其歸靖安……二四二
次汪杏江招同人柏林寺看花用東坡送參寮韻邀諸君子游極樂寺……二四三
重葺古墨齋落成胡蕙麓大令邀同人小集……二四三
輓武虛谷……二四四
重建古墨齋歌……二四四
韓旭亭是昇邀同程蓉江蔭棟吴種之小飲……二四五
喜雨歌次朱石君先生韻……二四五
史館與王儕嶠蘇編修話舊有懷王惕甫學博……二四六

王惕甫學博以薄荷團扇侑詩見貽……二四六
獨直史館戲柬汪杏江侍讀劉金門鳳
誥學士是日考試差……二四七
於莫韻亭侍郎箋頭讀許秋巖太守詩……二四七
吳竹橋同年書來道及諸郎君成立能
以筆墨業其家且述近日得舊畫數
種藉以自遣有蕭然自得之致……二四八
題黃左田鉞畫三江棼尾圖……二四八
梅花溪上圖為錢立群題……二四九
直史館呈石君先生……二四九
雨中祝簡田堃太史暨郎君仁泉崧三
秀才以詩龕圖詩見貽……二五〇
陳雲伯文述自浙中寄畫至……二五〇
寄郭祥伯……二五一
文信國琴歌次朱石君先生韻……二五一
答陶鳧香梁吳中寄詩……二五二
題張鑒庵丙震梅柳江村圖即送之嚴
州太守任……二五二
六月九日李西涯誕辰鮑雅堂汪杏村
謝薌泉趙味辛張船山周西麇宗杭
集詩龕……二五三
祝簡田太史次拙韻竝約登得雨樓
看荷……二五三
立秋前二日同鮑雅堂吳穀人汪杏江趙
味辛張船山集謝薌泉知恥齋迎秋……二五四
李載園過訪詩龕不值……二五四
張水屋自蜀中寄詩集至首章即懷余之
作感賦……二五四
驛柳詩四首次張船山檢討韻……二五五
謁圖裕軒曹慕堂二先生祠……二五六

存素堂詩初集錄存卷十

庚申

硯齋西成許以所藏桑梓前輩詩集

借鈔…… 二五七
速鮑雅堂題詩龕圖兼訊拈花寺齋期…… 二五八
六月晦日李青瑯招同吳穀人鮑雅堂汪杏
江顧弢庵小集晚過具園…… 二五八
七夕汪杏江招同吳穀人鮑雅堂謝薌泉趙
味辛張船山芥室小集分賦洗車雨…… 二五九
吳穀人前輩勘定拙詩并許為序…… 二五九
送何蘭士出守九江…… 二六〇
以拙文質趙味辛舍人且訂西山之游…… 二六一
七月十四日百祥庵老衲導余拜
西涯墓…… 二六一
贈曹復堂善…… 二六二
贈周省齋明球明經…… 二六二
送陶蔚齋象炳司馬…… 二六三
同胡印渚登蔣氏平臺望淨業湖…… 二六三
思元道人畫蘭竹見貽…… 二六四
八月九日胡蕙麓大令邀同謝薌泉侍御出
西直門憩松泉寺相西涯墓址蕙麓獨往
西山視木石謀為公創祠余因偕薌泉至
極樂寺復過大慧寺盤桓竟日…… 二六四
讀書秋樹根圖…… 二六五
題姚春木椿長江萬里圖記後…… 二六五
題亦舟廬…… 二六六
樂雲道人以雪月書窗小玉印見貽…… 二六六
書思元道人風雨游記後…… 二六六
九月三日曉出阜城門慈悲院早飯卜葬之
便游山…… 二六七
芭蕉村道中…… 二六七
望石逕山…… 二六七
渡桑乾河…… 二六八
由奉福寺度羅睺嶺晚至潭柘寺宿…… 二六八
琦玗亭…… 二六八
晨起過紫竹院…… 二六九
少師靜室…… 二六九

龍潭……二六九
蓮池……二七〇
青蛇……二七〇
延清閣晨粥……二七〇
度馬鞍山至慧聚寺……二七一
戒壇古松歌……二七一
登千佛閣……二七一
游化陽洞登極樂峰回憩慧聚寺出花梨坎宿奉福寺……二七二
由奉福寺渡河過皇姑寺抵翠微山三山庵久坐歷大悲寺至龍泉庵……二七二
龍泉庵啜茶果畢游香界寺……二七三
寶珠洞……二七三
龍泉庵孤亭據松泉之上同人聚飲抵夜吳穀人侍讀有詩次韻……二七三
翠微山晚步……二七四
宿龍泉庵呈同行諸君……二七四
曉起吳穀人汪杏江再和前韻疊韻報之……二七四
秘魔厓……二七五
慈壽寺……二七五
摩訶庵……二七五
出山別盈科上人……二七六
留贈潭柘寺月朗禪師……二七六
立冬日趙味辛約同吳穀人鮑雅堂汪杏江謝薌泉張船山戴金溪敦元亦有生齋消寒即席次味辛韻……二七六
韓旭亭居粵東時其尊甫補瓢老人香山梅花嶼空月軒諸詩并録陳霈齋汝楫徵士記文冠首王椒畦學浩孝廉作圖余綴詩紙尾……二七七
夜間雨雪甚大晨起胡蕙麓大令邀游極樂寺候翁覃溪先生及吳穀人趙味辛張船山皆不至禪榻話舊抵暮始歸……二七七

偕吳穀人汪杏江謝薌泉趙味辛張船山
姚春木於鮑雅堂齋中消寒分賦飲中
八仙拈得汝陽王璡……二七八
題關山覓句圖送莫韻亭侍郎奉使
瀋陽……二七八
夢禪居士倣香光卷子……二七八
王子卿澤孝廉作詩龕圖索詩為報……二七九
消寒集吳穀人庶子有正味齋題葛洪移
居圖……二七九
消寒集汪杏江芥室題華嚴世界圖……二七九
緩步……二八〇
燈下讀楊蓉裳芳燦農部芙蓉山館
詩集……二八〇
吳穀人汪杏江鮑雅堂謝薌泉趙味辛張
船山姚春木集詩龕消寒題新篁白石
圖分用唐宋金元人題圖七古詩韻余
拈得元遺山題范寬秦川圖……二八一
臘月十九日集汪杏江芥室拜蘇公生日
即為消寒會用東坡八首韻……二八一
除夕顧弢庵畫祭酒圖見貽即題幀上……二八三

存素堂詩初集錄存卷十一

辛酉

元日試筆……二八四
朱閑泉壬自杭州寄詩龕圖至己未除夕
前一日作也……二八四
贈孫少白琪布衣……二八五
答孫鑒之延明經……二八五
贈胡香海森大令……二八五
答吳竹橋……二八六
題白石翁移竹圖後……二八六
上元後一日雪鮑雅堂喬梓招同汪杏
江喬梓暨令侄覺生小集……二八七
阮芸臺元中丞寄段二端經籍纂詁

一部……二八七
偶作……二八七
春雪後招同人小集詩龕用韓旭亭和
東坡韻……二八八
韓旭亭游西山歸倣其宗人立方洗馬
故事作圖徵詩……二八八
贈盛藕塘植麒上舍……二八八
寄懷汪劍潭端光司馬……二八九
唐容齋廣模自莫寶齋晉學使署至京
述學使意存問感賦……二八九
久不接初頤園同年秏……二九〇
鄭青墅光謨大令以大集見示……二九〇
寄懷陳師山鍾琛觀察……二九一
熊謙山枚侍郎示詩龕圖歌賦答……二九一
謝蘇潭中丞札來索詩……二九一
送李舒園元滬之任清泉……二九二
寄衡山令范青子鶴年同年……二九二
李舒園赴清泉任寄秦小峴廉訪……二九三
徐朗齋鑅慶寄玉山閣文集至……二九三
屠笏巖紳過訪……二九四
袁雙榕翊文訪劉松嵐於寧遠州署旋
都出遼東壯游圖松嵐既書五十韻
余亦續作……二九四
和蘇東坡并引……二九五
久不接唐陶山明府書寄問……二九五
余夢至一山四面皆水松竹雜植猿鶴
相聞與穀人味辛談長生術抵掌賦
詩醒後頗記憶之邀二君同作……二九六
得徐鏡秋粵東札……二九六
寄懷王穀塍宗炎同年……二九七
二月十一日胡蕙麓大令邀陪翁覃溪先生
暨諸同人極樂寺早飯抵畏吾村勘懷麓
堂廢址……二九七
盛甫山舍人詩畫皆有逸趣懶不為人作余

有求必以詩易舍人索余詩喜賦……二九八
汪遲雲日章參議和顧弢庵看畫詩同賦……二九八
永壽庵……二九九
煙郊……二九九
東留村……二九九
虹橋……三〇〇
桃花寺……三〇〇
望盤山作歌贈藹亭德慶員外員外官盤山總管……三〇〇
曉行薊州道中……三〇一
送趙味辛赴青州司馬任……三〇一
杜梅溪大令與吳竹橋芍藥詩倡和成卷梅溪出示兼索題女史屈宛仙畫……三〇二
吳竹橋寄詩至次韻……三〇二
杜梅溪疊韻見貽依和……三〇三
觀亭巡撫海成園中聽粵東周生某彈琴……三〇三
送汪杏江庶子養痾旋里……三〇三
立夏後二日時雨初霽邀同人晨出西直門憩極樂寺抵萬泉莊游長河諸寺……三〇四
先同人抵極樂寺柬謝薌泉同年……三〇四
寄徐雪坪開德……三〇五
雨後同人集鄒蓮浦文瑍水部一經齋看藤花……三〇五
四月四日陶然亭重會己亥同年率成三詩并懷未與會者……三〇五
師荔扉範大令過訪言及敝廬即十年前寓齋感賦……三〇六

存素堂詩初集錄存卷十二

辛酉

胡香海大令以仇十洲桓伊吹笛圖乞詩……三〇七

蔣藕船知讓同年出尊甫心餘先生攜二子
游廬山圖屬題……三〇七
雨後同周西麋顧弢庵李青瑯暨兒子桂馨
由三汊口抵極樂寺……三〇八
吳柳門文炳明經過訪……三〇八
周卣封啓魯進士擬就廣文詩以堅之……三〇八
樂蓮裳宮譜寄書至……三〇九
懷萬廉山承紀大令時閑居曾運使
署中……三〇九
吳蘭雪孝廉春闈報罷留宿詩龕……三一〇
集謝薌泉有恥齋消暑分賦蟬……三一〇
答汪艾塘庚太史……三一〇
伊墨卿太守自惠州寄尊甫雲林詩鈔……三一一
久不接周霽原大令音問……三一一
寄答徐山民達源……三一二
得吳南薌文徵濟寧書兼寄且園十二景
圖冊……三一二
集吳穀人有正味齋消暑題吳元瑜陶潛
夏居圖……三一三
雨中懷蔣藕船……三一三
六月十二日涪翁生辰吳山尊太史招集
藤花吟社消暑……三一四
題夢禪居士指頭畫……三一四
西涯晚眺次韻……三一五
陳石士用光庶常玉方希祖比部招同人
小集即廣詠茶菇……三一五
射雕行……三一五
送胡香海之羅源任……三一六
姚伯昂元之孝廉為畫靖節以下至西涯
十二人像……三一六
題吳柳門家山圖……三一七
送韓旭亭歸里……三一七
吳穀人祭酒南歸題顧弢庵崧柏圖
贈行……三一八

伯昂過訪……三一八
奚鐵生自浙中寄詩龕圖至……三一八
題畫
松梅……三一九
松竹……三一九
九日李墨莊主事楊蓉裳員外招同人集陶然亭……三一九
題奚鐵生畫……三二〇
題西涯先生像後……三二〇
重經西涯訪汪瑟庵廷珍學士新居……三二一
陳仲魚鱣徵君過訪詩以贈之即書其尚友圖後……三二一
秦良玉錦袍歌……三二一
蘭雪信宿詩龕適有以賓谷生子來告者賦詩寄賀兼調蘭雪……三二二
訪煦齋侍郎於樂賢堂長話語及顧寧人郡國利病書勸煦齋購之……三二二
張船山為趙穆亭承杰畫木石秋色……三二三
池上篇送張徵君烱歸里……三二三
董文恪為宣城張芸野翁畫西阪草堂圖……三二四
紀陳石士太史慈母姚宜人事……三二四
送周西麋歸里……三二五
贈鮑曇原桂楨……三二五
郊行……三二六
夢禪畫石……三二六
杜梅溪貽江南故人書並示蔣藕船房山近耗……三二六
客至……三二七
不寐……三二七
招吳蘭雪……三二七
題朱野雲畫……三二八
金粟道人像歌……三二八
耕漁子像歌……三二九

臘月十八日壽楊蓉裳員外……三二九
香山道中……三三〇
聽仲梧彈琴……三三〇
臘月十九日石士齋中同蓉裳船山王方鍾
溪希曾拜東坡生辰船山畫公像石士更
乞為山谷畫像因論及二公詩……三三一

存素堂詩初集録存卷十三

壬戌

題黃文節公石刻像後有序……三三二
李墨莊自琉球歸出泛槎圖索詩……三三三
題畫……三三三
哭鮑雅堂郎中……三三三
二十六科長松圖為朱石君尚書賦……三三四
柬和泰庵中丞……三三四
送顧跂庵歸里……三三五
贈郭生賢瑚……三三五
項道存紳孝廉介吳蘭雪畫詩龕圖
見貽……三三六
贈陳一亭森……三三六
雲川閣詩為徐舍人賦……三三六
憶西山舊游書寄韓旭亭吳穀人汪杏江趙
味辛蔣香杜姚春木……三三七
春草……三三七
答冶亭漕師兼寄黃心盦承增程禹山……三三八
思元道人以臨摹諸帖見貽並示游香山
臥佛寺詩次韻……三三九
題張船山畫梅送銀槎回里……三三九
柬趙琴士紹祖……三三九
答張寄槎學仁……三四〇
朱素人畫扇……三四〇
跂庵南歸寫墨竹見貽……三四一
四月朔日偕張船山檢討蔡生甫之定次
公夢松兩編修陳雪香庶子集英煦齋

司農賜園……三四一
題孫子瀟原湘雙紅豆詞後……三四二
題孫子瀟孝廉天真閣詩集……三四二
西涯晚步……三四三
送洪孟慈飴孫還里……三四三
何蘭士至都……三四三
題朱野雲擬陶詩屋……三四四
余方編校官書適李滄雲桼京兆邀同韻亭侍郎蓉裳員外墨莊主事野雲春波兩畫師集少摩山室因余攜所橅南薰殿諸像至野雲春波遂具紙爭寫同人賦詩紀事……三四四
題文徵仲畫……三四五
五月二十八日諸同人張宴於正乙祠為賀虛齋賢智侍御祁鶴皋韻士楊蓉裳二農部謝薌泉祠部暨余作五十生日薌泉即日成五古四章余效其體……三四五
六月九日同人拜西涯墓畢飯於極樂寺朱石君尚書後至……三四六
再和石君尚書韻……三四六
柬王熙甫寧焯侍御兼示子文祖昌秀才乞石桐少鶴詩集……三四七
西涯晚眺……三四七
晚晴……三四八
夜坐……三四八
午睡……三四八

存素堂詩初集錄存卷十四

壬戌

奉校八旗人詩集意有所屬輒為題詠不專論詩也得詩五十首
恭壽堂集鎮國慤厚公……三四九
紫瓊巖詩集慎靜郡王……三四九
王池生稿紅蘭道人蘊端……三五〇

紫幢軒詩集香嚴居士文昭……三五〇
白燕栖稿問亭將軍博爾都……三五〇
曉亭詩集曉亭侍郎塞爾赫……三五〇
詩瓢樗仙將軍書誠……三五一
嵩山集嵩山將軍永㥣……三五一
延芬室詩集臞仙將軍永忠……三五一
月山詩集宗室恒仁……三五一
懋齋詩集四松堂詩集宗室敦敏、敦誠……三五二
北海集麟閣參政鄂貌圖……三五二
忠貞集覲公總督忠貞公范承謨……三五二
通志堂詩鈔容若侍衛性德……三五二
益戒堂集凱切總憲文端公揆敘……三五三
葛莊詩集在園按察劉廷璣……三五三
楝亭詩集子清通政曹寅……三五三
與梅堂詩集儼若大令佟世思……三五三
味和堂集章之尚書文良公高其倬……三五四
守素堂詩集若璞尚書蔡珽……三五四
西林遺稿毅菴中堂文端公鄂爾泰……三五四
蘭雪堂詩集蕉園觀察岳禮……三五四
倚松閣詩集松如侍郎德齡……三五五
南堂詩集南堂總督施世綸……三五五
溯源堂詩集岸亭中書賽音布……三五五
尹文端公詩集元長中堂文端公尹繼善……三五五
夢堂詩稿竹井中堂文蘭公英廉……三五六
虛亭遺稿虛亭尚書剛烈公鄂容安……三五六
退思齋詩集景庵侍郎介福……三五六
親雅齋詩集有亭侍郎雙慶……三五六
誤庵詩鈔誤庵筆帖式卓奇圖……三五七
道腴堂詩集冠亭大令鮑鉁……三五七
樗亭詩鈔魯望將軍薩哈岱……三五七
陶人心語俊公監督唐英……三五七
睫巢集眉山徵君李鍇……三五八
居白堂詩集石閭布衣陳景元……三五八
雷溪草堂詩集大盋居士長海……三五八

自我集拙菴老人明泰……三五八
補亭遺稿補亭尚書友恭公觀保……三五九
樂賢堂詩集定圃尚書文莊公德保……三五九
蘭藻堂詩集雲亭大令舒瞻……三五九
雲川詩稿洛耆大令顧邦英……三五九
大谷山堂詩集午塘侍郎夢麟……三六〇
枝巢詩草裕軒學士圖鞈布……三六〇
海愚詩鈔子穎運使朱孝純……三六〇
酌雅齋詩集贊侯侍郎福增格……三六〇
嘯崖詩存道淵巡檢甘運源……三六一
枕石齋集蒼巖佐領汪松……三六一
謙益堂詩集雲臣孝廉賈虞龍……三六一
石經堂詩集閬峰侍郎玉保……三六一
王春波至京為余橅古聖賢像……三六二
奉答汲修世子兼謝搜採時賢諸詩集……三六二
吳衣園裕德約游盤山……三六三
陳曼生鴻壽招同人陶然亭雅集……三六三
哭袁雙榕……三六四
樂雲道人招同人集水閣小酌……三六四
諸客半散余以雨留復成此詩……三六四
三君詠
舒鐵雲位……三六五
王仲瞿曇……三六五
孫子瀟……三六五
靜默齋……三六六
曉出東郊因迎鑾先行二日便游田盤……三六六
宿枕漱山房和衣園題壁韻……三六六
望盤山用薌泉韻……三六七
由感化寺至千像寺……三六七
自枕漱山房抵古中盤慧因寺……三六七
少林寺……三六八
東甘澗……三六八
西甘澗……三六八
萬松寺……三六九

暮抵天城寺歸宿枕漱山房……三六九
再入山游東竺庵……三六九
上方寺……三七〇
至雲罩寺登掛月峰憩舍利塔眺紫蓋
自來諸勝……三七〇
游盤谷寺訪拙庵遺跡再經東西甘澗
天城歸宿枕漱山房……三七〇
由天城萬松越嶺抵青峰寺……三七一
法藏寺……三七一
由雙峰寺出西峪歸飯寓齋……三七一
別枕漱山房……三七二
待莫韻亭侍郎僧寮久不至用壁間韻……三七二
和韻亭重宿僧寮韻……三七二
仰止樓為賈素齋題……三七三
合江樓和素齋……三七三
山中早起……三七三

存素堂詩初集錄存卷十五

壬戌

寄槎吟為張秀才賦……三七四
何竹圃榕乞詩許以畫報戲贈……三七四
贈鮑鴻起文達兼懷顧子餘……三七五
宿接葉亭得詩三首呈衣園并索載軒墨
莊薌泉廉堂船山山尊同作……三七五
吳白厂照自大庾寄畫竹至……三七六
杜梅溪大令寄示近詩……三七六
朱青立昂之許寫詩龕圖……三七七
送王子文秀才游衡山兼懷清泉李舒
園明府……三七七
祭詩詩和素齋……三七八
訪陳旭峰之綱助教先之以詩兼懷徐
後山昆員外馬秋藥給諫……三七八
宋蘭巖耀明府貽六安茶……三七八

送陳石士編修旋里…………………………三七九
題雍正丙午順天鄉試録後有序…………三七九
楊蓉裳貽骨種羊帽沿…………………三八〇
僧寮聽雪…………………………………三八〇
劉松嵐州署闢新園作詩寄示答之………三八一
松嵐代王子文刊秋水集喜而賦此………三八一
答顧玟菴兼懷張寄槎王柳村豫舒鐵雲王仲瞿孫子瀟…………………………三八二
久不接南中朋舊音耗寄懷東旭亭穀人竹橋杏江稚存惕甫小峴蘭雪香杜祥伯春木手山兼示味辛劍潭暨硯農元烺蘭士昆仲…………………三八二
溪上……………………………………三八三
寒夜……………………………………三八三
歲暮……………………………………三八四
春來……………………………………三八四
緩步……………………………………三八四
閉門……………………………………三八五
鐘聲……………………………………三八五
有談湖湘之勝者紀之以詩……………三八五
臘八日訪仲梧元圃……………………三八六
路經西涯題寄仲梧……………………三八六
王春波為李墨莊畫峨眉山圖…………三八六
題畫……………………………………三八七
聽仲梧彈琴夜歸賦此…………………三八七
癸亥
王淵花鳥………………………………三八八
唐寅江深草閣…………………………三八八
周之冕花卉……………………………三八九
夜坐……………………………………三八九
飲酒和丁春水學川韻…………………三八九
吟詩和丁春水韻………………………三九〇
祭硯篇為野雲山人賦…………………三九〇
松嵐州牧以西園落成詩示余既和寄

矣野雲山人愛之寫圖乞余書前詩更為賦此……三九一
溪上……三九一
韓城相公歸里奉次留別原韻……三九二
閏四月四日邀同人極樂寺看花春寒尚重花多未開詩以催之……三九二
初五日極樂寺會己亥同年……三九三
三朱山人歌……三九三
為鄭勉齋敏行侍御題畫……三九四
次韻贈丁春水……三九四
次韻贈婁夕陽承澐……三九四
再用前韻自贈……三九五
新晴……三九五
晚坐……三九五
松間……三九六
巖居……三九六
訪友……三九六
漁翁……三九七
草堂……三九七
西園……三九七
觀棋……三九八
清明日婁夕陽丁春水同作……三九八
村晚……三九八
題畫……三九九
溪行……三九九

存素堂詩初集錄存卷十六

癸亥

送李松雲堯棟太守之任徐州……四〇〇
題朱青立畫……四〇〇
春雨……四〇一
雨晴尋春……四〇一
答何蘭士朱野雲……四〇一
出紅石口抵黑龍潭……四〇二

出黑龍潭至大覺寺……四〇二
宿大覺寺和謝薌泉韻……四〇三
入山贈碧天禪師……四〇三
紅石口早行……四〇三
法雲寺……四〇四
領要亭晚坐和壁間韻……四〇四
鸊鷉谷……四〇四
桃花峪……四〇五
白鹿巖……四〇五
隆恩寺……四〇五
唐陶山州牧抵京……四〇六
邀陶山游西山……四〇六
題劉榮黼畫蘭卷……四〇七
偕唐陶山謝薌泉楊蓉裳吳山尊何蘭士朱野雲由極樂寺抵李文正公墓下作……四〇七
西涯小集餞陶山之任海州蘭士野雲即席作圖余為題後……四〇七
五月四日為謝薌泉生日前一夕賦……四〇八
讀樊學齋文集……四〇八
雨過……四〇九
夜坐……四〇九
畫魚……四〇九
廣慈菴晚坐……四一〇
懷遠詩六十四首
翁覃溪學士……四一〇
許秋巖觀察……四一〇
洪稚存編修……四一一
王惕甫典簿……四一一
吳蘭雪博士……四一一
吳穀人祭酒……四一一
趙味辛司馬……四一二
汪劍潭司馬……四一二
李石農觀察……四一二
汪杏江庶子……四一二

王述庵侍郎……四一三
鐵冶亭撫軍……四一三
曾賓穀運使……四一三
玉達齋制軍……四一三
阮芸臺撫軍……四一四
秦小峴廉訪……四一四
韓旭亭丈暨令子桂舲崶廉訪……四一四
劉松嵐觀察……四一四
李松雲太守……四一五
李載園州牧……四一五
吳竹橋太史……四一五
徐鏡秋太史……四一五
汪瑟庵學士……四一六
蔣最峰學正……四一六
唐陶山州牧……四一六
李舒園明府……四一六
杜海溪大令……四一七
蔣秋竹知節孝廉藕船大令……四一七
郭祥伯秀才……四一七
金手山秀才……四一七
張莫樓彤觀察……四一八
張蘭渚師誠方伯……四一八
孫淵如觀察……四一八
張水屋州判……四一八
楊荔裳揆方伯……四一九
陳春噓昶大令……四一九
石琢堂觀察……四一九
桂未谷大令……四一九
顏運生大令……四二〇
錢梅溪上舍……四二〇
李書年觀察……四二〇
魏春松觀察……四二〇
趙渭川希璜太守……四二一
馮魚山敏昌比部……四二一

淩仲子延堪廣文……四二一
黃東塢旭大令……四二一
吳白厂廣文暨令兄退庵孝廉……四二二
舒鐵雲孝廉……四二二
師荔扉大令……四二二
孫子瀟孝廉……四二二
劉金門學士……四二三
鄭青墅大令……四二三
黃心盦山人……四二三
趙偉堂大令……四二三
樂蓮裳孝廉……四二四
胡黃海廣文……四二四
賈素齋布衣……四二四
劉芙初嗣綰孝廉……四二四
呂叔訥星垣廣文……四二五
王仲瞿孝廉……四二五
王春堂屯牧……四二五
姚春木上舍……四二五
蔣香杜孝廉……四二六
顧弢庵秀才……四二六

存素堂詩初集録存卷十七

癸亥

樂游詩

謝薌泉儀部……四二七
何蘭士太守……四二七
何硯農民部……四二八
英煦齋侍郎……四二八
吳衣園編修……四二八
周載軒侍郎……四二八
張船山檢討……四二九
楊蓉裳戶部……四二九
吳山尊侍讀……四二九
李墨莊主事……四二九

李滄雲京兆……四三〇
王儕嶠侍御……四三〇
瑛夢禪居士……四三〇
朱野雲山人……四三〇
陳石士編修暨令姪王方主事雪香學士……四三一
初頤園侍郎……四三一
莫韻亭侍郎……四三一
鳳仲梧孝廉……四三一
玉元圃甯員外……四三二
張雨岩森太守……四三二
李漁衫懿曾明經……四三二
曹定軒給諫……四三二
馬秋藥光祿……四三三
劉澄齋錫五侍讀……四三三
葉雲素繼雯舍人……四三三
盛甫山舍人……四三三
曹儷笙通政……四三四
譚蘭楣光祥儀部……四三四
王春波山人……四三四
胡雪蕉永煥水部……四三四
吴玉松雲編修……四三五
蔡生甫編修……四三五
涂淪莊以輈主事……四三五
陳旭峰助教……四三五
胡蕙麓大令……四三六
陳雲伯孝廉……四三六
同人集極樂寺胡雪蕉贈詩依韻……四三六
極樂寺和韻……四三七
慧聚寺拜裕軒曹慕堂二先生祠……四三七
陳原舒雪蕉圖為胡水部賦……四三七
歎逝詩二十首
袁子才太史……四三八
羅兩峰山人……四三八
汪雲壑贊善……四三八

江秋史侍郎……四三八
程蘭翹學士……四三九
武虚谷大令……四三九
許石泉編修……四三九
鮑雅堂郎中……四三九
徐閬齋州牧……四四〇
邵二雲晉涵學士……四四〇
陸僕堂廉訪……四四〇
王葑亭太僕……四四〇
范叔度太僕……四四一
李鼂塘驥元中允……四四一
李介夫如筠編修……四四一
龔海峰太守……四四一
王夢樓太守……四四二
陳花農琪詹事……四四二
周霽原太令……四四二
袁雙榕大令……四四二

劉松嵐過訪不值留示新詩和韻……四四三
宣和鷺研歌……四四三
范文正公石琴歌……四四四
陸放翁藏東坡硯歌……四四四
石琴室聽泉……四四五
題陶然亭雅集圖送陳竹士基……四四五
次樓村道中因卜葬地……四四五
入孤山口……四四六
接待庵小憩……四四六
發汗嶺……四四六
雲梯……四四七
兜率寺……四四七
止宿文殊院……四四七
觀音堂……四四八
摘星陀……四四八
雲水洞……四四八
華嚴龕……四四九

一斗泉……四四九
中院尋天開寺遺碑……四四九
歸宿懷德草堂……四五〇
雲居寺……四五〇
小西天石經堂……四五〇
別懷德草堂留贈劉潛夫玉衡秀才兼示
徐竹厓夢陳進士冐致堂孝廉……四五一
發次樓村歷花梨坎抵戒臺宿……四五一
由戒壇抵潭柘寺……四五一
猗玕亭新竹……四五二
方丈院殘桂……四五二
潭柘午齋罷紆道西峰寺小憩仍宿
戒臺……四五二
答韓桂舲對廉訪……四五三
抵戒堂重謁裕軒慕堂兩先生祠堂……四五三
朱野雲畫小西天……四五三

存素堂詩初集錄存卷十八

癸亥

趙象庵鉽話雨山房看菊……四五四
亦粟僧閉戶三年詩以示之……四五四
朱辛田滋年自江南乞余序其詩作此
以報……四五五
東軒圖有序……四五五
東軒圖詩成見幀尾有楊蓉裳截句一章
戲效其體……四五六
曾賓谷運使抵都……四五六
胡果泉觀察自粵東至……四五七
讀張古愚敦仁刺史題畫詩……四五七
張念陵昞大令屢訪不值作此招飲……四五七
王惕甫寄淵雅堂編年詩至……四五八
哭吳竹橋同年……四五八
題丁春水江帆圖……四五九

芝圃先福方伯寄書并其家集至……四五九
冬夜讀敬庵德敏詩……四六〇
索敬庵畫詩龕圖……四六〇
靜默寺訪玉達齋制軍……四六一
時還讀書齋飲杏酪同仲梧元圃……四六一
仲梧讀余西山詩招同夜話……四六二
寄懷王述庵侍郎……四六二
極樂寺晚坐……四六三
初頤園侍郎由滇旋都出壬戌歲除日重游
龍泉觀看梅詩索和次韻……四六三
題張念陵龍門觀瀑長卷送之東湖……四六四
馬秋藥為其甥鎖成畫讀未見書齋圖并繫
以詩乞和……四六四
鞠見南純德刺史自江西至都貽近刻竹垞
集并許購書……四六五
李石農觀察抵都……四六五
壽楊蓉裳員外并寄荔裳方伯……四六五
歲暮懷人雜詠二十首有序
鮑覺生中允……四六六
朱滄湄文翰主事……四六六
阿雨窗撫軍……四六七
伊墨卿太守……四六七
錢南園澧副使……四六七
王熙甫侍御……四六七
王子文秀才……四六八
周西麋明經……四六八
方鐵船元鵾水部……四六八
洪桐生梧太守……四六八
玉閬峰侍郎……四六九
吳个園徵休孝廉……四六九
吳柳門鳳白鸞孝廉昆弟……四六九
許香巖封君……四六九
王野梅堂開孝廉……四七〇
方葆厓撫軍……四七〇

金蘭畦光悌廉訪……四七〇
黃小松刺史……四七〇
葉琴柯學使……四七一
李小松鈞簡學使……四七一
閑居……四七一
擁衾……四七一
話山同仲梧……四七二
曉起……四七二
歲晚……四七二
揜關……四七三
晚景……四七三
思梅……四七三
採藥……四七四
不寐……四七四
殘僧……四七四
就火……四七五
小病……四七五
憶山……四七五
窖花……四七六
贈雁……四七六
燈下……四七六
送寒……四七七
北園……四七七
守歲……四七七
朱素人移居圖歌……四七八
奚鐵生畫山水歌……四七八
坡公生日同人集何氏方雪齋用公集李委吹笛詩分韻得飛界二字……四七九
立春日陳石士編修冒雪過訪贈家刻數種并云茶菇一函入羹甚香冽檢之則峨眉茶也賦詩為謝且索茶菇……四七九

存素堂詩初集錄存卷十九

甲子

伯玉亭撫軍寄書稱述舊事兼以近詩委勘拉雜書此以報……四八〇
顧子餘書山水……四八一
宋芝山松石圖……四八一
朱野雲畫山水……四八二
孫少迂畫卷……四八二
朱素人畫山水……四八二
馬秋藥畫山水……四八三
張船山畫山水……四八三
陳詩庭畫山水……四八四
吳南鄉畫卷……四八四
王春波畫山水……四八四
顧容堂畫卷……四八五
吳退庵畫卷……四八五
題姚之麟為陶怡雲渙悅畫雲山圖……四八五
生日雜感正月十七日……四八六
袁蘇亭文楔自雲南寄詩札至……四八七
白石橋……四八七
陳曼生詩龕圖歌……四八八
朱青立詩龕圖歌……四八八
張南華鵬翀畫山水……四八八
奚鐵生畫……四八九
次伯玉亭示諸牧令詩韻……四八九
笪繩齋畫山水……四九〇
笪繩齋倣閔貞畫……四九一
王春波倣沈石田卷……四九一
萬廉山寫山谷今作梅花樹下僧詩意……四九一
題華亭汪墨莊鯤桃花潭水集後即送其歸……四九二
萬廉山詩龕圖……四九二
蔡研田本俊畫山水……四九三

題王椒畦畫……四九三
邵雲巢玘詩龕圖……四九三
高泖漁玉階詩龕圖……四九四
吳山尊詩龕圖……四九四
送盛藕塘之官德安司馬……四九四
孫淵如觀察重蒞泲上魏春松贈句云義陵
湯塚考原真行部重來雁澤春別有蒼生
迎馬首搨碑人與賣書人張船山補為圖
賦詩申其意……四九五
題查伯葵揆孝廉詩集……四九五

存素堂詩初集錄存卷二十

甲子

題羅兩峰畫梅為陳雪香學士賦……四九七
思元道人園中十詠
螺旋臺……四九七
眺松亭……四九八
丁字廊……四九八
樊學齋……四九八
筍石……四九八
葦橋……四九八
舊樹……四九九
井亭……四九九
松棚……四九九
月墀……四九九
哭程申伯維岳同年……四九九
陶然亭接孫子瀟寄書並和余三君詠即席
報之……五〇〇
六月一日胡蕙麓招陪翁覃溪先生宛平署
中早飯先生出拜文廟詩屬和次韻……五〇〇
送李載園回任題朱野雲畫載書圖後……五〇一
答韓旭亭……五〇一
答顧藕怡仙根……五〇一
張蘭渚方伯抵都……五〇二

送方茶山體出守……五〇二
哭楊荔裳方伯……五〇三
贈嚴麗生學淦兼寄張水屋譚子受蜀中……五〇三
熙朝雅頌集題後……五〇四
徵修熙朝雅頌集續編再賦一詩……五〇四
西涯晚步……五〇五
讀汪積山寒燈絮語示兒桂馨……五〇五
哭丁郁茲履端……五〇六
石墨齋詩和覃溪先生有序……五〇七
德勝門外看荷花……五〇七
山中……五〇七
偕佟秋帆明誠何蘭士訪李謙齋吉升於橋灣別墅……五〇八
橋灣即景同伊墨卿何蘭士朱野雲……五〇八
止宿橋灣別墅……五〇八
橋灣十景
天橋……五〇九
柳堰……五〇九
萬綠堂……五〇九
心遠閣……五〇九
生秋舫……五一〇
荷風榭……五一〇
艤亭……五一〇
葦間廬……五一〇
月湖……五一〇
釣磯……五一一
彈琴圖為唐鏡海鑒作……五一一
題船山畫……五一一
呂叔訥教諭寄白雲草堂集至侑以長札題其集後且奉懷也……五一一
贈汪研薌吳昉……五一二
茹霽堂綸常十年前以詩集寄余未有報也適其鄉人張雨厓聖詔道霽堂垂念鄙人

甚殷賦贈……五一二
寄南中同學……五一三
尺五莊招李廉訪長森朱棟觀察不至即席柬同年諸君……五一三
送伯玉亭制軍滇南……五一三

存素堂詩初集錄存卷二十一

甲子

次冶亭中丞見懷韻……五一五
懷先芝圃方伯……五一五
王惕甫寄新刻文集至……五一六
重陽前一日汪研薌招同人棗花寺探菊……五一七
菊既未花朱野雲欲即景作圖張船山以無酒為帳再賦此章……五一七
研薌再以同字韻索詩……五一七
題王荃心運河待閘圖……五一八
贈瞿菊亭頡……五一八
題思元道人畫竹……五一八
題朱野雲畫寄潘厚甫仁司馬時司馬訂北山之游……五一九
哭杜梅溪……五一九
題華嵒沒骨山水……五二〇
題宋人贈行畫卷用卷中胡舜臣詩韻……五二〇
冬夜題王蓬心太守摹北苑瀟湘圖……五二〇
瑤華道人貽畫……五二一
題魯山木仕驥明府扇頭自書格言為陳石士編修作……五二一
雪後吳荷屋榮光編修邀同鮑覺生中允李雲華翊吳美存其彥兩編修朱孝廉涂小集……五二一
編次詞林典故留宿翰林院呈同事諸公……五二二
翰林院十詠
登瀛門……五二二

劉井……五二三
柯亭……五二三
敬一亭……五二三
原心亭……五二三
清秘堂……五二三
寶善亭……五二四
瀛洲亭……五二四
成樂軒……五二四
狀元廳……五二四
夢遊盤山得句醒足成之……五二四
乙丑
元旦試筆……五二五
正月十七日張船山招同人集蜚鴻延壽草堂為余作生日賦詩各以其字為韻……五二五
李松圃秉禮郎中寄韋廬近詩至……五二六
孟麗堂覩乙山人寫余詩意成卷……五二六
孫春甫蘭枝舍人招同人集春酒堂用查梅史詩句分韻拈得如字……五二六
查伯葵屠琴隖各以詩集見貽……五二七
送何蘭士太守之寧夏……五二七
胡惠麓蔚州書至述桑乾河汨書帖一篋……五二八
贈一粟師……五二八
萬壽寺晤冶亭制府話舊……五二九
夢禪居士畫香雪山莊圖為吴柳門題……五二九
萬壽寺……五三〇
夢中游山得大星掠鬢邊飛鳥度腳底句醒足成之……五三〇
寄懷洪稚存編修……五三〇
桐陰詩思圖賦贈彭石夫壽山秀才……五三一

存素堂詩初集錄存卷二十二

乙丑

陶然亭雨集……五三二
日夕雨止……五三二

題黃小松瀫水圖為陳孝廉希濂賦……五三三
書桂未谷大令札後……五三三
香巖寺小憩……五三三
乘月出德勝門……五三四
大樹庵……五三四
淨業湖和彭石夫韻……五三四
大覺寺……五三五
幽村……五三五
書吳蘭雪詩後……五三五
同蘭雪夜話……五三六
慰蘭雪……五三六
小病……五三六
東吳蘭雪……五三七
補輯康熙己未詞科掌錄寄阮芸臺
撫軍……五三七
書敬業堂集中山尼詩後應覃溪先
生命……五三八
孫雨卿肅元畫山水……五三八
新柳和韻……五三九
朱閑泉畫山水……五三九
雨後……五三九
清梵寺……五四〇
汪池雲方伯贈扇……五四〇
再題中山尼詩後……五四〇
睡起……五四一
雨過……五四一
東坡黃州小像……五四一
雪城轉餉詩孫子瀟屬賦……五四二
靜嘯山房詩為陳晴巖傳經賦……五四二
和蘭雪夜出三轉橋踏月遂至十刹海觀荷
之作……五四三
偕陶季壽章潙歐陽磵東紹洛彭石夫三汊
河看荷用吳蘭雪韻……五四三
和蘭雪題錢南園御史畫馬……五四四

題蘭雪詩後……五四四
既和蘭雪玩月看荷之章雨中復成此詩
戲柬……五四五
熱機適得快雨……五四五
題蘭雪雨中看月詩後……五四五
和蘭雪三汊河雨中看花之作……五四六
且園雨中作歌貽蘭雪……五四六
思元道人招同蘭雪小集……五四七
和陶季壽出德勝門看荷花歌……五四七
淨業湖有感……五四八
待月淨業湖……五四八
積水潭……五四八
張船山為王竹嶼鳳生畫江聲帆影之閣圖
吳蘭雪賦詩感而有作……五四九
酬陶季壽……五四九
酬歐陽磵東過訪貽西涯詩……五五〇
鶴意似聽詩蘭雪為余題夢禪畫扇句也項
道存孝廉為補圖屬余賦詩……五五〇
贈王潤亭彬明府……五五一
寄題龍山慈孝堂……五五一
息隱園五詠
鏡清幃碧之軒……五五一
樹芝館……五五二
吟青閣……五五二
敧屋……五五二
竹風蕉雨之居……五五二
岳鄂王遺硯歌……五五二
贈先芝圃方伯……五五三
秋雨夜坐……五五四
明祭酒陳文定公畫像歌……五五四
題黃左田為王子卿所作畫……五五四
廣慈庵同己亭英貴太守夜話……五五五
書吳蘭雪題錢南園畫馬歌後……五五五
答李怡庵如枚榷使……五五六

約鮑樹堂勳茂小飲適攜王愓甫書至　五五六
題萬廉山梅花即寄廉山索畫　五五六
送仰山鍾昌之貴州兼懷尊甫耐園伊湯安觀察　五五七
瑤華道人竹趣圖歌時為道人校定詩集許作畫見酬　五五七
送英己亭還西陽州任己亭太守銜　五五八
高枕　五五八
憶舊　五五九
送別　五五九
西涯　五五九
晚渚　五六〇
獨立　五六〇
月橋　五六〇
秋寺　五六一
空谷　五六一
山夕　五六一
送友人還蜀　五六二
書竹泉詩後　五六二
南唐澄心堂冰玉琴歌　五六二
訪蓮龕繼昌夜話時蘭雪留宿齋中因讀近詩　五六三
陶季壽約同人小集江亭　五六三
江亭即事　五六四
後竹趣圖歌　五六四
和周希甫有聲太守見贈　五六四
題合作詩龕圖有序　五六五
八月初九日掃墓諸同人約游湯泉明陵一帶期而不至惟定軒給諫偕往　五六五
薊邱　五六六
清河道中　五六六
湯泉　五六六
聖泉寺在小湯山　五六七
法雲寺在昌平城東南郡村　五六七

天壽山……五六七
望居庸山不至……五六八
燕平書院……五六八
狄梁公祠余曾著梁公論……五六九
劉諫議祠……五六九
沙河舊名鞏華城……五六九
贈昌平牧戴懷谷……五七〇
周載軒給諫出彈琴畫卷索詩……五七〇
唐伯虎寒林高士圖……五七〇
同人集韻亭侍郎齋中余以雨阻留宿……五七一
再題寒林高士圖……五七一
九月初八日止宿秋隱山房答吳蘭雪……五七二
重陽日五更即起出太平莊抵翠微山甫曙……五七二
三山庵次吳蘭雪韻……五七二
隱寂寺次蘭雪韻……五七三
龍泉庵次蘭雪韻……五七三
香界寺……五七四
寶珠洞……五七四
次和蘭雪半幅精廬月中聞笛……五七五
宿三山庵半幅精廬看月……五七五
初十日五更即起雨聲不止曉晴始歸……五七六
是日李春湖宗瀚學士招同人看菊余與蘭雪由翠微山冒雨趨赴余獨留宿……五七六

存素堂詩初集録存卷二十三

乙丑

季壽以李太守尺五莊圖索詩用季壽卷中和東坡送劉道原韻……五七七
曉行盧溝柬蘭雪……五七八
次蘭雪博士用東坡微雪南溪小酌韻同煦齋侍郎……五七八
再用前韻寄蘭雪……五七八
題畫山水……五七九

題煦齋侍郎紀夢篇即書夢禪畫卷後……五七九
題毛周花卉冊……五八〇
再題紀夢篇書卷後……五八〇
送楊雪帆懋恬觀察之任蕪湖……五八〇
先月樓歌應雲悅道人命……五八一
即席應雲悅道人教……五八一
仇十洲湖亭消暑圖歌……五八二
寄黃心庵……五八二
先月樓和韻……五八三
送董午橋榮緯……五八三
臘八日葉琴柯招飲留宿齋中剪燭賦此……五八三
倪米樓自南中以吳南薌畫乞詩郭頻伽已先著墨作此奉懷兼寄南薌頻伽……五八四
畫鶴……五八四
臧孝子和貴詩……五八五
答喻東白宗崙……五八五
瑤華道人以盆梅侑畫見貽畫亦梅花也感其意賦詩……五八五
蓮花博士歌有序……五八六

丙寅

元日過積水潭……五八六
初春即事……五八七
居閑……五八七
春來……五八七
春曉行海甸道中……五八八
贈陳晴崖……五八八
正月十七日陶季壽以余生日邀同秦小峴謝薌泉楊蓉裳吳蘭雪陳石士集趙象庵蔗山園看梅季壽有詩次韻……五八八
戲柬吳蘭雪再疊前韻時蘭雪留宿敝齋促其校同人詩集……五八九
鄰人失火翌日蘭雪過問因訂游淨業湖三疊前韻……五八九

唐寅溪山亭子卷……五九〇
秦小峴太常約同人作東坡生日越月補以詩……五九〇
題韓桂舲方伯還讀齋集後……五九〇
贈傅醫……五九一
秦小峴招同謝薌泉楊蓉裳蔡式齋陳石士陶季壽集崇效寺看花次韻……五九一
寺中晚飯歸途有作……五九二
清明後一日出德勝門由三汊口抵海淀……五九二
過帶綠草堂舊居有感……五九二
紫雲新院贈趙象庵……五九三
蒼雪庵……五九三
妙因寺峰頂……五九三
景泰陵杏花……五九四
普覺寺……五九四
齋房看竹次蘭雪韻……五九四
退谷……五九五
櫻桃溝石上聽泉……五九五
五華寺……五九五
石壽寺……五九六
松堂……五九六
香山道中……五九六
步裂帛湖堤抵昆明湖……五九七
西方寺……五九七
由堤上歷界湖桑苧玉帶諸橋至鏡橋而返得詩二首……五九七
游玉泉歸柬蘭雪兼寄薌泉季壽……五九八
即事……五九八
記所見……五九八
陶季壽招游愍忠寺至江亭小酌……五九九
題季壽紀游詩後兼柬薌泉蘭雪……五九九
陶季壽招陪秦小峴謝薌泉劉澄齋楊蓉裳張船山趙象庵吳蘭雪陳石士葉仁甫陶

怡雲至愍忠寺遂游崇效寺余獨憩龍泉
寺同抵江亭午飯得詩三首……五九九
清秘堂記所見……六〇〇
湖樓秋思卷子為王海村作……六〇〇
畫樵……六〇一
題吳節母傳後……六〇一
書覃溪先生題法源八詠石刻詩後……六〇一
送趙豳亭同岐大令出宰安溪……六〇二
三月晦日晨起訪鮑樹堂侍御泛舟
潞河……六〇二
是日葉琴柯侍御過訪不值留詩而去
次韻……六〇三

存素堂詩初集錄存卷二十四

丙寅

王蓬心太守為查映山給諫畫聽雨
樓圖……六〇四
答周聽雲鍔太守並寄西涯年譜……六〇四
肅武親王墓前古松歌……六〇五
由肅王墓抵那氏園小飲入城仍集肅邸
南園……六〇五
阿雨窗林保中丞寄示修祀濬泉紀事詩
題後兼懷韓桂舲方伯……六〇六
聽雨樓即景……六〇六
答福蘭泉慶中丞……六〇七
朱野雲自江南來言今春遊焦山與墨卿
憑眺謂不得與覃溪先生及余偕為憾
覃溪先生賦詩余亦同作索野雲畫金
焦圖兼懷墨卿……六〇七
答覃溪先生……六〇八
寄伊墨卿……六〇八
綠淨園感賦一詩贈舒桂舫德恒……六〇九
再贈桂舫……六〇九
冶亭書來奉答二律……六〇九

和小峴大京兆移居詩四疊前韻……六一〇
贈梁石川德謙州牧……六一〇
野園詩為明鏡溪善作……六一一
贈嚴香甫鈺……六一一
題嚴香甫畫冊十二首……六一一
贈黃穀原均……六一二
六月六日秦小峴招同人積水潭看荷花余不果赴……六一三
積水潭即事……六一三
陪劉金門侍郎秦小峴京兆陳伯恭太常施琴泉學士查小山郎中吳蘭雪博士黃穀原山人積水潭看荷花歸憩海氏園抵詩龕小飲……六一四
六月九日拜西涯墓二首……六一四
答張舸齋……六一五
書徐直生寅亮侍御艾湖春泛卷子後……六一五
嚴香府詩龕圖……六一六
黃穀原詩龕圖……六一六
吳八磚詩龕圖……六一七
合作詩龕畫會卷子……六一七
匯通祠……六一八
文五峰畫上海顧氏園亭冊
玉泫館……六一八
薔薇幕……六一八
漱玉泉……六一九
春雨亭……六一九
滌煩磯……六一九
續元閣……六一九
靜龕……六二〇
月榭……六二〇
潛虬……六二〇
瑩心亭……六二〇
晴暉樓……六二一
化雲峰……六二一

雪舫……六二一
玉澗……六二一
石梁……六二二
訪徐浣梧道人不值留紙乞畫詩龕圖……六二二
寄酬張寶岩崟……六二二
蘭韻山房詩贈盧蔗香擇元明經……六二三
送于益亭裕德同年之楚雄太守任……六二三
為吳子野大冀題黃穀原畫兼示孟
麗堂……六二四
黃瀞懷鑑雲泉圖……六二四
福蘭泉中丞次韻見酬再疊前韻……六二四
天空山和韻……六二五
哭何蘭士太守……六二五
題初侍郎陳翁傳後……六二六
八月廿四日樊學齋道人招同謝薌泉徐星
伯松游大覺寺過海甸別墅小憩……六二六
黑龍潭觀泉……六二七
大覺寺憩雲軒晚坐……六二七
領要亭……六二七
尋明水院遺址不得……六二八
勝果寺……六二八
望城子山未至……六二八
八月廿八日拜漁洋先生生日于蘇齋即題
秋林讀書圖後……六二九
再用汪鈍翁葉訒庵二先生韻……六二九
秦小峴夢中得句云旛風導我入花徑山月
照人開竹房次日偕吳蘭雪游極樂寺謂
似余作因衍為七古二章時重陽前
一日……六三〇
再用前句成二小詩題寺壁……六三〇
九日冒雨訪吳蘭雪……六三〇
黃穀原小西涯雜憶畫冊為彭石
夫題有序
坡市典琴……六三一

僧寮課讀……六三一
河津待渡……六三二
岱麓停車……六三二
春明拳驢……六三二
詩龕問字……六三二
葦塘垂釣……六三三
梧館聽鐘……六三三
韻蘭草堂圖為周生笠賦……六三三
樊學齋道人招游大覺寺後屢以五言相示且多見懷感賦……六三四
積大令乞菊於毓吏部不得而致憾余賦詩調停之兼柬趙舍人……六三四
哭陸鎮堂師……六三五
秋夜……六三五
重陽日雨燈下作……六三六
瑤華道人許作詩龕圖擬賦詩速之適以詠菊新篇見貽次韻……六三六
答友人近況……六三六
吾拙一章效東野體……六三七
張少白宜尊欲為詩龕圖審其義而後命筆詩以述意……六三七
乞徐浣梧畫松……六三八
瑤華道人作詩龕圖侑以詩次韻奉酬……六三八
朱野雲畫茅齋獨坐圖為周肅夫賦……六三八
汪浣雲水部為畫詩龕圖侑以詩賦謝……六三九
柬吳蘭雪……六三九
柬陶琴坨……六四〇
冬日……六四〇
冬夜……六四〇
冬曉望翠微山……六四一
贈徐浣梧……六四一
史館偶作……六四一
樊學齋中作……六四二
贈鄧介齋守和……六四二

大覺寺晚坐……六四三
冬曉訪蔣爰亭予蒲侍郎即贈……六四三
西涯曉晴……六四四
讀張司業詩……六四四
讀賈長江詩……六四四
讀主客圖懷李松圃劉松嵐……六四五
贈李春湖學士……六四五
程素齋邦瑞請刻拙集詩以辭之……六四五
贈陳晴巖……六四六
贈蔣香杜……六四六
遣悶……六四六
僧寺晚步……六四七
示鄧介齋近況……六四七
採藥……六四七
曉起……六四八
飯罷……六四八
禮烈親王骹箭歌……六四八

跋

彭壽山跋……六五〇
王埔跋……六五一

存素堂詩二集·續集

劉錫五序……六五五
李世治序……六五六
鮑桂星序……六五六
汪正鋆序……六五七
存素堂詩二集六卷本王墉序……六五八
存素堂詩續集錄存九卷本阮元序……六五九

存素堂詩二集卷一

戊辰

題九疑山圖後……六六〇
立春日雪寄單雪樵……六六〇

費西墉給諫奉使琉球……六六一
橫木廠……六六一
題秦小峴侍郎寄張菊溪制府書冊後……六六二
樊學齋主人以素冊書新詩見示並命
綴句……六六二
題畫……六六三
李春塢芬孝廉過訪乞題其母氏節錄並商
輯黔詩始末拉雜書之即代弁言……六六三
客有感其兄者寫圖寄意為題……六六四
偕張少伊步陶然亭……六六四
獨尋龍泉寺……六六四
紅螺山訪范公墓……六六五
送黃穀原官楚……六六五
吳子野屬題黃穀原倣石田翁畫時穀原之
官黃州並寄示之……六六五
再題黃穀原畫……六六六
寄贈盧崑山洪湖明經……六六六
為友人題飲酒讀史長卷……六六七
贈吳孝廉以南……六六七
聞先芝圃方伯抵都有日因用寄題詩龕圖
韻奉懷……六六七
再題萬輞岡詩龕第二圖仍用先芝圃題
寄韻……六六八
余悼亡後尋葬地於北山回適單雪樵寄詩
至因用其韻寄之……六六八
約劉芙初嗣綰陶鳧香樑二庶常修補及見
錄先之以詩……六六九
小集樊學齋觀高侍郎戲墨即題張仙槎
畫後……六六九
菊溪制府重拜山東臬使之命自西苑枉過
敘舊聞煦齋侍郎再直機庭喜賦即送菊
溪並柬煦齋……六七〇
奉次陳鍾溪侍郎教習庶吉士紀恩詩韻兼
以感舊……六七〇

宋芷灣編修典試黔中欲贈以詩而芷灣行
矣因寄福中丞蘭泉札率書二章於後即
寄編修並柬中丞……六七一
書局歸訪悅性大師池荷尚未全放詩以
催之……六七一
約悅性清晨看花且訂早齋……六七二
約同人看荷花有不識蹊逕者諗之
以詩……六七二
為朱白泉觀察朱爾賡額題其僧服
小照……六七二
拜李文正公墓……六七三
國花堂坐雨……六七三
題朋舊詩冊
瑤華道人暑雨中寫成多三十年前舊作……六七三
英煦齋院掌自桃花寺行幄挑燈寫寄至京……六七四
錢裴山方伯卷中俱典試蜀中所作……六七四
孫平叔編修籤題海棠巢詩草……六七四
久雨不寐……六七四
雨晴夜坐……六七五
雨後答譚蘭楣兼寄吳蘭雪……六七五
德厚圃太守憶四十年前讀書杭城梅花盧
舊事倩鄭山人士芳作圖余為補詩……六七五
湯山道中晚行……六七六
送陳碩士典試中州……六七六
西涯秋晚……六七六
積雨……六七七
贈吳昺菴……六七七
送查梅史之官皖江……六七七
為蘭雪姬人綠春題畫蘭冊後……六七八
哭徐鏡秋同年……六七八
瑛夢禪詩龕圖遺卷倣倪雲林查二瞻
筆意……六七九
秋藥蘭士迦坡野雲合作詩龕圖……六七九
何蘭士朱野雲馬秋藥合作詩龕圖……六七九

黃穀原詩龕圖……六八〇
嚴香府詩龕圖……六八〇
野雲青立素人合作畫卷……六八〇
滌齋素人野雲穀原香府合作詩龕圖摹奚鐵生……六八一
吳八甎詩龕圖……六八一
張寶巖詩龕圖……六八二
檢閱笪繩齋詩龕圖卷慨然賦詩兼憶題圖諸知好……六八二
筠圃藏書甚富身後散佚殆盡偶觀覃溪先生摹阮翁遺墨感觸讀易樓舊事愴然賦此……六八三
再題蘇齋縮本蘭亭後兼寄朱野雲揚州……六八三
錢辛楣前輩寄梅石心知卷閱十年矣久欲跋一詩而未能也秋夜題此以當懷人……六八四
憶癸亥年方雪齋作坡公生日同人作詩成冊今蘭士歿已二載秋燈展閱悵觸題後……六八四
黃安興孝廉安濤過訪出友漁齋家集見贈並乞題馴鹿莊卷子侑以新句集序圖記皆老友郭君之筆感觸成詩……六八五
讀嘉善黃退菴凱鈞友漁齋近詩題後……六八六
謝李曉江大令祥鳳畫玉延秋館卷子並乞畫竹……六八六
曉行……六八七
小憩馬廠寺中遂由紅石口止宿牛房村耕餘課讀草堂……六八七
羊房大廟……六八七
入山尋地不得悵然而返飯於田家……六八八
和氏園林……六八八
牛房觀音寺……六八八
九月六日秦小峴侍郎招陪翁覃溪先生暨

吳蘭雪劉芙初陶季壽補作新城王文簡公生日五更驟雨恐不果行……六八九
雨稍止竟赴小峴之約……六八九
李邁仁同年留飯晚歸……六八九
為友人題畫二首
柏悅圖……六九〇
竹安圖……六九〇
答河南撫軍清平階……六九〇
朱白泉觀察寄郵程日記至題後……六九一
送陶季壽歸里……六九一
奉校唐人文集寄示芸臺淵如蓉裳琴士諸朋好……六九二
朱文正紀文達彭文勤三公手蹟合卷……六九二
主園詩為程素齋賦……六九三
題項孝廉水墨畫卷……六九三
洪忠宣手植柏歌為介亭編修賦……六九三
五鼓起赴蘇齋作坡公生日適杭湖風水洞拓得蘇題姓字四楷蹟同賦……六九四
楊舟畫冊詩為吳子野賦
老梅殘竹……六九四
菊逕蜻蜓……六九五
雪店券驢……六九五
秋柵聞雀……六九五
春禽擇木……六九五
立春後二日曉村事……六九五
題王春堂貞女詩後……六九六

存素堂詩二集卷二

己巳

秋園小景沈壬海孝廉嘉春繪圖屬題……六九七
送菊溪制府赴粵兼懷桂舲巡撫……六九七
題友人攀桂圖……六九八
憶山……六九九
養病……六九九

每夜不能寐輒思作詩……六九九
病中偶題……七〇〇
晚至山寺……七〇〇
病中客至……七〇〇
枕上聽泉……七〇一
黑龍潭……七〇一
寄戒臺寺僧臨遠……七〇一
約辛春巖夜話時寓宛平縣署……七〇二
小憩田家遂至大覺寺……七〇二
贈山僧……七〇二
靈鷲菴僧話……七〇三
村晚……七〇三
日暮投舊寺不得路為花木所掩……七〇三
贈樂蓮裳……七〇四
奉寄福蘭泉兼呈許秋巖兩倉場……七〇四
病起……七〇五
徙倚……七〇五
贈陳大令平伯均……七〇五
元圃侍郎憂歸余適抱病不能往唁詩以代柬……七〇六
題畫贈陳孝廉鏊……七〇六
階平撫軍寄詩至病中未及答也小愈感觸舊游作此以報……七〇六
贈吳菱亭孝廉……七〇七
溢海和尚約上中峰……七〇七
單雪樵寄詩信至答之……七〇七
憶吳穀人……七〇八
憶趙味辛……七〇八
題張三丰像……七〇八
謝曹麗生華閣同往勘地……七〇九
曉過拈花寺題贈體師……七〇九
以黃癭瓢山人畫魏公簪金帶圍圖壽煦齋侍郎四十時煦齋典會試始撤闈感舊懷人輒跋幀尾……七〇九

聽雨……七一〇
寄旌德朱宋卿則璟……七一〇
王柳村寄群雅集至謝以詩……七一〇
書錢梅溪讀史便覽後……七一一
兩三年前贈單雪樵一詩見和至十用原韻
偶爾檢視感其情之長也再用韻……七一一
為錢梅溪題其尊甫養竹山房詩……七一二
吳仲圭墨竹歌……七一二
題文五峰畫上海顧氏園林冊……七一三
沈石田漁莊村店圖歌……七一三
董思翁寒林遠岫圖歌……七一四
哭謝薌泉同年……七一四
屠琴塢舊屋說詩圖……七一五
小檀欒室讀書圖……七一五
徐次山德瑞孝廉聽詩圖……七一六
夢中得搴霞十字醒足成之……七一六
雨中屠孟昭招同劉芙初董琴南吳蘭雪黃
霽青安濤小集擬游錢蕅人儀吉寓園適
戴金溪敦元至而大雨驟臨冒雨同往蕅
人出茶瓜餉客觀雨久坐孟昭欲為畫記
之因賦此詩……七一六
約劉芙初吳蘭雪屠琴塢董琴南錢衎石黃
霽青齋梅麓彥槐悅公禪房看荷花先之
以詩即寄悅公……七一七
秦小峴侍郎見余招諸君看荷花詩以余未
及奉招勝稱蓉湖荷花以傲余戲答并次
其韻……七一八
次秦小峴侍郎潞河舟行韻……七一八
再邀陳石士胡書農孫平叔徐星伯陳範川
鍾仰山諸君月下看荷花用前韻……七一九
小峴侍郎寄書有怪余見嘲語作詩答之卜
期過訪……七一九
湖上晚行偶作短歌索蘭雪和……七二〇
送吳小坡歸里……七二〇

立秋後一日陳鍾溪侍郎過訪不值久坐荒亭茶瓜而去……七二〇
答鍾溪論詩復題簡尾……七二一
蘭雪和詩至再用韻呈小峴侍郎並示蘭雪……七二一
吳雲樵學使過訪預約津門歸看菊小飲作詩為券即送其行且託代覔鄉試録諸書……七二一
邀平叔書農星伯範川芙初諸同事校悦公禪房釋典……七二三
尋幽……七二三
洪介亭編修以所藏康熙丙申春諸君子元福宮看花詩卷屬題……七二三
石門看月詩和仲餘侍郎韻……七二三
張少伊餽山藥至……七二三
李薌甫芸甫昆季招赴畫會因宿借緑山房……七二四
借緑山房諸畫師為余合寫玉延秋館卷子頃刻而就題詩於後以誌佳會……七二四
陳石士胡書農孫平叔陳範川徐星伯五編修招集陶然亭……七二五
曉晴赴五君子之招作詩為謝兼呈陳鍾溪侍郎翁宜泉譚蘭楣二郎中吳蘭雪博士席子遠姚伯昂二編修屠琴隖大令……七二五
約陳鍾溪侍郎赴白雲觀訪道藏諸書……七二六
吳子野餽鮮蟹雞卵余素戒殺辭蟹而謝之詩……七二六
盛甫山舍人招同馬秋藥太常朱滄湄比部吳蘭雪博士朱野雲山人小集……七二六
陳石士見姚伯昂藏其師姬傳先生手蹟屬錢梅溪鈎勒上石以原稿裝卷自藏乞余詩為券因寄伯昂梅溪……七二七
蘭雪許以姬人緑春畫蘭冊見貽今且三年矣余屢索之詭言未獲題詩及見有餽余

蘋婆果者索其半曰將以畫蘭報也既而
邈然因戲以短歌……七二七
為朱野雲題畫……七二八
又題野雲畫……七二八
朱野雲山人邀同金蘭畦尚書汪東序
太僕馬秋藥太常小集擬陶詩屋即
席有作……七二八
李薌甫芸甫昆季餽栗謝以詩……七二九
題贈程定甫贊寧編修……七二九
屠琴塢將為縣令題其墨筆山水畫……七三〇
十六畫人歌……七三〇
李恒堂錫恭侍講以其祖父遺像繪冊
屬題……七三一
余二十年前為吳蘭雪題圖有滿地皆梅花
何處著明月句同年朱滄湄典陝試移此
二語識龔海峰程墨尾河間紀文敏公見
之傳為佳話今既為子野駕部署樓額遂
改前詩為佇月樓詞……七三二
輓洪稚存編修……七三二
重陽前一日薌甫芸甫餽菊……七三三
再贈薌甫芸甫……七三三
偶述……七三四
題蔣爰亭侍郎秋闈校士圖……七三四
文待詔雪霽山行小景……七三四
文待詔碧巖閑話小景……七三五
次徐蘊士孝廉元韻……七三五
懷先芝圃巡撫……七三五
喜衛輝府太守王儕嶠卓薦入都……七三六
題蔣元亭先生靜觀圖……七三六
守經堂為元庭同年題畫……七三六
魯孝子歌……七三七
湯雨生騎尉屬題秋江罷釣小景冊中佳篇
甚多陳石士編修意義稍別附聲綴句且
贈別焉……七三七

吳蘭雪席上晤江頡雲送其南歸……七三八
送屠琴塢之官即題其雙藤老屋圖後……七三八
昌溪村八景為吳子野賦
沙墩垂釣……七三九
九嶺茶歌……七三九
新橋秋月……七三九
竹林夜讀……七三九
石屋梅花……七三九
船蘢楓林……七四〇
山寺曉鐘……七四〇
西山積雪……七四〇
為大覺寺僧題畫六首……七四〇
為靈鷲菴僧題畫六首……七四一
柬陳鍾溪侍郎……七四二
柬張少伊索山藥……七四二
仁圃丈德元邀同朱習之少僕過廣積寺齋飯……七四二
送陳稽亭歸里即題其桂門圖後……七四三
謝張少伊贈山藥……七四三
題佇月樓畫會冊為吳子野……七四三
題曹夔音仿趙文敏樂志圖為程子蘅荃賦……七四四
諸城劉文正公扇頭楷書前人蟲豸詩二十四首敬跋於後……七四四
文正公書前人蟲豸五言絕句廿四章前已闕其二且魚蠏蝦水族也不可雜入蟲豸蝌蚪蛙屬蚱蜢螽斯屬不必複見并刪之更為補益得詩二十八首
蟬……七四五
蝶……七四五
蜻蜓……七四五
螳螂……七四六
螽斯……七四六
絡緯……七四六

蜂……七四六
果蠃……七四六
蠅……七四七
蚊……七四七
蠛蠓……七四七
螢……七四七
蛾……七四七
螻蛄……七四八
蜣螂……七四八
蝙蝠……七四八
叩頭蟲……七四八
蟻……七四八
蚯蚓……七四九
蛙……七四九
蝸牛……七四九
天牛蟲……七四九
蟫……七四九
蜘蛛……七五〇
促織……七五〇
守宮……七五〇
蝗……七五〇
蝨……七五〇
次女于歸宗室雲堦即日侍其翁赴四川
都統署作詩勖之……七五一
乞諸畫師仿趙承旨樂志卷為合作孫學
齋圖……七五一
學士栢詩為王春堂賦……七五一

存素堂詩二集卷三

庚午

汪均之札來索近詩賦此為贈……七五三
蜀中搢紳先生多有以尺素見問者既各牘
答之復作此詩……七五三
初春偶題……七五四

生日書懷……七五四
七家詩龕圖歌
畢蕉麓高士……七五五
張桂巖州判……七五六
楊蘊山山人……七五六
朱滌齋山人……七五七
徐沅梧道士……七五七
楊琴山山人……七五八
陳菉晴山人……七五八
褚石珊畫蟲豸圖詩凡二十八種……七五九
題石珊畫栗子山藥百合……七五九
再題扇頭竹梧雞冠花雄雞二絶句……七六〇
送屠琹塢令儀徵……七六〇
寄泰州姜桐軒……七六一
李山人以夢禪居士指寫東坡詩意遺墨屬題……七六一
大覺寺偶題……七六二
且園月下有懷……七六二
菊隱中書歌為趙象菴賦……七六二
補題壁上易州崔廷幹臨沈石田自畫像……七六三
快閣篇為慈溪盛隱君賦……七六三
詩獘詩十六首和汪星石
分門戶……七六四
別唐宋……七六四
填故實……七六四
習俚俗……七六五
押險韻……七六五
集成句……七六五
點穠艷……七六六
立條教……七六六
狗聲病……七六六
假高古……七六七
偽窮愁……七六七

務關繫……七六七
多忌諱……七六八
襲句調……七六八
喜冗長……七六八
好疊韻……七六九
蘇叔黨斜川集……七六九
辛幼安稼軒集……七六九
尤延之梁谿集……七七〇
陸生自吳門來京介愓甫札謁余翌日以詩見懷用韻答之……七七〇
去年游龍泉寺歸晚宿野雲齋中野雲挑燈摹玉山草堂以當玉延秋館也次日倩秋藥甫山芸甫薌甫琹山雨生子野麗堂淥晴滌齋十君補之茲裝卷成為作十一畫人歌……七七一
朱滌齋為寫二十八蟲子扇頭作歌謝之……七七一
秦小峴侍郎詩來問病約同李石農茶話余病不克往用韻謝之兼寄石農……七七二
單雪橋自白門寄藥侑以詩至……七七二
謝張鐵耕山人井贈石印……七七二
奉柬雪橋兼贈鐵耕……七七三
懷顧子餘……七七三
白陽山人墨筆花卉送觀生閣藏棄識以詩有序……七七三
李石農廉訪過余長話翌日寄玉延秋館詩至如數報之……七七四
讀陰符……七七五
讀鬻子……七七五
讀晏子……七七六
讀公孫龍子……七七六
讀鶡冠子……七七六
讀墨子……七七七
讀子華子……七七七

昫齋先生嘗以校文秘旨見示因命兒子桂馨識之不忘感舊作歌奉贈……七七七
徐次山孝廉舉譚龍錄相質且以三昧神韻為難解作歌示之……七七八
京口行贈王柳村兼寄鄒十員外用晁无咎集中苕霅行韻……七七八
張舸齋夕菴自京口寄詩畫至因念亡友鮑雅堂語愴然感懷用放翁集中登樓七古韻乞舸齋夕菴同作……七七九
病中閱畢焦麓寫寄玉延秋館二圖神氣頓覺清爽忽憶洪稚存之歿不勝人琴之感蓋此圖稚存轉為緘寄也因用遺山集中寄答辛敬之韻託儲石珊寄呈焦麓更乞新畫……七七九
單雪樵和余五疊詩韻至余才劣不克更疊矣適閱東坡集用寄喬太博詩韻郵贈……七八〇
吳雲海佇月樓成落之以詩……七八〇
昫齋少司農命書天啟三年小斧歌于圖舊作既逸更賦此詩……七八一
汪均之公子得東坡定惠院寓居月夜偶出墨蹟倩黃穀原補圖札來徵詩即用夜字韻奉寄……七八一
汪星石記事圖歌……七八二
香泉篇……七八二
題朋舊尺牘後已往之人
袁子才太史……七八三
朱文正公……七八三
紀文達公……七八三
彭文勤公……七八四
錢辛楣少詹……七八四
王述菴侍郎……七八四
王夢樓太守……七八四
劉青垣侍郎……七八五

秦端崖司業……七八五
陸鎮堂先生……七八五
鮑雅堂郎中……七八五
瑛夢禪居士……七八六
汪雲壑修撰……七八六
江秋史侍御……七八六
程蘭翹學士……七八七
吳竹橋儀部……七八七
吳少甫觀察……七八七
武虛谷大令……七八八
謝薌泉侍御……七八八
錢湘舲閣學……七八八
洪稚存編修……七八八
何蘭士太守……七八九
陳春溆副憲……七八九
馮魚山比部……七八九

存素堂詩二集卷四

庚午

題唐名賢小集詩有序

魏徵集……七九〇
顏籀集……七九一
岑文本集……七九一
虞世南集……七九一
上官儀集……七九一
褚遂良集……七九二
宋之問集……七九二
蘇頲集……七九二
張鷟集……七九二
姚崇集……七九三
宋璟集……七九三
賈至集……七九三
李嶠集……七九三

韓休集……七九四
孫逖集……七九四
張廷珪集……七九四
劉知幾集……七九四
敬括集……七九五
郭子儀集……七九五
李吉甫集……七九五
崔融集……七九五
崔祐甫集……七九六
梁肅集……七九六
常袞集……七九六
崔損集……七九六
任華集……七九七
齊映集……七九七
白敏中集……七九七
馮宿集……七九七
封敖集……七九八
李程集……七九八
于邵集……七九八
楊炎集……七九八
李絳集……七九九
潘炎集……七九九
李翰集……七九九
韓翃集……七九九
柳冕集……八〇〇
令狐楚集……八〇〇
裴度集……八〇〇
楊於陵集……八〇〇
高郢集……八〇一
杜佑集……八〇一
牛僧孺集……八〇一
符載集……八〇一
王涯集……八〇二
賈餗集……八〇二

舒元輿集……八〇二
陸扆集……八〇二
員半千集……八〇三
賀知章集……八〇三
任華集……八〇三
嚴郢集……八〇三
穆員集……八〇四
張仲素集……八〇四
蔣防集……八〇四
薛逢集……八〇四
王棨集……八〇五
葉法善集……八〇五
僧玄奘集……八〇五
題交游尺牘後現在之人
瑤華道人……八〇六
思元道人……八〇六
翁覃溪先生……八〇六
趙甌北觀察……八〇七
姚姬傳郎中……八〇七
許秋巖漕帥……八〇七
百菊溪制府……八〇七
吴穀人祭酒……八〇八
李墨莊兵部……八〇八
鐵冶亭尚書……八〇八
秦小峴侍郎……八〇八
初頤園侍郎……八〇九
曹儷笙尚書……八〇九
秦易堂洗馬……八〇九
劉澄齋太守……八一〇
孫淵如觀察……八一〇
馬秋藥太常……八一〇
汪瑟菴閣學……八一一
阮芸臺巡撫……八一一
石琢堂廉訪……八一一

張船山侍御……八一二
陳鍾溪侍郎……八一二
英煦齋侍郎……八一二
伊墨卿太守……八一二
李石農廉訪……八一三
李松圃封翁……八一三
趙味辛刺史……八一三
劉松嵐觀察……八一三
汪劍潭司馬……八一四
楊蓉裳員外……八一四
吳山尊學士……八一四
陳石士編修……八一四
劉芙初編修……八一五
屠琴塢大令……八一五
王惕甫典簿……八一五
吳蘭雪博士……八一五
樂蓮裳孝廉……八一六
查梅史大令……八一六
趙琴士秀才……八一六
郭頻伽秀才……八一六
姚春木上舍……八一七
汪均之公子……八一七
讀陳思王集……八一七
讀阮嗣宗集……八一八
讀嵇叔夜集……八一八
讀陸士衡集……八一八
讀謝康樂集……八一九
讀鮑明遠集……八一九
讀庾子山集……八一九
讀陰常侍集……八二〇
讀謝宣城集……八二〇
讀梁武帝集……八二〇
讀梁簡文帝集……八二一
讀沈休文集……八二一

讀江文通集……八二二
讀何水部集……八二二
讀劉長史集……八二二
讀陳後主集……八二二
讀徐孝穆集……八二三
欒城集有所居六首坡翁父子胥和焉余肖為之而不復依其所詠……八二三
病中唐陶山刺史過訪……八二四
汪均之公子偕令弟奐之赴京兆試同過詩龕值雨留飯因訂游大覺寺……八二四
黄穀原為汪奐之公子畫雨窗懷舊小景心盦題句最佳出示索句……八二五
汪均之奐之應試成均詩以送之感舊書懷率成八首……八二五
招均之奐之小集吳子野辛春巖適至即留長話時病初愈……八二六

存素堂詩二集卷五

庚午

唐陶山刺史易余掃葉軒名億軒取老子心億則樂語作歌……八二七
陳季方菊花卷……八二七
陳季方畫竹卷……八二八
錢梅溪畫……八二八
船上篇送辛春巖歸里……八二八
題汪奐之雙桐軒懷舊詩後……八二九
靈隱書藏歌并序……八二九
題雷塘菴主小像次翁覃溪先生韻……八三〇
病小愈過佇月樓訪醫主人以秦司寇張太守看花詩索和司寇詩中有憶余之句遂次韻……八三〇
佇月樓獨坐偶憶秦侍郎再疊前韻奉寄……八三〇

佇月樓三疊張船山韻君時出守萊州……八三一
送汪均之奐之昆季京兆報罷出都……八三一
玉元圃侍郎自西藏歸畫倚樹望雲圖寄意自題小詩甚精索和效其體……八三二
病中雜憶……八三二
病起曹定軒給諫朱習之少僕朱滄湄戶部何緩齋比部言臯雲太守分日約余觴飯京師諺語所謂起病也賦詩以謝……八四三
曹定軒前輩七十壽辰同人咸祝以詩予以病未作茲牋來敦索賦此……八四四
哭朱習之太僕同年……八四四
題陳洪綬沒骨芭蕉石……八四五
金蘭畦尚書方葆巖總督余庚子同年也今秋兒子桂馨獲雋又得與兩公子稱同年李松雲前輩極稱之爰作是詩……八四五
方葆巖制府乞恩歸養俞詔允行同人詠歌其事……八四六
介文夫人以桂馨獲雋畫桂花見賀附杏花一幀煦齋兼綴跋語爰題小詩三首于紙尾求朱靜齋理陳鍾溪和之並呈煦齋……八四六
題奚鐵生雲海圖為吳兵部賦……八四七
題楊生梅花松樹卷送嚴就山而寬出宰秦中……八四七
病中祭詩借崇效寺所藏拙菴紅杏青松卷留觀數日題詩……八四八
劉松嵐游華山得詩題曰行篋集楊蓉裳作序誤篋為腳題詩以識……八四八

存素堂詩二集卷六

辛未

阮芸臺侍講以朱野雲山人種樹萬柳堂邀余往游兼錄去冬萬柳堂詩見示依韻……八四九
題萬柳堂祖餞圖奉送秦小峴侍郎歸梁溪即用立春日讌集原韻……八五〇

題漁洋竹垞初白三先生紅杏青松圖詩後
示兒子桂馨……八五〇
兩峰畫竹二首……八五一
管夫人遺硯圖歌和英煦齋侍郎……八五一
王春艇光彥孝廉畫詩龕圖見寄并次余題
西涯圖舊作韻題幀……八五二
補題張雪鴻敔畫莫愁湖舊冊……八五二
和吳菊君枌自贈韻……八五三
看山讀畫樓歌為周菊塍行孝廉賦……八五三
再題明十九人詠白繡球花詩卷……八五三
梯雲草堂為吳菊君賦……八五四
再題周菊塍畫卷有懷王述菴侍郎……八五四
徐畫堂志晉農部過訪不值留七律二章
賦答……八五四
阮芸臺侍講偕朱野雲山人補種柳樹於
拈花寺……八五五
顧劍峰日新書來言秦曉峰維嶽觀察暨弟
瑤圃維巖明經筑藏詩隖于黃鶴樓下喜
而賦此……八五五
唐介亭璉寄書畫至謝以詩……八五六
阮芸臺侍講於寒食節游萬柳堂夜宿寺
中翌日清明看花柳有作余畏寒未
往次韻……八五六
畫眉山同劉芙初作……八五七
宿大覺寺……八五七
憩雲軒聽泉……八五八
清水院殘碑……八五八
領要亭……八五八
塔院看杏花……八五九
尋香水院遺址……八五九
何綏齋天衢比部藏文休承為王百穀畫半偈
菴圖真蹟疏秀可愛朱山人文新臨成而未
署款余既為詩龕矣裝池綴以詩……八五九
阮芸臺侍郎拜朱文正公墓於二老莊紆道

西山招余同往……八六〇
摩訶菴……八六〇
慈壽寺……八六〇
栗園莊……八六一
倚松齋……八六一
猗玗亭……八六一
延青閣……八六二
少師靜室……八六二
觀音洞……八六二
由羅睺嶺南折入戒壇……八六三
徘徊松間久不能去……八六三
出山口憩村寺……八六三
潘予亭孝廉慶齡汲綆圖……八六四
為陳受笙均孝廉題畫時甫偕阮芸臺侍郎
拜朱文正公墓回即次芸臺韻……八六四
蜀鏡詞為陳受笙賦……八六四
益齋太僕巴哈布招同查篆仙淳太常曹雲
浦師曾副憲看海棠即事有作……八六五
讀查梅史為胡秋白元杲孝廉題小檀欒室
文暨郭頻伽詩感舊賦此……八六五
奉還唐陶山宋搨圭峰碑帖寄懷四詩即題
帖後……八六六
邵君遠淵耀寄書至侑以近作一章率筆
奉答……八六六
朱白泉觀察自粵東抵京……八六六
聶蓉峰銑敏編修近光堂經進稿後即以
奉懷……八六七
朱松喬同年蘭聲飲酒圖……八六七
菊溪尚書平海投贈集題後……八六八
掃葉亭圖歌有序……八六八
張寶巖崟畫江南風景十二冊令兄舸齋鉉
各題詩寄余和之
麥壠……八六九
果林……八六九

蘭墅……八六九
櫻逕……八六九
茶山……八七〇
桑田……八七〇
蔬圃……八七〇
菱塘……八七〇
荳棚……八七〇
菊籬……八七一
荻浦……八七一
稻畦……八七一
夢禪畫鶴……八七一
介文夫人梅花……八七二
續之侍御西瑯阿小像……八七二
奉和蔣丹林祥墀祭酒紀恩詩……八七三
梅林觀榮假歸盤山約游病中答以詩兼示
言皋雲朝標王云亭二子……八七三
東閣偉堂善慶太史乞作六十壽文……八七四
九月七日赴王觀察州昆季之招途中
口占……八七四
夢禪居士為蔣南樵予蒲侍郎畫像
遺筆……八七四
黼齋員外倭克精額齋中看菊……八七五
答王春堂古詩三首……八七五
題吳雲海畫冊……八七六

壬申

奉懷同年吳淦厓太守詹湘亭大令孫
一泉太守王春堂屯牧皆官楚中各
繫一詩……八七六

存素堂詩二集卷七

壬申

六十初度諸君子合作掃葉亭圖各贈詩
一首
王雲泉……八七八

高泇漁…………………………………………八七八
黃東塢…………………………………………八七八
朱野雲…………………………………………八七九
吳南薌…………………………………………八七九
馬蘭谷棟………………………………………八七九
陳淥晴…………………………………………八七九
六十生日自警…………………………………八七九
晨起雪…………………………………………八八〇
西續之給諫病中借本草………………………八八〇
言皋雲太守招飲余固不能飲也允其請而
謝以詩…………………………………………八八一
汪均之貽蓮子桂元并自書詩龕畫記至病
中未報茲謝以詩………………………………八八一
前七家詩龕圖冊顧子餘萬廉山張船山吳
南薌高泖漁朱閑泉徐西澗……………………八八二
後七家詩龕圖冊顧子餘瑛夢禪朱素人孫
少迂吳南薌筥繩齋高泖漁……………………八八二
張水屋詩龕消暑圖作於乾隆癸丑年…………八八三
黃小松詩龕圖作於嘉慶丙辰年………………八八三
陳韻林處士詩松間小影………………………八八三
掃葉亭圖歌有序………………………………八八四
馮璞齋學淳為余錄舊詩於軸冊………………八八四
吳南薌自山東至為余作畫送其出都…………八八五
茹古香棻閣學以娑羅葉冊書舊詩
見貽……………………………………………八八五
題葉仁甫編修詩集……………………………八八六
疊韻酬古香閣學………………………………八八六
訊徐山民待詔近況……………………………八八六
董東山尚書倣古畫冊三首
謝葵邱擬巨然長卷……………………………八八七
李營邱寒山古木………………………………八八七
宋石門江村清夏圖……………………………八八八
故居杏花………………………………………八八八
題朱玉存琦編修小萬卷齋詩集………………八八八

詠明李文正公始末用曹定軒給諫韻……八八九
曹定軒給諫凡四繪戒壇二先生祠圖余皆
有句更賦識歲月焉時嘉慶十七年二月
廿八日……八八九
貽陶季壽大令……八八九
午窗偶題……八九〇
拈花寺……八九〇
由陶廬移榻我聞室……八九〇
韓雲溪三泰孝廉登岱圖……八九一
奉送多祝山大令王雲泉縣尉同時之官中
江兼懷方友堂方伯東麓巖都統親家末
章懷諸知好……八九一
午睡適友人書至……八九二
奉懷汪均之奐之昆季兼求物色石倉詩選
并乞蓮子龍眼肉……八九二
王楷堂比部廷紹邀過澹香齋……八九三
購庚午辛未鄉會各房同門卷藏之恐兒子
不克守也題詩為朂……八九三
嘉慶庚午順天鄉試齒錄辛未會試齒錄刊
成題後朂兒子敬謹棄藏……八九四
再題禮部所刊會試錄登科錄後……八九四
寄懷吳淦崖太守詹湘亭大令兼示及門王
春堂守御孫一泉太守楚北……八九五
摩訶菴三十二體金剛經題後……八九五
書覃溪先生石刻金剛經後庋藏詩寺以識
歲月且冀其勿失也……八九六
欲往東山先期齋宿我聞室用坡公岐亭
詩韻……八九六
雅髻山瞻禮……八九七
宿河南村黃氏……八九七
田家後圃晚眺……八九七
讀畫齋南宋群賢小集三十二冊……八九八
讀元詩癸集……八九八
讀明詩綜……八九八

讀冶南五先生集……八九九
讀知不足齋叢書……八九九
讀冠山書院義學碑文題後……九〇〇
補題庚午順天鄉試録勖兒子桂馨
藏棄……九〇〇
聶藻庭肇奎太翁輓詩……九〇〇
李松甫元配曹夫人輓詩……九〇一
黑龍潭……九〇一
勝水塘……九〇二
周家巷……九〇二
大覺寺……九〇二
響堂訪友……九〇三
乘輿夜歸大覺止宿……九〇三
命兒子宿大覺寺養痾憶山中景況示
以詩……九〇三
閲胡虔四庫書存目題後……九〇四
吴退菴畫梧門圖顧容堂改之閲十年
補題……九〇五
答熊兩溟進士偶有所憶即雜録之
以寄……九〇五
夜坐……九〇六
丫髻山王姥姥祠……九〇六
謝王子卿畫……九〇六
再題子卿畫……九〇七
題汪均之畫記後并序……九〇七
自慈因寺步楊柳灤抵淨業湖……九一一

存素堂詩二集卷八

壬申

偕西續之黄門攜琴詣雙寺月下鼓之夜分
始歸……九一二
言皋雲太守同年招同桂兒女壻飲餘芳
園舊址望尺五莊未入小憩崇效寺訂
游紫竹院看荷花翌日在衍法寺候之

竟日未至……………………九一二
屢以積食成疾晚飯後同西續之黄門步至
靈鷲菴聽黄門彈琴……………九一三
晨起出西直門飯廣善寺游環溪別墅……九一四
晨起偶題…………………………九一四
黄賁生郁章之官沙河乞朱野雲畫餞別圖
余適至野雲齋題詩其上…………九一四
寄東麓巖都統兼懷方有堂方伯…………九一五
李小松大京兆貽五古依韻謝之…………九一六
訪悦公禪房遂看荷花…………………九一七
二老話舊圖應翁覃溪先生命……………九一七
病中所見…………………………九一八
吴蘭雪書來答詩二首…………………九一八
福蘭泉尚書為余畫掃葉亭圖謝以詩……九一八
乞葉筠潭編修購史館遺籍……………九一九
酬蔣秋吟詩編修畫掃葉亭圖……………九一九
酬關午亭炳水部畫掃葉亭圖……………九二〇
臥病經旬朋舊慰問謝以詩……………九二〇
幽居……………………………九二一
淨業湖秋晚偶述………………………九二一
又新堂詩為王春田賦…………………九二一
芹泉孝廉約游慧聚寺留宿寺中即贈芹泉
並質臨遠…………………………九二二
至慧聚寺贈臨遠師……………………九二二
午後越羅睺嶺抵潭柘訪永壽禪師抵暮
始歸……………………………九二二
棲宿臨遠師禪龕………………………九二三
張雨巖森觀察屬題彰德郡署葵花石盆銘
墨本册後…………………………九二三
寄嚴觀察烺於蘭州……………………九二三
中秋訪悦性師…………………………九二四
蔣東橋同年入傳國史喜而賦此…………九二四
汪瀞雲彈琴圖…………………………九二五
次王子卿侍御綠山草堂讌集韻兼呈汪浣

雲儀部葉筠潭陳石士魯服齋蔣秋吟四太史黄左田宫庶……………… 九二五
九月十七日偕恒緝亭華香亭世心蒔及兒子桂馨游西山寺院一帶宿三山菴看月小飲用和安室壁間韻同作………… 九二六
九月十一日汪瀞雲儀部齋中同王子卿陳石士葉筠潭蔣秋吟賞菊儀部繪圖成詩次韻…………………… 九二六
黼齋員外約同趙象菴看菊是日有事不克至先一日獨往員外留飲余以齋期留詩而去殊悵悵也………… 九二七
題畫……………………… 九二七
聞鐵冶亭將自西域抵京豫作是詩……… 九二八
喜筤繩齋將偕冶亭至…………… 九二八
張心淵解元深摹老蓮畫倪迂師子林調冰圖謝以詩…………………… 九二九
家藏董文恪公秋山霽色圖南齋諸公歷有題識敬賦詩跋尾……………… 九二九
王春堂自德安刻存素堂詩二集至謝以詩………………………… 九三〇
酬吴鳳白代刊時文……………… 九三〇
廣積禪房汪瀞雲王子卿西續之彈琴作畫余題此詩…………………… 九三〇
茶話樊學齋主人以新刻全集并自臨詒晉齋詩帖惠贈歸家展讀敬賦一詩以當跋識……………………… 九三一
奉贈葉雲素暨郎君東鄉時有丹藥之乞…………………………… 九三一
題明弘治癸丑科會試録…………… 九三二
順治壬辰乙未戊戌三科進士履歷舊槧本三冊………………………… 九三二
冬至月初八日王子卿侍御招同黄左田學士汪瀞雲儀部查簡菴宫贊葉芸潭蔣秋吟兩編修集心虚妙室消寒諸君皆欲留

余止宿作此奉告……九三三
蔣秋吟編修出先人所藏杭大宗厲樊榭二
先生詩稿見示題後……九三三
訪葉雲素喬梓不值留詩達意徘徊久之意
有未盡再賦……九三四
樊學齋主人雪中惠貽珍饈侑以詩奉謝……九三四
鐵冶亭尚書于役回疆客無從者笪孝廉繩
齋毅然隨行其于師友之義山水之情有
異於人人者因為賦詩兼諗尚書……九三四
寄竟成師……九三五
葉芸潭編修招同黃左田學士王子卿汪瀞
雲二侍御查簡菴宮贊陳碩士蔣秋吟兩
編修消寒余攜順治壬辰乙未戊戌三科
進士履歷邀諸君題詩……九三六
寄方式亭楷明府……九三六
再題阮亭家藏三科小錄後……九三六
歲暮有懷那東甫尚書親家感舊攄情語無
倫次……九三七

存素堂詩續集

癸酉

靈鷲庵元旦……九三八
張心淵解元摹唐子畏竹西清話圖題於靈鷲
庵中……九三八
送永心庵銘之官沁陽……九三九
接伊墨卿札答之以詩……九三九
春夕懷人三十二首……九三九
顧子餘自江南畫掃葉亭圖至率題
十韻……九四三
十六日偶書……九四四
十七日生日感懷……九四四
李石農觀察乞題二橫卷
龍湫圖……九四五
幾生修到圖……九四五

李蘭卿舍人彥章薇垣歸娶圖華冠倣史溧陽本……九四六
續懷人詩十六首……九四六

存素堂詩稿

詠物詩一百二十首有序……九四九
吳省欽跋……九七九
續詠物詩一百二十首有序……九七九
施朝幹跋……一〇一〇

存素堂文集

吳錫麒序……一〇一三
趙懷玉序……一〇一四
楊芳燦序……一〇一五
陳用光序……一〇一六
法式善自序……一〇一七

存素堂文集卷一

論

唐論……一〇一八
宋論……一〇一九
魏孝莊帝論……一〇一九
狄仁傑論……一〇二〇
姚崇論……一〇二一
宋庠包拯歐陽修論……一〇二二
李東陽論……一〇二三
鄭鄤論……一〇二四

考

西涯考……一〇二五

辨

苑洛集雙溪雜記辨……一〇二九

序

洞麓堂集序……………………………………一〇三一
成均同學齒錄序………………………………一〇三二
方雪齋詩集序…………………………………一〇三三
金青儕環中廬詩序……………………………一〇三四
海門詩鈔序……………………………………一〇三五
吳雲樵編修詩序………………………………一〇三六
王子文秀才詩序………………………………一〇三七
錢南園詩集序…………………………………一〇三八
李𥕛塘中允詩集序……………………………一〇三九
蔚嵫山房詩鈔序………………………………一〇四〇
使琉球日記序…………………………………一〇四一
借觀錄序………………………………………一〇四二
詩龕聲聞集序…………………………………一〇四三
存素堂詩集序…………………………………一〇四四
同館試律彙鈔序………………………………一〇四四
同館試律續鈔序………………………………一〇四五
重刻己亥同年齒錄序…………………………一〇四六
清秘述聞序……………………………………一〇四七
槐廳載筆序……………………………………一〇四八

存素堂文集卷二

序

宋元人集鈔存序………………………………一〇四九
存素堂印簿序…………………………………一〇五〇
汪氏鑒古齋墨藪序……………………………一〇五一
北海鄭君年譜序………………………………一〇五一
香墅漫鈔序……………………………………一〇五二
金石文鈔序……………………………………一〇五三
成均課士錄序…………………………………一〇五四
成均課士續錄序………………………………一〇五五
成均學選錄序…………………………………一〇五七
備遺雜錄序……………………………………一〇五八
重修族譜序……………………………………一〇五八

鮑鴻起野雲集序……一〇五九
王晉亭詩文集序……一〇六〇
任畏齋二莪草堂詩稿序……一〇六一
明李文正公年谱序……一〇六二
伯玉亭詩集序……一〇六二
蘭雪堂詩集序……一〇六四
清籟閣詩集序……一〇六五
重録稼軒詞序……一〇六五
姜桐軒詩鈔序……一〇六六
伊墨卿詩集序……一〇六七
曹定軒紫雲山房試帖詩序……一〇六八
王延之遺詩序……一〇六八
香雪山莊詩集序……一〇六九
吳蘭雪香蘇山館詩集序……一〇七〇
康熙己未詞科掌錄序……一〇七一
王葑亭雙佩齋詩集序……一〇七二
桐華書屋詩草序……一〇七三
慕堂文鈔序……一〇七三
點蒼山人詩集序……一〇七四
洪文襄公年譜序……一〇七五
梅庵詩鈔序……一〇七六
重刻有正味齋全集序……一〇七七

存素堂文集卷三

序

曹景堂制藝序……一〇七九
吳蕉衫制藝序……一〇八〇
吳鳳白必悔齋制藝序……一〇八一
志異新編序……一〇八二
涵碧山房詩集序……一〇八二
寄閑堂詩集序……一〇八三
平麓詩存序……一〇八四
贈曹復堂序……一〇八五
范太翁壽序……一〇八六

何雙溪先生六十壽序……一〇八七
陸先生七十壽序……一〇八八
吳草亭六十壽序……一〇九〇
朱石君先生七十有二壽序……一〇九一
陳約堂太守七十壽序……一〇九二
初太翁八十壽序……一〇九三

跋

兩宋名賢小集跋……一〇九五
江湖小集跋……一〇九六
江湖後集跋……一〇九六
存素堂書目跋……一〇九七
國子監司成題名碑錄跋……一〇九七
觀補亭總憲遺墨跋……一〇九八
德定圃師遺稿跋……一〇九九
又……一〇九九
孫文簡古像贊跋……一一〇〇
翁覃溪先生臨文待詔書跋……一一〇〇
韓所瞻藏祝枝山詩文手草冊跋……一一〇一
蔣湘帆臨西涯詩帖跋……一一〇二
汪雲壑江秋史程蘭翹遺墨合冊跋……一一〇二
江秋史臨張遷碑跋……一一〇四
蕭玉亭師館課詩遺墨跋……一一〇四
羅兩峰畫瀛洲亭圖跋……一一〇五
西涯圖跋……一一〇五
移居圖跋……一一〇六
潘梧莊臨鄭千里氣槩圖跋……一一〇六
紀曉嵐尚書藏順治十八年縉紳跋……一一〇七
新城陳孝廉遺墨跋……一一〇八
觀文恭公詩跋……一一〇八
介景庵先生詩箋跋……一一〇九
鄂剛烈遺墨跋……一一〇九
英文肅西郭草堂雜詠詩跋……一一〇九
明李文正公年譜跋……一一一〇
古夫于亭雜錄鈔本跋……一一一〇
德文莊公墨蹟跋……一一一一
曹文恪公詩草跋……一一一二

鄭千里揭鉢圖跋……一一一二

書

與邵二雲前輩論史事書……一一一三
與徐尚之論文書……一一一四
復賈素齋論交書……一一一五
復王縠塍進士論仕書……一一一六

書後

西魏書書後……一一一七
南宋書書後……一一一七
元史類編書後……一一一八
西涯墓記書後……一一一九
雙節堂贈言集書後……一一二〇
臧和貴行狀書後即孝節錄……一一二一
成雪田尺牘書後……一一二三

例言

槐廳載筆例言……一一二三
梧門詩話例言……一一二四

存素堂文集卷四

傳

張逸菴傳……一一二六
張新塘傳……一一二七
武虛谷傳……一一二八
周贊平傳……一一三一
侍衛恒公家傳……一一三二
蘇竹嶼傳……一一三三

狀

先妣韩太淑人行狀……一一三五
本生府君逸事狀……一一三七

墓表

例授奉直大夫禮部主事吳君墓表……一一三八

墓誌銘

南陽清軍同知林君墓誌銘……一一四〇

碑文

祭酒司業題名碑文……………………一一四二
明大學士李文正公畏吾村墓碑文……一一四二
重修尚氏家廟碑文……………………一一四四
海城重修平南敬親王廟碑文…………一一四五

記

南薰殿古像記…………………………一一四六
歷代帝王名臣遺像記…………………一一四七
道鏡堂記………………………………一一四八
誠求堂記………………………………一一四九
且園記…………………………………一一五〇
具園記…………………………………一一五〇
會陶然亭記……………………………一一五一
修李文正公墓祠記……………………一一五二
贖李文正公墓田記……………………一一五三
詩龕圖記………………………………一一五四
重裝錢南園副使畫馬記………………一一五五
重裝慈壽寺明孝定李太后像記………一一五六
戒臺圖裕軒曹慕堂兩先生祠記………一一五七
思過齋記………………………………一一五八
潘氏義莊記……………………………一一五九

銘

帶綠草堂硯銘…………………………一一六〇
雲龍硯銘………………………………一一六〇
瓶硯銘…………………………………一一六〇
雲硯銘…………………………………一一六一
梅花硯銘………………………………一一六一
青霞泥硯銘……………………………一一六一
峰硯銘…………………………………一一六一
紅泥磬硯銘……………………………一一六二
程邦瑞跋………………………………一一六三

存素堂文續集

存素堂文續集卷一

序

陳芝房進士詩集序……一一六七
退滋齋詩集序……一一六八
蘿月軒詩集序……一一六九
試墨齋詩集序……一一七〇
尚絅堂詩集序……一一七一
恩福堂詩集序……一一七二

墓表

耿處士墓表……一一七三

記

重修李文正公墓祠記……一一七四

跋

明萬曆二十五年順天鄉試錄殘本跋……一一七四
惟清齋石墨跋……一一七五
石倉十二代詩選跋……一一七六

書後

明狀元圖考附三及第會元詩書後……一一七七

例言

朋舊及見錄例言……一一七八

傳

許愚溪傳……一一八〇

存素堂文續集卷二　己巳年

序

容雅堂詩集序……一一八二
香泚詩鈔序……一一八三
谷西阿詩集序……一一八四
王子文秀才詩續集序……一一八四
王簣山吾齋詩鈔序……一一八五

竹屋詩鈔序……一一八六
胡君巢雲館詩稿序……一一八七
鶴徵錄序……一一八八
張鶴儕布衣詩序……一一八九
楊琴山為吳子野畫昌溪村景詩序……一一八九
是程堂詩集序……一一九〇
胡上舍七十壽序……一一九一

跋

閱微草堂收藏諸老尺牘跋……一一九二

書

復汪均之書……一一九三
與王柳村書……一一九四
復黃心盦書……一一九五
答顧劍峰書……一一九六
答汪均之書……一一九七

行狀

洪稚存先生行狀……一一九八

墓表

贈武功將軍雲南通判岸亭陳公
墓表……一二〇〇
誥授朝議大夫禮部員外郎前翰林院編
修江南道監察御史謝君墓表……一二〇一
朝議大夫寧夏府知府何君墓表……一二〇三

墓誌銘

誥封中憲大夫浙江分巡溫處兵備道例
晉通議大夫雲南提刑按察司按察使
李公墓誌銘……一二〇五

記

校永樂大典記……一二〇六
借綠山房畫集記……一二〇八
陳石士編修藏尺牘卷子記……一二〇九
又新堂記……一二〇九
校全唐文記……一二一〇

存素堂文續集卷三（缺）

存素堂文續集卷四　庚午辛未兩年

序

武虛谷同年詩集序……一二一三
清娛閣詩集序……一二一四
自怡軒詩集序……一二一五
白鶴山房詩集序……一二一五
澹春堂詩集序……一二一六
翠微山房文集序……一二一七
朱閑泉詩集序……一二一八
清秘續聞序……一二一九
槐廳續筆序……一二一九
杭郡選舉錄序……一二二〇
國朝寓賢錄序……一二二〇
完顏太淑人七十壽序……一二二一

跋

白桃花詩冊跋……一二二二
觀生閣花鳥跋……一二二三
諸臣恭和詩卷跋……一二二三
桂花圖跋……一二二四

書

復趙味辛書……一二二四

傳

喬君家傳……一二二五

墓表

誥授奉政大夫工部屯田司員外郎楊君
墓表……一二二六

墓誌銘

江安糧道前江蘇按察使司按察使于公
墓誌銘……一二二八

記

孫學齋書庫記……一二二九

萬柳堂記…………一二三〇
煦齋侍郎摹蘭亭獨孤本紀…………一二三一
周貢生詩記…………一二三一

附録

附録一　傳記

清史稿列傳二七二・文苑二…………一二三三
清詩列傳卷七二・文苑傳三…………一二三三
嘯亭雜録卷九・詩龕…………昭槤　一二三四
嘯亭續録卷三・法時帆諢語…………昭槤　一二三五
嘯亭續録卷四・時帆之吝…………昭槤　一二三五

附録二　評論

隨園詩話卷一一…………袁枚　一二三七
隨園詩話補遺卷六…………袁枚　一二三七
湖海詩傳卷三六…………王昶　一二三八
陶廬雜録序…………翁方綱　一二三八
北江詩話卷一…………洪亮吉　一二三九
惕甫未定稿卷二・存素堂試帖序…………王芑孫　一二三九
惕甫未定稿卷六・詩龕會飲記…………王芑孫　一二四〇
惕甫未定稿卷二〇・法庶子詩龕嚮往圖讚序…………王芑孫　一二四〇
靈芬館詩話續卷五…………郭麐　一二四〇
乾嘉詩壇點將録…………舒位　一二四一
筱園詩話卷二…………朱庭珍　一二四二
晚晴簃詩匯卷一〇二…………徐世昌　一二四二

附録三

梧門先生年譜…………阮元　一二四三

存素堂詩初集錄存

王墉題記

存素堂詩七千餘首，茲錄存者，吳蘭雪、查梅史選本也，彭石夫寄自京師，受業弟子王墉校刊於湖北德安官署，時嘉慶丁卯孟夏。

袁枚序

凡人工一技，雖承蜩畫筴，必有獨至之思、專精之詣，然後可以永其名於天地間。詩之為道，殆有甚焉。陳後山每登吟榻，嬰兒雞犬都寄外家，孟浩然落盡眉毫，王維走入醋甕，其溺苦若是。何哉？蓋不能吐棄一切，惟詩之自歸，則亦不能縋險鑿幽而探取其微旨。然而猶有人之天存焉，其人之天有詩，自能妙萬物而為言；其人之天無詩，雖勤之而無益，調之而無味。削桐可以成琴瑟，磨瓴其能成劒也哉？唐人詩曰：「吟詩好似成仙骨，骨裏無詩莫浪吟。」

時帆先生，天先與之詩骨而後生者也。故其躭詩若性命然，有詩龕焉與之坐臥，有詩友焉與之唱酬，有詩話焉抒其見聞識解。其篤嗜也，不以三公易一句；其深造也，能以萬象入端倪。荀子曰：「不獨則不誠，不誠則不形。」先生之於詩如此，其獨且誠也。宜其形諸筆端，自成馨逸，仮然淵其志，和其情，繽乎其猶模繡也。蒙以詩二冊寄余校勘作序。枚老矣，其能以將盡之年，序先生未盡之詩乎？

然讀先生此日之詩，可以知先生他年之詩，兼可以知先生之為人於詩之外。何也？言為心聲，詩又言之至精者也。試觀漢、魏、三唐，以迄兩宋、元、明，凡以詩鳴者，大率君子多，僉人少。方知聖人立教，以詩為先，其效可覩矣。且心善則虛，虛則受。昔薛道衡有所綴文，必使顏籀捃摭疵病。古傳人大抵如斯。枚敢不抑心，所謂危亦以告耶。其應去應存，都已加墨，而即書此一意，以弁諸卷首。乾隆癸丑四月既望錢塘袁枚拜撰，時年七十有六。

吳錫麒序

夫羚羊掛角，滄浪託之微言；明月前身，表聖標其雋旨。探詩人之奧，窺作者之藩，莫不冥契圓靈，旁通定慧。是以兜率天上神游白公，聖壽寺中夢迎坡老；夙根不昧，妙悟自生；逸興遄飛，清詞奐發；飄飄乎蟬蛻五濁，鶴鳴九皋矣。

吾嘗於今之稱詩者，得二人焉：一為遂寧張檢討船山，其一則時帆祭酒也。船山華實布濩，風雲竝驅，濁酒助其新瀾，奇書屑其古涕。奏扶婁之技，變化若神；載姑蔑之旗，文采必霸。運智慧刃，樹精進幢，所謂師子吼也。時帆吐納因心，温柔在誦，戢吾英靈之集，掞張主客之圖。涼月來尋，資清乎竹柏；鮮雲往被，輔潤乎苔岑。傳無盡燈，宣廣長舌，所謂天樂聲也。二君者，所詣各殊，所禀則一。又幸同官禁近，遭遇昌期，讀未見之書，進太平之頌。每當香煙袖出，蓮炬籠歸；時甑晚花，或摘新葉。梅炎藻夏，宜歌乎南風；玉壺買春，適來乎舊雨。鏘天得句，擲地成聲。余亦未嘗不泣二國之載書，通兩家之騎驛也。

顧時帆與余交最久，而為詩又甚勤。隱侯制賦，恒以相要；陳思受言，因而立改。蓋以風雅為性命，視箴規若藥石，故其篇什尤富，淬厲益精。嘗出其《存素堂詩集》，屬余序之。觀其醖釀群籍，黼黻性靈；清而能腴，刻而不露。咀英陶謝之圃，躡履王孟之堂。落木無陰，歸羽明其片雪；空山畢靜，響泉戛其一琴。能使躁氣悉平，凡心盡滌。非夫餐沆瀣之味，抱雲霞之姿者，烏足語夫斯乎。惜余偃蹇風塵，蕭條楮墨；感素心之與共，愧弱腕之不靈。譬之望姑射之居，企化人之宇；僅能仿佛，有間神明。愿質之船山，庶乎龍象蹴踏之埸，華嚴香火之會。前因可證，慧業同參；解脱黏黴，透發微妙。銅鉢一響，天花四飛，回首靈山，翕然相視而笑也。嘉慶五年秋八月中浣同館弟吳錫麒拜撰。

洪亮吉序

一代之興，必有碩德偉望起於輦轂之下，官侍從，歷陟通顯，周知國家掌故，詩文外復能著書滿家，以潤飾鴻業，歌詠太平，如唐杜岐公佑、明李少師東陽者，庶幾其人焉。少師雖家茶陵，然其先世則以戍籍居京師，與生輦轂下無異也。若予所見，則今之國子祭酒法時帆先生殆其人矣。

先生二十外即通籍，官翰林，回翔禁近者及三十年，作為詩文，三館士皆競錄之以為楷式。先生又愛才如命，見善若不及。所居淨業湖側，距黄瓦牆僅數武，賓客過從外，即鍵戶著書。所撰《清秘述聞》、《槐廳載筆》數十卷，詳悉本朝故事，該博審諦。人有疑，輒咨先生，先生必條分縷析答之，不以貴賤殊，不以識不識異也。先生性極平易，而所為詩，則清峭刻削，幽微宕往，無一語旁沿前人及描摩名家大家諸氣習。較《懷麓堂集》，似又可別立一幟，不多讓也。

予為詞館後進，承先生不棄，前後唱酬者五年。今予以弟喪乞假歸，先生曰：「君知我最深，序非君不可。」余因曰：先生之所居，李西涯之舊宅也。先生采擇之博，論斷之精，杜君卿之能事也。然則他日撰述益多，位望益通顯，本學識以見諸施行者，視二公又豈多讓，詩文特其餘事耳。余行急，請即錄是言以為序。嘉慶三年春二月同館後學洪亮吉謹序。

楊芳燦序

蓋聞懸黎結綠，非山林之珍；逸鵠潛虬，豈池籞之玩。是以通方之才罕覯，異量之美難兼。自古文貞丈人，儒林學士，詩吟仙露，辭掞叢雲，執制誥之杓魁，標著作之準的。非不周張黼黻，調鬯莖英。然而極涌胸中之思，終尠事外之致。藝苑所傳，類皆然矣。

梧門先生六籍埏鎔，萬流淵鏡；早預承明之選，得讀中秘之書。博聞不矜，探夫物始；聰聽無闋，識厥音初。揚雲靈節之銘，終軍奇木之對，賈逵神雀之頌，班固寶鼎之歌，俱足以潤色皇猷，軒鼚帝載。遂乃職司太學，秩峻清卿。龍勺犧尊，習環林之禮；蟲書蚪篆，摹獵碣之文。鳩採典墳，古訓胥經寫定；賡興孝秀，士類藉其獎成。宜乎發揮霄翰，吐納瓊音，使刑魏推工，常楊讓美也。而先生則表夷曠之雅度，抱清迥之明心，忘情於榮辱之羅，證悟於損益之卦。司州逸興，時好林澤之游；幼輿高風，別具邱壑之性。信并介於往籍，均貴賤於條風。積水一潭，狎波間之鷗鷺；清琴三疊，招海上之蜻蜓。雖紆青紱，不異荷衣；縱在朱門，如游蓬戶。其職業也如彼，其懷抱也又如此。信可宏長風流，增益標勝者歟。故其為詩也，幽愜山志，淡契仙心，濯魄冰壺，浣腸珠澤。美瑆之輝自照，靜雲之陰不移。振瑤韻於寥天，接琚談於曠代。巖松林菊，彭澤之儈詞也；海月石華，康樂之逸調也。香茅文杏，摩詰之雅製也；疏雨微雲，襄陽之俊語也。至若春潮帶雨，秋浦生風，則又兼左司之恬適，柳州之疏峭焉。桃花流水，靈源自通；桂樹小山，清夢長往。夫乃嘆采真建德之國，以心搆難以跡求也；姑射化人之姿，在神合不在貌似也。

芳燦與先生，測交既證前因，嗜古亦同素尚。一編著錄，曾邀月旦之評；千里貽書，夙有風期之遲。茲來京國，遂託心知，猥以詩篇，屬為論次。欲破拘方之見，敢陳連犿之詞。俾知謝公寢處，自有山澤間儀；逸少襟情，時作濠梁上想。又何待雲裝解黻，煙駕辭金，始詠《招隱》之詩，著《遺榮》之賦也哉。嘉慶八年六月既望金匱楊芳燦序。

存素堂詩初集録存原序

余自十二歲即喜聲詩，屬草秘不敢使塾師知。十六歲肄業宫學，雖頗有作，亦未存稿。其存者，皆故友常月阡手為抄録。月阡死，其稿亦亡。乾隆四十五年庚子入詞館，專攻應制體，適性陶情之作寥寥焉。厥後提調書局，入侍講筵，交游漸廣，酬答遂多。癸丑歲，檢篋中凡得三千餘首，吾友程蘭翹、王愓甫皆為甄綜之，匯鈔兩大冊，寄袁簡齋前輩審定，簡齋著墨卷首，頗有裁汰。洪稚存編修又加校勘，存者尚有千餘篇。其後，汪雲壑同年掌教蓮池書院，合前後諸鈔本皆攜往，許為編次作序。余屢以書促之，雲壑但求緩期。及雲壑補官來京師，余過城南，深宵對榻，挑燈款語，每言及此，雲壑以謂：「商定文字，不可草草，當平心靜氣出之。不特有以報足下，且使天下後世，無議我二人為也。」其矜重如此。閲兩月，雲壑遽以病歿。嗚呼！雲壑死，余詩不傳矣。詢其家人，云：「雲壑在牀枕間猶把余詩，呻吟唱歎。及倉卒易簀，兩大冊不知所往。」此造物者為余匿其短，未可知也。

嘉慶元年丙辰，余官祭酒，今户部主事新城涂君官助教，善書工詩，余一詩成，輒就君徵和。君亦喜余詩，因取余向所已廢之稿塗乙莫辨者，以意推測，手寫成編。余亦間出記憶短章附益之。起庚子，訖丙辰，鈔為十卷。前此蘭翹、愓甫、簡齋、稚存、雲壑所點竄欣賞諸長篇，多不在其中。因念余詩無足深惜，而生平知好或已死或遠別，而手墨盡歸零落，可傷也。丁巳以後，乃每年録為一冊，手自排次。

雖榛蕪菅雜，有待芟除，要可無失。孔子曰：「及其老也，戒之在得。」余明歲行年五十，德業未進，徒此結習，沾沾未忘。其於老而戒得之旨，能不矍然乎。雖然，失者不可復得，得者又豈可復失耶，吾亦適吾情已爾。得也，失也，其或幸而卒傳於後也，與其不幸而終已無傳於後也，皆天也，而豈吾之所敢知也。時嘉慶六年辛酉重陽日。

存素堂詩初集録存卷一

庚子

始春遊昆明湖

春波平不流，孤棹寒煙下。初旭入空林，饑鳥噪平野。殘雪露松梢，斜陽動蓬顆。傍城四五家，冷翠撲簷瓦。村醪何處沽？一角山如寫。

訪邱介村福慶不值

積雨那堪人獨坐，幽齋尚有竹相依。故交別久移樽好，老樹秋深見葉稀。雲去不妨留半榻，月來仍自掩雙扉。書籤茗碗蕭條甚，誰遣孤鴻向客飛。

張雨村溥止宿草堂

種花十載住西岡，幾度尋詩過草堂。水氣忽然空比渚，客愁容易到斜陽。千家燈火新樓閣，萬里秋風古戰場。知有並州詠史句，迎門先與問奚囊。

移居

草自青青夢自空，玉川擬住落城中。燈深茅屋有時雨，舟泊柳塘無盡風。貧後相依憐老鶴，愁來何處盼歸鴻。陳平原是干時器，隘巷誰期轍跡通。

吴蘿村德化夜話

柴門經雨綠苔香，倒屣迎君過草堂。十載知名黄叔度，一朝握手蔡中郎。青蟲抱葉情原苦，白鶴依人氣自昂。愧我詩才非謝朓，風琴同詠夜清涼。

宿順義縣東郊

驅車入古縣，落日下荒原。松子鼠捎落，草橋鴉踏翻。潭空時見月，屋小不成村。何處射雕好，寒雲掩薊門。

辛丑

次菊溪百齡編修韻

水氣上衣綠，野風吹草香。故人重握手，佳日獨登堂。雲影澹花港，鳥聲清竹房。壞琴持換酒，松子满空牀。

前湖

暝色濛濛萬樹齊，春陰只在畫橋西。隔湖望斷歸雅影，清磬一聲山月低。

次樹堂德昌侍講西苑下值即日韻

又見西堂日影斜，兩三小吏抱書譁。野雲荒店客沽酒，疏雨短橋人賣花〔一〕。種柳何須陶令宅，看桃仍憶杜陵家。翰林下直無他事，一路尋詩踏軟沙。

【校記】

〔一〕袁枚《隨園詩話補遺》卷六第四十六則録此二句作「野雲荒店誰沽酒，疏雨小樓人賣花」。

壽安寺即卧佛寺

碧桃花開鶯亂飛，老僧采藥猶未歸。僧未歸，看山色，去年殘雪消未得。我來坐愛春巖青，晚村行踏松陰黑。一勺飲寒泉，江湖放浪知何年。不見萬樹經秋枝葉改。枒槎剩有娑羅在，寺樓新月如相待。

退谷

梨花滿山浮白雲，花耶雲耶杳莫分。侍郎衰病猶好事，曳杖時就孤亭醺。飛鳥自掠松頂去，丁丁斧聲響何處。酒醉不知風雨來，詩成合有江山助。老年筆墨隨縱横，夢中説夢題春明。殘書萬卷没煙草，斜陽半谷問啼鶯。

櫻桃溝

夕陽明遠山，殘紅滴水内。水紋暈櫻桃，玲瓏光瑣碎。我從谷口出，眉髩染寒黛。曲折歷數阪，始與孤亭對。乍疑楓樹林，經霜逞醉態。又似糝丹砂，塗抹峰腹背。筐筥恨未攜，攀折恐不逮。春禽罷幽哢，僧廚松子碓。

香山道中

榆槐陰上天，雲霞光入水。數鷗殘照明，一牛杏花倚。山光引我行，迤邐不知里。藉草憩塹時，幽鳥催客起。遠岫圍作屏，層岩列為几。芙蓉幾萬朵，淩空忽青紫。偶逢采樵人，疑是赤松子。

菊溪移居怡園奉柬

短短迴廊小小山，藥欄周匝竹門關。欲尋枯木寒冰夢，只在疏簾清簟間。

贈李處士

如君足跡半天下，六十歸來未是遲。石屋睡醒前夜酒，秋軒花落一聲棋。村翁笑問長生術，學士爭傳晚歲詩。指點南山談往事，此心惟與白雲期。

廣慈庵示僧徹明

濛濛山翠隔林微，古刹香清晝掩扉。石鉢無雲龍自臥，松關有月鶴初歸。僧龕火為傳燈爇，佛髻花常化雨飛。默向摩尼尋秘鑰，不須是是更非非。

送姜孝廉中存

本是歸鄉客，翻成越國身。山村花釀酒，水館鳥呼人。詩味閒時永，交情老去真。入門踏荒徑，松菊滿園新。

秋日雜詠

昨宵池上水，今日池中冰。水胡動以盪，冰胡堅且凝。冰水皆不知，時至候自徵。妙理析清機，小除積大乘。魚潛自戢戢，狐疑自兢兢。春風適然來，吹出綠數層。欣欣遇即目，沄沄波又興。

老菊盆中荒，枯竹燈前瘦。簾踈風易入，窗虛月先透。聊當容膝安，不覺誅茅陋。念彼華屋居，土木衣綈繡。堂皇列旗旄，出入變昏晝。外觀常有耀，內省寧無疚。道人坐空山，一笑雲出岫。

驅車出北門，我馬抑何劣。瞻彼軼塵者，揚鞭去何瞥。而我至山椒，迤邐造嵽嵲。彼車竟不來，中道驚銜橛。力小慎幾微，氣矜易摧折。人間有飛黃，吾不改吾轍。

壬寅

萬泉莊

北風吹不枯，積雪融澌綠。水煙與空色，遠近湛林木。閑方羨白鷗，健早愧黃犢。行行石橋南，忽見酒人屋。幽曠我天性，遂欲此卜築。晴沙聚迤邐，細淙流洄洑。草堂一燈孤，詩夢三杯續。月魄起夜窺，雲鬟臥朝矚。簪紱不累人，心跡滌塵俗。前事悵已往，來日悲太促。且坐清泉尾，涼月手自掬。

任爾百鳥喧，掩門聽飛瀑。

白石橋

雪液松根流，煙水溪頭濺。瀉入杏花西，斜陽紅一片。近河三五家，生計魚鰕賤。我為看花來，瞥逢松竹健。無心隨白雲，蕭然入僧院。山色餐未飽，經聲聽已倦。欲逐林鴉歸，囬頭溪月戀。

萬壽寺

假山起巍峨，有岩復有洞。石庵黑無月，寒燈夜不凍。松櫟風中喧，春氣微微送。白雲何處來，為補山之空。趺跏坐片時，心已異凡眾。卻笑古神仙，徒自狡獪弄。黄粱飯又熟，神仙亦是夢。窗外桃花開，枝頭幽鳥哢。

昌運宫

老檜青天上，樹底剩白日。日影忽西沉，檜陰牆外直。當年種樹時，此樹無人恤。誰知萬金錢，付彼千荆棘。檜也老猶在，遊者去每憶。我來坐其下，頓覺塵俗失。千年鶴又歸，彷彿舊相識。一聞吟嘯聲，雲中長嘆息。

青龍橋

天恐四山影，渾成翠一片。截之以横流，曲折使各見。清泉迸古石，青碧匯為淀。長橋亘厥中，蜿蜒倚晴甸。過橋水聲大，況有春風扇。一雙蝴蝶飛，杏花滿僧院。

大有莊

草香及水香，沁人腸腹内。渴飲南山泉，饑餐北峰黛。遂令詩人胸，不著纖塵穢。草堂誰所闢，幽潔殊可愛。虚沙漲石根，殘竹倚花背。晨窗弄紙筆，午市售魚菜。夕月照前溪，松林黑無礙。

清梵寺

煙翠散平蕪，春聲閟古刹。辯此山水音，安用鐘磬軋。聖賢時自鞭，塵垢願長刷。安禪夢亦清，踏石腳防滑。月緑林意空，天碧村影黷。行遠乏車航，懷人託詩札。坐閲燈滅明，還聆鳥嘲哳。夜深聽微雨，泠泠花外戛。

善緣庵

滿廚蒲筍香，一院松柏氣。況當春雨罷，寒綠四山既。老僧具鉢飯，中乃有詩味。誰說文字禪，淡泊不足貴。至理在眼前，辭多翻覺費。胸中生意足，慨然念百卉。

曉發釣魚臺

雪色罨牆陰，日華薄林幹。春鱗跳輕冰，野鷗立古岸。柳色綠初齊，桃花紅已半。炊煙牛背分，人語漁艇亂。隴雲漸漸沉，溪流稍稍漫。把鋤愧未能，振衣時自歎。淡懷企巖阿，塵事苦羈絆。何當掛布帆，尋僧下江漢。

黄新莊

山色蒼然來，天光益平遠。郊行未百里，意適頓忘返。柳陰馬初秣，松根客思偃。春風野店涼，細雨孤村晚。飲酒量苦薄，吟詩句苦蹇。戴星起束裝，隴頭已耕墾。

留犢村

雨聲先上柳，春寒不到麥。黯淡古斥堠，臥牛猶有跡。三五把鋤人，日午睡寒石。我行留犢村，蹔作聽鶯客。酹酒尋荒祠，題詩付破壁。古人惠政貽，大半始阡陌。

賈島墓

衆多嗤輕狂，我獨感淪謫。生為西峪僧，死作東野客。世無韓吏部，一坏誰愛惜。歸鳥噪夕陽，杏花明古驛。涓滴薦寒泉，想見君詩格。

督亢坡

敢取督亢田，去作秦王餌。捐軀誠慷慨，胡乃昧機事。徒令行路人，為墮數行淚。側聞裴延儁，修復古廢棄。溉田百萬畝，至今猶樂利。寂寞月池頭，但任瓦礫畀。淼淼武遂水，濛濛范陽翠。誰奪鷗鷺居，闢為秔稻地。歲取數石糧，勝看千荷芰。

樓桑村

誰移黄初統，章武去繼漢。陳壽三國志，不書阿瞞叛。我過樓桑村，臺榭已朽爛。掬泉洗斷碑，剔蘚覓殘翰。前列庭筠記，後續郝經贊。鴻詞示裔皇，健筆寫精悍。林屋耿斜照，跬步餘清嘆。風雲色愁欝，燕雀聲悽惋。關心歲豐稔，麥田殘雪看。

酈村

纔賞樓桑花，又聽酈亭雨。鞍馬勞至今，漁樵閒自古。過訪道元居，荒葭隔煙浦。閉門著書處，雲木歷可數。我喜讀水經，殘缺擬輯補。安能設几席，一堂共仰俯。

黄金臺

馬行獨鹿山，雲漫昭王臺。千金禮賢士，作意尊郭隗。辛衍與樂毅，絡繹茲臺來。王計已詭甚，國步誠艱哉。遂令數君子，甘心蒙塵埃。臺成有人慶，臺廢無人哀。我欲陟臺顛，煙翠空蒿萊。

易水

涿水繞自東，淶水環其南。大風吹高歌，聲撼蛟龍潭。至今嗚咽水，夜半猶悲酣。漁釣不敢至，兩岸花毵毵。

癸卯

遊西山宿潭柘岫雲寺

柘老潭空今古成，龍泉菴尚艷春明。枯僧性定能忘臘，野寺遊多不記名。雨響半天雲有態，水流雙澗草無情。桃花紅間梨花白，到此啼鶯盡好聲。

長天短草綠難齊，山入斜陽路漸迷。笑我未離支骨馬，伴君來聽放生雞。孤村買酒真無價，深谷逢花却有題。還是腐儒餐易好，野蔬帶露摘前溪。

山青斷續樹杈椏，步過危橋路更斜。石磴梯來成鳥道，松煙缺處見人家。高樓月滿一聲磬，小閣風疎四面花。雪葉晒幹堆處處，夜深撥火自煎茶。

瀛洲亭雜詠

燕子聲多雨隔簾，銜泥故向舊巢添。神仙檢點長生籙，坐老頭聽換一籤。

日到花磚影故遲，春寒天上不能知。為搜奇字歸來晚，立馬斜陽且賦詩。

欽頌太學大成殿周彝器歌有序

癸卯秋，法式善官國子監司業，得窺範銅十器、秘府珍藏，先朝法物，稀世寶也。先是，大興翁公方綱為司業，與今司業無錫鄒公炳泰皆作歌詩以紀其盛，不揣固陋，竊附嗣音，並令畫工仿原頒圖冊摹成副本，恪謹弆藏，為考古一助云。

星雲糺縵羅璇霄，奎文熀熀垂斗杓。岐周法物歸太學，寶氣翕集光搖搖。後聖道重尊孔子，前聖志在從姬朝。惟聖乃能識聖意，心之所契神為調。範銅彝器藏內府，三千年後重宣昭。己丑詔薦大成殿，上春春吉燔膟膋。相通一脈接洙泗，爰監二代參虞陶。槐街春永日蔆蔆，戟門人靜風蕭蕭。摩抄流覽考古制，重輕高下縱橫標。首山采銅康侯作，鑄成寶鼎華紋雕。犧尊之製以象合，淡綠渲染煙痕翹。二卣詩云盛秬鬯，內言或取言無斁。六壺八壺詳聘禮，連環兩耳銀錯腰。用祈眉壽召仲簠，蟠螭通體中斯枵。太師小子師望簋，夔紋彷彿春巖苕。爵者雀也為器小，有流有鋬丹鉛燒。龜魚繚繞太繁縟，素洗一洗澆風澆。象山製罍雷電互，靈鼉欲起雲瀌瀌。觚哉觚哉具稜角，虬紋盤屈銅花飄。沉埋歷劫發光恠，搜剔苔蘚煩漁樵。河濱之陶荆山鑄，精芒黯淡灰塵消。陋儒泥古矜臆說，箋疏欸識紛嘵嘵。小臣生幸際文治，趨蹌國學陪仙僚。辟雍新復鎬京典，窮經稽古榮圜橋。朱欄蜿蜒護石鼓，好音寧復來飛鴞。石鼓設戟門内，舊有雀巢楹上，近商之同官，以朱欄護之。鄙詩未能贊美善，爰倩畫手摹生綃。不惟其工惟其肖，庶幾神物真精饒。流傳萬本貽萬世，博古圖外增新條。尊藏用戒百職事，千秋俎豆同無祧。

秋曉登山

山空曉色寒，秀矗一峰細。清庵耿孤夢，虚籟生晚霽。苔淨露石根，霜寒脱秋蒂。五步十松杉，層翠萬蘿薜。褰衣躡危磴，回首天如翳。落葉塵外飛，閒雲眼前逝。遥聽採樵聲，丁丁在煙際。

甲辰

游西山宿秘魔崖

曉出西直門，一雨山如沐。亭館生新涼，林樾含淨緑。波文平不流，花意静而淑。郊行四十里，僧寮上初旭。松濤瀉地來，爐煙墮欄角。浮屠七級圓，倒影壓山麓。高泉樹杪飛，遠向峰腰束。趺坐證空明，古佛自幽獨。

幽夢滌寒潭，孤情聳晨岫。忽聞草露香，涓涓滴衣袖。萬樹欝嵯峩，一徑入森秀。日脚不落地，峰陰森白晝。人鳥俱無聲，四山松籟奏。三里始出林，巖際天光透。

凹凸陰晴殊，豐碑蘚花膩。溉以清淨泉，隱約露文字。文字果何為，功德讚闍寺。著語非不工，無乃貢諛媚。我性嗜圖籍，原為闡清閟。採藥入白雲，囬首失寒翠。

村夜

臨流築茅屋，野色不須扃。鹿飲一溪斷，魚翻孤艇腥。村煙連水暗，鬼火出林青。山月四更吐，老漁殘夢醒。

除暑日作

殘暑憐猶在，新涼已漸生。入秋詩亦健，見月眼初明。樹散雲陰薄，天空石氣清。板橋煙渚外，又聽晚鐘聲。

中秋後七日邀同丁蔚岡榮祚方碧岑煒許秋巖兆椿顔酌山崇溈吳樸園鼎雯程東冶炎初頤園彭齡郭謙齋在逵由長河至極樂寺茗話

煙外樓臺樹外村，沙堤宛轉接松門。孤亭過雨踈花氣，斷港流雲沒石根。窗裏移山成畫藁，詩中著句澹秋痕。耽幽更有東萊客，載取寒香翠滿盆。初頤園歸時，乞僧人山翠花一盆，車載而去。

丙午

自題溪橋詩思圖

那有溪橋那有詩，孤山空寫水雲姿。揭來得意忘言坐，便是天空月朗時。

山店題壁

約西老屋久傾頽，石淨雲根長綠苔。却有江湖掛瓢客，竹窗衝雨説詩來。

月氣出花氣，水聲穿樹聲。尋詩詩不見，獨向磵陰行。

白瀑亭

一庵春水外，紅杏與青梧。鐘響客初定，鳥鳴山不孤。酒懷長此放，詩夢近來無。雲岫貧難買，看花過月湖。

題程東冶侍讀所藏王鷗白摹惲南田一竹齋圖詩冊後用南田韻

一筆自清絕，蕭蕭留至今。飄零秋扇影，珍重古人心。涼意酬孤客，煙痕淡遠林。山陽數行淚，風笛有遺音。南田真蹟，阮蕫村先生貽，東冶先生亡，圖亦失。

題徐立亭準檢討松鶴圖

科頭倚樹根，一徑茶煙濕。天風海上吹，忽送浮嵐入。先生坐無語，低頭拾松粒。拍手招鶴前，為我負詩笈。余亦松間人，每借松為笠。倘逢孤鶴來，出門時一揖。

偶題

荷葉無花葦葉昏，板橋石路宛江村。孤蛩莫訴年來怨，秋雨秋風客閉門。

丁未

兕觥歸趙歌和翁覃溪方綱先生有序

明檢討趙用賢劾張居正奪情，廷杖放歸，庶子許國鐫兕觥贈行。後觥為曲阜顏氏所藏。覃溪先生視學西江，致書顏氏，乞以觥歸檢討五世孫某。先生作歌屬和。

兕觥何物神扶持，二百餘載精華滋。什襲藏之東山陲，歸趙謀出西江湄。憶昔贈行都門時，文羊一角森黃支。星霜剝蝕頻遷移，真香不滅遭逢奇。竹垞題句江湖馳，息廬序記非余欺。黃陳付受忠誠遺，綿歷歲月傳來茲。覃溪先生深於詩，片語考訂同龜蓍。銘字摹榜蘇齋楣，日光墨彩紛陸離。五世賢孫雙鬢絲，曰觥聚散天工為。何人慰我窮年悲，不憚千里煙波隨。秋風一棹匡廬追，入門稽首涕交頤。力求先生為之詞，作忠作孝先生宜。先生於義烏容辭，慨然諾復茫然思。厚紙細字歌淋漓，衡齋嗜古非耽奇。玩物喪志儒先規，文房遇眼夔龍彝。百年血氣稽可知，此觥恨不清門貽。趙叟對客空長噫，萬珠貝莫酬恩私。聊播佳話千秋垂，余聞主善無常師。此紙自是長安碑，摹搨恐有天風吹。他年親防南軒帷，登堂一再詢戹匜。觥乎猶凛冰霜姿，賓筵斟之還酌之，酒花漾綠雲生漪。

雨聲

驟響翻簷際，清泠到枕旁。聽從梧竹館，送入芰荷鄉。極浦客爭渡，小樓人對床。獨慚蘇玉局，聽雨轉蒼茫。

蛩聲

余亦耽吟客，言愁汝最工。辨從人語外，清到月明中。草短秋無際，亭孤夢與空。幾回拈險韻，畢竟愧雕虫。

葉聲

颯沓不知處，蕭蕭幾樹秋。荒村雅共語，寒隴水兼流。響入尋山屐，寒生賣酒樓。那堪欹枕聽，風雨五更頭。

水聲

任爾奔騰極，塵埃一點無。澹懷宜我共，清韻更誰俱。白石寒泉外，秋江畫舫孤。小詩參繪事，妙境待倪迂。

鐘聲

寒煙斷孤寺，聲與夢何期。入夜了無寐，使人空所思。詩成禪榻上，酒醒客船時。有覺發深省，還吟齊己詩。

雲影

去住本無定，因風巖壑間。秋生簾外雨，澹入畫中山。流水不知處，天光相與閒。世方容我懶，似爾太幽潺。

簾影

悄悄搴難得，濛濛卷未能。月移寒不定，風漾細無層。誤觸怜雙燕，孤垂共一燈。夕鑪煙尚在，留取暗香凝。

宿古北口

長歌出關塞，行役敢辭勞。地冷千泉咽，天空萬木號。炊煙含雪重，獵火挾風高。野老衝寒至，殷勤贈步袍。

贈在師

欲向西山去，惟消半日程。飽他蔬笋味，老我水雲情。鷗外人來往，花間鶴送迎。野僧嗜文墨，佳句費商評。

戊申

煦齋英和公子招同王正亭坦修侍講謝薌泉振定編修蕭雲巢大經學博豐臺看芍藥

十里豐臺路，城南一徑斜。人皆閒似水，詩更艷如花。山影柳門隔，鳥聲松院譁。倚樽徵故事，逸興寄煙霞。清華推謝朓，綺麗屬王筠。爛醉詩無敵，雲巢詩：「玉堂自有新詩草，爛醉高歌笑酒狂。」將離筆有神。煦齋次余絕句詩：「欲折將離比顏色，花容得似曼殊無。」搜尋金帶句，慚愧玉堂人。誰續維揚讌，花前結勝因。

薌泉編修自豐臺歸得詩六十韻翌日見投次韻

未築林中廬，暫稅林下鞅。硯北蓄遙情，城南發孤想。諸客氣觥觥，使我心儻儻。及茲花事繁，不惜光塵枉。逶迆蘆荻村，轣轆檳榆輞。具此腐儒餐，雜彼田家饟。況味託煙霞，蕭疏遠塵坱。十里綠到門，萬頃紅覆壤。新陰接桑柘，遠韻遙篠簜。天晴魚曝鱗，波平鴨引吭。脫略謝羈束，芒角出憤痒。鸞翔會嶽峙，鯨鏗際溟廣。既飯青玉精，要啖黃金顙。雖許勝遊暢，勿廢忠言讜。石錯尚砥礪，朋簪肯標榜。名士負嵚崎，名花映炯晃。愛士如愛花，聞名首輒仰。破扉古蘿補，曲徑稚松仗。品第列籤牌，護持加旛幌。連畦委宿雲，泫隴吸晨沆。綽約疑拖紳，低斜未脫襁。莊嚴擁佛髻，飄忽曳仙氅。不從廣陵種，獨向豐臺長。早絕薜蘿綠，遂荷軒冕賞。野人頗居奇，詞場互推獎。憶昔西河生，落拓更流蕩。才雄消礧砢，氣俠任慨慷。佳句誦今茲，美人記疇曩。種樹跡渺茫，買花意悽惘。前賢逐雲散，悲歌臨風怳。怊悵有遺音，徘徊誰繼響。問天首重搔，登城臂斯攘。二句用謝氏事。況復芍藥詩，君家最遒上。咀華乃陸離，摛藻復條昶。無酒謀諸婦，有詩壓吾黨。汩汩勢湧泉，控控工結網。立言雅包括，徵實亦清朗。富貴如浮雲，百年寄來往。胡然而崔巍，胡然而瀇滉。果能不溺志，萬事等運掌。浮沉喻芥舟，幽僻問桂莽。頃刻幻態呈，須彌清福享。說餅借蓬門，鬥茗憩茅廠。石磬聲激揚，繡幢影暄盪。所憩賣花翁舉家長齋禮佛累世矣。方知色即空，頓悟一而兩。悅耳捐絲竹，入手鄙金鏹。旁道戒皈依，勝果無摹仿。我輩固業儒，平居端趨嚮。泥絮沾豈然，水乳融差仿。隨時結花緣，即境償詩帑。醉鄉樂陶陶，香國春盎盎。刻畫旖旎姿，現露旃檀像。洞雷震蟄蠖，天風吹肸蠁。躡屐尚支持，揮毫殊勉彊。葦塘狎鷺鷗，柳陰薦腒鮝。起舞詎聞雞，參禪恒縛象。振君芙蓉裳，迴君沙棠槳。握手聯漆膠，披臆消翳曭。安得扛龍文，光燄騰萬丈。

次煦齋豐臺看花韻

昨宵微雨浥輕塵，今日濃雲壓翠闉。地僻自應遊客少，官閒始得看花頻。詩非著意成佳句，天若留香作好春。修到華嚴尋法界，同參須結箇中人。

六月三日邀薌泉雲巢煦齋長河曉行看荷花遂至極樂寺

出郭荷暗薰，到門柳駢矗。略彴亘橫波，長堤界斷洑。露氣著葛衣，天光豁林麓。難期賔從賢，況際風日淑。客至不參禪，僧枯已如木。亭虛體自涼，水流心弗逐。殘夢破蜩螗，閒雲曠鳧鶩。穉笋迸石堦，古蘚繡茅屋。芭蕉委地陰，葡萄當牖覆。檜老紛蕭蕭，松圓濤謖謖。秘監留詩篇，將軍餘畫幅。美景現須彌，勝遊期信宿。東華十丈塵，金門一囊菽。形摧路坎坷，氣折車轣轆。何如初地佳，更藉遠公築。雖乏打漿翁，尚攜持蓋僕。礙帽懸藤低，粘屐軟草馥。竹爐茶可潑，香廚蕈初熟。消君磈礧胸，飽我藜莧腹。自居淡蕩人，畧享清淨福。開窗看西山，萬朵芙蓉簇。

瑞光寺

客從雲磴下，驚起白鷴飛。坐石花垂帽，穿林翠濕衣。前溪踈雨過，隔水夕陽微。不辨來時路，青楓動作圍。

薌泉游極樂寺之次日復得詩五十韻屬和

好學遊亦佳，近義言可復。原約五月望日往遊，以雲巢應科試改期。天日騁容與，酬應謝昏夙。柴門依斷峰，魚網晒曲澳。濛濛翠撲衣，淰淰波生縠。長柄宕芙蕖，連畦展荏菽。秀色誠悅心，晴光更娛目。縹緲湧珠宮，岧嶢控王麓。樾靜覺蟬吟，漚圓識魚伏。幽偏地數弓，蕩滌愁千斛。老僧頗超脫，有客皆清淑。沿塗樹蕭森，入門花芬馥。浮生半日閒，諸天無量福。苦淡茶半甌，平遠畫一幅。不讀貝葉經，不識祇陀屋。護法現優曇，佳卉各成族。蕉閣蔭層層，松房籟謖謖。午煙藥竈欹，甲煎瓦鑪郁。山厨旨蓄多，盤餐羅笋簌。酒場雖寂寥，詩境未瑟縮。狂搜髭屢撚，冥索額頻蹙。甘苦變俄頃，訕誚任僮僕。鮮如出水英，峭如懸崖瀑。如山轉圓石，如水戰迴洑。選句誡倔強，臨文貴端肅。意到筆隨之，履險趾不踧。山氣夕轉佳，微雲蕩殘燠。雙丫露遙巘，一髮儼新沐。柳岸瀦渟泓，稻田滋霡霂。止酒什和陶，酌水味思陸。醉禪野狐嗤，妙趣閒鷗逐。人生天地間，順逆隨化育。誰能工藻繢，枉自弄機軸。巍巍孰登堂，惴惴若臨谷。同心諧臭味，孤芳媚幽獨。無佛更無仙，胡謅復胡瀆。庶占缶其盈，或免餗之覆。心兵韜淬厲，詞鍔露芒鏃。後望正蒼茫，前修逝忽倏。晚菘脆可餐，涼泉洌堪掬。玲瓏雪湖藕，璀璨點籬菊。魚遊樂可知，鶴夢睡初熟。床頭頗蘧蘧，劍端休矗矗。人慚阮籍達，文謝枚皐速。君常浮大白，我未歌獨漉。曰詩不宜躭，於酒寧可黷。君視杯脫手，竟類車脫轂。一斗每百篇，藉糟還枕麴。茂叔常愛蓮，子猷常愛竹。亡羊等為一，呼雉莫爭六。君如袖君手，吾且捫吾腹。

雨后納涼

庭院蘚花斑，粼粼水一灣。雨催涼早到，秋與客同閒。斜日隱城角，亂蛩吟草間。竹陰忽疎淺，半面露西山。

送謝薌泉編修主試江南

如此江山如此官，此行報稱本來難。知君自識荆州璞，得士應彈貢禹冠。一代文章關氣運，六朝樓閣半林巒。寄聲南國青衫客，今日歐蘇共主壇。正主考為胡豫堂先生，余與薌泉皆出先生門。

立秋前一日再游極樂寺看荷有懷薌泉

愛看芙蓉曉日紅，一層香裏一層風。花光似比去年艷，文筆慚無前輩雄。小謝不來誰句好，大江此去定詩工。尋常五色休迷眼，知爾胸中障礙空。

立秋日淨業湖作

傍湖聊散步，散步即清遊。況有尋詩客，同登賣酒樓。鸕鷀惟愛水，蝴蝶不知秋。連日風兼雨，芙蓉墜粉稠。

秋夜獨坐

斷橋雲沒處，老屋月明時。秋影浩無際，客懷空所思。靜忘蟲語鬧，寒到雁聲遲。一縷茶煙裊，垂簾自課詩。

雨後游極樂寺贈誠上人

徑滑新支石上笻，寺門全被碧苔封。兩三竿竹自秋色，千萬叠山皆雨容。詩卷涼生禪榻早，茶爐香散佛花濃。煩君倒瀉天河水，一洗人間芥蒂胸。亭後嵌石作飛瀑。

立秋後三日偕徐鏡秋鑑檢討游極樂寺

踈柳澹成煙，荷花出水鮮。殘棋斷秋夢，孤磬破詩禪。松晚綠將雨，竹新涼在泉。斜陽千萬樹，一樹一吟蟬。

懷薌泉

江南多白蘋，君已到江濱。余夢共秋水，相思惟故人。官真清到骨用薌泉贈句，詩漸等於身。萬事閒中過，朝朝把釣綸。

暮村

風定響黃葉，一村橫暮山。人來秋草外，醉臥夕陽間。鷗鷺偶相見，牛羊時自還。兒童驚客到，拍手白雲灣。

禪堂用柳柳州韻

入門頓無暑，一庵古月白。竹榻支南榮，坐老讀書客。靈區盪空明，理境秋毫析。還聞定遠鐘，萬感此中寂。

園林晚霽用韋蘇州韻

殘照落虛館，雨氣荒田園。蟬從晚枝墮，鳥向高林翻。幽襟契湍瀨，逸興託琹樽。委形取愉悅，無事勞心魂。暝色侵我衣，好山常在門。

閑齋對雨用韋蘇州韻

幽居世事隔，秋雨霏朝朝。水禽立沙渚，淨綠靄煙條。虛室坐莊白，端憂閒自消。向夕移竹燈，颯颯迴涼飈。

見菊花有感

隔橋尚殘水，壓帽已新霜。陌上草俱白，籬邊菊正黄。秋園惟汝在，寒葉為誰香。待寄南枝到，相於伴北堂。

招同初頤園編修極樂寺探菊范叔度鏊方葆崖維甸二同年不至

籬花有意為君開，昨晚山僧冒雨來。採菊客多攜酒至，過溪人卻棹船回。貪吟海外新詩卷時叔度葆崖自臺灣軍營歸，忍負城西舊酒杯。明日松陰還茶果，暫時清話我追陪。

勺亭

一勺自天地，此亭秋更閒。花隨僧意放，雲共佛光還。入夜或留月，隔牆時露山。洗心誰藉爾，溪水聽潺湲。

偶述

秋已催人老，況當幽恨催。夕陽蟬語急，寒雨雁聲來。望遠共明月，寄人遲老梅。林鳥知待哺，風外響何哀。

送劉青垣躍雲侍郎校書盛京兼懷景堂福保少京兆

秩宗自是文章伯，京兆曾陪供奉班。學使重來遊閬苑，故人相見話廬山青垣前歲任江西學使。弓刀行色思盤馬，風雪吟詩記入關。編集不須題出塞，校書仍在五雲間。

韋約軒謙恒中丞秋林講易圖先生時官祭酒

說是康成舊草廬，研朱滴露廿年居。三千弟子半名士，七十老人猶讀書。山水性情經濟在，秀才習氣宰官餘。秋庭一片槐花影，老筆淩空健不如。

藥泉計日至都天氣寒甚晨起奉憶

與君避暑宿山寺，今已晚涼生角巾。千里歸來仍酒客，百年傳有幾詩人。受霜竹葉難為綠，傲雪花枝早得春。重看禪房舊題句，碧紗籠處黑猶新。

阮吾山葵生司寇以一詠軒詩見貽秋夜展讀後題

侍郎真好古，山客不干名。無術辭貧賤，有詩存性情。菊花如此淡，孤月為誰清。落葉響簷際，一燈相對明。

慰友人

山水乃君志，玉琴時一彈。家貧尚慷慨，宦久益艱難。馬識路方遠，鷗知天欲寒。且來花下坐，月照酒杯寬。

吴穀人錫麒編修題詩拙作後次韻

西園看竹我先回，松閣涼生月下杯。料理鷗盟浮水去，安排驢背過橋來。入秋詩漸因禪悟，耐冷花偏待雪催。白舫青蓮仍舊夢，十年三度訪金臺。

施小鐵朝幹侍郎為亡友砥峰英柱作傳感賦

吾道斯人託，偏慳沒世名。才堪報知己，拙亦足生平。廿載交心在，中途撒手行。奇文不諛墓，聞笛愴餘情。

身誤青衿否，情傷白髮何。參禪成佛早，折福讀書多。詩意秋同苦，文心死不磨。篋中餘故紙，半爾手摩挲。

嘉平九日鄒曉屏炳泰招同竹坪吉善秦端崖潮小飲

芳讌歸何晚，高談興轉幽。詩尋江寺夢，燈上酒家樓。淡月閃雅背，寒雲生馬頭。不知徐庾筆，可慣寫閒愁。

秦端崖司業招同竹坪曉屏兩祭酒時泉圖敏學士暨令兄漪園泉編修集延綠草堂

言踐看花約，城南舊草堂。故人多老輩，深巷漸斜陽。竹外見山色，詩中餘酒香。燈青不須剪，自有月華涼。

坐久忘官冷，情真覺禮疎。寒花春得早，池草夢迴初。把酒皆名士，排籤半異書。橋門策歸騎，隔水一招余。

薌泉編修招飲

湖海夢何如，風來紙閣疎。詩人例躭酒，病客不工書。寒日淡將夕，冬花香一爐。暝煙歸路晚，已是上燈初。

冬夜幽居

梵響沉孤寺，燈花爆短檠。酒邊風不到，詩後雪初晴。入室有虫語，過橋無馬聲。寒香在梅竹，與結歲寒盟。

廣慈庵在然上人約同人午齋時時泉庶子典蜀試厚圃德生檢討典黔試回

破除戒律是詩狂，蒲笋年來滋味長。白石寒山誰食蜜，高齋永夜且焚香。僧移竹竈烹殘雪，雀戀松陰啅夕陽。黔蜀使星歸萬里，鬌絲禪榻共清涼。

冬日閱讀吳穀人點定拙集書後

抗懷百年來，誰與真作者。浙右朱與查，前後主詩社。西泠十子中，如樊謝亦寡。往往囿方隅，才能不可假。先生最後出，行空騁天馬。取徑絕依傍，敷詞屏撏撦。有時乘酒酣，萬言一揮灑。茫茫古與今，此筆扶大雅。

賤子如秋蜩，寒林發細響。得意文詞間，取快若搔癢。顧將去瑕垢，能弗藉劌磢。堂堂匠石門，應求無標榜。誘掖具苦心，不妨過推獎。其實分量殊，似啻霄與壤。抑聞古人云，取法貴乎上。窗虛燈影孤，巷短溪聲爽。投我一卷詩，字字珠璣晃。讀罷清沁心，天際春風盎。

邁人長闈郎中以行役詩屬校

吾黨多詩人，君其傑出者。示我行役篇，洋洋復灑灑。淡月牖間懸，秋泉沙際瀉。長風折樹梢，新霜點簷瓦。我方擁鼻吟，自恨應求寡。詎其未言妙，君已傾懷寫。不遇九方歅，漫誇千里馬。

除夕

萬事豫為地，一心深信天。貧愁隨臘盡，詩氣得春先。兒女聚深夜，梅花香隔年。幾行紅燭影，高照北堂前。

存素堂詩初集錄存卷二

己酉

元日

靈雀噪簷際，唐花紅牖間。春光無遠近，詩味此蕭閒。積雪下新水，淡雲横舊山。屠蘇香不淺，况喜拚松關。

春懷次韻

誰與破清怨，小樓人寂寥。離心悲遠道，歸夢戀深宵。雪隱鳥鳴樹，水流春過橋。隔溪看柳色，緑到最寒條。

李濂村佶孝廉夜話

劍術老無用，酒人貧愈尊。共驚雙鬢改，相對一燈昏。明月亦送客，幽溪自遶門。雪蘇枯草凍，是否去年痕？

廣慈庵步月贈在然上人

百瘁汝皆歷，老猶耽苦吟。鍾聲催客醒，詩意與寒深。一院剩惟月，兩人清到心。梅花應笑我，何日過江尋？

人日至大有莊憩佛寺

亭午始炊飯，老僧能耐貧。孤村人日酒，高樹佛堂春。冰啄鳥聲碎，雲皴山影新。過橋踏寒綠，一樣畫圖身。

寄邱介村

醉後枕書眠，桃花略彴邊。松間移白石，竹底聽幽泉。一別夢如水，十年人似煙。回思理雙槳，同泛潞河船。

侯芝亭岱毓孝廉赴粵海

寶劍矙何處，奇文休再誇。可憐人似雨，此去宦為家。海偃春無瘴，關清夜不譁。有詩煩驛使，為我寄梅花。

題常理齋愛吟草君名紀鄱陽人剿金川殉節

何事溺君志，獨於詩愛吟。孤忠情不滅，幽恨寫何深。馬上悲橫劍，燈前坐撫琴。空庭淡斜月，一字一秋心。

天地重奇節，丈夫留浩歌。魂歸遼海壯，詩比蜀山多。戰壘雲生色，崖碑血不磨。浣花人未死，延爾草堂過。

春曉偶題

東風料峭雪成泥，乳燕低飛認畫題。曉日上窗春睡足，桃花紅過板橋西。

溪上

孤磬一聲落，閑鷗無數翻。官貧詩漸富，春冷酒頻溫。柳色綠侵袂，桃花紅到門。莫嫌境幽僻，石屋勝江村。

題畫

花外夕陽遲，漁翁收網時。撈蝦春水岸，挑菜白雲祠。明月忽然上，放船何所之。笑他竿到手，兩鬢已如絲。

極樂寺勺亭野望

衆鳥破空去，一庵相與孤。籬邊牛自返，墻外竹新扶。桐老數花在，松高千鬣無。海棠開滿院，村店酒重沽。

上元前二日雪後煦齋招同謝薌泉陳每田士雅蕭雲巢李蓮石華飲蓼香書屋

微雪難作花，晴雲不成縷。雪晴雲欲銷，山角日初吐。嘉此素心人，招邀輒三五。詎待三百杯，庭陰已卓午。爐煙活火然，茶香浮石乳。心恬外垢滌，才弱餘力努。意到互悲樂，詩成無今古。清讌舍管絃，詞場設旗鼓。或筆矯如龍，或氣猛如虎。或如別鵠吟，或如迴鸞舞。要旨情性真，脩然寄仰俯。今日天氣寒，輕陰低萬戶。冷翠盎竹欄，淺紅逗梅塢。誰克張一軍，吾將託強弩。惟有酒人狂，高歌酌清酤。

題裕軒圖鞳布學士枝巢遺詩

西郭有松門，殘雪抱石根。地餘新草竹，龕設舊琴樽？官冷惟師友，禪空到子孫。學士無嗣。猶留詩一卷，讀罷夜燈昏。

答友

詩到能工大是難，幾人執戟幾登壇。近來一事差堪信，不遣鉛華上筆端。

同陸璞堂伯琨學士程東冶侍讀江秋史德量編修集許秋巖秋水閣

芍藥樽前曾結社，海棠風又到清明。誰憐夜雨瀟湘客，坐聽春簷鳥雀聲。呼酒恰逢新月上，看花忽憶故園晴。西郊粥鼓尋僧寺，匹馬夕陽無限情。令弟石泉編修每退直同行，今已下世矣。

清明後五日偕菊溪侍御鏡秋檢討邁人郎中東郊作

那得勞生便息機，眼前風景莫相違。漁莊隔水市聲遠，佛閣下簾山影微。花中春寒仍淺暈，鳥窺日上始高飛。溪煙斷處炊煙接，晒網家家白板扉。

攜幼女游野寺晚歸

我愛閉門坐，尋春偶出城。鶯花好天氣，兒女亦人情。對酒逢場戲，題詩信筆成。倚亭援綠綺，彈作水仙聲。

西村

一入西村路，花多踏作泥。春禽飛上下，野水隔東西。石崦家家好，雲堂處處迷。倦依禪榻睡，日午不聞雞。

鄒曉屏祭酒貽詩冊

槐市一溪隔，說經時過余。正愁前夜雨，忽接故人書。南浦新詩卷，西山舊草廬。天聲振禪榻，塵味久消除。

過王鑑溪綺書學正賜硯齋

城南半秋水，夕陽隱葭菼。每欲訪幽人，浩蕩江湖感。題詩託微尚，闡幽吾豈敢。細草寒泉香，疏花夕陽淡。歸來月在衣，抱向空庭攬。

同人見賞篇末二語輒衍其意

抱月置空庭，月更清如我。靜夜耿孤光，我來月下坐。暗露上衣重，微風出花妥。人生閑最難，我閑今已頗。展讀復欣然，不求甚解可。

李石農鑾宣同年夜話

紙閣靜愔愔，天光清可尋。詩搜隔年句，菊澹一秋陰。對坐卻無語，相知唯有心。階前兩松樹，霜雪不能侵。

柬施小鐵太常

名士有天真，幽齋無俗塵。蒼茫千古事，躑躅百年身。才大難論福，官高不救貧。世方重清節，莫竟作詩人。

病起偶題

小病藥浮竈，清貧錢上叉。壯士悲櫪馬，寒色動林鴉。尚喜睡無夢，不知香在花。寺樓一聲磬，端坐誦南華。

病後訪菊溪侍郎不遇

無多清興病餘增，蕭散聊隨退院僧。疲馬易迷三里霧，冬心同凜一條冰。花如耐冷春常在，詩不求工我未能。回首空林落黃葉，月華隔水澹寒燈。

糊窗

為掃塵埃淨，須先罅隙防。日華溫不散，風力峭何妨。補後更無空，靜中時有光。只緣一層隔，山翠看微茫。

食粥

修到神仙後，方餐薤與蔬。不愁衣典盡，最好飯香餘。松葉燒多少，梅花嚼不如。雖然乏清俸，羞唱食無魚。

李石農移居蕭寺訪之不值寺蓋余廿年前讀書處也

記得招提路，雙門獨樹依。磨牛陳跡在，雪爪舊痕非。詩夢斷難續，茶煙低不飛。狂吟自清苦，慳爾碧紗圍。

碑字摩娑慣，瓶花問訊纔。十年僧半去，一笑我重來。隔苑仍高柳，侵衣剩古苔。慈恩春雨足，紅杏為君開。

初冬早起

鵲噪月猶在，葉乾天欲晴。勞人起中夜，山寺已鐘聲。林外廚煙濕，溪邊積水明。笑他班定遠，垂老立功名。

鐙定

有懷無可說，鐙定一燈深。夢斷前村雨，春歸昨夜林。寒依新火坐，醉擁破書吟。屋角多蛛網，年來怕理琴。

題林比玉采蓴卷卷後有程夢陽詩跋

雲臥青山柳臥湖，幽情寫入采蓴圖。羹香酒熟秋燈剪，只少松江尺半鱸。
生死秦淮未肯歸，落花不共片帆飛。墊巾樓下凄涼月，獨照松圓老布衣。

題己未鴻博崇效寺看梅詩冊有序

冊内題詩為己未鴻博平湖陸義山、徐勝力，任邱龐雪崖，東明袁杜少，長洲馮芳寅，山陽李公凱六人手跡，惟望江龍雪樓詩缺佚。余讀書廣慈庵千佛殿，敗篋中檢出裝成，題小詩三章。

當時文酒擅風流，官冷僧閑與唱酬。卷尾恨遺龍檢討，殘縑尋遍棗花樓。
同年同會城西寺，雪北香南宛一家。己未詞科盡名士，前身修已到梅花。
不見花開又百年，荒庭老樹半寒煙。鐙昏酒冷蕭蕭雨，說著前游總惘然。

題褚筠心廷璋學士西域詩冊後

中禁揮毫三十年，人間片紙足流傳。而今白髮紅燈畔，猶擁殘書自在眠。
城南短巷菜花香，黃葉聲里話夕陽。未必書生昧邊事，英雄雖老戀沙場。

曉出

曉月未出林，清光馬前至。忽聞讀書聲，飄過湖邊寺。人生勞如何，城外山猶睡。

紅澗溝

行盡西溪路，蘆荒別有村。數峰花外掩，殘月霧中昏。風定響禪板，飯香開瓦盆。丹砂何日就，吾早閉蓬門。

程立峰明愫大令貽袁子才枚太史詩冊

夢裏悟前因，相逢笑語親。愛才真過我，下筆不猶人。好事老彌篤，有書官未貧。分來梅柳句，千里見江村。

題小倉山房詩集

萬事看如水，一情生作春。公卿多後輩，湖海此幽人。筆陣橫今古，詞鋒怖鬼神。粗才莫輕詆，斯世有誰倫？〔一〕

【校記】

〔一〕袁枚《隨園詩話》卷十一第十五則錄此詩，四、五句為「湖海有幽人」、「筆陣驅裙屐」，七、八句為「莫驚才力猛，今世有誰倫？」

庚戌

續題勺湖草堂圖有序

丁未冬，阮吾山侍郎以圖命題。余賦五言二章，未及書諸卷也。兹令嗣方浦鍾琦屬補録卷後，距侍郎沒又二年矣，感慨係之，更賦二詩。

冒雪尋詩過草廬，侍郎風味秀才如。清齋景況吾能說，三尺梅花萬卷書。

聞笛山陽果斷腸，詩情畫意兩蒼茫。柴門鶴去無人守，秋水一陂空夕陽。

贈筠圃玉棟明府

頻年自懺癖難除，我亦前生是蠹魚。忽見先生開口笑，一官贏得十車書。

萬卷真同萬户侯，百城擁向海東頭。自從崑圃藏書後，此地巋然讀易樓。君藏書處。

偕友人游極樂寺有懷前游諸君子

曲巷迴橋路幾灣，清泉危石水潺潺。兩三竿竹桃花外，六七年詩貝葉間。有酒催君生白髮，無錢許我買青山。前游賓客飄零甚，江北江南半未還。

僧舍偶題

閉戶遠塵垢，攤書見性情。一蟬秋自語，殘月夜初明。雲斷忽峰出，水流剛澗平。鐘殘了清夢，枕上又詩成。

謝達齋玉德侍郎贈馬

忽枉名駒贈，西風匹練過。馳驅天路近，朋舊塞垣多。古寺秋同巷，斜陽草一坡。生平感知己，萬里更如何。

秋日感懷

驟雨忽平砌，好風剛下簾。山深秋氣覺，衣薄客愁添。疏磬出林隙，野花齊屋檐。醇醪吾不愛，清苦一心恬。

偕潘巽堂紹觀劉葦塘大懿曾賓谷燠何蘭士道生游北山諸寺

沙軟且閒步，秋佳時樂群。霞蒸林外雨，風皺塔邊雲。馴鹿依僧睡，涼蟬報客聞。綠陰剛半樹，又被遠山分。

灤平僧寓為朱春山瑞椿孝廉題畫

風雨瀟瀟書掩關，塞垣鎮日對青山。僧堂又起江湖夢，置我溪雲竹石間。
天然一幅輞川圖，萬樹桃花尺半鱸。九十九峰青不斷，老僧指說永安湖。

冶亭鐵保侍郎自灤陽寄懷姜度香晟侍郎詩盛推達齋侍郎畫並及鄙詩次冶亭韻兼呈達齋

朝暾出海扶桑紅，神仙樓閣虛無中。浮雲淨掃塞垣闊，千山削出秋芙蓉。晝窗無事弄禿筆，沙磧有客盤琱弓。書生不合比鶖鶬，奮臂直欲追羆熊。槲林榛徑積苔蘚，延緣石磴攀蒼穹。山靈為我闢險奧，逕絕倏與天門通。置身已覺樞斗近，九州一氣青濛濛。憶昔讀書鍵雙戶，瓦燈紙帳春風融。良朋三五快抵掌，碔砆時藉他山攻。今來塞上寄古寺，粥魚齋鼓儕吟筒。萬峰高處一回首，下界萬丈垂長虹。人生百年貴適意，何必苦語如秋蟲。十洲三島本烏有，昔年童稚今成翁。名山經世各有愿，詩情畫旨三人同。

和何蘭士喜雨圖

殘暑消荷渚，夕涼生柳門。蛟龍挾海至，鳥雀向林翻。萬葉空山響，孤亭白晝昏。賣花翁早至，青紫種閑軒。

牛欄山

仙人跨牛去，牛欄空在望。平林日氣收，遠天雲影釀。我乘薄笨車，轉轉峰頭向。雷雨須臾作，白沙三尺漲。樵夫煙翠中，拍手山歌唱。何日息塵勞，來看桃花放。

密雲縣

潮河繞縣南，白河亘縣東。曹軍昔駐此，辛苦烏桓攻。至今戰場沙，血跡斑斑紅。夜深撼客夢，金鼓猶錚鏦。秋林一葉飄，梵放流雲中。聞說初月亭，尚有前朝松。

黍谷山

北風吹凛冽，五穀寒不生。鄒子爾何術，天地為之更。想由人事和，萬竅回春聲。我來田隴間，禾黍多雙莖。翠崦不可上，廢磴盤榛荆。掬水數游魚，側耳聆流鶯。槐陰午不涼，且傍高雲行。

石嶺子

每石必抱雲，雲多覺山少。山居不擇地，往往傍飛鳥。瓜田晚涼近，豆棚秋雨小。田租有日完，詩債無時了。乳鹿臥青苔，游魚聚紅蓼。勿謝耰鋤勞，遠勝車馬擾。

穆家峪

穆家留古墟，前明苦征戰。草根雨漬青，石樓燒已變。夕陽廢瓦明，遠風涼葉扇。荒雞叫暮煙，老牛臥佛殿。耕田爾其勞，行役吾敢倦。晚飯竹光中，蔬筍亦可薦。歸鳥投寒村，我行尚郊甸。

芹菜嶺

松櫟閉行路，天半茅檐挂。老翁年七十，斫柴村市賣。婆娑向馬頭，獻芹述佳話。云當冬雪深，麋鹿多下砦。田家禁私殺，捆載奉官廨。又于秋水生，打魚沙上曬。留以款佳賓，那便抵酒債。石田不可耕，棲畝但萬稗。嗚呼此瘠土，風俗殊不壞。

白河澗溝

只此涓滴水，萬古石穿破。秋雨偶戛之，空林鐘磬作。一峰有一色，彼此不相涴。忽飛片月來，寒玉帶雲唾。此如史遷筆，閑中出頓挫。身恐逐鶴飛，長抱松根卧。

新開嶺

不聞遣五丁，已許馳萬馬。風搖鈴鐸語，終日此山下。崩雲響頽壁，古雪埋殘瓦。雷燒老楊樹，空腔谽然問。寒僧穴作屋，煙翠小蘭若。楓青雜柿紫，不復施丹赭。一卷法華經，孤燈夜深寫。悠悠行路人，誰是知僧者。

南天門

萬水匯關下，不可不一束。又恐束之急，峰岫特屈曲。赤虬排牖戶，青鳥翔旗纛。太行乃肩胆，昆侖亦手足。潮河西北來，日日山脚浴。倍覺芙蓉花，顔色絢朝旭。騎馬我獨看，飛鳥不敢逐。恍惚五嶽外，神靈此繫屬。以之限中外，勝朝太局促。

攬勝軒

岧嶤攬勝軒，可望不可即。但覺高低峰，到此都一色。茲山開闢初，千榛與萬棘。自後兵革興，防邊昧遠識。不辨巖谷奇，翻嫌途徑仄。中外今一家，車軌混南北。卻嗤利病書，為費許筆墨。

古北口

巖巖古重鎮，今特門戶耳。可笑秦皇愚，棄此作邊鄙。萬骨土中埋，一城天外起。山川亦晚達，遭逢殊自喜。關吏晝枕戈，客至每倒屣。北風吹鼓笳，西日照荆杞。將軍天上來，馬聲秋色裏。

兩間房

留此秦時松，掛彼太古月。青山從東來，宛轉氣一歇。空際放奇觀，陰森排萬笏。霜風催老馬，煙色逼蒼鶻。紅泉瀉秋澗，何處笙竽發。

常山峪

馬饑氣益驕，虎老情亦順。羨爾把耡人，月下古松枕。泉聲淡塵慮，山影染鬚鬢。探幽愿久託，鑿險力不任。身欲萬里行，心已涼綠沁。翻悔前游詩，倉促落筆迅。

青石梁

寒青天所餘，滴入石髓內。楚越定無此，萬古鎮秋塞。前峰插似箭，後峰落如碓。滑防馬足折，碾恐車輪碎。斜陽猶在衣，穿林天忽昧。長繩輓我腰，健夫推我背。傴僂檜櫟間，綠放新月對。霜葉吐新紅，風林散古黛。行行臻絕頂，畏難笑同輩。可知學道人，有進不有退。

黃土坎

朝過青石梁，暮登黃土坎。林綠濕敝衣，山聲搖醉膽。石菌肥可茹，井花紅入覽。樹頭鸛鵲鳴，轉增客淒慘。柴門坐老婦，土堃瓦燈闇。殷勤勸止宿，前途防虎窞。吾自就涼月，繫馬蘋婆噉。

喀喇河屯

秋色憺無際，蜿蜒幾萬里。聚而為村邑，熙皞從茲始。詎知關外民，耕鑿百年矣。高柳撼斜日，晚山鬪青紫。焉得萬竿竹，種此陂塘裹。卻笑僕夫痴，提筐拾榛子。

廣仁嶺

百貨載以來，一牛喘未息。我攀蘿薜上，百磴不嫌直。孤亭峙天半，瞭如鳥展翼。林中路尚明，墻陰天已黑。斜風折松梢，屋角生月色。山蟲工苦吟，夜涼睡不得。

白檀山

夜渡溼餘河，朝行白檀州。諸峰迎我來，寒色壓馬頭。阿瞞雖建功，實足為漢羞。徒留漢時月，耿耿城東樓。山花依舊紅，山泉無停流。惟有山中人，對月生新愁。山中愁何事，服田無黃牛。語君愁且捐，一飽胡多求。

紅螺山

頽樓倚舊山，敗瓦埋荒草。大都與中都，興廢何足道。雄師擁十萬，天魔不能保。徒留紅杏花，春風開自好。殷勤語殘衲，花落勿輕掃。

九松山

茲山鮮依傍，況復林木繁。九松舉成數，餘皆松弟昆。老鶴時一至，涼蟬不敢喧。車行此憩息，每坐松前軒。累累古荆蔓，稜稜殘石根。梯雲更踰澗，百折山中村。松風上衣涼，松綠生醅渾。如對古丈人，揖讓香山門。征馬饑且鳴，歸鴉暝欲翻。

北石槽

新秫兩三捆，衰楊八九樹。村翁帶月歸，活魚溪上捕。石菌綠上衣，土花紅到屨。謝翁意殷勤，網罟匪所慕。栗顆低颺風，棗叢輕滴露。童子倚牛背，一竿打無數。餐飽更睡足，秋山我能賦。

南石槽

出門星在天，回頭四山失。馬上續詩夢，蕭疏難下筆。月魄濯溪寒，霜色蓄林密。年豐百貨賤，民和群盜匿。野僧踏白雲，酒人醉紅日。萬物苟得所，藏身詎無術。良田與異書，二者買不必。

青石梁道中

此是何年雨，猶飛百道泉。柴門淹虎跡，石壁洗蝸涎。野店秋無月，荒山樹不煙。佛堂耿寒夢，拈出畫中禪。

常山峪大雨宿程也園振甲舍人幕中

露柏與霜桐，丹黃各不同。馬驕山色裏，人老雨聲中。宿酒污繩榻，新涼入角弓。幾回搜好句，剔盡燭花紅。

贈程立峰明愫明府

水乳性本異，針芥勢亦懸。會合乃有時，不知誰使然。君涉漢水涘，我歷恒山巔。天風吹邂逅，頓悟三生前。見時殊落落，別後中拳拳。寄我兩函書，語摯情纏綿。金鐵有正色，琴瑟無繁絃。聞君擅政要，靜以攝其全。採華務求實，飲水當酌泉。聞君擅章句，取精糟粕蠲。甘雨鮮怒響，皎月無凝煙。先生淡泊人，縣令而神仙。晚香薦寒菊，酌酒秋籬邊。萬事自有分，請自安吾天。

送祝芷塘德麟侍御

中歲乞閑身，君原非隱淪。晚香憶籬菊，疏雨夢湖蒓。鷗鳥知儔侶，文章不救貧。林邊伴袁枚趙翼，謳詠太平春。

山亦喜君至，數峰青異常。野雲閑白晝，秋水易斜陽。對佛飲休醉，賣文錢自香。東華塵土味，一自入山忘。

舊蹟東南勝，殘碑字畫訛。山中閑日少，貧後好詩多。鷗不厭蘆荻，鶴惟貪薜蘿。江風吹又起，春渚喜無波。

中秋晚出德勝門宿澄懷園

月比去年好，秋從今夜分。塔明山寺火，橋滃野溪雲。酒氣竹間出，磬聲松際聞。數峰青不斷，涼露白紛紛。

澄懷園與汪雲壑如洋修撰程蘭翹昌期編修夜話

客不與秋期，秋來客早知。燈光連水濕，蟲語吐風遲。星斗近依榻，竹梧清沁脾。無猜羡鷗鷺，三兩浴平池。

訪金筠莊應琦舍人不值

白鷺沿沙浴，文魚傍石游。愛詩真是癖，得侶復何求。煙水迷深巷，疏林掩畫樓。欲尋雲外寺，隔浦喚漁舟。

宿永壽庵

踏雪入孤村，鴻泥認尚存。酒寒漸蟲語，鐘歇忽鵶翻。花缺月移檻，竹深風打門。有懷前度侶，聚散不堪論。

送蕭雲巢歸楚

秋水綠無地，秋風涼入帆。故鄉有蘭茝，一路況松杉。樹缺煩重補，花繁待細芟。有懷著書客，辛苦守經函。謂陳每田。

送萬秋田化成明經歸省

五嶽游未盡，如何返故鄉。相思但秋水，此去為高堂。露重芷花白，煙寒楓葉香。昨年戟門側，攝薜步槐廊。

答王夢樓文治前輩

天欲厚公富，一官陞復沉。才名傾海外，筆法接山陰。白髮蕭蕭在，青山處處尋。江湖作詩話，花氣濇禪心。

答趙雲松翼觀察

吏治海南盛，詩才甌北強。山林屬耆舊，館閣重文章。下筆有袁蔣子才、心餘，讀書無漢唐。過江諸老在，公絕似襄陽。

與許香巖兆桂談詩秋水閣歸途奉寄兼懷秋巖

健筆健於駿，閑情閑似鷗。天偏慳一第，詩可抵千秋。短巷日方夕，空庭花自幽。草蟲吟不歇，相與爾賡酬。

天外亦秋水，閣中生暮雲。故人情脈脈，落葉響紛紛。破壁蝸盤蘚，殘書蠹避芸。歸時涉煙澤，白髮話斜曛。

贈吳生季游方南

短巷復深巷，說詩來柳溪。秋風疏磬響，落日板橋西。劍氣酒邊直，雁聲天外低。比隣頻送酒，爛酒菊花畦。

寄泰庵和寧方伯

宛轉碧幢影，會來秋水廬。猿啼巴雨外，馬踏塞雲初。酒半休看劍，花間且讀書。少年舊狂態，老去可能除。

寄吉林王生廷蘭

萬樹秋生早，經年信到稀。書聲砂磧冷，花影石城微。虎老抱山睡，鼠饑銜雪飛。知君躭索句，盡日掩柴扉。

重陽前二日王芸圃循過訪不值行將就丞倅送之

隔巷踏黄葉，到門風雨遭。秋方如客冷，官不比詩高。廡下餐須飽，春邊志已牢。多情贈瓊珮，莫阻海門濤。

徐鏡秋檢討招同玉亭伯麟詹事菊溪侍御飲垂蔭軒

同是蕭疏客，看茲冷淡花。知秋定江雁，避月或林鴉。天迴三星直，燈昏萬竹斜。酒闌聽人語，多半為詩譁。

贈同學

憶昔讀書日，世緣君已空。人皆憐酒困，我獨羨詩工。積水天然緑，秋花别樣紅。相逢蘆荻外，白髮老漁翁。

許香巖過訪不值

疏柳不留客，野溪空自涼。蛩知守庭戶，雁早度衡陽。詩入秋逾健，花開晚更香。登高如有賦，珍重貯奚囊。

方石歌為冶亭侍郎賦有序

余東軒舊置石一方，橫三尺，縱六寸，狀如牀，堅潔如玉，侍郎乞去，以詩媵之。

太華峰頭一片石，斧鑿猶留五丁跡，置我東軒頗愛惜。侍郎嗜石如嗜詩，謂石奇抵君詩奇，石可轉也君其貽。吾聞米顛輒興起，書畫舫開虹月紫，侍郎情性乃如此。厥方孚矩堅孚金，雲根黯淡苔花深，生平未改瑩明心。寒菊清泉相掩映，淡月涼天精彩迸，瘦骨崚崚峭而正。交道一日期百年，崢嶸萬古芙蓉巔，尚無似此石可遷。

酬王少林嵩高司馬時官河西務

黃葉蕭蕭打瓦屋，自汲寒泉寫秋菊。菊花如人淡不俗，挑燈不厭百回讀。先生登第三十年，詩成往往江湖傳。百里之才何有焉，為貧而仕時則然。日暮空山青未了，天風忽送浮嵐渺。寒林不敢儕凡鳥，長波萬里輕鷗矯。小桃紅斷村煙孤，漁人晒網春陽晡。短篷小泊丁字沽，看十三本梅花圖。少林家藏本。

寶晉齋硯山歌和覃溪先生

媧皇鍊餘兩片石，神物乃受神人鞭。襄陽米老獲雙璧，留貽溯自南唐年。至寶無獨必有偶，交輝互映非偶然。一庵初葺一山去，五十五峰何有焉。香花夜放甘露寺，片雲青失虹月船。收藏秘府不可見，茲硯幾逐星霜遷。其一復歸薛道祖，哦詩嘆息顛復顛。江南秋色出層碧，筆想安得精神全。古藤書屋共欣賞，詩傳世上石亦傳。是一是二未深辨，山耶硯耶徒拘牽。致令觀者起疑竇，明珠魚目同媸妍。覃溪學士慎考覈，硯山山硯工言詮。以米名齋志向往，對石矖墨情纏綿。移來秀石置几席，層巖雨過春娟娟。明星一點鸜鵒眼，空水欲滴蟾蜍涎。夜深剪燭翠明滅，天晴滌墨波洄漩。此身直擬到海嶽，天風浩浩吹寒煙。千言一洗竹垞誤，百年重和漁洋篇。世倘好事更搜索，九華壺嶺謀珠聯。老人空洞忽笑語，吾將下拜吾齋前。

阮吾山侍郎秋雨停樽圖有序

乾隆辛巳秋八月，侍郎抱炊臼之戚，董東亭取潘黄門語意為寫是圖，今侍郎下世又三年矣。

詩人自古憂思多，蕭蕭涼雨秋如何，人生幾舉金叵羅。况際驚鸞與别鶴，相思紅豆三更約，黄門語更何人託。侍郎好客工詞章，當年斗酒誰為藏，梧桐百尺秋陰涼。詩耶畫耶今已矣，廿載風煙存片紙，身死應知名不死。我與先生情性同，哀蟬落葉難為工，笛聲愴絶山陽風。展圖不厭千回看，雪深三尺行人斷，夜殘酒冷鐘聲亂。

王少林學圃晚香圖

生平不愛看花早，潦倒春風貧亦好，東園花事開草草。晚香之意將毋同，秋英黯淡涼雲中，梧桐雨雜芭蕉風。徙倚空庭煙一縷，霜壓楓林更菘圃，黄葉村中真樂土。君廬聞説多梅花，十三本樹孤山家，逢人何必冬心詩。獨我躭幽百事置，月明時傍東籬睡，冰雪侵人曾不避。開縑一笑題新詩，此意問花花未知，迢迢煙水空相思。

冬曉招程立峰州牧集詩龕

山色入城青忽紫，雪凍溪頭雲不起。寺樓粥鼓猶未止，先生款步荒齋矣。君舉賢書余未生，同年錯被江湖稱。《隨園詩話》謂余為君同年。登科登第皆虛榮，寒山珍重冰霜盟。酒懷那及詩懷好，與君恨不相逢早，詩源我欲從君討。明湖二月湖生波，尺書欲寄春鱗多，桃花紅奈先生何。

贈詹玉淵炯

磨墨磨人卅載心，硯田愛惜好光陰。日高猶抱梅花睡，不問門前雪淺深。

王少林示詠雪詩

山色凍如睡，村煙低欲靡。滿階折竹聲，碎入梅花裏。夢往羅浮間，赤足涉江水。手捉兩蝴蝶，自言是鳳子。醒猶臥石龕，飯熟人未起。

雪後冶亭侍郎招同菊溪侍御芝岩文寧編修暨閬峰玉保閣學集石經堂和冶亭韻即效其體

東華人款西華閤，十里五里朝陽暹。積雪深埋萬竹尾，凍雲亂撲雙槐檐。侍郎古雕更今潤，讀書毋乃忘傷廉。不薄新雨愛舊雨，北風寒勒春風簾。眉山主人蓬山客，大蘇小蘇齊掀髯。文光欝勃星斗動，詩情浩蕩江湖兼。緑酒澆胸性情見，紅燈照鬢年華淹。孤桐詎必學幽蕙，東鰈何苦謀西鶼。一物各懷一物智，太華不棄游塵纖。鼓鐘既備待絲竹，醓醢欲薦資梅鹽。主人大笑客無語，鬥韻隨手珠璣拈。書室晴煙散朽蠹，城樓寒色淒冰蟾。歸來茅舍且高臥，冬花破蕾秋菘醃。

深冬過王鑑溪賜硯齋

香醪獨酌興何如，老去詩狂總未除。柳得春遲原耐冷，梅開花少莫嫌疏。嬌兒放學求分果，少婦偷閑代檢書。門外雪深君不問，蕭蕭白髮臥蓬廬。

和吳淵穎題錢舜舉張麗華侍女汲井圖

芙蓉檻外梧桐樹，故宫容易秋風度。美人何事汲雲漿，綆繫銀牀朝復暮。綺閣曾溫荳蔻湯，香溪誰盥薔薇露。璧月瓊枝艷一時，丹砂難得紅顏駐。船頭鐵甲鼓聲哀，簾角金瓶花影妬。曉夢猶傳醉裏歌，鬟雲一縷縈蘭炷。至今枯甃冽寒泉，宫鴉啼罷華林誤。南埭空聞夜雨聲，轆轤不轉蟾蜍吐。

答袁子才前輩

名著入山前，入山三十年。看人多白眼，閱世少朱絃。食色從吾好，文章讓爾傳。書生重名教，愼勿學神仙。

存素堂詩初集録存卷三

辛亥

正月八日廣慈庵用壁間韻

閑既不如僧，靜復與佛別。步入旃檀林，更著何言說。瓶花一笑拈，階草青欲茁。蒼蒼古松下，猶有去年雪。

正月十二日汪雲壑修撰招同陸璞堂學士江秋史侍御程蘭翹編修小集

萬里新持節雲壑新自滇使回，三年暫啓樽。斜陽下山背，春雪在城根。書卷買無市，佛花香到門。君寓與長椿寺相向，舊有書市。相期借禪榻，好句為重論。

送陸鎮堂師廷樞赴絳縣任

小別亦難遺，好官今易為。栽花新雨後，拔薤早春時。雞且牛刀割，鳩方鳳閣辭時善方改官。老桐仍自好，人去碧陰移。曩受業於古桐書屋。

送劉梧岡曙同年令江南

朱霞十丈仙人洞，约西愛作江南夢。山靈有意招先生，天風廿日扁舟送。先生好客兼好詩，瓦卮傾倒城南陂。百城擁讀苦未足，百里待治將奚為。孝弟力田功不薄，不尊人爵尊天爵。寒雨池塘夢青草，暄風畫閣看紅藥。散衙無事拈吟毫，竹燈板屋風颸颸。課民耕種課兒誦，先生固已忘其勞。而我相思隔千里，欲寄貂褕憑一紙。安得人生比鴻鵠，朝舉山青暮山紫。酌酒勸君君莫猜，白駒逝矣朱顔催。男兒墮地志弧矢，臨别可憐何為哉。

夏夜懷李石農比部

睡覺聞草香，幽居月不到。啓戶清風來，高樹一蟬噪。心虚納萬理，境静領諸妙。忽念金石人，愧之瓊瑶報。夜短鐘響繁，雨餘溪影曜。槐葉積空階，綠濕無人掃。

送徐鏡秋檢討出宰江南

秀才膺鄉舉，輒云作令美。及其入翰林，棄令如敝屣。先生登賢書，年未三十耳。浮雲變蒼白，拾芥綴青紫。出入承明廬，卓哉賢太史。檢校三館書，不賣官庫紙。權衡三湘士，臣心白如水。美譽動公卿，清節聞天子。有守當有為，優學必優仕。詞臣百七人，君首承顧指。讀書從兹終，讀律從兹始。憶昔庚子春，偕君成進士。疑義每互析，修途期共履。相與不參商，相資如礪砥。琴清濁同絃，車遲速共軌。十載蓬山棲，一夜天風起。我乘退飛鷁，君騎逆河鯉。榮悴豈殊心，陞沉鮮定理。勉哉各努力，可愕要可喜。得登循良傳，折腰復何恥。曩恨無所紓，今責不容己。士苟效一能，官胡小百里。他時宰天下，何嘗弗如是。

寄懷山莊扈從諸遊好

冶亭侍郎

西崦雲深處，南榮月上時。蕭疏見情性，筆墨出風姿。人擬龍頭重，書嫌雁足遲。彎弓射麋鹿，磨墨寫新詩。

玉亭宫詹

橐筆出天關，刀明弓又彎。官閑須縱酒，秋近最宜山。草碧螢孤照，沙黄雁自還。先飛嘲笨雀，回首憶清班。余與君同侍直語。

何蘭士員外

望月倚闌干，君今月獨看。酒知因病減，詩不入秋寒。蛩語山堂寂，碁聲佛屋殘。疲驢休再跨，記否墮吟鞍。皆庚戌舊事。

周勉齋元鼎郎中

記得灤陽路，家家山對門。芙蓉青到枕，楊柳緑無村。墨氣秋堂暗，君善篆書。茶煙土竈昏。市聲空浩浩，趺坐養聞根。君耳聾。

感舊懷人詩七首

曹地山先生

我命公默持，我詩公朗誦。樹旛穲花護，劚雪凍荄種。負笈拜後堂，撰杖日陪從。片語偶垂誡，蓄為一生用。相期在力行，不獨文章重。庚子闈中，余卷中而復失，公竭晝夜之力搜索，始獲雋。

德定圃先生

立朝五十年，相盡天下士。顧予駑鈍姿，謬以麒麟擬。少年許上書，後堂容曳履。小草處蹊澗，居然等桃李。吁嗟梁木頹，飄泊吾已矣。

許石泉兆棠編修

君所蓄於心，無不脫諸口。於世為畸人，在我實諍友。奈何倚天劍，弗為世間有。飈揚鏡垢積，絃折弓弛久。獨學德日隳，誰與商不朽。

常月阡森孝廉

病馬長途困，饑鶴秋柵閉。幽蟲語斷墻，衰草掩空砌。豪華易蹭蹬，臨風日横涕。跣足荒山中，長揖侶松桂。寧同木石頑，不共綺紈敝。

陸鎮堂先生

百川日東流，一星晨不滅。道義時自凜，章句固不屑。馬性易長往，鶴情難衆悅。芳蘭保凍荄，孤松矜晚節。春風坐時有，心胡獨冰雪。

袁子才前輩

我讀君萬言，君吟我五字。年年雁北來，手書時一寄。入山三十年，料理梅花事。種樹恐太多，誤作煙中寺。漁樵悵幽阻，只有詩僧至。

英煦齋秀才

摳衣拜君堂，君年及我半。十三善弓矢，十五工詞翰。援筆賦春花，君詩比花爛。美玉借石攻，志士利金斷。懿哉管鮑交，莫僅孔李看。

秋日田園雜詠同汪雲壑作

冷月比詩骨，秋水如道心。薄酒酌田父，微風吹素襟。石上聽鳴泉，淙淙響玉琴。廣廈需結構，何如高樹林。炎氛自兹息，樂境真可尋。

既不如農勞，又不及農拙。羨彼霑體足，勝我爭口舌。何時入南山，荷鋤鋤春雪？種瓜脆可餐，掘泉清可啜。安門不用窗，到處皆明月。

蕭蕭蘆荻花，而與秋影分。處晦斂根荄，時至皆欣欣。無情煙與草，無跡水與雲。東皇曜晨曦，西罔生夕曛。富貴不可保，及身修令聞。

有苗必有莠，有粟必有秕。君子與小人，相反實相似。苟弗辨厥微，毫釐即千里。去取慎又慎，仁者良有以。非種倘不鋤，嘉禾長靡靡。

人愛畫中山，我愛山中畫。濃淡無定姿，瀟灑有餘態。取斯較倪黃，從無一筆敗。緑波春塘灔，紅葉秋陽曬。俯仰安一生，得價亦不賣。

鷗見我不猜，魚見我不畏。江湖豈不寬，尺波已足慰。日夕草木光，澹作煙霞氣。但能簑笠將，何必綺羅衣。珍重蕨與薇，此中有真味。

荷鋤入南山，豈不望苗秀。播種要有術，須先辨菽豆。清露壓條繁，薄曦隔籬透。累累府稰供，採採盤飧侑。若謂足飾觀，曷早事文繡？

薄田鮮厚償，不如多蒔竹。此君雖清寒，出土便雲矗。灌溉詎勞心，蕭疏欣悅目。清涼半畝涼，苦瘦不苦俗。桃李炫新妝，春去俱碌碌。

贈阮方浦

梧竹蕭蕭草結廬，誰思蓴菜與鱸魚。人生歲月閑中足，不愛科名易讀書。

寄懷劉杏坨泗道

水綠不生鬟，花紅方照顏。每逢新月上，便擬故人還。病裏聞清磬，愁中見遠山。憶從投筆去，草閣更蕭閑。

贈王雪村元梅同年

我醉非關酒，君才豈但詩。十年不相見，此恨有誰知。竹老自寒色，雲高無定姿。盧溝看曉月，好是早秋時。

七月四日邀同人飯於詩龕出西直門看荷花至極樂寺

鷗尚有浮沉，人豈無聚散？良朋惠然來，幽情愜清旦。溪流息市塵，秋雨遲晨爨。言出西直門，心閑耳目換。薄曦山脊移，荒草城根斷。亭亭君子花，可愛不可玩。出水香自存，受風影弗亂〔一〕。承露碧玉盤，拔泥青鐵幹。一一招良友，隨我登彼岸。愿言素心客，盡作此花看。

讀書憂患多，作詩才力薄。且叩旃檀林，厥寺名極樂。十畝歡喜園，三間清涼閣。田荒香稻熟，圃老秋瓜嚼。僧至不驚魚，客來莫彈雀。舉頭雲忽飛，對面花自落。神定萬慮忘，境寬一心約。私蠲物垢阻，內腴外華削。款語告諸客，勿竟戀邱壑。亟望施霖雨，民和物咸若。

樂境既難常，秋日又苦短。園荒山影積，秋入蟬聲緩。坐石苔涴衣，看雲酒覆盌。談禪休逞機，說鬼姑任誕。人生志道義，忠告攄悃款。處安思處危，履險若履坦。冷霧斷鷗汀，敗葉埋鹿疃。渾然忘物我，生氣胸中滿。藕花折一枝，幽齋清夜伴。遲他楓與菊，吾意已衰懶。

【校記】

〔一〕袁枚《隨園詩話補遺》卷六第四十六則錄此句，作「臨風影弗亂」。

讀洪稚存亮吉編修詩集

萬物弗自見，託之於文章。我語如子語，子腸非我腸。追金為花卉，顏色豈不光。置諸盆盎中，詎及蘭芷芳。藜莧較魚肉，滋味難相當。魚肉而餒敗，人則藜莧嘗。

盜賊掠人財，尚且有刑辟。何況為通儒，靦顏攘載籍。晨霞自舒卷，暮雲忽深碧。東月揚海頭，西陽抑山脊。兩大景常新，四時境屢易。膠柱與刻舟，一生勤無益。〔一〕

山平則無岫，水平則無波。馳驟怒馬擅，意態饑鷹多。酒生糟粕中，糟粕酒殊科。金生砂礫中，砂礫金或訛。我生古人後，古人安可過。不如坐一室，垢刮光潛磨。

立政體尚寬，作詩境取窄。叢垢晦玄機，幽情滅塵跡。言探驪龍珠，弱者弗堪役。不入虎穴內，虎子焉能獲。艱難歷彌出，道理窮乃闢。持此精進心，風雨空山夕。

【校記】

〔一〕 袁枚《隨園詩話補遺》卷六第四十六則錄此詩，無五至八句。

贈夢禪居士瑛寶

名與利都謝，老兼貧奈何。雲煙借驅使，縑素日摩娑。此筆入秋健，人心同墨磨。青山誰贈爾，好句閉門多。

君弟皆余舊，論文三十年。故人疏似雨，秋寺冷無煙。二十年前與令弟慢庭讀書處。對酒渾如夢，拈花即是禪。梧桐青未改，庭月幾回圓。

寄暢園尋石詩為羅介人允紹賦

石骨瘦於客，秋心涼到詩。茶香風過院，花落水平池。採藥雲歸早，彈琴月上遲。名園待名士，莫任住顱鷙。

八月八日同羅兩峰趙味辛張船山何蘭士集洪稚存編修蕃施閣

疏影動林樾，淺涼生夕陰。冷花紅不得，誰與識秋心。

主人是詩佛，七客皆詩仙。落葉一庭滿，孤蛩殊可憐。

王少林太守以詩集委勘

聞說蓬萊頂，中有萬丈桑。重陰挹北斗，萬影移東陽。子箽匪是箽，巨刃摩天揚。斫卻葉與枝，終古騰清光。

君固以詩豪，勍敵謂逢我。力爭恐難下，智取又不可。江寒宿潦淨，樹古微花妥。神遇弗形遇，我詩似君頗。

中秋後三日陶然亭同年雅集

秋色一亭迥，客懷生酒杯。數公交契久，十載唱酬纔。雲斷雁長叫，官閑鷗莫猜。疏林踏黃葉，不為看花來。

湖海夢安託，酒場情最真。開門揖白鶴，舉網得紅鱗。楊柳冷無色，蒹葭秋在人。平生重知己，晚節擬松筠。

去日迅如此，秋花開不濃。草荒蟲自語，酒冷客相逢。暝色倦飛鳥，小樓遲暮鐘。歸途明月好，且倚看山笻。

物各待時動，余心殊不然。秋深花滿寺，水足葦成田。一院塔鈴語，隔城村樹煙。任人作圖畫，詩話續年年。

題翁覃溪先生摹王漁洋徐東癡墨蹟後有序

筠圃大令藏邊仲子詩稿一册，即漁洋先生所訂之《睡足軒詩》也，前有東癡手記並漁洋跋語。覃溪先生既題詩於原册，復摹二帙，一以贈余。

幽軒睡足雨沾衣，七十老人饘粥違。剩有歌聲振巖谷，山青不了負薪歸。

歷城好句感新城，零軸殘編有性情。若滅隱君數行字，野風吹不響天聲。

誰分兩宋與三唐，我奉蘇齋一瓣香。拈出秋詩寫禪榻，直從神韻識漁洋。

文字因緣勝寢邱，東癡貧又似南洲。梧桐院落疏疏雨，石墨香分讀易樓。

閑居

近寺聽鐘便，臨流學釣工。巷通秋水碧，樹漏夕陽紅。防病殷求艾，醫貧且種菘。涼蟬殷勤客，煩惱一時空。

讀王鐵夫芑孫孝廉楞伽山房近詩

亦是人間語，塵埃一點無。曠懷小天地，佳句滿江湖。入夜雁聲苦，到秋山影孤。櫻桃風味好，慎勿戀伊蒲。韓城相國為孝廉題櫻桃館額。

取我淡花句，余近有「淡花開不濃」句，為孝廉所賞。較君孤月詞。君近贈琢堂，有「月自孤清雨自疏」之句。情懷各無賴，風雨輒相思。苔尚綠雙屐，菊剛黃半籬。到門認秋水，隔水是茅茨。

黃葉閉秋院，青山生暮寒。茶煙虛石竈，墨氣出花欄。貧賤交心易，文章造命難。詩成在驢背，及爾未為官。

豈但酒謀婦，併能詩佐君。房中結鷗侶，世上重鵝群。搖筆柳飛雪，下簾蘆破雲。慚余老妻拙，畫紙不成文。

重游萬泉莊

萬樹已秋色，一蟬猶苦吟。流來西澗水，冷到酒人心。歸雁沙邊去，夕陽花外沉。前游渺陳跡，壁上舊詩尋。

秋閑

雨晴松滴翠，衣袂暗生涼。觸石雲猶懶，穿花水亦香。漁樵久相習，簪紱忽然忘。林際暝鴉噪，山公酒興長。

題楞伽山人塞館雜詩後

不是盟鷗放鴨人，年年烏帽抗黄塵。緣何瘦甚香桃骨，六度梨花錯過春。

雲自行空月自涼，楞伽山色木犀香。長安盼到櫻桃熟，茶笋依然戀故鄉。

抱雲宿在小西溝，枕上題詩馬上謳。記得去年山寺雨，夜來我亦夢封侯。余去歲寓灤陽山寺。

蕎麥花開荷芰空，車行渾在水雲中。塞垣草木吾都識，寫入君詩便爾工。

作詩話屬同人廣為採錄

未敢論風雅，還期理性情。何人憐舊雨，一代說新城。凡物不相掩，入秋皆有聲。寥寥百年内，吾輩幾崢嶸。

亦有婦孺語，都成典重詞。紅魚寄書懶，黃葉打門遲。草隔談經院，林空賣酒旗。客來悵秋水，小犬吠東籬。

木葉空庭掃，烏絲故紙斜。酒寒秋士句，笛攧野人家。風定鵲爭樹，日晴蜂採花。幽居塵事少，留客有茶瓜。

盼到菊花放，只愁人取租。一天秋氣味，半枕睡工夫。滅燭待松月，煮茶支竹爐。過橋驢背穩，到處索詩逋。

和張水屋道渥遊西山詩

望去翠無門，踏之雲有級。山僧欲掩扉，客隨孤鶴入。

濕雲浥佛龕，石乳滴茶竈。夜深門不開，水與秋俱到。

秋暮淨業湖待月

緩步出柴門，天光隔橋滃。溪雲沒酒樓，林露滴茶籠。秋水忽無煙，紅蓼一支動。

鷺鷥眠猶未，蟋蟀鳴不止。山頭生片霞，激射波心紫。迸起二寸魚，裂開一尺水。

獨坐空亭中，林風吹獵獵。草根一陣香，飛入兩蝴蝶。童子起撲之，乃知是黃葉。

一湖水氣空，四面月波凍。但期宿垢蠲，不畏薄寒中。僧雛亂打鐘，驚破老漁夢。

摳衣踏蘚花，滿頭壓星斗。溪行忽有阻，偃蹇來醉叟。攘臂欲扶持，枕湖一僵柳。

書聲出破廬，花氣隱寒戶。心入夜轉清，茫茫念今古。此時富貴家，酒酣正歌舞。

洪稚存編修以鮒鮚軒少作見示題效其體

月已落，燈忽明。巷柝止，寺鐘鳴。讀君詩，識君情。路十里，隔一城，思君不見心怦怦。填滿萬古胸，豎起一枝筆。風雨有時來，鬼神為之慄。生平愛惜親與友，萬卷詩書一樽酒。四溟五嶽都贈言，寂寞春墟伴花柳，青蓮久已死青邱。亦陳人眼前，數子非君隣。人間只有孫星衍，地下空悲黃景仁。坐我詩龕中，為我續詩話。帶經堂與靜志居，壓倒隨園詩世界。霜花悅君目，露水潤君腸，結成奇字堅復蒼。君十三歲負奇氣，我十三歲不識字。七卷詩編鮒鮚軒，請題一詩思附驥。

王鐵夫孝廉寫詩冊見貽用冊中贈何蘭士韻奉謝

培塿學泰山，溝澮宗溟海。境界雖不同，貌遺神自在。是水皆瀠洄，曰石即磈磥。外觀不可恃，中貴有所宰。春來萬樹花，生氣鬱光彩。豈知霜雪時，孤芳默相待。

作詩不錘鍊，出語難老蒼。作詩過錘鍊，傳世弗久長。嶺嶠豹文蔚，雲表鴻儀翔。清廟百寶具，洞庭廣樂張。華美非不充，究須善衡量。斤削重魯宋，遷地胡能良。矯矯鐵夫雄，而愛蘭士逸。落葉一龕詩，生花兩枝筆。揮掉風雨中，着紙氣蒼實。下詢及芻蕘，研朱加品騭。力似分五丁，光皆乞太乙。奇才不易覯，誰與判得失。

集何蘭士方雪齋觀羅兩峰聘曹友梅鋭張水屋作畫

有客畫屋，有客畫樹，有客畫山有客賦。山横雲，樹横霧，屋中隱隱星斗布。不是若耶溪，疑至輞川路。瓜皮艇子亦何有，茅茨隔水三間露。夕陽紅斂春明城，人聲不聞聞筆聲。酒氣入墨墨氣出，高堂四壁煙雲生。恨我題詩鮮妙旨，千言萬言浮詞耳。誰能滌我塊壘胸，試乞天河一滴水。又恐蛟龍來併此，攫之去好詩或可。招此數君重為題，山耶樹耶屋耶雲耶霧耶不知處。

王葑亭友亮給諫過訪不值留詩而去

溪樹凍無色，水煙吹有痕。梅花故人句，積雪城南村。窗日紅憐字，山雲白到門。杜陵漫誇詡，如水素心論。

長至前四日招同人集詩龕消寒羅兩峰曹友梅張水屋各作一圖率題

鴉尾剪日城樓紅，馬頭逆掉寒林風，詩人屨滿詩龕中。萬種愁懷一笑遣，世間幾輩俗能免，今日相逢興不淺。放筆各寫胸中奇，林煙不動斜陽移，酒香忽勒梅花枝。倚墻都欲參活筆，攝來海上青霞色，一夜天風指間出。蕭蕭者樹慘慘雲，遠山近山城頭分，落葉打窗聲欲聞。三人俱擅絕人技，當場那肯尹邢避。噫吁嘻！人生何者非游戲。

為曹定軒錫齡侍御題傅青主及壽眉書畫卷

父子蹣跚共苦辛，黄冠白衿走風塵。崛圍山色餐能飽，偏是擔書賣藥人。

小傳毫端亦老蒼，一龕紅過幾秋霜。誰知身後零星墨，猶作雲煙繞太行。

毛心浦哲明府貽同年武虚谷億大令書賦兼寄虚谷

北風裂窗户，其氣肅且清。剖讀古人書，如陟泰嶽行。泰嶽高難攀，孤鶴時一鳴。萬感入懷寂，獨餘金石聲。此聲不輕發，窅然抒悃誠。誰與戛寒竹，剪剪燈花明。

吾聞作吏法，有如治文章。動外極夫變，靜內主其常。作詩必鮑謝，為政期龔黃。不自我作古，而傍入戶墻。江漢納細流，日月容近光。二子人中豪，出宰民之望。徒以風騷論，豈止雄大梁。

答何蘭士

江上采蘭苕，風前馭鸞鶴。不有車笠緣，難踐水雲約。寒香何處尋，澹人梅花閣。詩人聚三五，人生貧最樂。

王鐵夫校勘拙集跋以詩謝之即效其體

讀書寡儔侶，出門無傍依。執手強言笑，心事誠多違。多違遂難合，豈其知我希。面諛取容悅，旋踵輒刺譏。刺譏猶淺耳，顛倒是與非。矯然離群立，自揣能奮飛。奮飛視鴻鵠，遠舉辭朝饑。氣肅天宇澄，霜重暄風微。

自悔仕宦早，讀書未窮源。惟賴善取友，直諒與多聞。多聞世或有，直諒何可言。胸懷苟瀟灑，世以狂民論。狂民抱古疾，至性詩書敦。己所歷境界，而欲人人臻。人人詎臻此，視厥趨向存。極千變萬化，非一戶一門。

存素堂詩初集録存卷四

壬子

正月八日秦小峴瀛侍讀招同龔海峰景瀚明府王惕甫孝廉何蘭士水部集吴蓬齋中

我生未睹江南天，桃花阻絶孤蓬煙，臥游輒想吴門船。同心三五雲龍友，瓦爐初煖屠蘇酒，黄虀開甕一招手。簾波不動斜陽紅，半窗濕翠春濛濛，彷彿坐我湖山中。芙蓉萬朵淨於洗，檐頭淰淰春雲起，白鷳飛入鷗群矣。貂褕笑比漁人簑，酒酣驅墨如驅波，筆力所到傾江河。風裂紙聲一枝觵，蕭蕭敗葉空中舞，主人語客聽春雨。

横山丙舍篇為小峴作

君本至性人，華膴非所慕。惓惓胸臆間，突兀横山路。横山路蜿蜒，中有先人墓。秋渚瀉紅泉，晨煙散高樹。自君直樞庭，四載未由赴。畫師寫作圖，乘暇自為句。君年已四十，君心猶稚孺。春風江上來，渺渺白雲度。濕翠落吴篷，涉自即良晤。方塘種蓮花，清陰覆鷗鷺。他年歸去來，一簑兩芒履。我當訪故人，空山踏煙露。

魏春松成憲比部過訪詩龕貽長歌賦答

孤月照顏色，幽花存性情。柴門醒鶴夢，煙水結鷗盟。春雪嶺頭積，夕陽樓外明。詩龕留好句，肝膈為余傾。

富貴浮雲視，何為躭苦吟。儼然千古事，最繫兩人心。燈火春城聚，梅花古巷深。蕭疏託微契，匪是愛山林。

自題詩龕圖

溪煙凍欲無，林香寒不絕。有時明月來，照我松根雪。

差喜讀有書，莫厭食無肉。春水三尺明，桃花可以粥。

詩不在詩中，佛當求佛外。靜坐彌勒龕，悠然有深會。

讀六如居士集適曹定軒侍御示獨樂園手跡因書後

江左風流擅一時，玉樓金埒少年詩。老來隨意書襟袖，錯被人呼是乞兒。枝指生工作記文，兩家書畫要平分。金閶舊日尋詩處，萬樹桃花一塢雲。

傅竹莊玉書明府偕徐立亭檢討過訪不值留詩訂看花之約次韻

萬樹桃花爛初日，春水平添一湖碧。枯禪坐破彌勒龕，東風染徧垂楊質。生平不識鷫鸘裘，讀書一日消千愁。樹桑總要五畝宅，吹笙誰搆三層樓。天風忽轉神仙轂，看詩之例同看竹。我無好句播江湖，君有深情寄幽獨。言者心聲千古事，傳人一代凡幾輩。人人皆有真性情，皮毛伐盡精神在。長安三月游人多，金鞭繡帽花前過。我為無心求富貴，牡丹時節仍蹉跎。

題劉松嵐大觀明府詩草後即送之官奉天

之子未相覯，好詩嘗一吟。此時太古月，照見梅花林。萬里鑾江路，千秋大雅音。清泠石牀句，為爾寫冬心。

我有數知己，宦游遼海東。詩隨春雨散，人去塞門雄。雙鬢柳邊緑，夕陽花外紅。長安暫沽酒，莫負海棠風。

吳南畇甸華同年自歙縣寄書至報之

春水吹魚到，桃花上字紅。十年人事改，三月酒杯空。自笑嵇康懶，誰憐范叔窮。開函感君意，山翠濕濛濛。

見說黄山路，春雲隱縣門。松花吹不去，竹月照來昏。寺僧剔碑蘚，漁莊開酒樽。好官不閑暇，農事正殷繁。來書有「距黄山百里，未獲一至」之語。

清明後二日李菊坪瀚舍人招飲不赴

短札兼詩寫，春陰隔水看。清明剛兩日，芳草不知寒。雲影都疑畫，花光半在欄。酒香容易散，好未楝風殘。

羅兩峰登岱圖

紅日墮巖腳，青旻小如豆。星斗摩有聲，雲霞吹不皺。步天豈無梯，罡風斷白晝。誰折芙蓉根，貯向女媧袖。境險造以心，孤懷自延佇。居高易為力，處晦難命侶。山上一寸雲，城中三尺雨。獨立松花中，看碑悄無語。

陸杉石元鋐儀部赴灤陽校書羅兩峰繪圖同人賦詩

驅車出北門，言就灤陽去。馬前桃放花，馬後柳飛絮。君喜鍵戶者，茲頗艱行路。奉詔勘秘書，適慰看山素。墨汁携一壺，灑向雲深處。沙黃捕魚灣，杏紅賣酒鋪。好山常在門，幽鳥不離樹。榛楛經雪肥，蘑菇冒蘚吐。滿院畫眉聲，似共梁燕語。峰隱樵歌稀，煙深牧笛度。夫君善詠言，對此生遙慕。朋友六七人，況復際春暮。拄笏面青山，芙蓉插無數。中間一剎古，前歲我曾寓。佛樓竄野狐，經函閉殘蠹。慚愧壁間詩，曾否紗籠護。

馮鷺庭集梧編修新購田山薑侍郎秋泛圖屬題

暖波碧瀉春明城，畫船簫鼓斜陽晴，白魚腥入黄花航。田郎酒好詩更好，當時詞客心傾倒，墙根轉眼山薑老。百年煙水空蒼茫，墨花黯淡餘古香，蕭蕭蘆葦秋雲涼。東南民力紓公念，下筆何心侈文讌，箴耶銘耶視此絹。鷺庭嗜古山薑儔，殘縑購自讀畫樓，玉堂散直矜風流。莎軟風晴潞河堰，白塔紅橋不知遠，蹇驢躑躅春堤晚。

冶亭侍郎招同釣魚臺看花暮抵極樂寺

欲雨不雨春陰低，楝花風糝桃花泥。三里湖光斷山影，萬條柳色横酒旗。白石橋通極樂寺，一蝶尋香先馬至。毘盧殿上佛無言，海棠樹底僧酣睡。

傅竹莊明府邀同徐立亭檢討陶然亭小酌

南雲北雲隔萬里，新雨舊雨聯一紙。君偕立亭過訪詩龕不值，留長歌一章。愿與彌勒坐同龕，前生誰是詩弟子。柳眼不如人眼青，桃花水漫蘆花汀。鷗群鷺侶天成就，他日相逢記此亭。

雨過

忽訝石橋沒，春陰花外多。偶飄數點雨，驟長一池波。沙店客沽酒，柳陰人曬簑。青笻寄山寺，煙際聽樵歌。

四月十三日洪稚存趙味辛張船山集古藤書屋看藤花

言尋竹垞宅，曲巷深而窈。海波寺遺址，寒煙沒翠篠。惟有古藤花，千枝萬枝繞。挫折幾風霜，凌空猶矯矯。百年曝書地，曾此集朋僚。詩成某也佳，花神必諳曉。賞花如諸君，不同俗客嬲。酒氣與天碧，春星吐林小。此花更百年，人與花同杳。佛樓聽暝鐘，斜陽數歸鳥。

題畫

我亦喜簑笠，素心今已違。青山何處好，茅屋看人歸。松葉帶雲綠，稻花含雨肥。田家有真樂，慎勿去荆扉。

讀書四首

讀書如蓄貨，一室靡不有。瑰奇產巖阿，幽怪發淵藪。當其求莫致，豈惜跋涉走。一旦聚眼前，美者忽焉醜。人情罕見珍，炫異難持久。布帛與錦繡，即物理可剖。六經天地心，諸史古今紐。浩氣決江河，精光拚星斗。但期鑄洪爐，毋至覆醬瓿。良賈宜深藏，良士貴善守。

讀書如樹木，不可求驟長。始焉勤灌溉，繼之計修廣。植諸空山中，日來而月往。露葉既暢茂，煙條漸蒼莽。此理木不知，木乃遂其養。我讀古人書，輒作古人想。掩卷了無得，心中時怏怏。忽然古明月，照見天懷朗。前境所造非，後境改觀儻。困頓老奇材，大匠斧斤賞。

讀書如行路，歷險毋惶惑。安保萬里程，中間無欹仄。自古志士心，往往傷壅塞。況乎路有岐，尤易隱蟊賊。誘我復攻我，厥術誠莫測。所貴擅通才，更負兼人力。高山惟仰止，半途勿休息。手扶大雅輪，心戒虛車飾。要從實地行，直造光明域。卓哉孔孟有，不為黃老得。

讀書如將兵，當先講紀律。理獲心乃安，時至險莫恤。將軍掃群寇，勢若風雨疾。寸鐵能殺人，彼百我則一。即云將軍才，有得豈無失。不聞易所云，師貞丈人吉。意氣震山嶽，徒手入虎穴。古人書弗多，讀之容易畢。後來著作家，千言萬言出。樹義不制勝，不如不開帙。

倪嘉樹課孫圖

我頗嗜讀書，而無孫與子。但聞讀書聲，心中輒為喜。此景與此情，不圖遇諸紙。瞥見古梅花，偃蹇如佳士。村荒雪壓廬，月明香在水。此福修幾世，吾將入山矣。

招兩峰瀛洲亭作畫

屈指登瀛洲，轉盼十年矣。天風引輒去，孤舟沒復起。縹緲十八仙，迢遞三千水。我雖遭遷謫，閑曠殊自喜。玉堂清晝長，左右列圖史。五嶽十洲煙，蒼茫惟俯視。平生湖海心，舒卷入片紙。傳寫到人間，登瀛路如此。

乞食

秋聲不能已，一一入愁來。寒驟驚微雨，青多入暗苔。百年新舊夢，萬感淺深杯。乞食終無益，誰為濟困才。

立秋後一日招同人積水潭看荷花

高樹障殘暑，孤閣停斜曛。一潭積水光，花與秋不分。維時適高會，我友皆能文。有如江上雨，感此湖中雲。坐見紅蜻蜓，飛入白鷺群。三寸五寸魚，跳波聲欲聞。偶此耳目洽，涼意殊可欣。晚風忽蕭瑟，暝色生青旻。徘徊數歸鳥，天末徒紛紛。

積水潭看荷歸兩峰留宿詩龕

萬事一揮手，兩人皆釣徒。涼蟬添夜永，秋鶴入雲孤。短竹綠留檻，晚荷紅在湖。雨聲催客起，為寫對床圖。

題葉琴柯紹楏舍人詩集

思綺吟紅豆，官清對紫薇。夜蛩聲易苦，秋鶴影難肥。剪燭坐寒雨，開樽看落暉。板橋殘柳外，得句倍依依。

和翁覃溪先生見懷之作時督學山左

端範堂前柳，依稀往日青。重來尋舊雨，老輩比晨星。快讀蘇齋句，如游歷下亭。開緘石帆字，好夢記曾經。

吴蘭雪嵩梁上舍過訪不值留秦淮春泛諸詩屬勘定

我聞吴生名，梅花香嫵媚。初從羅兩峰處見君梅花詩。我見吴生面，蓮花風引至。近晤君於積水潭。清才世有幾，把臂良不易。吟嘯積水潭，翛然鷗鷺致。過我松樹街，天然葉滿地。梅花與蓮花，詩境君能備。暮雪淩幽芳，初日照清麗。如此好秀才，屢挫京兆試。看爾秦淮圖，大有扁舟思。春水三月波，才子六朝淚。花月追前遊，溪山寫新翠。吹笛小姑祠，何人許同醉。

十一月十六日吴蘭雪留宿詩龕

松樹街前松樹無，暝鴉溪柳兩三株。衝寒不用瓜皮艇，明月上橋人下驢。

湖船擫笛倚吴鬟，禪榻詩情此最閑。萬樹梅花一天雪，去年今夜宿孤山。君見贈詩：「去年今夜西湖棹，曾訪孤山處士家。」

天下幾人詩得髓，百年相望兩吳生。漁洋已恨蓮洋死，香爇蘇齋最有情。

翁覃溪先生葺小石帆亭於學使署因賤號適符拓石題詩見寄次韻

石帆兩字尚書遺，小築新亭又一時。霜樹看多秋入夢，塵龕掃淨墨生漪，彴西有客拈花笑，池北何年橐筆隨。又恐山陰人返棹，蘭坡兩字費猜疑。山陰周蘭坡學士別號石帆。

香蘇草堂詩為蘭雪作

寒流不出山，泠泠漱幽石。童子啟柴門，但見溪雲白。詩思生空堂，冷翠積林樾。滿地皆梅花，何處著明月。

癸丑

燈夕招文芝巖洗馬蔣礪堂攸銛編修小集礪堂即席賦詩次韻

獨學恨無友，鳥鳴知早春。萬燈紅散市，一水綠成隣。酒助冷官熱，詩聯舊雨新。溪山雲幾疊，惆悵問津人。

武虛谷同年歸里札來索題虛谷圖

集益必由虛，上善當若谷。先生繪此圖，銘心在幽獨。草草就一官，頗悔出山速。蕭然歸故里，將欲伴樵牧。多藏幾卷書，多種幾竿竹。客至可以餐，客去可以讀。人生如閑雲，去住奚不足。旨哉老氏言，知榮而守辱。我更愿先生，莫著金石錄。高臥嵩雲中，春田抱黃犢。倘遇問字人，穩坐花間屋。庶幾屐齒痕，不染川上綠。

板橋

去歲尋詩句，曾親到板橋。今來趁疏雨，又好折煙條。眼底春誰管，年前雪未消。清寒吾尚慣，不用酒頻澆。

新田雜詠為吳蘭雪題十首錄四

柘塘

佳樹交午陰，方塘湛寒碧。細雨不歸來，落花深一尺。

牛坳

松花與梅花，落地香風碎。前村人未還，笛聲在牛背。

煙隴

欲尋梅花香，不在梅花裏。空山寂無人，月明一溪水。

稻田

晚稻今已收，村居亦多暇。臥聽田水流，直到前溪瀉。

答劉笛樓念拔司馬併訂潞河之游

未共把吟巵，曾吟洱海詩。梅花一枝寄，春水隔年思。開舫有書畫，侑尊無竹絲。布帆容我掛，荷葉最圓時。

四月一日陶然亭會己亥同年疊辛亥韻

記否十三載，江亭初舉杯。辛亥秋會同年於此。官閑招客又，春冷放花纔。氣味依然合，姓名休共猜。余榜名運昌，奉旨改今名。渚梟與灘鶴，同籍桂山來。

小錄重繙遍，鬚眉記不真。長風顛塞馬，疏雨滯江鱗。柳色綠横酒，杏花紅趁人。秋竿經雪後，添出許多筠。

雲過地常濕，春歸花自濃。相思湖海隔，一笑寺門逢。燕認年前壘，鷗醒水外鐘。異時圖洛社，倩補幾枝筇。

此地幽偏甚，登臨豈偶然。夕陽淡林木，春水灌陂田。名畫參詩諦，兩峰為繪圖。清樽伴佛煙。蘭亭幾觴詠，總說永和年。

洪稚存編修黔中寄書至並示入黔詩

寄我黔陽書，字字沁肺腑。新詩雄且傑，寧止紀方土。堂堂忠孝詞，自寫甘與苦。處貴弗忘賤，此情不愧古。前年鳳闕下，說詩猛如虎。極樂寺探花，淨業湖坐雨。往往乘酒酣，奇氣胸臆吐。時搴大將旗，一振軍門鼓。天風若送君，春波綠南浦。何以慰相思，袖中字朽腐。

結交有淺深，識君已一紀。行路有遠近，隔君已萬里。胡為贈答言，懇款骨肉比。天峰極蒼茫，精神接尺咫。想君掀髯時，快論天下士。某某人瑰奇，某某氣清綺。白雲紅樹間，小吏出片紙。寫出懷人句，句句樂府擬。我昨夢見君，坐我寒竹裏。仰面視白雲，低頭注秋水。

柬王惕甫孝廉時寄居何蘭士宅

王郎與何郎，皆我性命友。兩人比隣居，此樂世何有。我時析疑義，就君坐談久。今後款君扉，隔墻當送酒。涼不借層葦，綠定分高柳。我住松樹街，喬柯半衰朽。新植兩梧桐，圓陰剛半畝。放出明月光，照見支離叟。良朋惠然至，莓苔不嫌厚。

送唐陶山仲冕之官江南

極目見飛鳥，因之念故人。酌君一杯酒，此去江南春。詩夢圓秋柳，官衙近白蘋。撫琴先月上，松間照璘珣。

畫牡丹

天下真花獨牡丹，歐陽修語。笑他房瑁劇酸寒。芙蓉野甚戎葵俗，芍藥還當近侍看。

八月一日舉子志感有序

乾隆癸丑八月辛酉朔日辰加未，桂馨生。越三日，作湯餅，邀諸君飲於詩龕，諸君亦樂余之有子也。越九日，復相與張樂治具，觴予於陶然亭。是日學士大夫會者三十餘人，皆天下賢傑知名士。以予之無似而又得子也晚，如桂馨者，未知其能成立否，而辱諸君相與之厚，則誠有不可忘者。其間如惕甫孝廉、船山太史又皆伉儷能文，以所作書畫合卷裝以贈予，因並錄予詩於後，使桂馨異日知海內賢豪長者，相期於繈褓中者若是，則思所以自勉宜何如。

藐予承二祧，怵惕念宗祀。同產雖三人，一亡兩無子。予德薄固然，先人報寧爾。今茲八月朔，秉燭中夜起。生子葢常事，歡言動閭里。上慰老人心，下逮病妻喜。妻病八年矣，聞妾舉子，遽扶病起視。予時無可言，呼僕懸弧矢。今歲予四十，碌碌百無似。艱難已屢嘗，疏庸頗自揣。此子若成人，將無乃父比。立身孝弟先，識字憂患始。即弗作奇人，當免為俗士。菊花老圃香，蘭草秋江美。林風振我衣，山雲映階紫。點筆示同人，非敢寧馨侈。願遲四十年，教兒檢此紙。

送秦小峴觀察浙江

身寄薇花省，情移竹樹林。年來我同味，此去孰知音。春酒吳蓬冷，吳蓬，小峴齋名。紅魚越水深。西湖有明月，照見故人心。

愛我杓西路，蓮花開滿池。來尋秋鷺侶，為誦野蠶詩。野蠶，江南詩僧，小峴為予誦其佳句。宦味貧常好，文心苦不辭。夜深理吟卷，莫忘秀才時。

送史漁村致光修撰出守大理

志不在溫飽，好官誠易為。文章三殿重，名姓百蠻知。柳暗離亭酒，梅新驛路詩。一拳寄蒼石，藉爾砥瑕疵。大理產佳石。

王葑亭招同何蘭士王愓甫徐朗齋嵩胡黃海翔雲集尺五園

竹與天爭綠，花同水一香。入門無遠近，極目但蒼涼。湖海身安托，窮通跡早忘。不須主人問，鷗鷺滿池塘。

秋夜抵順義訪縣令張臨川懷泗同年

地曠孤城遠，林荒匹馬經。沙連村月白，山到縣門青。寶劍燈前看，古琴花外聽。幾行竹枝寫，古峽溯空舲。

柬張船山問陶

玉堂散直瓦燈欹，雪緊風淒酒滿巵。零落梅花全不管，閉門偷寫畫眉詩。

懷羅兩峰山人

愁絕一身安，城南蕭寺寒。可憐明月夜，不在故鄉看。竈已茶煙斷，墻初石墨乾。雪中蕉葉好，畫向紙頭難。

張水屋過訪

我愛騎驢客，衝寒過板橋。關心爾何事，言採梅花條。粥鼓雪前落，酒旗林外招。漁郎不相識，指是北山樵。

許秋巖侍御出滇產竹實餉客和蔣礪堂編修韻

我無鳳凰德，愛養梧桐木。綠陰疏曠中，補種數竿竹。蕭蕭微雨來，頗足娛耳目。惟恨饑難驅，對君每捧腹。忽傳秋水閣，開樽聚朋族。帶雪斫湖魚，敲冰煮山鹿。碧蒸酴醾酒，紅煮桃花粥。童子報主人，瓦鼎竹實熟。寄從點蒼山，採自篔簹谷。清虛氣不散，萬里仍相逐。沁人脾肺間，遠勝茯苓服。我病近廿年，拈毫十指縮。桂精不可得，松肪亦已黷。飽此洱海珍，勿藥喜可卜。殷勤告先生，霜條分一束。雜植梧門側，清風生謖謖。腐儒計藜藿，豈必尋黃獨。

吳種芝貽詠庶常餉潛山筍

我生嗜食筍，北地少修竹。空參玉板禪，從事每枵腹。梅花紅入龕，松葉綠圍屋。吁嗟寒士胸，原應餐苜蓿。太史憐老饕，籜龍餉一束。清風生徐徐，冷雲來矗矗。滋味淡彌旨，勝彼花豬肉。維筍產江南，晚者潛山麓。來札云：筍產浙江為早，江西次之，潛山最晚，而味特勝。托根較眾殊，一陂煙水獨。物勝自云貴，安論遲與速。冬心老益堅，晚節寒更馥。濯濯春前枝，僅足娛耳目。

送林樾亭喬蔭之任廣寧

先生著作才，今乃為縣令。縣令官不高，而得親百姓。道德有歸宿，文章驗實行。從此斗以南，絃歌聲可聽。君弟職太史，香海前輩。才雄筆姿橫。昔典浙江試，得人稱最盛。至今一瓣香，得其味者正。吳穀人為香海所得士，著《有正味齋集》。君如古時月，相遇無弗鏡。才技一一呈，我為多士請。湯湯端溪水，對之心不競。端人近可求，端石安足慶。端溪隸茲邑。

冶亭侍郎招同翁覃溪先生平寬夫恕宮詹余秋室集中允吴穀人編修文芝巖洗馬集石經堂觀歐陽公所藏南唐官硯

硯背鐫字云：此硯用之二十年矣。當南唐有國時，於歙州造研。務選工之善者，命以九品之服，有俸廩之給，號硯務官。歲為官造硯有數，其研四方而平淺者，官研也，其石尤精，製作亦不類今工之侈窳。此硯得自今王舍人原叔，原叔家不知為佳研也，兒子輩棄置之。余初得之亦不知為南唐物，近有江南人季老者見之，凄然曰：「此故國物也。」因具道其所以然，遂始寶惜之，其貶夷陵也，折其一角。皇祐三年辛卯，龍圖閣直學士歐陽修紀。

龍尾山頭石髓裂，鴛鴦寺主風情絕。歙州自有李少微，二十六峰秋欲歇。澄心堂紙製作精，研務新銜奉勅行。芙蓉溪上遂多事，研背猶鐫歐史記。一旦江南不能有，金葉格書全覆瓿。民間爭買鋪殿花，宣城散盡諸葛帚。此硯曾否供御前，飄零轉徙隨風煙。龍圖學士歐陽子，畫舫齋中棄幾年。琴臺金石皆為傳，六一中閣無此硯。夷陵回首記摧殘，數行銘字餘深眷。秋聲賦罷一燈紅，五代遺文點竄中。少年晝荻悲孤賤，文起昌黎硯有功。東峨侍郎喜文字，雅負廬陵集古志。神物況有天相之，昨夜六丁攫而至。石經堂上快收藏，他日還攜政事堂。寫我國家大制誥，位爾糺縵星雲旁。吁嗟萬物各有主，磨墨磨人兩辛苦。不逢真識物不奇，土蝕苔侵等罌甒。皇祐年中始見珍，後來閱歷幾何人。不登著錄身無藉，埋沒人間八百春。

王春堂墉效力樞曹觥文墨示秋林諸詩且委贄焉喜而賦贈

詩非以力求，厥理由境悟。王子美才略，讀書識時務。雖嘗事戎馬，兜鍪非所慕。世間豪俠兒，輕喜復易怒。動言挾刀筆，磨盾草露布。血氣安可恃，道心貴有素。西風起秋園，新涼散庭樹。覽物感榮悴，撫膺審去住。石氣冒雲生，天光出林晤。髭斷定數莖，鉢催凡幾度。耳聞黄葉聲，目見青山路。寄語此中人，莫為煙霞誤。

歲暮瑤華道人貽詩至次韻

歲暮人事繁，而我甘淡泊。惟此文字緣，不能遽擯卻。辱承清芬襲，素心欣有託。梅花明月村，柳樹春風郭。我蓄無絃琴，終年弗手著。厥德自愔愔，相與慰寂寞。忽遇仙客至，為我一再搏。草蟲感秋氣，細響殊可怍。自聽鸞鳳聲，寒儉境忽拓。

門前淨業湖，春風已吹綠。時把青竹竿，鯉魚一尺足。白鷗不避人，自向沙邊浴。年年二三月，桃花紅過屋。對此詩不工，無乃湖之辱。因寫溪橋圖，予舊有《溪橋詩思圖》。當作清異錄。雖已得大凡，要未滿所欲。擲筆向天外，萬象入冥矚。柴門了無涉，為湖洗塵俗。

存素堂詩初集錄存卷五

甲寅

題畫

頽陽艷寒綠，長江渺孤艇。白雲濕不飛，但掠秋蒹頂。萬樹青插天，一帆迅于馬。借問煙波中，何如蘆簾下。

伊雲林朝棟光祿梅花書屋落成

氣味苟不合，相對若無有。所以古梅花，與世多不偶。惟遇讀書客，託心乃永久。清風忽然來，明月落吾手。茫茫空山中，將與古人友。攀條雪滿衣，掃花苔上帚。秋巖雲自飛，柴門鶴孤守。先生謝簪紱，吟哦未絕口。舉盞問梅花，我詩花知否。

楊生作詩龕圖筆墨超雋恍置余江村煙水間題三絶句

春風江上來，吹我畫中住。不必真似我，乃得我之趣。
有山便不孤，有竹便不俗。三日不開門，春雨一湖綠。
雲隱打漁船，橋通買酒路。桃花隨意紅，何必一千樹。

題江秋史侍御詩龕圖有序

憶乙巳歲，秋史為作《詩龕圖》，且曰：「此摹前人筆，一時落墨，頗有興會。子躭幽務閑，不妨以身就畫。」余感其意，藏諸篋笥，今十年矣。秋史物化，展玩遺跡，不勝人琴之感，憮然賦詩。

詩出我胸中，而來天地外。但弗形跡求，自然遠塵壒。山音激水音，竹籟出松籟。侍御固靜者，悠然與此會。取境託幽閑，繁縟都刪汰。意得遂相忘，不似亦無害。如何優曇花，頃刻現芳藹。致令海上仙，人間施狡獪。

人死畫不死，畫比人長久。當其下筆時，此意何嘗有。始知一藝精，即可名山壽。侍御死猶生，精神能不朽。懸我虛堂中，夜半寒溪吼。巖竹簌簌香，林鳥怡怡友。就水拾殘花，水流香在手。何必待春風，綠我門前柳。

正月晦日周東屏興岱閣學招同戴可亭均元德厚圃宋小坡澍三侍御洪書舟其紳比部小集寓齋

高雲薄寒斂，微雨春樹沐。凍釋東園花，綠展南簷竹。心閑道同遠，官清筆不縟。何必明月來，始能照幽獨。

畫松

我聞山中人，年年採琥珀。白雲不上天，往往成怪石。鳥鳴谷轉幽，水流澗空碧。松花深一尺，春閉秦時跡。

趙味辛懷玉移居古藤書屋

同在春風中，物各有所託。人事難預期，自開還自落。眄茲古藤樹，轉眼判今昨。憶昔詩酒盛，名士此開閣。清宵明月上，長夜高歌作。聚散本無常，萬事等秋籜。獨羨此藤花，不愁霜雪惡。更賴賢主人，為花與僮約。柔條切勿傷，疏枝緩厥縛。盎然元氣足，精光四照灼。晨霞絢東嶺，夕雲下北郭。

舍人研丹砂，自來花下酌。借問海上居，可識此中樂？

新城道中

獨鹿山前過，一牛雲外耕。日暄花氣重，風曳柳條輕。望遠春愁黯，臨流塵夢清。溪橋已陳跡，客尚說新城。

盧溝橋

車驅拱極城，西來水聲大。黄沙捲紫塞，萬古此激汰。東來料峭風，漫空起埃𡏖。橋南一鈎月，宛轉浴寒瀨。碧松古廟中，紅杏春山外。入店漫沽酒，先自解襟帶。勞勞塵網羈，奔走多無奈。往者掩黄壚，來者樹丹旆。幾輩支全局，賢傑原可賴。

房山道中

房山美在中，如何以貌取。塵沙既滿目，石竇未由覩。瞥見芙蓉花，風中自吞吐。青紫渺無定，濃纖皆可數。林空散佛香，巖靜滴天乳。何日棲盤陀，飽聽玉塘雨。

丁家窪

恍御雲霞行，失足墮寒翠。鳥飛不能上，回翔日西墜。卻聞林外鐘，飄來水南寺。怪問賣菜翁，春雪尚滿地。村晴有幾日，杏花紅下睡。

羊頭岡訪高尚書墓

餓鴟作鬼號，野狐遇人立。不見牧羊者，群羊散原隰。松風送月高，石氣上衣濕。殘碑何處尋，雲磴幾千級。

楊青驛

水南煙自飛，水北雪仍在。我來楊青驛，寒條倚磊嵬。漁翁堤上歸，煮酒沙月待。去年秋水漲，魚價增一倍。日臥蒹葭霜，坐令老夫怠。今歲春較遲，山容凍未改。竹竿長把手，臥石吾何悔。

桃花口望西澱

春山無遠近，到處皆桃花。攜酒坐花間，醉眼空天葩。昨晚樓上月，蕩漾天邊霞。畫手苦描摹，真意安能加。萬綠濃一村，寫出漁翁家。魚網曬斜陽，但響煙中叉。醉飽了餘生，誰復桃源誇。

海光寺

春雨散林塘，寒煙積城郭。海雲帶初日，川綠上佛閣。時際洋船至，金錢恣揮霍。都由性命輕，遂致家室薄。深夜聽鐘磬，旅客感飄泊。行行水東西，轉轉花開落。

丁字沽

幽窈丁字沽，煙水一川足。南樓艷綺羅，北館繁箏筑。幽人閉柴扉，春草滿庭綠。卻煩賣書客，登堂奇字鬻。正愁旅費艱，看竹漫食肉。萬卷且貯胸，不啜桃花粥。

水西莊

揚州玲瓏館，天津水西莊。風流綿百年，朋友來遠方。我聞顧阿瑛，卜築玉山堂。彈箏復摘阮，轉眼荆榛場。查氏子孫賢，桃李春風長。飲酒更讀書，瀟灑江湖忘。

普度庵

我方棲雲堂，徹夜聽松濤。山中鐘磬喧，水外星辰高。白鴿棲香花，黄犢犁東皋。進退各有時，行藏隨所遭。空廊覆殘日，僧約看山桃。

黄村道中

沙痕映黄日，杏花紅一半。柳根臥斷橋，春水嚙不爛。江南載酒船，昨宵已抵岸。老翁賒殘酒，坐聽幽禽唤。魚蝦散晚市，微風腥過閈。村女剛十齡，客來學執爨。

自楊村至蔡村堤行

江湖路渺茫，煙雨昏入夢。津淀十日宿，河聲千里送。出網活鯉魚，春雪不能凍。羹湯水鄉便，酒至飲須痛。

黃花店

菊素盛南方，北地近繁衍。此花性孤冷，野處乃稱善。高堂廣廈間，無乃傷裁剪。古店當春時，荒涼秋色眄。數枝桃杏花，煙水寄深淺。誰知爛漫開，已卜幽棲選。何必定東籬，醉吟謝纓冕。

桐柏村

一桐值五金，一柏值千錢。居民鬻斗糧，不能一樹遷。想昔豪富家，闢地修林泉。適以佳木名，千古思風煙。不聞麥黍豐，三年餘一年。騎鶴上揚州，爭以鞭烏犍。

王葑亭給諫邀遊二閒兩峰山人作春泛圖

船行春水中，人在青天上。微雨適然來，野懷殊逸曠。憶昔田侍郎，曾此扁舟放。寫作秋泛圖，一時誇跌巖。黄門老詩伯，乃與山薑抗。勝日選良侶，涼雲入佳釀。長纜青驢牽，短篷白鷗颺。兩岸紅桃花，逶迤酒人向。江南老畫師，不甘前事讓。潑墨猶未終，春波一紙漾。

送許秋巖太守之官江南

維天眷有才，鉅細必徧試。翰林清要領，御史風憲異。下馬書千言，上馬馳萬巒。中間持玉尺，得士胥英異。卓卓曾賓谷與王葑亭，文章兼政事。此去江以南，先生釣游地。某花種某園，某詩寫某寺。暇玩古風月，静究今弊利。作孝即作忠，尊甫曾蒞江南令牧三十年。是仙而是吏。負笈訪隱君，倉山時一至。清風生竹篠，白水澹荷芰。定有春空雲，染君衣上翠。

題秦端崖司業寒梅著花未詩意卷子

天下愛梅人，不止君與我。看詩如看花，而我關心頗。君昔宿孤山，萬花開帖妥。自入春明城，縞衣失婀娜。相逢瓦盆下，凍紅三兩朶。月上山館不，鶴守柴門可。林風昨夜吹，送到江頭舸。暗香着何處，寒雲空淡沱。但憑筆底春，寫出一枝嚲。遂令孤潔士，見花增磊砢。彌勒龕許同，余亦有《寒林圖》。維摩禪未果。我願掃古苔，就公石邊坐。

余兩莅太學皆遇雨乞夢禪居士作槐雨圖

前度入槐門，涼雨濕衫袖。今來雨復然，綠雲忽奔溜。甘霖潤廣除，清風散永晝。落花染地黄，不見古苔繡。荏苒十三年，蒼條仍欝茂。而我鬢髮鬑，生徒謁非舊。光陰不可挽，曩哲何由覯。煩君寫作圖，懸置詩龕右。老梧生陰森，斜竹增逸秀。引取天河水，滌我生平陋。倘有笙簧音，琤琮紙上奏。

送張水屋州判入蜀

秋雨不可止，一尊催客行。聽猿過巫峽，策蹇下秦城。畫益清蒼色，詩增激楚聲。出門西向笑，早視此官輕。

題劉松嵐玉磬山房詩後

寫出古今怨，得來天地清。十年偏遠宦，五字獨長城。花滿石溪路，秋寒玉磬聲。梧桐疏雨夜，百感為君生。

慶亭積善大令出麗川奇豐額中丞乞菊詩冊索題即次原韻兼寄中丞

兩家秋興託吟箋，野菊移來老圃邊。晚節香多開府日，清詞寫滿大羅天。憶陪鷗侶剛三月，遲聽鶯聲更十年。己丑歲二月，余肄業咸安宮學，中丞時亦肄業宮學，旋即登第。風雨滿城花自好，看花人那似從前。

舊事商量不繫舟，新詩吟遍五湖秋。青山送客原佳話，白髮歸田即素侯。大令林下已六七年矣，日以彈琴養菊為娛。我輩詩因知己作，此花天為使君留。吳門不比陶彭澤，二月春風滿甕頭。

龍潭

龍潭深不測，清絕翠微端。孤月有時白，西風今日寒。猿吟秋葉破，鹿飲石泉乾。忽報前村雨，樵夫雲外看。

蘆中

霜兼林葉下，山裏乍寒天。僧臥青松底，余愁碧草先。鸕鷀爭日氣，蝙蝠避秋煙。莫漫稱漁父，蘆中乏酒錢。

夕坐

一夕壒鈴語，澮雲生石根。衣衫秋綠重，燈火月黄昏。孤雁辭煙渚，寒蛩泣壁門。斷霞天外墜，無數暮鴉翻。

紅螺山

秋影隨長川，飛來短几前。人從雲外立，樓向水中懸。風打磬聲碎，月移幡影偏。老僧甘寂寞，抱石日高眠。

老君堂

秋雨響紛紛，煙中路不分。鐘聲自天落，人語隔溪聞。石氣肥山藥，泉香冷澗芹。道人年八十，日踏嶺頭雲。

水南

一片秋山影，風吹落水南。擬從綠松頂，小築白雲庵。天與林泉福，僧將藜藿甘。蒲團雖不大，塵世擾何堪。

乙卯

再會己亥同年於陶然亭重刊齒錄

應舉仕宦初，結契文章本。遭逢勢難齊，風義要無損。浮雲身聚散，聽雨意肫懇。昔年忝同薦，著籍列近遠。桂枝分東堂，蘭臭合九畹。前歲始為會，僅一共餐飯。詔恩重開科，射策來蓬苑。看花及此時，芳春未晼晚。

人生取卿相，一笑尋常事。讀書諒有為，諸君各何志。謂不負科名，區區豈文字。進士盛有唐，寥落登科記。考亭與信國，遺冊居然識。悠悠思古情，臨風屢延企。願保松柏心，莫渝金石意。名姓共流傳，千秋吾有寄。

勝託在月前，物態皆無有。亭皋鳥鳴歇，林薄花開久。新雨年添苔，疏雲不遮柳。風光果無私，得失偶先後。濟濟諸賢豪，心事期不朽。出者瑞巖廊，處亦樂田畝。用舍皆有真，孔顏兩無負。陶然復陶然，飲此杯中酒。

好風吹春來，綠我庭前樹。世壽鮮百年，嘉會能幾度。方員舉鴻鵠，浩蕩盟鷗鷺。性分誠不同，各自有旨趣。郊亭設尊罍，肴核但樸素。古人尚真率，此意知弗誤。情話接新懽，賦詩答良晤。山色忽蒼然，歸鴉噪日暮。

題毛心浦大令詩後兼寄洪稚存武虛谷

官清那得更詩清，好句真疑咳唾成。自是神仙施狡獪，天風吹下玉琴聲。

山外桃花花外山，大令游山近句。在官詎比在山閑。卻緣訪問溪頭雨，貪傍春雲不肯還。

黔南謂稚存趙北詩編集，愧我秋蟲嗣響難。差喜槐門無箇事，摩挲鎮日石經看。

文章原足擅千秋，華髮星星老未休。才子洛中誰比數，宋黃州後武青州。虛谷官博山令。

送胡果泉克家同年觀察惠潮

庚子捷春官，君时年最少。西曹十六載，明刑以弼教。昨岁典秋试，文星炳粤嶠。波偃止水平，翳鷗白日耀。今際榴花開，復膺五雲詔。天南皆巖疆，惠潮屬海徼。重農兼重商，治民先治盜。書生識大計，凡事持體要。仍若操文衡，濃淡均可好。嗜欲苟不偏，萬物胥受照。惟其是而已，何必一一校。相感有性天，毋徒飾刑貌。彼哉詭與異，又貴亟攻剽。在文曰不醇，在人曰不肖。君今去萬里，何言堪慰勞。政事吾未嫻，請以文章告。

夢禪居士為煦齋太史寫山雨欲來風滿樓詩意

萬象不可測，況乃風雨妙。筆掾造化權，摹寫一一到。江嵐腕底奔，林煙空際繞。此時人無聲，但有哀猿叫。誰令出峽船，泊此蘆碕釣。倏忽又飛去，茫茫雲一嶠。高梧青欲浮，涼松綠可拗。亟收樽與罍，恐取蛟龍鬧。

贈郭祥伯麐

君從山中來，踏破槐花影。掃榻城西偏，蕭然塵事屏。思君不能見，使我心耿耿。青衫逐隊來，漂泊如浮梗。兩試皆拔幟，橋門裹蹄騁。知人古所難，得君吾其幸。勉旃閉廬臥，無事廣造請。眠早食宜飽，讀書隨意領。清齋玩明月，北地防秋冷。〔一〕

【校記】

〔一〕郭麐《靈芬館詩話續》卷五引此詩為：「君從山中來，踏此槐花影。掃榻城西偏，蕭然塵事屏。思君不得見，使我心耿耿。青衫逐時髦，漂泊劇浮梗。兩戰皆拔幟，驥足始小騁。知人古所難，致此吾其幸。愿君長閉關，無事廣造請。眠早餐宜加，讀書隨意領。清齋坐月明，北地防秋冷。」

贈蔣伯生因培

汶上多隱居，君胡此築宅。無乃東海波，激昂壯懷適。泰山復嵯峨，且晚雲生席。妙筆借發揮，奇情天與闢。摩挲石鼓罷，坐我秋堂夕。詩成寫贈我，字映梧門碧。君家淨業湖，蓮花一水隔。若欲作主人，我是樓中客。文肅公賜第在淨業湖側，與敝廬最近。

題李墨莊鼎元編修登岱詩後

吾慕古仙人，不在年壽永。愛其意所到，九宇煙霞騁。先生住蓬山，遐心時一逞。快茲泰嶽游，涉想即成境。長松青接天，圓日紅匿嶺。履險氣乃攝，憑虛心自冷。身在雲中行，不見雲之影。出雲視萬物，歷歷眼前景。非緣託跡高，衹是回頭猛。金銀十二樓，縹渺現俄頃。何必峨眉巔，始有蓮花井。

太學示諸生四首

吾聞古太學，賢才國攸賴。方今天子聖，坐致四方泰。湖海來群英，橋門集藹藹。鼓篋談詩書，登壇搴旗旆。更願諸學人，努力求遠大。功名天所與，急近乃有害。道德須彌中，文章僅彪外。秋水南華篇，孔門所激汰。

富貴與貧賤，流水浮雲比。我還讀我書，人情本天理。既虞見異遷，尤戒畏難止。苟欲歷九州，必自鄉閭始。苟欲登太山，必自平地起。百穀秋乃成，真仙刼不死。西風撼庭樹，落葉不能已。松柏何青蒼，君子求諸己。

我昔官司業，行年未三十。今更越十年，一事鮮成立。復忝祭酒職，感極每於邑。惟持一寸心，因時為緩急。矩方而規圓，其權非我執。春風雖無私，安得人人給。倘有災胜生，能弗藥石及。揆諸醫者情，豈不愿寧輯。

辟廱媿周鎬，制邁虞夏殷。蒼石甃古臺，白水滋香芹。好鳥時復鳴，喈喈樂其群。徘徊堂廡下，碑影明秋曛。磊落字勢恢，御墨霏氤氳。苔花不能蝕，古殿停風雲。諸生事校勘，名山搜典墳。亟持筆札來，錄此天上文。

畫眉山

朝行紅石口，暮宿畫眉山。屋向花中起，峰從水外彎。日斜牛自返，風定燕初還。禪板全無用，塵緣已盡刪。

再題槐雨圖

花黃舉子忙，弱歲熟此語。奮志就功業，慷慨誰能禦。趨蹌禮樂堂，頗能辨宮呂。慚乏時雨化，進旅復退旅。十年感今昔，萬樹成儔侶。柯聳雲裔高，葉繁露華湑。汝綠尚依然，吾髩不如汝。

舊雨亦已遠，新雨何其殷。不見午陰清，但覺榮欣欣。散之浩蕩風，護以糺縵雲。高岡生梧桐，泮水采藻芹。物尚貴擇地，士寧昧樂群。歲月惜荏苒，學殖期精勤。煌煌說經字，上媲唐虞文。潛心事細繹，勉矣聞所聞。

柬方葆崖鹽使

有才不擇官，隨事見經理。鹽官民生繫，衣食胥賴此。所難使者廉，君清已如水。清則恐其激，持平斯為美。為政苟閑暇，何必海鷗比。退衙釋巾舄，選地種菊杞。彈琴山月上，把酒池風起。世方待舟楫，勿僅飭簠簋。吾聞畿輔民，望君如歲矣。

傳箋吟為蔣最峰和賦

敗葉西風裏，何人手澤尋。秋堂數行字，孝子百年心。湖海功名薄，文章寄託深。傳家此長物，一箋抵千金。

揎袖對風雨，十年天上書。湘帆老人寫經十二年乃卒業，書今歸天上矣。至今剩殘墨，猶得伴秋廬。湘浦帆曾掛，槐堂夢又疏。徘徊石經畔，校字獨慚余。

送郭祥伯罷京兆試歸里

文章事剽竊，漸致士習壞。理足必氣充，雖肆而不怪。君才雄江漢，渾灝窮九派。滌筆橋門水，側帽槐花廨。坐使風簷下，別開一境界。如何沖霄翮，翻致羽毛鎩。豪傑要有真，未可論成敗。載書歸山中，梅花開滿砦。行當野雲共，醉輒明月拜。造句敵騷問，毋僮寫凋瘵。梅花倘有知，必不笑君憊。

題蔣伯生胥江雅集圖後即送其歸里

浮榮不可慕，真賞乃千古。若君抱至性，成敗何足數。此去梅花開，重聽胥江艣。徙倚寒碧中，但有猿鶴伍。一笑吹玉笛，未許吟太苦。明歲春風生，綠滿垂楊浦。跨驢入長安，為我賦石鼓。

汪刺史本直修元遺山墓俾其後人耕讀墓側詩以紀事

嘗讀金源詩，三復中州集。知人兼論世，不徒肄業及。維時風雅衰，滄海横流急。遺山乃崛起，身障狂瀾立。我欲拜公靈，臨風一涕泣。

峨峨五花墳，榛莽掩碣石。初或亦已遠，何從訊遺跡。卓哉賢刺史，力衍詩人澤。幽泉發古香，荒苔散寒碧。至今野史亭，猶有讀書客。

薄田三十畝，茅屋八九間。荷鋤徂南陌，紅日暄東山。野草茁芃芃，好鳥鳴關關。時有吟嘯聲，樂此農力閑。更當候明月，伴客松堂還。先生倘有知，應破鏡中顏。用遺山詩句。

題元明人畫卷

黄子久春林遠岫

七十老人畫林岫，筆不落紙力已透。東風吹緑南湖波，搖搖萬葉春煙多。詩翁吟嘯在茅屋，山色隔墻動幽矚。心閑物障消已空，坐我寒翠溟濛中。桃花萬點曬初日，清磬分明花裏出。驚起林鴉無數飛，青山一髻閑雲歸。

王叔明花溪漁隱

雙橋柳絮邊，一水桃花外。燕子故飛飛，去來認寒瀨。文五峰臨幅自題有「柳絮桃花燕子飛」句。老漁坐終日，臨流若有會。得魚固足喜，不得亦無害。水氣雜花氣，濛濛春雨大。炊烟澹沱中，那容著塵壒。白髮任蕭疏，一生不冠帶。

倪元鎮漁莊秋色

秋氣蕭然入筆墨，荻敗蘆荒都有色。三家五家楊柳國，水煙阻人行不得。短篷搖曳日西昃，鯉魚風起雲沙黑。老樹空崖自欹側，茅亭路遠黄葉塞。昨日溪南今溪北，日日捕魚誰之力。

陳惟允溪山秋霽

萬葉共一綠，暗秋生晚晴。時聞松樹梢，雨滴三兩聲。此時溪上人，豁然塵慮清。虹渴飲投澗，鷗涼飛近城。煮筍謀山妻，捕鯉煩漁兄。江湖自有樂，何事希簪纓。

王孟端湖山佳趣

有水便可樂，六月溪風寒草閣。有山便可住，種花十年便成樹。蘆芽筍芽俱入餐，竹葉松葉聲不乾。鎮日江頭把一竿，得魚賣錢婦子歡。睡醒忽見桃花開，冒雨倘有詩人來，莫教踏損門前苔。

沈石田柳州煙艇

山齋臥十年，夜夜看松月。孤艇野風吹，柳塘山雨歇。水綠涼上衣，清欲濯毛髮。回頭前路失，一村出林樾。

唐子畏水亭午翠

荒園究難居，自是水亭好。幽軒春睡足，極目憐芳草。想當昨夜雨，前村得氣早。午陽未落地，眾綠接晴昊。天光何處尋，松陰不可掃。選石素琴張，泠泠寫幽抱。

文徵仲郭西閑泛

鵝鴨隊隊穿葭葦，酒琖琴囊載船尾。打篙直欲凌滄波，世上閑人能有幾。斜陽紅斂山影明，雨聲初斷聞蟬聲。白雲與客同蕭散，飄飄隨過前溪行。擲筆忽然向天笑，此生只合老耕釣。老來轉欲乞丹砂，誤我一官是待詔。

陳白石煙巒疊嶂

看去千重萬重複，中卻有起兼有伏。山人日高睡已熟，解衣磨墨寫山谷。突兀萬朵青芙蓉，磊磊落落毫端逢。幽居合在雲深處，手擷黄精與紅蕷，寒梅着花吾欲去。

錢叔寶溪山深秀

石筍參差平地起，蒲汀尾抱寒沙觜。短篷支起隨意看，朝山青更暮山紫。道人入山苦不深，棠梨花下眠春陰。紛紛白鳥横江去，誰借禪堂撫石琴。

陸叔平溪山餘靄

歸鳥翔夕陽，涼蟬噪高樹。濕煙略彴斷，古苔磯碣護。言採溪上花，不辨山中路。樵子踏雲去，老僧倚橋住。但冀餐雲霞，詎惜冒風露。歸來坐茅屋，黯憶足幽趣。

觀蔣最峰學正畫竹

世之畫竹人，但求與竹肖。蔣侯識竹性，取神不取貌。平居究六法，鑿破混沌竅。秋堂幽思騁，酒酣忽大叫。墨瀋染巾衫，水煙動危陗。掃去槎枒痕，獨留孤月照。放筆出所有，何曾炫奇妙。觀者詫為異，蔣侯初不料。狂呼巨觥來，解衣發長嘯。我謂先生醉，蔣侯啞然笑。

存素堂詩初集録存卷六

丙辰

題隨園梅花冊用張船山檢討韻

風雪夜來多，攜酒向何處。山空不見人，梅花七百樹。

李載園符清明府札來索題集前詩偶不記憶為重賦此

我詩如敗葉，一任西風掃。君詩如幽蘭，亭亭出秋草。寧復重我言，只爲結交早。神交二十年，把臂輒傾倒。此中有性情，非止敦文藻。羅浮風雨幻，江水助深浩。但恐梅花孤，不愁明月老。大筆日抒寫，奇情天創造。鞍馬適壯懷，山川豁幽抱。我謂此餘事，不必過搜討。儒生負經濟，民心待浴澡。浮譽謝苟盡，蒼生命胥保。治民如治詩，官好勝歲好。堂上有絃歌，田間無旱澇。衍作太平謠，郵筒遞新藁。

送王惕甫歸里就官廣文

本是還鄉客，今成去國人。鷗波隨處好，燕壘隔年春。書畫一船滿，雲山十載新。見童驚問訊，可是宰官身。

芳草堂前路，春風曳履來。花開親掃徑，月上對銜杯。句法商量熟，鐘聲斷續催。禁城閉魚鑰，往往趁燈回。

拂檻櫻桃熟，堆盤苜蓿香。青山買難必，紙帳睡何妨。心早看雲淡，身偏作字忙。不須居廡下，琴瑟久徜徉。

修竹讀書畫扇

人可一生不食肉，不可一日不見竹。人可一生不作官，不可一日書不看。綠雲滿院風兼雨，來無今人往無古。吁嗟乎！有書便是福，有竹便非俗，君不見蘇東坡、黃山谷。

村行

沽酒杏花西，寒鴉花上棲。夕陽剛轉樹，新漲已平隄。樵斧雲中響，酒旗風外低。牧童勸余歇，前路總春泥。

魏春松比部示西苑校書諸詩

讀書不讀律，有得必有失。讀律不讀書，千密必一疏。魏侯早歲工詞翰，大筆淋漓萬言貫。中年服政官秋曹，白雲堂上揮霜毫。天子讎書選仙吏，宰臣知君識奇字。文章政事一身兼，校字心同校事嚴。樓臺婉孆雲霞麗，宮漏出花秋雨霽。梧桐樹下掃葉勤，楊柳堤邊敲韻細。我亦文淵校字曾，墨花點紙似秋蠅。蓬瀛舊侶今誰在，展卷懷人剪竹燈。丁未歲，余奉命校書文淵閣，同几硯者為王詒堂、劉青垣、平寬夫、瑞芝軒、潘蘭公諸前輩。今或沒或在外，惟陸璞堂同年現官京城耳。

曾賓谷運使寄邗上題襟集至

梅花隔嶺紅，明月滿城白。清齋閒無事，三兩山中客。詩本心志和，酒乃民物澤。使君曠達流，搖筆詞絡繹。諸子出所長，而皆與道適。閑雲高樹招，好風修竹借。時聞幽泉聲，淙淙漱寒石。展卷猶未終，已覺我心獲。天末望故人，何以慰今夕。

昔歲居灤陽，說詩入山廟。古殿滅燈火，但有孤月照。果落任狐攀，鐘斷聞鬼嘯。吟哦松樹下，得句輒狂叫。爾時惟任誕，了不知其妙。歲月弦上矢，風雨催年少。良朋悵雲散，更誰識古調。定知雪舫開，此意君熟料。或可借尺素，千里接言笑。

柬雨窗阿林保運使

松與柏同性，蘭與蕙同味。葆沖空谷中，不受春風媚。使君抱古艷，翛然淡名位。胸貯武林雲，夢繞明湖翠。坐使漁樵流，不知公卿貴。海内懷才人，視君若大被。飢寒與痛癢，一一俾暢遂。顧君識見真，不容匪材廁。齒頰忽矜許，詩篇遥委寄。濯濯秋蓮花，煙水不能漬。知君蓄德深，慚我望道未。後會卜真率，前言託遊戲。

送桂未谷馥出宰滇南

我不解作書，辛苦講點畫。我不嗜飲酒，淹留奉觴醳。劉孝綽句。往往賢豪交，把臂輒懽懌。泰山氣滃滃，夫君才奕奕。軒昂一枝筆，奔走半生役。醉墨尤淋漓，興酣道大適。勢奪與利取，乃不受促迫。遂令廣文氈，坐老東魯客。草荒蝶亦寒，松矮鶴常瘠。白髮今蕭蕭，一官仍困戹。夜即萬餘里，煙瘴幾重隔。造物或忌才，私心頗愛惜。夫君曰不然，我有治民策。身外寡所求，身内多所獲。民安即我安，陶然百憂釋。况復此鄉里，前賢留手跡。荒榛敗棘中，于茲訪金石。舉杯天地寬，揮毫風雨劇。當有問字人，負笈拜前席。

送吴山尊鼒孝廉之山左

古藻攄今情，奇文達至理。造物不言妙，君乃攝諸指。我有梧門圖，物外託微旨。人間瑰麗詞，題滿詩龕裏。拳拳一寸心，在彼不在此。囊過宗伯齋，見君畫梅紙。寫梅有我在，不為梅所使。著語更灑然，梅花得知己。歸來輒相思，花開三度矣。昨歲君入都，公卿多倒屣。蓬門晝常扃，因君時一啓。宗伯開選樓，搜羅極富美。百年盛文物，一代振浮靡。君復識掌故，一一析傳紀。豈惟風雅倡，白山有詩史。先人遺著述，未敢誇桑梓。承君殷檢校，留置烏皮几。暑燈黯淡中，吟哦時未已。寒門寡勳業，傳家或即是。感激何可言，月骨而生死。君今不得志，讀書返鄉里。滃滃泰嶽雲，淼淼明湖水。十丈秋蓮花，婀娜映日紫。蒲帆應飽曳，蓮花待君子。

贈劉松嵐兼寄吴蘭雪

劉郎詩澹冶，吴生句幽艷。皆我同調人，三年不得見。側聞湘花詞，江南傳寫徧。繡出石溪篇，脱手萬花絢。芳草别江渚，野雲散林甸。晞髮嗟太閑謂蘭雪，彈琴亦已倦。松嵐久官縣尹。更有梧門客，懷人增眷戀。清風越遼海，澹香吹吴絹。茶煙濕不飛，庭樹緑忽變。依稀寒玉聲，泠泠響清院。又如空谷中，乍覩美人面。芳氣襲衣袂，可佩不可援。瘦吟樓已空，蕙風閣久羡。如何二妙辭，都入湘花卷。惆悵雪中人，低徊潭上讌。壬寅秋，余于積水潭集諸詩人看荷，繪圖分韻，蘭雪詩先就，今舉嘉讌，感觸前游。藉此欲題襟，笑余誰捧硯。好花能幾枝，明月只一片。照我三人心，拳拳永相念。

七月七日吴穀人前輩招同桂未谷洪稚存趙味辛伊墨卿秉綬張船山何蘭士集澄懷園清涼界時未谷将之永昌

閉門就竹居，深怕接俗客。秋風颯然至，墮階梧葉碧。神仙展芳讌，瓊館敞瑶席。丹曦匿樓角，涼霧覆山脊。繞屋紅蓮花，不辨人行跡。一縷茶煙飛，精廬望猶隔。槐陰破窗補，草香空院積。開軒納衆賓，掃苔生蒼石。酒氣忽騰雲，墨華灑滿宅。未谷酒酣作書。人生嘉會難，胡為悲遠適。百年祇須臾，萬里亦咫尺。身苟與物忘，心不為行役。蟬噪鷗自閑，烏黑鵠仍白。富貴不可求，歲月要當惜。舉杯問青天，今夕是何夕。

立秋後一日甘西園立猷侍御招王葑亭謝薌泉宋雲墅嗚琦金園看殘荷感賦

積雨忽生苔，涼雲不離竹。孤亭倚岸欹，水氣上衣綠。花開我未來，我來花已落。江南舊酒痕，今日相思各。薌泉在揚州有「酒痕紅到綠楊城」句，葑亭云江南人至今誦之。扁舟淨業湖，秋夢迢迢遠。水石自清幽，江湖客不返。壬子招諸詩人積水潭小飲，亦立秋後一日也，今多不在。

壬子歲趙味辛舍人出恭毅公世德詩冊五律三首及聞舍人述公出處宦跡與前說不合改賦此詩

昔讀蒼山文，知公性孤潔。今讀世德詩，知公情懇切。當其撫浙時，俗靡吏復劣。攴手整紀綱，苞苴咸杜絕。量闊恢滄溟，心清盟白雪。大臣識體要，安得人人悅。湖山看如畫，秉節僅九月。白雲紅樹間，裙屐風流歇。蒼生方待命，歌詠乃不屑。政府旗飄揚，錢塘水嗚咽。舍人公元孫，鄙懷久傾折。十年校秘書，四海交英傑。南宮試屢躓，閉戶安蹇拙。綸綍卜他年，斯言當不滅。項溶原序：我疆我理，茂今日之桑麻；爾公爾侯，卜他年之綸綍。

閑居

愧乏濟時術，隱憂何日伸。攤書為遮眼，愛畫擬藏身。秋竹短於草，野花高過人。漁翁淡名利，江上坐垂綸。

秋雨淨業湖上

一雨便忘暑，況逢池館清。苔香花外寺，雲濕樹邊城。醜石最多致，野鷗偏有情。綠簑何處借，吾意欲躬耕。

秋夕寄懷孫淵如星衍觀察

大廈資樑棟，繁音節鐘鼓。俗敝賴整飭，吏驕貴鎮撫。使君工文章，胸自有千古。花開欣釋襟，松青坐揮麈。豈知偶談笑，悉中民疾苦。世重讀書人，匪直講訓詁。學術溯漢秦，功名念鄒魯。少年品風月，今宜作雷雨。

八月上丁邀馬秋藥履泰何蘭士顧容堂王霖笪繩齋立樞黃宗易恩長周霽原廷棠飲胙

蠲志拜嘉惠，凛兹非餕餘。先期招故人，坐我秋花廬。肴核戒勿備，義主談笑舒。既劚堦下筍，還剪園中蔬。梧桐涼我琴，瑯玕青我書。酒闌百蟲響，日落林風疏。誰其志溫飽，聊此聯襟裾。

暮秋孫河道中

誰取豐年景，毫皴入畫圖。泥新紅秫屋，酒盎碧紗壺。婦老能驅犢，僧閑看浴凫。重陽任風雨，不復怕催租。

密雲縣書店壁

白石橋雙控，黃泥屋兩間。柳斜還繫馬，墻矮不遮山。秋夢三年熟，甲寅、乙卯及今，連歲宿此。塵心半日閑。田家樂豐稔，未識此巖關。

投宿山村

衰柳掩柴門，人家隔秋水。兩兩紅蜻蜓，飛入蘆花裏。
蒼然暮色來，四望山為堞。炊烟林際生，童子燒松葉。
疏林隱遠山，秋聲在何處。僧扉夜不扃，白雲自來去。

補題冶亭閬峰聯牀聽雨圖後

憶我交二君，今已廿年矣。其間聽雨日，歷歷可僂指。珂聲散玉堂，人稱三學士。趨蹌金馬門，同試銀光紙。聯騎官道邊，門韻僧房裏。余與二君同時為學士，同充日講官，同被詔旨試殿上，同扈蹕行幄。蒼茫望古今，歌哭誓生死。南山漭漭雲，東海滔滔水。時勢有不同，人心無彼此。蒼生今待命，請從二君始。巍巍石經堂，竹榻支南榮。秋花窈窕開，泫然涼露清。同堂坐怡怡，伯唱季也賡。家庭有至樂，不復求友生。方今政事堂，袞袞賢公卿。風雲際會奇，群推君弟兄。聽雨昔年事，作雨今日情。持以澤萬物，勿徒矜虛名。吾將聳雙耳，傾聽時雨聲。

為周霽原題畫

草青畫方永，花開春又至。此中自有詩，不必著一字。

題戴菔塘璐太常藤陰雜記

竹垞久荒圮，藤花今尚存。舊聞春晝續，細字月廊昏。城郭依稀是，詩篇仔細論。烏絲出懷袖，寒綠寫梧門。近採余詩入《雜記》中。

丁巳

送吳穀人侍講南歸

神仙住瀛洲，往來無定所。忽見桃花開，振衣遂霞舉。春湖一片水，布帆許容與。好山新畫圖，老梅舊儔侶。堦前且種竹，筍茁美可茹。客來坐綠陰，長夏不受暑。偶當明月上，酒帶露華煮。童子剪蒿萊，野人餽魴鱮。詩成自和樂，事至無齟齬。清貧人所愁，先生但笑語。風跡與雲蹤，何必問出處。

送鮑雅堂之鍾郎中南歸

君自海門來，詩名噪日下。一官三十年，鬱鬱胡爲者。買帆歸故山，孤蹤殊瀟灑。從此江南峰，秀色任抒寫。夏雨漲溪花，秋風掃竹瓦。紛紛門外事，與君不相假。喫筍宿禪堂，謀篇入吟社。江鄉大有人，何嫌應求寡。謂王夢樓。

送程也園主事歸歙

獻賦博一官，十年清譽仰。奔走幾萬里，豈敢告鞅掌。偶然感小阮謂蘭翹學士，不禁增悽惘。依依故山雲，旦暮觸夢想。陌上花忽開，簷前雨又響。遐思松檜間，白鶴任來往。物靜塵垢息，心遠天地廣。況有二頃田，晝耕兼夜紡。碧峰容掛笏，翠湖許打槳。但取自怡悅，不受人推獎。

為程禹山虞卿秀才題鐵侍郎贈詩冊後

主司枋文章，舉子往委質。其實性情間，未必如膠漆。所以知己感，不在得與失。程生江南來，投我詩一帙。奇想天外結，逸氣行間出。為言赴秋試，既獲旋復黜。拳拳念知己，涕泣指天日。細讀侍郎作，情景寫備悉。纏綿萬古思，慘淡一枝筆。寄語獨醒人，春風轉眼疾。冶亭侍郎原作有「天外雲如倦遊客，雨餘花似獨醒人」句云。

題余貞女女貞花篇後

既死文焉用，幽芳寒欲葩。山青骨可葬，雲冷夢無家。思苦詩偏好，燈昏字易斜。梁溪溪上月，猶照女貞花。

題盛明經本畫竹

才子喜看花，高士愛寫竹。奇氣鬱胸中，磅礴解衣速。當其下筆時，或自嫌老秃。綠雲忽上堦，清風已滿屋。懸我窗壁間，薄涼生矗矗。日坐對此君，不愿更食肉。請問桃花源，何以篔簹谷。

我不工作書，頗好辨奇字。嘗於點畫間，窺測神所至。熟極自生巧，醇後方能肆。盛生精六法，畫竹有深意。何必着槎枒，秋心一竿寄。掃盡煙墨痕，寫出蕭閑致。不知何處風，吹我入寒翠。

題顏運生崇椝聽泉圖

心定息塵喧，天遠淡秋碧。松風吹滿山，泠泠響白石。獨鳥空潭飛，古苔松壑積。有琴且勿彈，悄然坐深夕。

題運生石門藤塢圖

雲散芙蓉巖，花掩石門路。迷濛不見人，翠濕何年樹。斗覺樵徑風，暗襲衣上露。心跡兩翛然，長願山中住。

黄小松易別駕自山左寄詩龕圖至

漁洋禪悦圖，畫者禹之鼎。借禪以喻詩，心光百年炯。余雖鈍根人，孤懷託清迥。天風吹紫虚，秋夢忽然醒。見月神契微，聽鐘意深警。此趣只自知，豈敢示公等。黄君寄我畫，落筆殊秀挺。中有我性情，詩龕寫孤影。新篁掩茅屋，夕波動煙艇。他年淨業湖，説詩惠然肯。

雨後蟬聲

爾亦畏炎熱，處高無遠聲。晚風疏雨過，衰柳一枝鳴。久坐躁俱釋，苦吟思忽清。蛙喧青草外，聒耳了無情。

立秋日同人集極樂寺國花堂小飲

世謂富貴人，乃登極樂界。豈知國花堂，我輩足清快。天公知客至，門外秋已屆。萋萋千花開，梧桐一葉敗。夜雨涼驟生，晨曦紅半豔。主賓十六人，性情各有派。或藉木參禪，或對石下拜。聽鐘驅睡魔，沁泉消酒瘵。亂蟬吟入詩，新篁寫作畫。要皆塵外蹤，胸中無蒂芥。攀林比飛鳥，翻笑猿猱憊。山果落鏗然，露華斜日曬。飲食取適意，沉湎矧有戒。悠然天地廣，萬物弗吾隘。寫圖告來者，匪以志幽怪。

立秋後三日重遊積水潭

秋水一潭明，秋風五年隔。荷花依舊紅，看荷人非昔。聚散感百端，隙駒當共惜。際此雨初晴，況有同心客。晨曦掠波紅，遠岫壓城碧。入門鷗導人，過橋花作壁。林綠染鬢眉，露香濕巾舃。前詩紗未籠，蒼苔蝕翠石。酒痕尚宛然，黯淡涼陰積。勢位良不齊，所貴取意適。安能逐末流，事事為形役。舉杯便陶然，那復辨殽核。去留勿相強，煙外夕陽迫。坐待秋月朗，三里湖光白。

送顔運生之興化

惟揚好煙水，君去玉琴攜。飽看鄭生燮畫，苦吟任子大椿詩。梅花江上見，明月夢中思。倘肯買書寄，不嫌秋舶遲。

章石樓學濂郭虛堂立誠兩大令邀同裘可亭行簡比部沈舫西崐水部盛孟岩惇崇侍御費西塘錫章農部積水潭看荷

芙蓉已自天然好，我比芙蓉更覺閑。難得諸公連騎至，居然此地狎鷗還。花光出水如中酒，秋氣移人不在山。倘許高林佇涼月，寺樓清曠儘追攀。

高槐疏柳萬蟬聲，五載重經讀舊盟。壬子秋曾集此。碁局敲殘涼夢醒，絃歌聽罷暮愁生。雨添秋水綠三里，雲掩夕陽紅半城。明歲荷花應更好，不知誰抱惜花情。

柬盛甫山惇大舍人灤陽乞作詩龕圖

君今住山中，青山障如畫。欲乞君畫之，恐積隔年債。花間展君詩積水潭孟巖示余，清風故人屆。畫長筆札閑，旅館意不敗。我屋曰詩龕，秋陰綠滿砦。煩君寫作圖，無事論宗派。梧高竹要疏，門徑不妨隘。小花爭暄妍，老石恣幽怪。但過彴西來，別開一境界。月明松樹街，有客焚香拜。

賈秀齋崧秋日過訪

門徑半秋草，江湖多故人。來尋碧梧徑，同是白雲身。蛩語浩安託，鶴聲清有隣。知君負奇氣，未肯混風塵。旨趣有同異，性情無古今。百年誰作者，一代幾知音。雲止樹間綠，雨空塵外心。君如煙棹待，吾欲訪秋岑。

有客二章寄懷吳竹橋蔚光

比來長安中，六月熱可怕。官閑早閉門，尚易消炎夏。所苦居近市，塵鞅不能謝。盥誦江南書，微言何藴藉。寄情古隱淪，北窗娱清暇。青山與白雲，欲買愁無價。妙哉君善忘，意得形輒化。墻東月初上，有客訪中夜。謂子瀟孝廉。

心安理自得，中熨無外坷。君性江湖宜，翩然寄雲舸。煙篷白雨涼，林屋秋花妥。偶然託吟嘯，詩中必有我。東南名士多，先生人望頗。冬心乃獨飽，自厲霜中笴。春草池塘生，有客西堂坐。謂令弟槐江。

陪鐵冶亭侍郎裴子光謙編修何蘭士員外黄杏江洽主事遊楊月峰潭主事半畝園讀壁上菊溪少甫倡和詩用韻

我顛不如芾，我迂不如瓚。但聞真率約，輒欲抒悃款。況有良朋招，秋園緑陰滿。轉眼市囂隔，揾衣躡雲館。花依石洞幽，草掩木彴短。老柳折風條，新竹捉霜斡。小雨過復晴，西山翠如盥。涼蟬噪夕陽，塵慮忽焉斷。

五嶽不可游，雲山識我否。田盤近百里，登臨期屢負。幸兹室則邇，向往矧已久。浮屠謂因緣，吾意託諸偶。適然與之遇，此境遂吾有。月上臺可登，風來樓斯受。見水知魚樂，對松忘鶴守。深思妙趣得，此意不關酒。

外侈内必虧，君子窮本原。曲以致其奥，鬱以養其繁。兹地僅半畝，中有意匠存。頗似老畫師，咫尺千里論。煙嵐各盡態，秋色初無痕。忽聞水激聲，一洗箏琶喧。主人笑拈花，諸客皆無言。歸家三日思，疑入桃花源。

顧晴沙光旭觀察選梁溪詩鈔賈素齋綜其遺稿爲塚紀以詩

歲暮事祭詩，創始唐賈島。梁溪盛風雅，詩塚誰所造。晴沙開選樓，群材歸斧藻。扶輪仗賈生，文章結永好。惠泉如碧玉，顧山青未掃。煙澄石貌孤，樹霽雲華縞。古人去我遠，心跡何由討。言者心之聲，聞聲或傾倒。嗜好每不同，春榮異冬槁。世人玩珠玉，轉瞬埋秋草。身沒則已焉，智者不能保。茲塚表萬古，神明託有道。九龍峰縈迴，五瀉水環抱。千里渺儔侶，詩龕月出皓。恨弗從勝游，荷鐘霜林早。

題郎淇溪汝琛學正詩冊

太行鬱奇氣，詩人多在官。歷指我交遊，往往工詞翰。子自汾水來，名譽滿長安。奉職涖橋門，四門慶彈冠。投我一卷詩，芳襲秋江蘭。高懷謝凡艷，逸情生古歡。繁音與縟響，無從犯筆端。近代吳天章，有此清與寒。詩易得皮毛，得髓良獨難。王溪水湯湯，王屋山盤盤。漁洋讀斯集，合作蓮洋觀。

篁繩齋孝廉寫詩龕圖見貽

閉門緬前哲，頗悉君家事。科名有由盛，矧子過人智。讀書具別裁，下筆擅奇致。萬彙殊高卑，一一工位置。坐我詩龕裏，忽然動幽思。潑墨寫作圖，無乃寄所寄。適然與我合，一笑成遊戲。野湖秋水明，晚花夕陽媚。悠然詩三昧，初不假文字。即以禪喻之，此為第一義。

金手山學蓮出所著商定

長洲王芑孫，性拙文固醇。狂直與世忤，而我交獨親。金生亦吳產，豐骨秋嶙峋。邂逅意殊洽，屢接情彌真。乾坤有清氣，得者難其人。子乃一枝筆，能掃千丈塵。出之若無意，覽者驚為神。詭異既弗尚，藹然游以春。長安居已久，鬱鬱傷賤貧。對酒忽嗚咽，涕淚霑裾巾。語子且勿悲，悲徒損子身。境遇有窮達，士氣無屈伸。苟得一知己，何必干簪紳。矧子所造車，出門途已遵。三復史遷語，擇言尤雅馴。良材必就範，就範非因循。明歲槐花黃，隨衆來成均。奇字不可用，慎無效郭麐。郭麐亦吳人，乙卯歲兩試成均皆第一，闈中以奇字不售。

曾賓谷轉運寄六月二十一日集平山堂拜歐陽文忠生日詩至

荷花生日君生日，君後歐公七百年。猶是揚州二分月，長留慶曆一堂煙。詩存世上誰知者，官到江南始暢然。不必西溪託漁隱，蕭閑如此即神仙。

自抒懷抱賦秋聲，豪傑何曾不近情。白首難忘四君子，青山獨拜一先生。近世蘇公生日，人多祀之；歐公祀獨闕，君創為此舉。歲華如水客將老，酒氣上天花自明。從此南豐香一瓣，年年湖閣篆煙縈。

西溪漁隱圖詩為曾賓谷轉運賦

非有濟世才，難作出世想。西溪足幽棲，高人息塵鞅。終日把一竿，何事復結網。

童子報春及，溪水門前綠。微雨桃花開，濕紅掩茅屋。月明犬吠聲，往往隔深竹。

雪隱梅花根，扁舟繫何處。寺鐘聽忽闌，前村天已曙。過橋便酒家，雲深不可去。

布帆江上明，青山何處買。陽羨愿僅託，鑑湖乞終騃。且自睇煙波，霜天噉肥蟹。

曹定軒前輩招同人集紫雲山房石琢堂韞玉修撰即席有作定軒次韻見示依韻

人趁新涼坐夕暉，蕭蕭梧竹掩雙扉。山光入畫秋先到，酒氣如雲客未歸。鴻爪卻教蛛網護，鴉塗還怕雨絲霏。齋中存余舊作甚多，粘壁間者為風雨剝蝕矣。梅花茅屋分明是，誰寫吾廬寄翠微。馬秋藥為予題詩龕圖，有「梅花一樹鼻功德，茅屋三間心太平」句，先生愛之，倩余竹西摹為圖。

送韓鼎臣調上舍回里

韓生擅文事，書法尤軼倫。我凡有著述，不敢輕示人。生常代揮灑，求者情斷斷。我髭斷已屢，生腕傷且頻。送生返故鄉，歷鹿捶車輪。謂生勿促刺，有田何憂貧。荷鋤太行巔，濯纓汾水濱。我將謝浮世，靜坐湖之漘。蓑笠行自隨，垂釣蘋花春。聊以自娛樂，何心託隱淪。

余秋室學士許作詩龕圖詩以促之

先生著作家，詩書其餘事。興到偶揮灑，往往寄所寄。求輒不可得，得者亦甚易。憶我詩龕圖，畫手凡三四。先生性高曠，用筆弗筆使。我家淨業湖，秋水多於地。過橋柳接天，見人鷗不避。清風僻巷多，涼月空庭遲。新竹暗香引，高梧古苔漬。此景隨情生，初不關作意。能澹無弗宜，惟疏乃有致。卻恐區中人，詫為寫山寺。

譚古愚尚忠侍郎招同百菊溪少京兆小飲

高齋蠲塵垢，清風生遠林。勢位雖不同，請觀苔與岑。春花與秋月，輾轉成古今。豈其百蛩語，不如倉庚吟。仁智具天性，山水生吾心。耳目適相合，燦然留色音。譬如空谷中，萬木時蕭森。靜者息群動，獨坐彈玉琴。但取自怡悅，涉世何須深。

大名走卒知，小心秀才儼。撫民既克勤，治家乃尚儉。坐我五篋傍，慚愧苾芬忝。午篆茶煙粗，淡香酒波瀲。長天孤雁翔，秋影涼蟾斂。廉隅方砥礪，光陰傷荏苒。黑白原難淆，瑕瑜詎相掩。先生折菊溪語。願從先生游，凡事求自慊。

八月二十二日任畏齋承恩提督招同洪稚存編修何蘭士員外游山

出門冒涼月，秋色增曠衍。隔樹煙忽深，過橋路已轉。西風閃丹陽，村戶微茫辨。策馬入林際，巾烏露光泫。主人雅好事，凌晨芳讌展。紅醞經夜溫，綠菘撥霜剪。呼童掃落葉，不許損苔蘚。同志聚處難，良約今始踐。前歲即有游山之約。歲月不我留，凡事貴黽勉。西山許築廬，及早一庵選。

山南海甸歷青龍橋至寶藏寺寺原名蒼雪庵

微雨洗氛垢，秋山愈秀整。穿林途逕紆，沿溪村巷永。言過青龍橋，窅然非人境。目睇白湖煙，化作雲萬頃。鞭絲漾樹外，卻似孤帆影。我行蒼翠中，健步不能騁。山寺得小憩，午風吹忽冷。因思蒼雪庵，久矣塵事屏。繁華現目前，開窗京城廛市皆見。何事更端請。愿與素心人，居高時警省。徙倚清泉旁，斜日下西嶺。

觀泉

我聞玉泉名，未見玉泉水。何年蒼雪僧，劚自松根裏。白雲一夜飛，秋雨忽然止。居人飲一勺，往往天漿比。朝涵石氣清，暮瀉山光紫。豈知在山時，泠泠清若此。

讀鄂剛烈壁上詩

勳業炳寰宇，心清邃花竹。蕭閑山寺吟，慷慨沙場哭。鄂公負奇略，金石盟幽獨。松青月色寒，悲歌寫成幅。我藏公手蹟，凜凜生氣觸。余藏公手蹟最富，裝成兩鉅軸，名輩多為題詠。忽睹秋山詩，拂塵拜且讀。清聲石上泉，淡影籬下菊。塵坋不相擾，榮利焉能黷。巖上雲一庵，是公舊修築。

清河道中

綠楊捲西風，紅橋亘東日。車行硌礫響，似聞山鳥叱。溝水漾粼粼，林葉鳴瑟瑟。古井甃黃泥，新墻掩青秫。天寒馬益驕，年豐人漸密。今歲秋霖多，菽豆幸皆實。矧計來春麥，穠穠預可必。農夫向余言，官租納已畢。指點茅簷下，醉叟扶又出。

重宿北石槽農家不寐

雲門石磴激飛泉，行盡陂陀路宛然。老樹相看仍百尺，秋山此別又三年。馬經古道馳騁易，人過中年感慨先。忽聽雞聲叫中夜，破窗殘月影娟娟。

石槽店中同蔣霽園曰綸童梧岡鳳三二先生夜話

石匣峰頭握手親，玉堂舊事話猶新。秋山縱目如看畫，老輩談心勝飲醇。霜裏寒花增氣味，月中孤樹愈精神。人生何事悲離合，雲水同為無定身。

西涯詩有序

西涯即今之積水潭，在李文正舊宅西，故名，非別業也。余既辯李廣橋之誤，因繪西涯卷子，並摹文正像於幀首。

西涯我屢至，未暇考厥名。指為積水潭，客至如登瀛。今歲看荷花，寫圖紀幽清。賦詩皆勝流，佳話傳春明。茶陵昔賜第，言在西南城。西涯乃別業，下直聯群英。不知公少日，矮屋三五楹。紅鐙炯一樓，時聞讀書聲。老臣憂國深，家室心所輕。故宅竟不保，居人凡幾更。慈恩寺遺址，秋夢時回縈。騎馬見林木，隐隐思平生。

路折李公橋，吾廬一水隔。楊柳綠依依，不見李公宅。桔槔亭已頽，清響落林隙。微風散稻田，斜月上松石。菜圃全荒涼，蓮花總幽僻。慘澹經檀花，照人猶深碧。李公社稷臣，杯酒非所適。揮涕白鷗前，散髮秋堂夕。竹林寄餘興，禪房時著屐。偶然出詩句，幽懷感今昔。蝦菜尚難具，平泉安足惜。惟有法華庵，空廊黄葉積。

客來訪西涯，扁舟艤湖口。指點城外山，問訊風中柳。我已沿舊說，溪橋未深剖。看花年復年，鷗鳥笑人否。譬與名士居，不曾辨誰某。一旦識姓氏，翻悔坐失久。快讀西涯詩，西涯胸中有。文章驚一代，眉壽誇十友。翩然神其來，面目落吾手。紵衫與朱履，破櫝僧能守。風流漸銷歇，我恐西涯負。

但期隨老漁，煙篷賣菱藕。

題馮玉圃培給諫種竹圖

北方風土寒，種竹苦難長。但有一兩竿，已足遠塵坱。所以素心士，晨夕此君想。長安花最繁，先生常悒怏。下直取清暇，西園芟草莽。鵠馴不避人，翩然自來往。時和僮僕嬉，地靜林廬爽。空階雲乍來，小樓月不上。偶受午風吹，似聞秋雨響。何必希渭川，侈言千畝廣。獨立茅簷下，冷碧一天盎。

我亦疏放人，見竹輒心喜。閑階無雜花，秋竿老屋倚。年年五六月，綠陰流迤邐。世方怕炎熱，我意澹如水。惟乏灌溉術，時凜雪霜靡。公具養物心，種竹託言耳。燥濕審厥性，向背定所止。欲使枝葉蕃，必自根本始。功夫積漸加，不可旦暮企。忽聽春雷聲，籜龍一夜起。待時而後動，萬物皆如此。

王夢樓前輩寄詩翰至

我思快雨堂，拳拳三十載。每觀公著作，斐然仰丰采。青山杞菊荒，白髮文章在。清風來敝廬，好句傳湖海。秋堂明月高，字字招悱憒。詩情老更狂，禪心枯未改。畊田固可樂，識字夫何悔。一身比蜉蝣，萬事皆傀儡。久欲叩元關，寄語梅花待。

暮秋懷鮑雅堂郎中

時菊保晚節，高林生薄寒。苔院積眾綠，矧有秋竹竿。東月耿虛牖，南雲停遠巒。賞音既鮮覯，瑤琴姑勿彈。輟酒坐中夜，黄葉聲方乾。

題王春堂家庭話別詩圖

人子不遠遊，遠遊匪得已。出門復入門，妻賢心獨喜。老父身雖健，年逾七十矣。我在汝為婦，我行汝為子。泣涕賦成詩，至今留片紙。蔣侯補寫圖圖為蔣最峰補畫，流傳竝女史。我生幸安樂，足未出鄉里。世間離別苦，不知乃如此。情溢筆墨外，字生毛髮裏。秋燈誦佳句，高樹寒鴉起。

馬秋藥郎中寫山水樹石十二幀見貽

君自寫性靈，何曾借山水。放筆出所得，意初不在紙。及成一境界，世乃嘆觀止。低頭矮屋中，攤書不肯起。酒氣破牖去，白雲忽落几。生平與俗讐，會心輒復喜。促廹雖不受，興到烏可已。濛濛江上煙，容與詩龕裏。我亦漁者流，何日扁舟艤。倘許着釣竿，行當舊蓑理。

陳伯恭崇本祭酒和余西涯詩次韻

未便茶陵比杜陵，老臣憂國賦詩曾。寺餘竹影僧都散，橋喚藜光客不膺。鷗鳥無猜今尚在，文章有價為誰增。舊聞日下重搜遍，敢對新荷證古藤。竹垞檢討《日下舊聞》引西涯事跡多舛誤，余於看荷時論及之。

茶陵清望勝江陵，樂府新詩得未曾。老屋夜深蟲自語，破巢春入燕初膺。禪堂風雨何人共，詩話江湖幾輩增。城北城南乾竺古，棕鞋草笠一枝藤。

哭汪鹿園如藻觀察

我嗜葆沖詩令弟雲壑修撰著《葆沖書屋詩》，見詩忘其死。匪竟能忘之，念有先生耳。先生復長逝，我哀烏可已。才大福難備，名存氣不靡。君家舊草堂，尚倚白雲裡。老石跡宛在，尊甫有《厚石齋詩集》，令叔有《桐石草堂詩集》行世。蒼然蘚花紫。年年二三月，綠滿一湖水。莫嘆松楸寒，又看春草起。

曾賓谷運使寄題詩龕圖詩至

東風悄然至，綠我門前湖。寒雲勒衰柳，新月橫高梧。詩本在空際，龕又何有乎。但以禪喻之，一證心情孤。所以上乘禪，語言文字無。既落第二義，觸處皆支吾。君詩納衆有，取精遺其麤。眼前詩龕詩，不是詩龕圖。深思乃頓悟，詩龕如是失。

蔣湘帆衡用油紙摹李文正手跡老人孫仲和珍藏因予有西涯之作重臨一本見貽用文正韻賦詩

蓮花紅到寺西頭，閣老當年結侶游。萬竹自搖人已散，一鷗還立水偏流。心情衹許清樽侑，風景全憑好句收。料理殘縑真解事，眼前誰葺李公樓。

步楊柳灣尋文正故居不得憩湖邊諸寺仍用前韻

綠楊尾接碧溪頭，三百年來幾勝游。落葉聲多鐘不響，夕陽影淡水空流。兒時衫履人都識，老去功名史莫收。故宅有誰感興廢，春風又滿竹邊樓。

慶亭大令邀同人看菊聽琴坐客皆有詩余遲未作復有魚鹿之惠賦謝

看菊與聽琴，得一即足樂。矧復能兼之，燈昏坐幽閣。夫子豪邁流，而性極澹泊。十年朱紱棄，五畝秋園拓。天風散素襟，林月踐清約。高寒自矜尚，原不受纏縳。泠泠七條撥，置身恍邱壑。翻想東籬前，無絃果何託。

菊能醫我俗，琴可消我憂。朱輪騁九衢，強顏事公侯。與其為歡笑，不如無應酬。三日閉門坐，佳趣悠然留。黃虀餘半甕，老饕生薄愁。忽有肥腯貺，七箸春香浮。倘肯攜玉琴，登我竹間樓。雖乏傲霜花，盆梅臘雪稠。

蔣最峰指畫

指畫古不傳，傳於近代耳。且園高侍郎，凱亭傅居士。今能兼之者，厥維夢禪子。蔣侯江南來，蕭然挈行李。一樽與一硯，醉輒寫不已。揎袖瞪兩目，憑空出五指。左縈清風生，右拂白雲起。竹青與石翠，紛紛落烏几。草木在巖壑，被君攫入紙。觀者但愕眙，訝為鬼神使。我固識道妙，靜安由知止。藝成與德成，總弗尚奇詭。萬變主一心，肢臂焉足恃。

戊午

馬秋藥李石農伊墨卿訪余不值見案頭王生堂開文奇賞之喜賦邀三君同作

我宅松樹街，桃柳高於屋。春生籬落間，更有千竿竹。門閑燕自飛，石寒草猶縮。惟有紅白花，無言媚幽獨。主人偶外出，客來皆不速。愛我壁間詩，手捫更口讀。忽覩王生文，三客齊嘆服。謂此希世珍，子當韞諸櫝。我感三客言，心實增愧恧。譬如千里馬，不可相皮肉。自世無伯樂，真才困凡目。行當招王生，晨夕詩龕宿。同參文字禪，天風聽謖謖。

章石樓大令招同人小飲

君衙松樹南，我家松樹北。春風綠一街，詩成我先得。讀君西山詩，豁然開茅塞。俯仰苟無歉，木石皆有色。轉瞬荷滿湖，扁舟眾香國。春醪醉百壺，解衣尋古墨。宛平署貯雲麾碑東偏曰「古墨亭」。

洪稚存編修乞假回里賦贈

方今稱詩家，不下數十輩。摹古厭拘攣，求新傷破碎。衆長子能賅，是由氣充內。遊覽山水篇，闌入三謝隊。懷人念今昨，論古鑒興廢。尤能出奇意，隱然寓忠誨。我交君八年，喜君無世態。看花騎必聯，得句牀每對。有頌不忘規，寸衷私感佩。買帆忽南去，知君非引退。夕陽舊草堂，稻花新雨溉。石牀葵扇益，綠酒紅魚配。此樂不可極，慎勿終養晦。文章即事業，毋僅雄一代。

趙偉堂帥大令過訪不值適將餞余秋室學士洪稚存編修趙味辛舍人兼約張船山檢討何蘭士郎中為詩酒之會並邀大令先之以詩

憶我科舉時，即聆君姓名。及今三十載，望重官猶輕。長安號人海，比戶多公卿。君獨愛詩龕，停車叩柴荆。貽我舊著述，金石淵淵聲。李白水西句，曠代無人賡。君乃其流亞，敢與雄長爭。高建大將壘，吾欲韜旗鉦。行當就松下，斟酌桃花觥。梧竹黯然綠，夕陽陰復明。尚有數狂客，酣飲君無驚。千古事文章，四海皆弟兄。

趙子克某松陰散步圖

我雖宅松街，卻無一松樹。每見人畫松，輒想結茅住。君家蘆荻鄉，自饒水雲趣。何不招閑鷗，沙汀與朝暮。而乃就長松，盤桓託良晤。想當空谷中，十年守貞素。我亦怕熱人，清涼心所慕。往往劚茯苓，踏遍林中路。

四月九日曹定軒侍御邀陪翁覃溪先生及王蓮府宗誠編修泛舟二閘

連日苦風霾，不敢出庭戶。今晨湹郊陌，麥天含宿雨。下馬叩禪關，東嶺丹曦吐。虛堂鐘磬寂，清齋足筍脯。飯罷放船行，雲山隨意數。道重及諷諭，情洽忘賓主。詩思託江湖，酒氣散林隝。橋頭驢卸鞍，煙際鷗刷羽。高塚葬貴人，亭樾分百渚。漁莊繚左右，缺處蘆葭補。穹碑書功德，留與過客覩。烜赫難百年，慨然念今古。歡樂戒無荒，流連非所取。歸來憩南榮，梧陰淡方午。

五月八日吳少甫樹萱吏部邀同人公餞沈舫西盛孟巖兩侍御陳梅垞萬全侍讀曹雲浦師曾通參灤陽之行

荒佚古有戒，君子慎禮儀。然不求歡樂，又為達者嗤。我友無他技，四海稱能詩。朋舊誼最篤，於我尤偲偲。開筵羅眾賓，翩翩鸞鶴姿。賤子忝侍坐，自愧非瓊枝。松間設茶竈，花下排酒巵。清響碎冰玉，小調翻瀾漪。周駕堂前輩即席有作。簾雲綠森動，林日紅參差。坐中四行客，詰旦輕裝治。小別詎云苦，執手心焉悲。磬峰樹若薺，武列波如脂。烏臺兩侍御，晨夕丹鉛隨。看山悟畫理孟巖精畫，走馬撚吟髭。舫西美髯。侍讀工書法，酬應恐弗支。曹侯固健者，一臂能助資。收拾殘墨瀋，毋污灤陽池。留綴古紙尾，漫辨斜與欹。詩龕作珍秘，香篆縈孤絲。方擬六月間，荷花開滿陂。灑掃法華庵，供養李賓之。李公橋下水，照見人鬚眉。適際公誕辰，公神其來茲。自常攜諸友，冒露摘水芝。兼採菱與藕，開襟近輕颸。灤陽四君子，臨風文藻披。寫句寄詩龕，莫被魚雁羈。濂溪雅愛蓮，定饒鷗鳥思。駕堂蓮塘。西涯花又開，李公知不知。

東阿雨窗

君約我看山，秋雨阻行路。我約君看荷，扁舟滯寒霧。空邇人則遠，車笠輒不遇。我家李公橋，六月花如幕。李公昔釣游，借物抒懷愫。慈恩與法華，觴詠凡幾度。今際公誕辰，盥薦香一炷。薄涼不上衣，深碧化為露。幾見塵世客，蓮花世界住。君抱煙波情，倘肯逐鷗鷺。

懷伊墨卿比部灤陽

灤陽庚戌秋，不才侍講幃。僧院借兩椽，四面山光圍。秋陰不知午，綠暗苔花肥。掩關日哦詩，妙與塵事違。今子策駿馬，野風吹短衣。暫時辭白雲，永晝趨黃扉。寄亭可還在，樹是人全非。庚戌，余為達齋司寇署其灤陽寓曰「寄亭」。峭壁我題句，漫漶蛛絲霏。君肯為拂拭，倘趁戀月微。冒露攀寒藤，沿石穿紅薇。若聞山鬼嘯，定有蝙蝠飛。把火照嵐翠，莫伴樵子歸。錘峰與帽嶺，尚煩蝌蚪揮。

存素堂詩初集錄存卷七

戊午

柬夢禪居士

君畫得自天，非以意揣為。化機所感召，下筆煙波隨。或者謂倪迂，又指為黃癡。豈識君胸中，泊然風生漪。松濤響大壑，石氣淪山肌。相對久忘言，智巧何由施。淡墨寫詩龕，竹樹青差差。不從禪境入，亦不求諸詩。此謂大解脫，妙手能空之。畫理我未喻，君固莫我欺。文後性情先，萬事當如斯。

送李石農觀察浙東

君昔栖吟廬，識君為英豪。橐筆神武門，風雪仍青袍。時復宿詩龕，語苦心忉忉。我勸君勿憂，君筆銛如刀。偶然聽秋雨，對我歌離騷。忽忽二十年，我已枯禪逃。君官白雲司，宰相稱賢勞。銜命趨甌越，行見麾旌旄。不忘貧賤交，追敘曩嬉敖。知音豈其然，爨下琴材遭。君留別詩有「生平第一君知己，我本當年爨下材」。自注云：「余落拓春明，首加拂拭者，詩龕主人也。」過橋楊柳短，倚戶梧桐高。他年如過訪，記聽松街濤。

馮湘巖兆峋郭謙齋邀諸同年陶然亭讌集余侵晨往二君皆未至

炎暑不可犯，晨光動清慕。入門問主人，蕭然見鷗鷺。煙火氣全無，風露味頗有。山頭日影斜，獨客坐已久。

自嘲

苔生前夜雨，花落一溪風。飲酒不求醉，看雲時欲空。年衰羞見馬，天遠喜聞鴻。鏡裡還相照，驚余已是翁。

和西涯雜詠十二首用原韻

海子

積水雖有派，潭與湖實連。欲和滄浪歌，不見滄浪船。

西山

世人愛青山，往往嘆白首。我每趂朝爽，石上坐獨久。

響閘

春流靜無聲，煙綠一溪滿。偶逐白鷗行，雲掩石橋短。

慈恩寺

誰是百歲客，來看千年藤。佛在我心中，何必仍尋僧。

飲馬池

立馬背夕照，心事誰相憐。恐驚鷺鷥飛，去去休投錢。

楊柳灣

路折松樹街，蜿蜒細如線。楊柳綠到門，芙蓉紅上岸。

鐘鼓樓

自非警晨暮，夜半行者稀。秋蒹蔽潭口，打魚人未歸。

桔槔亭

桔槔已久懸，雲水空亭邊。惟有賣藕客，猶種花中田。

稻田

春雲溪上融，一雨便霑足。江南船未來，已報紅粳熟。

蓮池

清風振林翠，遂覺秋來早。蓮花世界居，超然淨熱惱。

菜園

灌園無乃拙，但數春雨聲。我亦淡泊人，菜根喫一生。

廣福觀

馬影出花外，人聲喧樹底。清磬響經壇，聽者隔秋水。

續西涯雜詠十二首

積水潭

何年積此水，浸潤春明城。西山一夜雨，萬柄荷花生。

匯通祠

甃石蓄春流，築堤洩秋潦。欲訪法華庵，晚蟬煙柳噪。

十刹海

梵宇儼號舍，而名十刹海。壇上石竹花，春風吹尚在。

淨業湖

但許人看花，不許人打魚。疇是淨業人，來此湖上居。

李公橋

既褫李廣名，藜光更無著。誰舉李公橋，補入景物略。

松樹街

僻巷澀蘚花，萬葉松濤啞。猶有古月痕，留我秋綠下。

慈因禪院

慈恩不可見，茲院題慈因。僧廚蒲筍香，飯後來儒紳。

鰕菜亭

水光綠半城，花影紅一埭。徜徉此亭中，何必買鰕菜。

慧果寺

佛閣聳溪頭，夜深燈火斷。時聞梵唄聲，清切語天半。

豐泰庵

門受蘆葦風，簷滴檜柏露。蕭然白髮僧，半生狎鷗鷺。

清水橋

畧彴亘斜林，藕花煙外吐。只許說詩人，月下款我戶。

詩龕

心悅李公詩，居近李公第。但愿公同龕，不愿公同世。

題謝薌泉金焦小草

山是金焦好，梅花別有村。貧來詩不損，官去道仍尊。秋綠連雲起，江煙入酒昏。年年訪支遁，那是謝公墩。

題治亭侍郎鏡中小影

既妨大光明，何容一塵滓。潭潭古明月，泠泠此秋水。
孤山老梅樹，幻作先生身。先生若不知，而曰存吾真。
虛堂寫清妙，老石現幽怪。我有米顛癖，一見輒下拜。
夜窗花氣浮，澄江雁影落。試問雁與花，可曾形跡著。
聽水證道心，看雲息塵鞅。不見磊落人，詎作遺世想。
操鑒十五年，士林抑灼見。願君持此心，百年恒不變。

既題前詩復讀覃溪先生作輒衍其意

老鐵梅花夢已奇，梅庵宗伯復徵詩。眼前誰是梅花主，雨雪空山又一時。

六月九日招同人集西涯舊址

藹藹湘南雲，依依城北樹。几筵雖弗備，肴核畧已具。邀客祀茶陵，茶陵渺難晤。聊以藉清酤，望古申遐慕。沙徑一雨過，苔淺不礙步。哀蟬忽停響，山緑散為霧。出水紅芙蓉，迎人立煙渚。咫尺塵市間，導人惟鷗鷺。

我家松樹街，街東李公橋。沙石響清瀨，煙緑繁林條。傳聞李閣老，僧此衡門僑。慈恩與海印，遊覽方垂髫。厥後既貴顯，不忘陂水遙。時復借僧榻，朋舊相招邀。秋風振寒竹，白髮同蕭蕭。心事不可說，悲壯成歌謠。非果戀簪紱，無志儕漁樵。至今春溪流，猶作江聲搖。

風流兩縣尹石樓、虛堂，趨蹌拜詩老覃溪先生。古佛耦無猜夢禪、兩峰，禪心託畫藁。誰鼓冰玉琴，松風吹浩浩慶亭。解衣磅礴者，據石作狂草冶亭。餘輩名海宇，筆各雲煙掃。旨趣雖不同，要皆適於道。情文取真率，來去奚遲早。物貴任天動，春榮而冬槁。所以池上花，開謝年年好。

世間曠逸流，動謂江湖樂。豈識樂由心，形骸安能縛。苟鮮富貴念，何必侶猿鶴。謝彼塵垢擾，吾志自淡泊。客來永言笑，酒至暫斟酌。海子閱歲時，水流聲如昨。文沈昔繪圖，二老不可作。石田繪《移竹圖》、衡山繪《西涯圖》。安知百年後，此會弗古若。

為阿雨窗題羅兩峰黄約領騂合作城東訪友圖和雨窗韻

何必遠城市，草堂秋一邨。苔荒仍礙屐，竹短不遮門。老鶴避人立，新蟬冒雨喧。主賓各清妙，相對竟忘言。

旃檀林咫尺，把臂是何人。竹雨聽前夜，梅花悟後身。江東詩有格謂兩峰，子久筆無塵謂約領。夢覺畫禪室，焚香證宿因。

趙偉堂大令之官安肅出種菘圖乞詩

我讀謝公詩，輒思謝公里。君從宣城來，貽我十丈紙。乞寫詩龕句，蹇拙君獨喜。梧桐已深綠，芰荷風又起。高人跨蹇驢，來往隔秋水。須記短橋流，斜插白雲裏。

君今官縣尹，當亟求安民。姦宄亦易除，要使歸忠淳。玉琴偶一彈，不若豳風陳。安邑鄉俗古，種菜能療貧。蓬勃萬松葉，遠勝秋風蒓。助長君不為，灌溉方循循。治菘小事耳，我望君治人。

周載軒厚轅編修新搆艤藤書屋落成

先生濟世材，而繫煙波思。對松愛雲濤，看竹懷風漪。瓦屋僅兩間，繚以青藤枝。開窗片帆落，掩戶孤篷欹。夕陽散春影，打槳林塘遲。先生每下直，倚樹撚吟髭。飲盡一斗酒，詠罷千篇詩。仰天忽狂笑，海上需何時。廛市苦湫隘，動言無臺池。所費二百緡，已足勝茅茨。荒木得嘉蔭，小草生新姿。昔年荆棘場，此日花盈墀。推茲經營方，大好舟楫治。慎勿託漁翁，爛醉秋江湄。

寄曾賓谷運使有序

六月九日邀同人集西涯舊址，為李文正作生日，因憶賓谷亦於是月二十一日為歐陽公作生日，蓋賓谷生僅後公兩日，且與公同鄉里。余第以居近西涯，搜討軼事，強附後塵，不亦傎乎！賦詩誌愧，兼寄賓谷。

詩龕即西涯，屢考茲始定。慈恩寺不見，積水潭可證。當年荷花開，文正饒逸興。適為公生日，公與荷花稱。於今三百年，樹遠山光凝。六月初九日，客來訪名勝。翁覃溪先生以下凡四十餘人，皆卿士中知名者。因憶廬陵翁，膏馥廣陵賸。江風吹夏涼，山月照人瑩。高筵客沉醉，野水花初靚。歐李兩生日，宛然前後乘。我喜搜舊吟，偶一識途徑。先生不我棄，題詩遠相贈。殘書及敗紙，亦弗覆瓶甑。余刻《同館詩賦》，君甚寶重。非敢擅作述，聊以心慮罄。悵然題襟館，晚煙生日暝。

章石樓晚過詩龕示西涯詩依韻

誰言宦海浩無涯，詩興年來似轉加。百感拼消今日酒，一生能看幾回花。雲低罯彴孤燈暗，風定疏簾淡墨斜。正是亂蟬喧樹底，不知清磬響誰家。

爐香字影悟前因，詩裏身原畫裏身。看竹定須青眼客，愛花偏是白頭人。故交零落關心甚，舊學商量寄慨頻。欲訪畏吾村遠近，僧廬殘碣已灰塵。

周載軒得余詩推許過當感愧賦此

作詩良獨難，讀詩亦不易。先生創此語，是有過人智。梅花何與詩，悠然見天地。萬卷熟胸中，清心發妙義。西江宗派圖，吾嘗取其意。性情無古今，體裁有真僞。當由涪翁語，上溯柴桑子。

曹儷生振鏞少詹事過訪貽詩賦報即送其典試楚北

我懷湘南人，君今湘北去。過訪小西涯，新涼際天曙。荷花盡出水，不辨鷗飛處。先生貪說詩，衣衫濕林露。

嵩山句飈舉，武林句霞蔚。少詹視學河南，主試浙江，皆有詩。茲作雲夢游，筆挾雲夢氣。境界由心生，詩以變為貴。然此皆餘事，溺之則無謂。使君持明鑒，辨别涇與渭。維楚固多材，要不同凡卉。所當加拂拭，莫惜精力費。

自題移竹圖有序

白石翁為西涯作《移竹圖》，併西涯自書移竹種竹諸卷，今藏覃溪先生蘇齋。余既摹西涯圖，繆彝堂舍人為寫照，吾婿吾兒僮僕附焉。夢禪居士見之，以為肖，雜寫竹石其間。題曰《移竹圖》者，亦白石翁意也。詩以誌始末爾，上媿西涯，則吾豈敢。

西涯移竹圖，畫者沈石田。西涯自題詩，筆墨龍蛇騫。真跡藏蘇齋，幸未成雲煙。想昔過僧廚，蒲筍非參禪。湘江不能去，忍見新篁娟。當時憂國心，暫滌秋竿前。

慈恩寺已頹，誰問慈恩竹。惟有老柳條，春流染如沐。差喜玉泉水，左右抱我屋。詩龕百不堪，蕭寂宜花木。此君尤我稱，一雨千竿矗。始引清風來，漸納秋氣蓄。雖居廛市間，幽僻似巖谷。

短竹掩我門，長竹映我戶。有時明月來，不必梅花補。萬綠成一天，時時響秋雨。與其簷下寄，何如墻外吐。循階與竹約，黽勉學老圃。物苟遂其生，弗惜餘力努。

吾婿屬貴冑，其性頗謹愿。坦腹修竹間，時時奇字獻。吾兒方六齡，貪書更強飯。不要汝才多，但要汝身健。東堂日未斜，西嶺雲初噴。抱甕雖未嫻，習勞由此勸。慧智存疢疾，功名出傭販。

有僕許與張，侍我年最久。許也困於病，張也困於酒。餘奴安足道，衹堪效奔走。顧老雖吳人，性不辨然否。但取能荷鋤，要不厭老醜。相期西涯西，種竹一千畝。

夢禪老居士，揎袖寫蒼石。下筆成篠簩，而無下筆跡。新涼天外來，澹我秋堂夕。竹煙與墨氣，入夜各深碧。致令問字人，認作楊雄宅。

繆九蘊至性，又復工文章。寫生偶為之，神妙爭毫芒。移竹尋常事，示我經營方。貴賤無或越，心力如相將。作息胥恬熙，家室占寧康。不同晉七賢，藉竹舒清狂。

東坡與山谷，於竹皆有託。我非蘇黃比，而樂我之樂。竹處眾卉中，清姿殊淡泊。北風徹夜號，萬樹傷零落。惟我青瑯玕，猗猗尚如昨。天寒心更堅，地窄情逾綽。寒翠蔭詩龕，百年與爾約。

送羅兩峰歸揚州

水雲君性情，乃久居京城。下筆靡不有，難救寒與饑。一庵苦僵臥，秋夢縈花之。兩峰別號「花之寺僧」。買舟且歸去，豈止鱸魚思。譬如縛梅樹，宛轉登堂墀。幽艷條華貴，觀者生嗟咨。孤根返故山，煙雨空濛宜。蒼石共偃蹇，明月共委蛇。未屑侶桃李，顏色春風時。

昔訪竹井翁，雨窗覽君畫。時復詣蘇齋，知君詩有派。壽門嗟已死，誰償亦諳債。亦諳詩僧，壽門一生皆其供養也。君挈濃墨汁，灑遍今世界。樽酒偶傳述，江湖已佳話。三至春明城，惟寫梅花賣。公卿愿締交，君獨揖不拜。與我交雖遲，十年忘蒂芥。憶睡秋梧間，日高白髮曬。

我喜江南山，復喜江南樹。天公獨我慳，廿年託遐慕。猶幸藉君畫，虛堂作良晤。梅花障子間，瞥見山村路。因念昔交遊，今多江南住。清風隔天末，停雲感日暮。楓丹與菊黃，登高豈無賦。詩龕非禪棲，獨學增睠顧。又逢秋雁飛，載和城南句。兩峰前度南歸，覃溪先生送行，有「樽酒城南秋雁飛」句，世多傳之，至有畫為圖者。

蔣香杜棠于野莘同訪詩龕出錢辛楣大昕詹事所署梅石心知圖并題句見貽

翩翩兩奇士，攜手款我門。懷袖各有字，黯淡烏絲痕。讀罷但微笑，欲辨忽忘言。貽我心知圖，蒼石梅花根。賤子樗櫟材，位置春風園。名章題絡繹，風雅探本原。詩龕結孤夢，香雪江南村。竹汀老居士，慰我平生魂。二客坐無語，階下蟲聲喧。高梧綠仍縟，新棗紅初繁。為許校奇字，灑掃篁中軒。

蔣蔣山徵蔚寄雨窗讀史諸詩

人無好古心，萬事何由準。濟險負平日，出門乃絕靭。蕭蕭風雨來，秋夢寒初引。三杯綠已暗，一燈紅未泯。心空氣乃平，理至情忽忍。今懷昧昔旨，論斷必不允。設身以處之，始能曲折盡。溫柔敦厚遺，高唱殊蛩蚓。墻陰半覆蕉，階下全抽筍。三日不下樓，黃葉聲已緊。

送王春堂屯牧德安

得劉公一紙，賢於十部榮。劉公官都督，厥時方用兵。暇逸竟如此，毋乃昧重輕。君雖戎馬諳，軄守仍書生。睥睨壯懷騁，嘯傲秋林清。匪甘託閑放，姑且陶性情。吾讀勝國詩，郭戚皆有聲。郭登、戚繼光。折衝樽俎間，時復新詞營。君出屯楚北，努力護群氓。威德宣且歌，好句吾重賡。

題宋梅生儀部梅花背面小影

我本北方產，不識梅花樹。但聽說梅花，中懷輒傾慕。因拈涪翁語，空山託禪悟。廿年冰雪心，稜稜呈絹素。秋藥庵題詩，人間傳好句。萬生氣嶔嵜，畫梅得梅趣。知君蘊蓄深，面目弗刻露。但寫精神出，與梅相比附。烏帽抗黃塵，奔走長安路。春風雖得意，看花如隔霧。豈知偃蹇久，翻致根本固。祇自勵歲寒，勿直傷遲暮。

胡蕙麓遜郭虛堂兩大令飯彌勒院出西直門游極樂大慧諸寺訪畏吾村李文正墓歸詣詩龕備敘端末詩以紀事

人澹官轉閑，才高心自遠。聯轡叩禪關，蒲筍松下飯。落葉空廊深，秋林斜照晚。言訪畏吾村，白雲遮翠巘。殘碑積瓦礫，老衲語悽婉。古墓廢百年，荒草無人墾。子孫散江湖，牛羊牧壠阪。孤僧力孱弱，僅荷土一畚。年年二三月，雨細桃花堰。剪紙酹酒漿，聊以告疲蹇。二君聞愀然，望古增繾綣。歸途詣詩龕，向我述欵悃。我家西涯傍，看荷每忘返。欲考軼亡事，老輩誰數典。當乞蘇齋叟，磨石書拓本。二大令欲委大慧寺僧修復文正墓，刊碑寺前。

九月二十日由畏吾村至大慧寺拜西涯先生墓

畏吾村迤東，巍峨大慧寺。土人稱大佛寺。寺右三墓塲，一具銘與識。一為太監張墓，一為劉氏墓。土峰屹南向，巀嶪起平地。巋然斯墓在，曾否白狐睡。相傳文正父淳有善行，卜葬時，有老人告以白狐睡處吉，當即斯壤也。微茫荊榛中，尚隱冢三四。以《懷麓堂文》考之，當有五六冢，今存者，為西涯祖考墓，西涯墓址已畊作麥田矣。石爛松楸枯，何處尋碑記。吾讀懷麓文，遷祔敘詳備。饗堂雖莫存，規模見宏邃。吁嗟李文正，高才躋大位。身後子姓微，草澤久淪棄。虀鹽弗克繼，《瓦釜漫紀》載：「其家族姓漸微，至有以墓碑搗碎和鹽賣者」。堂構焉能治。功業人不稱，矜重在文字。賢者責獨厚，此亦春秋義。我因居西涯，年年賞荷芰。慈恩及海印，一一皆考誌。詎惜踏黃葉，穿林剔蘚翠。笑煞白髮翁，邀余坐茶肆。自言八十年，無人問此事。翁石姓，自言八十六歲矣，三世居畏吾村。

和胡蕙麓大令訪西涯先生墓詩

西涯宅廢水空存，又叩禪扉訪墓門。病衲斜陽翦榛莽，老羝秋雨齧松根。僅留詩句傳湖海，無復齏鹽計子孫。三百年來誰過問，暮鴉黃葉畏吾村。

慶亭别業看菊同翁覃溪先生

初冬百卉腓，侵曉霜濛濛。霜嚴我弗畏，驅馬旃檀宫。薄雲林頂緑，初日檐端紅。瓦盆列叢菊，隨意墻西東。如逢幽隱客，散髮空山中。名姓不煩問，塵跡一掃空。詩老善言詩，花與詩理通。有琴而無絃，面壁思陶公。齋中蓄古琴十六，而皆無絃，壁上懸陶公像。

世人矜種菊，方秋開滿籬。所嫌過矯揉，接以青蒿枝。縛束既太苦，紅紫炫詎宜。養菊有至道，智巧無從施。譬裁鴻文者，不假穿鑿之。但使真意在，顔色非所期。晚節倘能保，豈其傷暮遲。

上翁覃溪先生用山谷上東坡詩韻

無術悦賓客，低首名利場。伏潛事師友，妙理澄心光。從來詩書腴，遠勝膏粱香。所恨性樗散，萬卷陳東廊。年年偕秋士，目睇槐花黄。升沉苦不齊，滋味嗟同嘗。鴻鵠有遠志，詎委沙洲傍。道路本弗阻，毛羽胡輕傷？

琴師理徽軫，得趣措及聲。國醫療疢疾，著效蔆與苓。我身非金石，焉保延修齡。日西而月東，惕然念浮生。達人閲身世，萬樹顧根蒂。往者去益遠，定弗自為計。吾道有真僞，不敢混疑似。

謝蘇潭啟昆方伯由浙中為覃溪先生作西涯圖附以詩先生和之余亦繼作

西涯佳話共西湖，千里論心藉畫圖。種竹詩成諸客繼，尋鷗人去一亭孤。江山夜雨愁仍在，春雪盆梅跡併無。祇剩石田殘墨影，十分涼意託菰蘆。

隙光亭子今無主，朱老查翁又不存。一片鴛鴦湖上夢，百年楊柳樹邊門。西江宗派何人接，北海文章一代尊。那得詩龕例詩境，聊憑勺水溯崐崘。

寄陳桂堂廷慶太守

出門雪氣厲，閉戶吟魂孤。風吹米舫秋，綠瀉梧門梧。沅湘聽春雨，佳句傳江湖。奉母歸古華，不是思蓴鱸。打槳明月渚，宿釀茆亭沽。醉倒梅花下，此夢蘧蘧乎。水邊孝廉船，謂王惕甫。隔浦煩招呼。

大雪晨起戲柬仲梧鳳林孝廉

老屋荒涼未足奇，冷官原不耐朝饑。近來參透齋心法，蒙谷山中食蛤蜊。

存素堂詩初集録存卷八

己未

送金手山南旋

跨驢訪我雪龕西，松樹蓮花取次題。九十日春半風雨，盧溝橋外柳萋萋。
此去江南春草多，桃花紅奈酒旗何。旃檀寺外朦朧月，照見愁人打槳過。

春雪初霽謝蘇潭方伯過訪歸寄新詩次韻

蘇潭健筆接蘇齋，格調雖殊旨趣諧。何待琴樽攜栗里，早尋鷗鷺過松街。湖邊山影緑初瀉，雪外桃花紅半埋。難得使君愛幽僻，東坡訪後又西涯。
自古詩推詠史難，茶陵樂府播騷壇。如公能更開生面，此調何嘗肯不彈。秦漢文章延墜緒，東南財賦挽狂瀾。他年賜第西涯上，鰕菜香清忍獨餐。

題夢月圖

夢鹿理或然，夢蝶機誰發。忽然悟此身，前生是明月。參透真與幻，何物非我有。坐老梅花根，上有翠禽守。動盪雲之情，光明月之體。與其逐雲竹，不如偕月啟。才人多好色，學士易逃禪。我無才與學，焉敢忘蹄筌。

訪極樂寺僧不值

有心塵慮删，策馬叩禪關。僧卻買花去，日斜猶未還。任風吹果落，留客伴鷗閑。直待響魚鼓，余乃看碧山。

不是釣魚莊，溪橋宛水鄉。花隨人意淡，我較佛心涼。地浸樓臺影，庭薰草木香。眼明殘照裡，藉爾海雲光。

錢梅溪泳畫蘭見貽作詩以報

人愛籜石詩，我愛籜石畫。匪謂畫勝詩，世鮮擅此派。今乃見替人，湘煙秋不壞。全從隸法出，弗留一筆敗。自與塵坱遠，綠淨滴石砦。十年空谷中，無言足清快。春風雖噓及，詎肯長安賣。沅江望天末，澹影夕陽曬。惟遇同心人，停琴寫幽怪。

贈曾賓谷運使

連日送行客，苦吟無好詩。君今亦言別，令我重相思。松樹綠邊巷，藕花紅外陂。一龕兩人坐，同話住山時。

揚州騎鶴地，誰識使君勞。詩較平時瘦，官從此日高。憐才晨握髮，校字夜焚膏。莫漫西溪隱，絲綸望爾操。

訪孫少迂銓孝廉茶話許作詩龕圖賦詩先之

我弗能作畫，而嘗究畫理。必先有性情，然後出腕指。意得眾乃忘，莫之使而使。人多嗤我迂，我亦秘厥旨。孫侯持道心，名世廿年矣。潦倒春明城，春風吹不起。賣文作活計，一貧乃至此。雨晴款君戶，苔暗綠浮几。夕陽剛下簾，激射東堂紫。心空入山宜，語妙談禪柢。許為寫詩龕，曰龕弗龕似。畫竹畫精神，畫石畫骨髓。筆涉竹石外，趣取竹石裡。我龕在何處，與詩相終始。君畫詩龕圖，不必求諸紙。

賓谷運使既和西涯圖詩并示邗上題襟諸集跋後

廬陵與茶陵，文采後先映。蜀岡暨西涯，過客咸起敬。每際荷花開，藉為兩公慶。顧余少學問，遑復侈觴詠。偷閑弄文墨，出語戒優孟。慈恩寺久墟，懷麓堂易姓。舊時老柳條，搖向風中勁。詩龕昨夜雨，湖上綠初淨。快茲巾舄清，聊適魚鳥性。高望題襟館，東南一時盛。賓生各賢豪，詩品到仙聖。日暮感天末，一菴僧臥病。匪敢希東坡，二泉詩取證。

竹醉日訪船山太史不值遇雨話朱野雲鶴年齋中

余性不能飲，而好交酒人。酒人亦難得，結契惟蒼筠。今日竹醉日，出門詣所親。太史酒樓去，門外空車塵。驟雨驅午熱，清風來比隣。揖我坐蓬廬，意款詞尤真。中腴外弗澤，道富躬甘貧。搖動一枝筆，天地為之春。維摩畫中禪，證以彌勒因。何以藉詩龕，寫出羼提身。碧梧要孤直，怪石須嶙峋。三間藏書樓，半面捕魚津。水涼夜深至，天綠林風振。參差萬竹中，一客垂煙綸。倚石對此君，勝飲醇酒醇。隔墻忽大笑，秋影留吾皴。謂船山。

秋藥許為作詩龕圖久未聞命敦索之以無從着筆為詞賦柬

人謂畫與詩，可以學而到。豈知無性情，雖學亦不妙。西湖秋菊庵，天為詩人造。詩有未盡處，畫以宣其奥。忽自得之已，弗藉鬼神告。虚堂萬綠歇，清機道心召。流水日東下，圓月耿孤照。主人據案起，把筆向空笑。焚香參畫禪，閉門鑿詩竅。我家西涯西，待君寫幽陗。竹青與梧碧，無論肖不肖。位置我何地，憑君一心調。所愿侣琴書，不然或耕釣。

小西涯晚步

斜日下樓閣，亂山城外紅。一雙碧蝴蝶，飛入藕花中。
柳絲千萬條，薄愁綰不住。一任東風吹，綠我門前樹。
廛埋懷麓堂，雲掩慈恩寺。借問馬上人，誰識前朝事。
我非佞佛者，姑以龕名詩。詩在我心中，問佛佛不知。
人所不到處，便有青草生。秋風吹已枯，春風吹又榮。
但聞搖艣聲，不見搖艣處。港口打魚船，已被風吹去。
筍剛半尺長，苔已一寸厚。松根踞醜石，久坐忘石醜。

寄題方薰奚岡畫陳灝水希濂舊廬圖

吾聞石蓮山，最擅越中秀。衢江流邐迤，灝水碧新縐。當年張志和，曾此煙波留。茲誰傍蘭茝，茅茨面溪搆。居久泊西湖，不忘家山舊。紫霞蒼雪間，猶聞鳴玉漱。方奚二處士，下筆寫雪竇。迴峰出遠勢，幽淙蓄急溜。草荒花自閑，田腴石愈瘦。長松與密竹，明月照不透。學使阮芸臺侍郎昨邀我，垂簾坐清晝。品騭浙中畫，方奚實領袖。我亟脩竿牘，雁飛思弗就。方擬詩龕南，又挺青兩岫。余近作札寄謝蘊山、秦小峴，乞方奚二處士畫。孰知造物心，嫉人巧為購。然詎儆余貪，而竟促人壽。趙味辛告余云：「方處士於今年二月謝世」。或者道路心，傳說涉悠繆。斯人倘在世，煩君寄聲候。海上抱琴客，甘心知者奏。雪壓冬花庵，寒梅幾枝茂。肯倣神樓圖，郵遞春明堠。

詩龕十二像

陶彭澤

彈琴不彈琴，飲酒非飲酒。籬下幾叢菊，門外五株柳。詩在天地間，適然為我有。

李供奉

蓮花是化身，偶然師謝朓。落拓宮錦袍，激昂青雲表。舉杯笑明月，一酌天門曉。

杜拾遺

天與愁苦辭，一吐忠愛氣。風雅道不衰，草堂萬古貴。當時嚴山丞，可能同臭味。

韓昌黎

八代頹狂瀾，中流一砥柱。見到聖人聖，掃去腐儒腐。豈獨碑版文，卓哉照千古。

白香山

遠之雞林求，近之老嫗喜。一部長慶集，人情與物理。襲貌遺其神，傖父面目矣。

王右丞

有聲與無聲，二者相取資。箇中微妙處，不在畫與詩。天風激海月，此意何人知。

孟山人

不上比闕書，而歸鹿門嘯。詩成配輞川，輞川為寫照。至今孟亭上，清風留咳笑。

韋蘇州

松風戛寒玉，棱棱冰雪概。逸情而高致，謝絕粉與黛。愿留燕寢香，一瓣沁肝肺。

柳柳州

詩文敵韋韓，奇才老邱壑。身後薦荔椒，生前侶猿鶴。蠻煙瘴雨中，幽險一手鑿。

蘇東坡

抗直世莫容，忠愛天所許。槃槃宰相才，超超仙佛語。參透華嚴經，坦然出與處。

黃山谷

公嘗自題像，謂是有髮僧。將以不二法，而參無上乘。世卻傳公貌，宛然王右丞。

李西涯

與君比隣居，結此曠代慕。朝廷顧命臣，深心維國步。孝宗靈有知，不責公阿附。

馬秋藥有詠萬壽寺松詩朱野雲愛其句繪松鐫石乞余題後

萬壽寺裏松，拔地三十丈。偶來坐其下，陰森不敢仰。韋偃嗟已死，誰能為寫像。惟我朱山人，性如松倔強。下筆出奇氣，天地為之廣。偶吟秋菊詩，遂作冬嶺想。寒煙覆僧牖，孤懷託草莽。位置虛堂中，涼月忽清朗。千年苔蘚侵，一朝煙墨養。夜深枝幹活，定有鶴來往。我欲彈玉琴，泠泠秋綠響。

詩龕論畫詩有序

十年以來，為僕圖詩龕者，不下百家。晝日以多，思日以闢。凡夫山水之奇，卉木之秀，溪橋堂榭之清幽，風雨晦明之變幻，皆為我有。借煙雲為供養，所獲蓋已多矣。長夏畏暑，每一展閱，沉痾霍然。因選工裝之，或三五家，或十數家，彙為一卷。前後次序無所容心，唯視紙之高下長短以為位置。裝成，凡得四十家，人各係詩三韻。繼自今存亡聚散所不能免，以人寄詩，以詩存人，情有餘於畫之外者，詩龕云乎哉。

朱山人鶴年

下筆有秋氣，對坐來春風。獨至取富貴，先生術不工。蕭然身世忘，露白葭蒼中。

顧處士鶴慶

墨雖著紙中，筆欲出天外。氣力若弗使，精神與之會。王文治書暨鮑之鐘詩，竟難君籠蓋。夢樓、雅堂皆君同邑，讚君不絕口。

笪孝廉立樞

君家科第盛，餘事丹青擅。魯公一枝筆，石田十尺絹。風雨坐西堂，竹梧秋欲絢。

朱山人木

觀其大落墨，人不覺其苦。豈知含毫時，鞭心獨及古。江上看梅花，隔年一枝補。

吳翰林鼒

作文嘗千言，作畫僅數筆。知君刊浮華，一歸於簡質。欲添數竿竹，又恐秋氣出。

宋孝廉葆淳

善辨周秦文，苦搜金石器。遂藉古陗筆，傳出幽邈意。即以畫師論，精能亦已至。

夢禪居士瑛寶

是禪不是禪，明月入秋夢。偶爾性情寄，蕭然筆墨弄。匪肯臥空山，作意異凡眾。

羅山人聘

壽門老弟子，頗能作小詩。畫偶託古人，往往神似之。生平所得力，全在梅花枝。

江侍御德量

玉堂舊仙客，一生究畫理。此中有悟境，不為古人使。何以圖詩龕，卻倣虞宛沚。

玉撫軍德

聽雨寄亭中，蘸墨寫秋綠。篋衍藏十年，山雲時欲觸。天台雁宕間，何日勝游續。

馬侍御履泰

詩理即畫理，輞川昔不言。君能冥悟之，坐老秋藥根。忽然向余說，月過江無痕。

孫孝廉銓

寢饋倪與黄，用長舍其短。騎馬春明城，飲酒蓬萊館。雖然侶神仙，宦情從此懶。

姚山人景濂

父子並作客，畫卻門戶别。豈其下筆工，便致謀生拙。淨業湖蓮花，可比君孤潔。君父子俱客富春公邸，嘗于賞荷之日，為余寫淨業湖景色。

萬大令承紀

前身我是僧，踏遍江干路。君以禪喻詩，寫出涪翁句。扃門闃無人，萬本梅花樹。君為余寫山谷，今作「梅花樹下僧」詩句意。

張檢討問陶

君於詩獨工，作畫本勉强。不過借酒力，一釋胸中痒。然我微窺之，時有出塵想。

顧主事王霖

前歲寫梧門，秋氣隨筆落。今復補篁石，一梅守一鶴。恐被海東人，認作清秘閣。

張通判道渥

戴笠跨蹇驢，訪我松樹下。使酒墨氣出，誰是知君者。夜深雪打門，一龕擁爐寫。

王山人霖

十載瀟湘游，山水識奇妙。兩寫西涯圖，特倣文待詔。粗枝與大葉，人所不能肖。

吴孝廉烜

昆季皆工詩，君畫稱作手。踏蘚叩梧門，坐忘樹石醜。放筆溪亭中，斜陽下高柳。

關學士槐

君從庾嶺來，梅花胸中熟。偶添峰數角，便作詩人屋。門外雪三尺，几上書幾束。關學士自粵使回，寫梅花雪景見贈，書廣人賦於其幀。

萬明經上遴

手挈一壺墨，心忘十丈紙。潑向空庭中，須臾雲氣起。狂走出門去，大笑不能止。

曹指揮銳

能以自家筆，而寫他人心。一天風雨時，半榻竹柏音。昌其詩與書，有女名墨琴。

周山人淦

鐵簫吹一聲，林綠滃然滴。用筆一塗抹，槎枒森雪壁。長安酒肆中，秋聲何處覓。

倪山人璨

疏篁水外煙，蒼石秋來影。玲瓏舊山館，草荒風日冷。浮家五湖去，可勝招提境。

王山人州元

石谷《梧石圖》，頤園持贈我。辛楣老居士，千里心知頗。石谷孫畫石，置我梅花左。石谷《梧石圖》，初頤園所貽，錢辛楣前輩復倩山人作畫，署《梅石心知圖》見贈。山人，石谷孫也。

蔡主事本俊

近日黄癭瓢，自詡工闖派。君恐落窠臼，焉肯一筆懈。端士之所為，從不涉險怪。

張山人賜寧

粗紙更硬筆，慣寫森秀態。秋煙澹庭宇，露氣動花菜。一經君點染，木石皆可愛。

潘縣尉大琨

下筆有生氣，何事取衰颯。俗塵掃果盡，詩且仙心雜。負笈衝寒雲，不嫌黄葉踏。

吴處士文徵

篋裏泰山雲，胸中東海水。莽蒼赴腕下，不知誰所使。斯人竟窮餓，誰當援之起。處士在山左幕最久。

盛中翰惇大

今年畫一樹，明年畫一石。致令冠蓋徒，裹足雲林宅。獨我詩龕中，往往得手跡。

繆處士頌

人癡畫亦癡，其癡不可及。昨冬我出門，抱畫雪中立。酌酒邀君飲，君竟不肯入。

高山人玉階

筆散澤蘭馥，人肖新篁影。徘徊秋樹底，忽焉奇思騁。世外青山間，壺中紅日永。

黄上舍恩長

手製蒼頡銘，就我秋燈繕。浪浪疏雨聲，滴響梧桐院。因之摹寒碧，鐫以紅泥硯。

余學士集

特薦為翰林，文字是職業。何以四品俸，不能救窮乏。晨夕調丹鉛，而我用我法。

黄刺史易

君筆得自己，適然與古契。縱觀山水奇，詳考鼎彝制。海上寫詩龕，真人想天際。

蔣學正和

借酒罵世人，世人看不破。賣字作活計，半生困寒餓。知其詩畫趣，落落我一個。

王孝廉學浩

君以淹博稱，畫有積卷氣。即其急就章，人亦競寶貴。月上盧溝橋，照見君歸未。

陳進士詩庭

詹事致我書，謂君性恬靜。坐石聽幽泉，山夜秋懷永。愛畫入骨髓，宦情久矣冷。君鐫小印曰「愛畫入骨髓」。

王處士靖

蹊徑熟胸中，青黄一筆掃。寺鐘打五更，剪燈續殘藁。獨得春夏氣，不肯留枯槁。

邵秀才聖藝

竹橋自江南，寄我一峰秀。似出衡山派，林疏而石瘦。大抵詩人筆，清光紙背透。

宛平令胡蕙麓以隔院荷香冊子屬題

水東花接水西堂，還是花香是水香。石墨氣涵秋影重，署中有「古墨齋」。玉琴聲帶渚雲涼。好官況味清如此，君子交情澹不妨。我屋與湖一街隔，被人畫作白鷗莊。近為余作《詩龕圖》者，多寫荷花。

鮑覺生桂星太史貽詩龕歌奉贈

秋雨淋松街，泥綠二三里。趺坐新篁根，門外冷煙起。詩情鬱弗抒，蛩聲鳴不已。小犬望雲吠，有客投片紙。神仙瑰麗詞，吹墮茆菴裏。驟讀覺神阻，三復乃色喜。我詩果何在，我龕更何擬。若以禪喻之，猶是皮相耳。今日暮山青，明日暮山紫。知合不知離，優孟衣冠矣。君詩得自天，愛我固如此。行當掃苔徑，燒菌煮河鯉。酌酒梧桐下，與君論詩髓。東峰吐涼月，一片西涯水。

不浪舟畫卷

北人怕乘船，獨我愛泛宅。時帆亭東偏，復署石鞅額。生平所矢志，隨境取寬適。然而閱歷久，有順即有逆。快讀玉亭文，名言我心獲。波瀾何處無，不必定海舶。今日御風人，明日覆舟客。平居誠艱險，忽為名利迫。不如謝富貴，歸來娱泉石。天空月滿牀，秋曠雲生席。飽飯更酣睡，門外花自碧。如此遣餘年，勝註神仙籍。舟行與舟止，二者請君擇。

題羅兩峰為何湘雪易畫蘭時二君皆下世

兩峰戀寒澤，下筆蘭味永。客歲宿西涯，剪燈寫秋影。孰意花之僧，一別塵世屏。湘雪游橋門，石鼓詠俄頃。幽懷託楚騷，甘赴玉樓請。搔首思二君，使我淚如綆。忽覩九畹煙，結作碧雲冷。黄山靄已深，揚州月不靚。美人竟天外，香草徒心領。今日廉石齋，殘杯為誰整。

自淨業湖移居鐘鼓樓四首有序

余家淨業湖之陽十年，有溪橋花木之勝，老屋數椽，足蔽風雨。目其地易植竹，六七月間綠蔭窗牖，暑風不到，固余之安土。同年徐太史作令粵東，舊宅一區，蒞鐘鼓樓西偏，先人祠宇及器物在焉，不可以屬諸人，又不可以不擇人居。太史雅厚余，促余代守護。因念鐘鼓樓為《西涯十二詠》之一，與淨業湖壤連脈接，況鷗鳥踪跡，隨風去來，宋玉之宅，庾信居之，亦適然耳。十年後，太史來都，則余當仍于桔槔亭、稻田一帶，就茅簷曝背，作識字耕田夫也。

卜居淨業湖，方今十二年。日飲蓮井綠，時踏松街煙。茶陵宅咫尺，細認慈恩磚。楊柳枕溪頭，李公橋巋然。緬想懷麓堂，雒誦西涯篇。一龕梧竹聲，春雨初娟娟。高臥北窗下，誠哉地不偏。棲息子及孫，廣廈奚求焉。

我友徐翰林，作令去南粵。孑然奉一身，萬里山水越。老屋父所貽，未敢竟淪没。請我守舊廬，愛惜到林樾。更望先人祠，春秋祀弗闕。我聞心惻然，百年殊欻忽。得地藝花竹，有亭受風月。晨餐夕眠耳，何地不可歇。

家具雖寥寥，書籍檢頗有。車載更人擔，十日未斷手。行路肆嘲訕，此故不覆瓿。我亦莫能解，但覺心期久。三間讀書堂，環之以槐柳。廢園全治蔬，古甕多蓄酒。好待説詩人，入林疑義剖。

浮生如逆旅，何憎復何愛。春屆花生枝，雲行山有態。譬比鷗鳥縱，飄泊蒼海内。隨風為去來，終日無滯礙。煙波適性情，籠檻非所耐。行逐把鋤人，隴頭習灌溉。安穩茅簷底，紅日一窗對。

移居後乞同人作畫

平生嗜圖畫，甚於慕富貴。丹青絹素間，油然盎至味。世爭寫詩龕，惠而不嫌費。鷗鳥慣移家，樓臺則猶未。長槐雜高柳，三徑蓬蒿蔚。松街淨業湖，溪橋略髣髴。風煙借楮墨，作手一經緯。牛車載書籍，檻竹復籠卉。宿釀童子擔，留待醉仙尉。西堂初落筆，向晚茶聲沸。腕底走山色，毫端出秋氣。十日未必然，迫促又無謂。

重陽日余榜所居曰陶廬李青瑯托恩多太守惠菊及酒至余未之報也詩來作此以答兼呈陳念齋上理同年時念齋客青瑯齋中亦有詩見示

今年節候遲，重陽菊未放。適我陶廬成，憑軒益惆悵。乃有素心人，踏蘚秋英貺。賞花興恐淺，佐之以家釀。我喜柴桑詩，摹擬總無當。自寫己性情，出語卻閑曠。草間蟋蟀聲，何事取悲壯。地僻竹木荒，數石屹相向。部婁三十尺，西山欣在望。不必起樓臺，城雲翠如嶂。墨煙雜花氣，濛濛落紙上。南昌陳解元，籜石詩弟子。襆被春明城，賣字沾沾喜。有時忍寒餓，三日炊烟止。亦復風雨感，吟聲出屋裏。長安富貴家，難得君片紙。今乃吐胸臆，千言賦未已。涼蟾低不下，空階白如水。黃葉吹滿天，清鐘樓上起。倘肯跨驢來，煩君說詩旨。

題思元道人蔞香軒集後

詩在天地間，人苦寫不出。閉門造奇句，往往真趣失。胸膈鬱至情，指腕施妙筆。幽花媚深壑，白雲依太室。相感兩無心，翕然與之一。道人慎交接，猥許我坦率。天風吹海音，雲爛娜嬛帙。開緘朱綠絢，欲讀先惴慄。豈知清妙處，更比山人逸。千古峨嵋月，照此冰雪質。石氣清一龕，彌勒恐非匹。

寄題江南友人采菊圖

近於詩龕旁，小築屋一間。榜之曰陶廬，幽人容往還。有客饋菊至，地隘秋花環。因誦柴桑詩，開門延故山。誰寫《采菊圖》，寄此情意閑。江南隔千里，風雨時相關。清溪日夜流，秋近聲潺潺。君肯掇寒英，枝葉全須删。清芬寄遠人，駐我丹砂顏。

不寐

不寐即奇病，苦吟無妙詩。清鐘一樓滿，黄葉半天吹。此響野風激，我心明月知。從人乞方藥，多恐少良醫。

偶題

一丈蒼松五尺墻，亭孤石瘦兩相當。城頭吹入青山影，紅蓼花邊秋雨涼。

送魯鹿蕓世延之官安徽兼寄曾賓谷運使

憶子試禮部，忽忽十七年。角藝槐花廳，下筆迴風泉。余時閲子文，決子行無前。歲月去如駛，余髩驚皤然。子來快敘舊，坐擁仍青氊。奇文不足恃，寒餓多英賢。黄山萬松頂，縈拂匡廬煙。橐筆且裹墨，莫為章句牽。彈琴玉梅下，晴雪花娟娟。

當年彝器詩，三館競傳誦。子顧謂少作，未足取世重。因述送行句，懇款復豪縱。乃不忘鄙人，愛我南豐共。君自述賓谷今歲出都時，猶以余邀僧寺看花賦詩之約未踐為憾，故送賓谷詩即引用此事，而眷眷於鄙人，可感也。邗上題襟館，文酒會賓從。想當花開時，詩成畢甄綜。還告曾先生，銜官有屈宋。

思元道人寫竹見貽

生平愛竹勝愛詩，見竹便有淩雲思。北風打窗黄葉響，竹亦低頭隨俛仰。敲門贈我青瑯玕，秋玉森森壓紙寒。詩龕無花亦無酒，破書殘書床頭有。瞥驚素壁龍蛇飛，剪燈孤坐茶香微。胸中槎枒久忘卻，對此能無感寥落。昨年移竹西涯旁，夢禪筆掃秋湖光。茲為此君寫清照，冷葉直根與我肖。不愁歲寒霜雪繁，東風早晚吹荒園。倘教灑墨作桃李，春在門前一溪水。

贈王春野蔚宗兼懷王述庵昶侍郎

述庵喜我文，謂可學曾王。屬我序其集，語拙意頗詳。君從述庵來，就我話草堂。袖出故人書王惕甫札，稱君詞清鏘。翌日試禮部，一戰先同行。此豈足君重，重此鋒與鋩。春風顧盼間，三館槐花黃。橋門石鼓字，待君重評量。詩龕老梧竹，雪際猶青蒼。一滴墨壺汁，化作千雲涼。得皮及得髓，妙諦參漁洋。欲審孱提音，還叩蒲褐房。蒲褐山房，述庵先生著書處。

續論畫詩

錢大令維喬

竹初詩書畫，得一已足喜。我乃兼有之，無乃近奢侈。然而文字禪，不礙清虛旨。

陳太守渼

讀書化畦町，作畫脱窠臼。春明千萬峰，寫入一龕瘦。坐我秋雨中，鬢眉忽蒼秀。

馮助教桂芬

槐市冒秋雨，皴綠寫花葉。愛我詩龕詩，刻畫上蕉箑。偶當風日晴，展對石鼓帖。

袁山人沛

人能寫梧桐，不能寫疏雨。曠心弄寒綠，娟娟紙上舉。江南孤客來，看罷寂無語。

陳山人嵩

君涉江波來，賣畫十年矣。我欲還問君，詩從何處起。投筆君大笑，詩在梅花裏。

寄李寧圃廷敬觀察

善政不違俗，好官惟耐貧。勸君操此術，為國救斯民。餘事詩書託，閑心竹石親。玉堂舊游處，春水尚粼粼。

弔羅兩峰山人

江城野鶴飛，江館掩荊扉。甘抱梅花死，如尋明月歸。草堂蟲語歇，書卷墨香微。從此壽門句，五湖真賞稀。

訪杜梅溪群玉于蕭寺已赴任去作此代柬

君竟抱琴去，破庵空月明。我來踏黄葉，一路聽鐘聲。遥想放衙坐，還同退院清。雪霜漸繁緊，誰結歲寒盟。

題思元道人畫冊

登樓春雪雜春煙，萬壑梅風悟畫禪。山翠自飛人悄立，水香不斷夢初圓。忍寒林下同餐勝，推醉花前一放顛。白玉闌干金屈戍，大家爭賦小游仙。

題海寧查懷忠世官南廬詩鈔後

一代詩名盛，恢奇敬業堂。翕然合唐宋，卓爾抗朱王。秀水、新城。裔子多文秀，南廬擅老蒼。新篇與古帙，不斷此幽香。

漁洋官祭酒，屈指海寧誇。今我忝斯職，適君稱克家。春雲低石鼓，秋雨響槐花。百十年來事，休教搖落嗟。新城官祭酒，夏重、德尹、聲山三先生先後肄業太學，今南廬及其族人人和、有新，適符三人之數，亦佳話也。

存素堂詩初集録存卷九

庚申

上朱石君珪先生

小草生空山，久已忘榮顇。冰霜晚節勵，本根焉敢棄。春飈自天噓，巖谷陽和被。敗葉新露養，煙緑夕陽媚。乃知葑與菲，干霄本無意。一旦侶芷蘭，蕭疏殊有致。孤芳結幽賞，庶袪泥滓累。維公今大匠，萬類受陶鑄。賤子謭劣材，亦獲奉趨步。仰見真性情，而無私喜怒。道存境每忘，形疏神乃固。人坐春風中，各得其所遇。天下諸大事，犁然方寸具。蒼生方託命，區區何足數。溫柔敦厚教，孔氏所不廢。公詎詩為重，詩微公幾晦。平生學道心，偶藉文以載。浩氣充塞之，卓然天地内。匪同章句儒，下筆博人愛。所以公立言，無意駕流輩。驅浮振靡功，不徒起八代。雲翻與雨覆，俄頃現萬狀。惟有大智慧，乃能破塵障。公持清靜根，富貴貧賤忘。燃燈闇道中，初無人我相。然而夜行者，各各去機杖。沉灰濯外垢，發刀割内妄。直於色界中，靈蠢皆有睨。詩龕弗莊嚴，光明久不放。願借屋月力，拜公松閣上。禪耶即詩耶，一言定趨向。

初春新浦道中同曹秀才華閣作

不羨江湖汗漫游，笨車疲馬足尋幽。荒郊日落愁逢虎，野水春寒喜見鷗。柳綠未勻雲半掩，麥青初活雪仍留。僧雛也解趨南陌，貝葉香花空佛樓。

莫韻亭瞻菉侍郎邀同夢禪居士小酌觀夢禪作畫即題其畫鷹後

虛堂悄下簾，不畏薄寒中。良朋集三五，偷閑筆墨弄。簷角日微紅，松根雪猶凍。夢禪老居士，揮毫愛奇縱。桃花及柳樹，頃刻出巖洞。忽然發奇想，四壁風雨閧。蒼鷹來何時，深穩一枝矼。羽毛既愛惜，雄才敢自貢。卑棲斂光彩，坐聽幽禽哢。鷙氣久漸除，何心侶鳴鳳。侍郎仰天笑，手啓葡萄甕。人生僅百年，一年幾日空。且飲杯中酒，此醉竟須痛。窗外起春雲，濛濛紙上送。

柬朱素人

春明作畫家，不下數十輩。我識君較遲，君亦深自晦。昨年風雪中，就我一牀對。冷酒澆熱腸，槎枒森百態。生平嚮道心，隱寄筆墨內。畫水惟畫聲，畫山不畫黛。一若腕所到，山水無窒礙。擬買田十畝，荷鋤種花菜。請看西涯西，春雲盎城背。時為余作《西涯圖》。

顧弢庵鶴慶郭原庵堃邀同人小集

人生重朋友，何必時對面。一言苟契合，百年終不變。古來詩畫流，匪直技藝擅。其中必有得，充然自發現。二子與我交，喜無世俗見。微寒散庭陰，淺紅勒深院。酒氣吹上天，春雲凍成片。興至百憂釋，形忘萬事便。停杯不忍去，年華去如電。巷口日西斜，飛入兩歸燕。

莫韻亭侍郎賦驛柳詩甚佳余倩顧弢庵作驛柳圖

人非仙佛流，孰能無嗜好。我生愛詩畫，頗能窺其妙。喪志古有誡，竟被筆墨繞。快讀驛柳句，遂欲為寫照。荒村秋無人，老樹夕陽弔。淒涼感客心，騎馬年年到。圖成掛東壁，煙際一蟬噪。

夢中得春催十四字醒足成之既索鮑雅堂汪杏江學金和詩並倩顧弢庵作圖

寥闊江城縱遠眸，開樽兀兀不知愁。夢中境。春催萬樹綠成水，天逼一峰青入樓。鐵石心偏能作佛，煙霞氣究礙封侯。夢中詩境清虛甚，且畫長國當臥游。

謝蘅泉同年授禮部主事賦紀恩詩屬和余既違其請作此以報

讀君紀恩詩，輾轉淚潸然。我受恩最重，才拙詞不妍。每欲述始末，筆墨無由宣。又苦押強韻，大將旗難搴。與君捷春宮，星霜二十年。相看髮鬢間，白雪皆盈顛。報稱竟何有，默忖心悁悁。君昔奉使節，兩上吳江船。楩楠杞梓材，巖谷勤招延。繡衣跨驄馬，馳騁天橋邊。至今長安氓，猶凜焚如煙。蘅泉官察院時，有焚車事，人多憚之。我抱古文章，紅燭輝青氊。酬酢本疏懶，措置多拘牽。駑駘易顛蹶，何怨何尤焉。上蒙聖人知，宥過垂矜憐。俾復棲蓬瀛，緩步翔花磚。槖筆承明廬，永晝調丹鉛。朝廷諸經制，次第排年編。平生迂闊見，對此一一捐。君亦典邦禮，考古需精研。宗伯大著作，手筆推許燕。以心許國家，職業視所專。何必赴沙場，親持戈與鋋。有酒且斟酌，勿使憂中煎。山桃及溪柳，隨意酬詩篇。會當芍藥開，重訪城西偏。迷濛春雨中，佛院花娟娟。戊申春，與蘅泉賞花賦詩，城西諸名剎游覽殆遍。

喜鎮堂師抵京有期同覃溪先生作

絳縣多年絳帳違，開緘計日倍依依。綠楊風起春先到，紅藥花開客緩歸。聽雨教誰分一榻，著書竟自掩雙扉。門生尚有侯芭在，問字城南坐夕暉。

且園十二詠

小山

茲山雖培塿，亦具向背勢。花氣澹春陰，坐待新雨霽。

石筍峰

海上風雨聲，壓此石腳底。大力負之出，稜稜見根柢。

錫光樓

釋典既疏略，酣睡佛光中。黄塵抗十丈，煩惱時一空。

煙雲室

有書弗能讀，莫若無書好。一燈借酒消，笑樂不知老。

存素堂

我本田間人，簪紱何心戀。虛堂貯明月，空天青一片。

陶廬

秋菊瘦無影，一廬掛寒日。欲和陶公詩，愧乏坡仙筆。

詩龕

有詩便有龕，何必著跡象。五城十二樓，皆作如是想。

小西涯

西涯萬楊柳，不縮西涯愁。年年綠如昔，蕭散春風樓。

衧西書屋

曳笻略衧西，溪風撲衣冷。暗水明夕陽，一竿釣秋影。

有竹居

北地值寒竹，當作良友看。遑敢侈言多，臨風三兩竿。

石鞘

豈有石作鞘，言其精潔耳。花氣薰午闌，搖搖坐春水。

來紫軒

丹陽初吐出，先暖庭前樹。桃花紅近人，倚闌且小住。

克勒馬歌次覃溪先生韻

驊騮翻海長瀾紅，雲旍風旆騂騂弓。銀槽金鎖示神駿，克勒馬騁天門東。維王翊運提戈櫓，錦衣繡帽蒼頭公。薩爾滸岡數大戰，奪壕摧楯真英雄。頃刻斫破十二壘，父子兄弟咸一衷。馬也與人同志氣，吉林厓擊恣横衝。遂殪明兵二十萬，此馬所到王成功。振兵釋旅告天下，貂蟬實出兜鍪中。沛艾牽來感今昔，驚帆會碎冰千重。忽雷駮飲明月底，酒香馝馤迴林松。側聽鼓聲響鈴閣，龍顱搖動欻生風。凌煙畫手補寫象，丁香叱撥桃花騘。汗血騰騰透紙背，兩耳尖聳思奔虹。移光趨影描不得，瓦爐暈紫胭脂融。角肉腹毛隱鱗甲，辨種識是溟池龍。稱力稱德古有訓，良驥報主惟精忠。韓樂餘趙味辛五言長城擬，我欲制勝偏師攻。蘇齋一似對韓幹，浣花魄力吟花驄。北林小兒怕仰視，赤將軍過雲濤從。幾回展卷兩目眩，想像斫陣斐芬峰。造物生才固不偶，是人是馬靈氣鐘。天潢毓秀篤騷雅，翰林沉醉摹神蹤。何不雕鏤播湖海，遠勝持勒驃石礱。英姿蹴踏筆難下，重賡強韻諧雙銅。去歲曾為韓旭亭題船山所畫《克勒馬圖》。

柬張山公石

詩情與畫理，兼之乃名雋。此身屢窮餓，所業益精進。瀌瀌清江水，汎濫君筆陣。畫宗李伯時，詩倣倪元鎮。秘茲沖淡旨，獨向本源濬。茅屋瓦燈滅，丹檻春花燼。一瓦古明月，沁人肺腑潤。雅意慕詩龕，毫素託介儐。笑我百無成，虛名湖海徇。行當閉雙扉，課童種蒿菣。君能載酒來，屐齒蒼苔印。

喜劉敏齋瑤至都

桐城多詩流，海峰猶健者。百氏恣汎濫，豪情自抒寫。君克傳家學，篤志親騷雅。京兆兩報罷，喈哉真賞寡。券驢出盧溝，黃山浮翠斝。再入春明城，訪我梧桐下。相對屢嘆息，歲月如奔馬。惟當掩關坐，陳編終日把。文章雖小道，有真亦有假。花鳥足吟嘯，細瑣漫撏撦。綠漲西涯西，紅蓮萬枝哆。曳杖步柳陰，拈韻詠婭姹。天風散夜涼，不愁殘燭灺。

掩關

但覺掩關臥，此心時一清。大風天外起，孤月枕邊明。俯仰感身世，饑寒累弟兄。長安花正好，獨我負春晴。

清明日宿村寺

形瘁神轉縈，官退詩乃進。積賤引咎薄，處高適意僅。散步城郭外，低首僧衲訊。羼提結遠慕，林木豁清瞬。疏紅杏厂窈，暗翠松寮潤。雲磴糾煙蘿，雨泉漱寒菣。孤磬響春永，殘燈燒夜燼。少年志勳業，凡事勵忠藎。野鷗究愛閑，駑馬時一奮。偲偲浮譽謝，凜凜晚節慎。庶幾清淨葆，隱約香火印。

吳種之比部偕令子春麓太史賡枚移居小西涯

人指揚雄居，今為庾信宅。門前萬楊柳，依依戀行客。百頃菡萏花，開向月中白。當日李茶陵，曾此娛竹石。招搖邵與喬，樽酒論詩格。沈翁及文子，點筆寫寒碧。佳話播湖海，至今猶藉藉。君家喬與梓，大小兩詩伯。十載春明城，惆悵江鄉隔。煙水豁兩目，蝸廬不嫌窄。雪韭迸菜畦，風荇散魚柵。

蘿蘼抱鳖薆，書車驅絡繹。又見懷麓堂，重倚慈恩闕。宛坐吳蓬底，浪浪春雨夕。肯賡西涯篇，我來說舊跡。

李青琊欲借榻城北僧寺就余説詩兼約陳念齋顧𢈔菴同作

少年薄功業，多難乃知悔。意氣重一時，人生無百載。惟有雲龍交，纏綿心不改。月滿春明城，濛濛宛湖海。聞君僦蕭寺，山僧茗椀待。我時闢北牖，鐘磬聲斯在。從此齋粥餘，聽雨懷人每。子昂詞鏗鏘，愷之筆硠磲。相得道益彰，真味託蘭茝。雅範援自綏，善行敦不怠。志士恥名譽，才人惜光采。我當乘夏涼，夕陽花覆鬘。曳杖松竹間，坐破石苔蕾。天酒分半瓢，滌蕩塵悰猥。

題舒白香夢蘭和陶詩後即送其歸靖安

子瞻不羈才，追和淵明篇。用世抱隱憂，心苦詞纏綿。君挾一枝筆，攻陷陶蘇堅。憶昔官箴詩，讀罷情翛然。我時擬柴桑，意已忘蹄筌。停雲肆高詠，雪館孤燈圓。古今遙唱和，前後誰媸妍。道味溢楮墨，逸響鏗風泉。清曠自絕俗，一氣空中旋。縹緲匡廬峰，竹柏青娟娟。花氣四時永，春雨東林偏。君雖不飲酒，酒德君獨全。君雖不著書，書理君獨研。浸淫而酣適，糟粕胥棄捐。看魚至濠上，叱犢來中田。狂吟叫明月，高枕梅花眠。

次汪杏江招同人柏林寺看花用東坡送參寮韻邀諸君子游極樂寺

山水澆肺腸，春堂坐亦冷。松柏被陽和，黝然抱孤穎。豈知文字禪，幽光寸田炳。出言契道藴，陳腐化新警。天香散蒲褐，一切塵事屏。惟有簷前花，照眼出華靚。老僧與護持，寒泉汲古井。幽芳葆自固，宿垢去宜猛。風觸便生香，燈來遂留影。此理隨物具，物動理常静。焉能離斯人，別有超妙境。城雲暗入樓，林月悄横嶺。相期氣誼敦，不嫌情話永。選勝極樂塲，吾方申後請。

重葺古墨齋落成胡蕙麓大令邀同人小集

衙外西涯水獨沿，壁間北海字重鐫。宛平今例詩人作，刺史詩應我輩傳。山色忽低雲影濕，苔痕不斷墨光圓。凋殘六礎今餘幾，丞相祠堂綠黯然。

古藤新竹碧交枝，小吏催鈔八詠詩。一代盛名真不負，謂覃溪先生。百年佳會最難期。雨蒸石氣霑衣重，天勒花光出檻遲。近說蒲鞭聲亦歇，日傾濃墨搨殘碑。

輓武虚谷

讀書難得通，作官難得好。官固不論高，書亦不嫌少。我友壯盛時，萬卷恣幽討。垂老益窮經，研苦枝葉掃。窺見古人心，不為古人繞。一語抵千百，群疑頓了了。更聞君德訟，民情辨及早。挺身護良禾，奮怒拔勁草。坐失上官意，遂註下下考。飄然返故鄉，蹤跡託鷗鳥。朝采南山菌，暮茹東溪蓼。抗懷激風清，披襟對月皎。惟有石墨光，足以娱衰老。胡為解脱速，超然謝塵表。君生人鮮知，君死世多曉。直聲達九重，榮名以為寶。身死名不死，貞魂貫穹昊。况有子克家，允矣箕裘紹。

重建古墨齋歌

良鄉縣學雲麾碑，刓稜剷角柱礎為。校官如此不識字，瓦礫雜處過問誰。宛平李侯三嘆息，輦至官舍當楹楣。古墨齋扁敬美署，北海精氣千秋垂。瑤石作記重惋惜，歐朱李輩爭題詩。唐故雲字認宛在，帝京景物猶留兹。大梁京兆宦橐重，盤盤四礎居然移。晨星寥落餘者二，何年舁向文山祠。香光摹入戲鴻帖，以訛傳訛疑傳疑。胡侯嗜古政多暇，松風吹緑茶甌漪。疏篁牖畔作人立，古藤幻出千花枝。侯也掉頭忽狂笑，自余復古余奚辭。蘇齋巋然靈光殿，瓣香况乃侯之師。勒石東壁墨飛舞，雲霞紅縵蟠蛟螭。三百六十有三字，李侯所得今倍之。天寶文物世有幾，賴侯寶護存如斯。琴堂突兀舊觀在，靈昌銜繫何人知。尚煩日灌西涯水，勿令寒蘚昏煤滋。

韓旭亭是昇邀同程蓉江蔭棟吳種之小飲

我歲始半百，精氣未衰老。掉臂少年場，每日增煩惱。譬如湘沅蘭，芳馥松柏繞。又如鷗與鷺，放浪煙波好。寒雲堆半山，曳杖來何早。黃塵天外颺，白髮尊前嫋。蕭然數君子，相期晚節保。殷勤不我棄，妙義恣幽討。嘯歌取適意，無事託深窈。地靜產名葩，天空縱飛鳥。強飲希薄醉，蕉葉何嘗小。

喜雨歌次朱石君先生韻

虞舜有道皋繇歌，君臣一德陰陽和。北方春雨恒不足，山雲欲起迴溪沙。昨夜雪大地氣濕，麥煙隴上猶吹波。聖主深宮念民瘼，微公燮理其伊那。赦罪屢下寬大詔，紛紛燕雀辭籠羅。狂直天詔且旌獎，此人原不愧登科。葑菲未必資採擇，激勵士氣要足多。八表春風慰澤鴈，九重新露濡闕駝。夜淋甘澍聽清切，潤物奚待濯乎沱。落花不掃紅兩寸，曉鬟乍沐青如瑳。農夫簑袂殷抖擻，書生硯匣頻摩挲。黎民順則天亦喜，廊廟之志同林阿。下簾半日圓靜坐，溟濛香綠浮樽犧。

史館與王儕嶠蘇編修話舊有懷王惕甫學博

津門昔召試，二王名最顯。嶔嵜擅異能，半生心跡舛。與我皆莫逆，道義時勸勉。一直承明廬，梅樹比寒蹇。春風活病葉，行見官職轉。史館接硯席，日夕聆清辯。一猶滯江鄉，伏案禿毫吮。填胸傲岸氣，海波共舒卷。愛我倍真切，竿牘寄忠謇。白雲江嶼飛，明月林屋眄。安能攜二君，樽盌酌茗荈。韭花露夕摘，菘菜霜天剪。猶憶方雪齋，挑燈興匪淺。高歌師古人，掉頭徵故典。酒酣寄悲笑，放誕時不免。事隔三五年，青山餘眺緬。餐飯幸未衰，努力前言踐。

王惕甫學博以薄荷團扇侑詩見貽

熱氣熾庭戶，中腸正焦渴。故人遠寄書，白雲影天末。青青薄荷葉，經君親手割。更有兩團扇，千里幽思達。侑之以詩篇，筆墨跡全脫。恐我道力淺，當頭下棒喝。藥石雖苦口，肝膈頓敞豁。積垢為掃除，清風兩腋活。披襟坐詩龕，一蟬林際聒。東軒過小雨，西山涼翠潑。不知江上煙，幾分潤蒲褐。

謂述庵侍郎。

獨直史館戲柬汪杏江侍讀劉金門鳳誥學士是日考試差

我以腕疾作，不能寫細字。有如戰敗將，交綏輒引退。然聞金鼓鳴，復思據鞍轡。二君飛將軍，文壇屢拔幟。昨聞汪倫病，流水託情思。三日未打包，老僧一庵睡。學士性疏懶，少飲便沉醉。夢裏哦詩聲，深夜攪松吹。放筆賦初日，借題抒己意。腰腳我尚健，奔走忘劬勩。虛堂闃無人，雙燕悄然至。來往綠陰底，呢喃訴何事。為我破寂寥，或亦耽清閟。夕陽殿角斜，抱書散群吏。趁涼策馬歸，目極西山翠。

於莫韻亭侍郎箧頭讀許秋巖太守詩

談禪青友軒，箧頭見佳詩。古香沁肝肺，不矜態與姿。恍惚入深山，縈拂梅花枝。歸家望天末，觸我懷人思。淵淵秋水閣，一江阻隔之。回憶廿年事，石火光中馳。晨夕登君堂，風雨傾君卮。君家三昆季，皆我一字師。及今過城南，未免渴與饑。茗椀事歡笑，心跡無人知。君作郡十年，聲名溢京國。蒼黎果裨益，何必高官職。世間浮毀譽，原自不可測。本志能無失，此心終有得。蒼茫歷萬古，知白乃守黑。我今百舉廢，所事惟筆墨。又苦讀書少，浩氣未充塞。涼天荒草多，秋蟲吟唧唧。鐘歇月在林，夢見君顏色。聽罷飛鴻響，翹首滄州憶。

吳竹橋同年書來道及諸郎君成立能以筆墨業其家且述近日得舊畫數種藉以自遣有蕭然自得之致

我策薄笨車，史館爭迴翔。日隨諸英才，橐筆趨玉堂。低頭思舊侶，聚散能無傷。死者長已矣，謂雲壑、秋史、蘭翹諸君。生者天一方。功業我勿知，知子工文章。是得山水氣，以發詩書光。鍵戶二十年，衣袂雲水香。書來示近況，故人天末望。佳兒列三五，玉樹森成行。時參畫中禪，萬事娱清涼。放筆天地小，一醉身世忘。浮榮與外譽，不足縈君腸。惟有讀書鐙，夜深青燄長。我懶今愈甚，覥顔詞翰場。來歲瀛洲亭，摳衣待賢郎。

題黄左田鉞畫三江棼尾圖

附原記：鉞與趙莑溪睿榮、朱仰山嗣韓，同為乾隆戊申科舉人。莑溪名在浙江榜尾，仰山江西榜尾，鉞江南榜尾，莑溪與鉞又同年庚戌進士，仰山亦以嘉慶己未通籍。庚申夏，莑溪將往吳，仰山亦請假，鉞方以薦來京師，而二君者遽别去，爰寫棼尾三朵，以誌離索之感，莑溪其藏之。

清秘述舊聞，搜羅苦未徧。榜首一一詳，餘頗闕記傳。豈知江上花，棼尾九春絢。天姿富貴成，本性深穩見。空闌寂無人，芳氣閟深院。無言隨桃李，攀條荷清眷。從此風塵中，不復傷微賤。相期葆歲寒，晚節各研鍊。我固賞奇人，佳話聽不倦。移榻碧梧底，趁涼續殘卷。

梅花溪上圖為錢立群題

前生非梅花，何來此溪上？形勢心自逸，夫君天所放。小小寫經樓，久坐地夷曠。鶴守門轉閑，鷗見人不讓。寒綠起遠林，幽香足春釀。過橋人影稀，墨氣一池漲。倪迂清閟閣，米顛書畫舫。詩龕隔千里，山頭明月望。

直史館呈石君先生

萬樹綠猶滴，一蟬吟不響。幽花媚夕陽，半庭秋氣養。永晝掩關坐，道心進日儻。史館課程緊，故人約同往。地迥得高寒，心適忘鞅掌。清風暑氣奪，靜懷塵慮攘。要知天上居，坐久地乃廣。所愧缺健筆，望古徒馳想。東塗與西抹，毫不著痛癢。庶挹北斗光，靈區欻開朗。

少苦乏師承，讀書務博覽。義理未融會，精采致抑揜。譬比無名花，嫣然空谷萏。自開還自謝，詎期世採攬。一旦侶蘭芷，相形傷藹晻。幸過擷芳人，結嗜到昌歜。晨滋軒露明，夜謝巖雲闇。樗散見本性，倔強夫何敢。心佩有道言，終身知己感。

齒毛在我身，未嘗須臾忘。及時自脫落，棄之如粃糠。能不滯於物，乃工御物方。樂意苟相關，隨境皆文章。數花開簷底，一鳥鳴其傍。熟聽聲喈喈，舊侶求皇皇。山頭雲影高，殿角風吹涼。神仙世上少，日月壺中長。飽讀孔壁書，典謨訓誥詳。滌茲謭陋胸，蹈彼臯夔颺。

雨中祝簡田堃太史暨郎君仁泉崧三秀才以詩龕圖詩見貽

詩龕茅屋耳，僅足蔽風雨。四海說詩人，圖成快先睹。東坡與斜川，好向絡繹補。寶劍贈知己，於義或有取。積霖花霧暝，睡起已晌午。蝸篆硯底蟠，蘚葉石縫努。遠青斂夕陰，殘鐘散餘暑。燈昏月不上，竹外雙螢吐。繞廊吟君詩，恍對君笑語。

陳雲伯文述自浙中寄畫至

寄我一稜山，附以十行字。山清有別趣，字少具深意。我拙百無就，讀書抱微志。徵文更考獻，頗足資覩記。傳聞浙東西，典章一代備。阮公封圻臣，扶輪是其事。時和風教敦，新詩望頻寄。我將掃秋幀，白頭一庵睡。待君射策來，碧桃花下醉。

寄郭祥伯

颯然江上風，響我庭前竹。中有於邑字，覽罷為一哭。停絃望白雲，梅花偃寒麓。美人傷遲莫，君子慎幽獨。世無九方歅，老驥等凡畜。良玉待善價，詎肯輕出櫝。高舉謝塵鞅，秋風滿巖谷。名山未見書，年來當補讀。筆墨欝奇氣，筍蕨香勝肉。有意長安花，吾當掃茅屋。

文信國琴歌次朱石君先生韻

大絃小絃聲同哀，妖波夜沸婺處臺。百官拜表祥曦殿，孤臣捧詔青原來。松陰月黑猿鶴嘯，竹燈黯淡風恢恢。秋泉不響綠桐激，江潮無信亭臯摧。黃龍此時未入海，白雁一至臨安災。驅羊搏虎是何意，肝如鐵石聲如雷。君臣之恩以絃合，女蘿山鬼爭喧豗。絃非絃兮指非指，二十八字縣星魁。萬里壯懷倏淒斷，蒼厓白石空低徊。竹如意碎琴心死，玉帶生又殉西臺。汪水雲制無乃是，冰清雪罨隨殘罍。吁嗟乎，零丁洋詩取竝讀，丞相豈非文武才。近有議《琴刻詩》不佳，謂琴為贋者。

答陶梟香梁吳中寄詩

君昔叩我門，槐雨染階綠。題詩破壁間，我歸掃苔讀。乃君買船歸，日荷松楸哭。轉瞬今兩年，憚暑我掩屋。忽憑雁飛影，千里鷗波觸。良晤不可要，前夢恍如續。好士誠鄙懷，虛名乃折福。梟香寄詩有「好士易招流輩忌，才名終荷聖人知」句。買山笑無術，一廛早已卜。牀頭三尺書，墻角百竿竹。涼月長依依，清風時謖謖。吾將侶漁翁，笠簷簑袂足。君倘訪溪上，可就葦間宿。

題張鑒庵丙震梅柳江村圖即送之嚴州太守任

別君六七年，顏貌愈清瘦。運籌佐戎幕，草檄萬里奏。歸來臥一庵，布袍換甲冑。宦橐雖蕭然，尚餘青半岫。朝雲苦相伴，坡老不孤陋。前江春雨生，後江春水皺。持向桐廬觀，此巒而彼秀。昔年阿文成，稱君好氣度。勢歛心志平，含融知有素。我時屢接席，未見輕喜怒。畫者微窺之，但為寫旨趣。不取形似工，庶幾精神遇。屋南種梅花，屋北種柳樹。日日坐江頭，放眼看白鷺。蘇齋辨金石，今世幾無兩。引君為同調，君學蓋可想。我雖賦性拙，識字頗勉強。君從湘南來，岳麓刺船往。石上古蘚花，手拍已不響。終古明月照，一山白雲養。聞君所搨碑，字畫尚清朗。我夢桐廬山，夢中殊不知。作詩得好句，一笑恍遇之。君今官此郡，江綠吹漪漪。瓶中剩殘墨，為搨嚴陵碑。輕舠載煙客，魚菜款畫師。是山不是山，是詩不是詩。如此寫桐廬，乃足慰我思。

六月九日李西涯誕辰鮑雅堂汪杏村謝薌泉趙味辛張船山周西麇宗杭集詩龕

詩龕雖移居，繞居仍清溪。暑雨積三日，溪水時平隄。紅蓮高兩丈，挺身出青泥。年年六月初，賞花西涯西。釃酒壽李公，蒲筍襍黍雞。今歲禪侶來，入門故事稽。謂静厓侍讀。論事每平心，未肯輕訶詆。諸客感前會，零落增慘悽。生者煙樹隔，曹儷生、洪稚存、石琢堂、章石樓、顔運生、何蘭士、王惕甫、宋梅生、吴蘭雪、金手山諸君。死者秋墳迷。羅兩峰、王葑亭、姚春漪。我還語諸公，物我焉能齊。日暮散群雅，各就林間棲。李公墓已剗，麓堂詠重題。照人西涯花，潭影深鳧鷖。

祝簡田太史次拙韻竝約登得雨樓看荷

先生過愛我，不覺忘我醜。豈知日偃蹇，老比西涯柳。亦時思振刷，萬慮紛結糾。開拓萬古胸，或藉幾朋友。騎馬湖上行，荷花識我久。高樓未一登，深愧不飲酒。花應笑我俗，我欲向花剖。先生善排解，隔夜約詩叟。韓旭亭、徐後山。岸風吹帽涼，苔綠上階厚。橋轉鷗導人，船艤客買藕。偷此半日閑，湖光竟我有。借問西涯花，種自西涯否。

立秋前二日同鮑雅堂吳轂人汪杏江趙味辛張船山集謝薌泉知恥齋迎秋

西涯修禊記前期，戊午立秋前二日，約同人於西涯賦詩。又到西涯折藕時。出郭風光閑始覺，欲涼天氣病先知。井梧不肯傷搖落，驛柳無端賦別離。轂人、船山時賦《驛柳詩》甚工。更約斜陽衰草外，秋墳掃罷詠新詩。薌泉撰募修西涯墓引。

李載園過訪詩龕不值

年年接君書，如對君夜話。烏絲字未滅，南窗一燈掛。荒露洗荊扉，午風掃松廨。我友惠然來，詎肯嫌湫隘。貧家無長物，梧葉尚不壞。樹老花自醜，庭幽石愈怪。君負米老癖，入門必下拜。一朝促膝談，十年慰清快。咫尺淨業湖，仙蓉列晚砦。衰柳斷堤邊，有人菱藕賣。同志約三五，努力償詩債。

張水屋自蜀中寄詩集至首章即懷余之作感賦

張顛居長安，賦性實倔強。乃我愛之甚，君亦獨我賞。币月不數見，見輒心志爽。片語品詩畫，微妙世無兩。一筆半筆出，十日五日想。閉門寫性情，泠泠秋泉響。君還得自君，千古絕依倣。世徒詑神速，君益增悒怏。騎驢走市肆，託醉寫骯髒。黄金隨手散，白髮盈頭長。一官逼君去，蜀道青天上。園蔬課僧藝，溪魚呼婢網。酒氣與墨氣，江風吹欲漭。君為牢籠之，萬態隨俯仰。傍山筑水屋，地隘心自廣。彈琴憶朋舊，賤子荷推獎。憶游極樂寺，長嘯振林莽。丹楓及黄菊，粉本寫清朗。見花不見君，閑鷗悵孤往。行當圖君句，一一告吾黨。曉庭坐捫虱，此景可想像。集中有「庭鋪曉日坐捫虱，池濯春流婢釣魚」之句，余書楹帖寄贈。

驛柳詩四首次張船山檢討韻

山邊陰自水邊晴，此柳何心綰送迎。旅客流鶯徒伴語，衰年去馬怕留聲。月昏寒色黄無路，雨歇春煙緑在城。憔悴可憐猶古道，生平不識亞夫營。

當年感爾染宫衣，老樹婆娑已十圍。石室日高雅不睡，茅亭花暖燕仍歸。條曾繫馬休輕折，絮倘沾泥莫更飛。詎少間村耕釣侶，柴門沙瀨鎮相依。

濯從秋雨曬秋陽，那辨他鄉是故鄉。身世百年多過客，關河千里況飛霜。小橋流水思前渡，明歲春風是後場。草長鸎飛感興廢，煙絲露葉一行行。

貔貅十萬下荆州，鐵騎金風漫寫愁。老卒有人思報國，將軍一輩又封侯。斜陽孤館偏疏雨，衰草長隄未斷流。我不天涯感搖落，紙窗竹屋自吟秋。

謁圖裕軒曹慕堂二先生祠

行到翠微頂，更無人語聞。姓名傳二老，色相證孤雲。暗壁蟾光納，虛巢鶴影分。商量秋圃句，清夢繞河汾。裕軒先生筑野圃，種秋菜最佳，慕堂先生刻《河汾諸老詩集》。

存素堂詩初集録存卷十

庚申

硯齋西成許以所藏桑梓前輩詩集借鈔

君生將相門，而好弄文墨。山光補樹缺，好句從何得。硯齋得雨樓聯句云：「洗出山光當樹缺。」縱談百年事，浩落抒胸臆。君年才三十，乃如此博識。此殆具夙慧，毫不藉人力。及叩所誦習，百家多記憶。家貧書尚在，發篋弗我匿。嗚呼茲豪舉，大足徵學殖。鐵公開選樓，搜索偏京國。我嘗為購訪，日昃不暇食。闡幽有同心，故紙共拂拭。豈果英爽憑，藉君啓欝塞。存人幾賸句，勝活數命德。君子不望報，至理固罔忒。吾輩一舉動，但期慰淵默。涼天買濁醪，邀君過城北。水石生幽姿，松菊榮晚色。露重草亦香，月高林不黑。禪榻坐聽鐘，階蛩任啾唧。

速鮑雅堂題詩龕圖兼訊拈花寺齋期

參軍詞俊逸，下筆每矜重。佳會適相值，豪情時一縱。詩龕富竹石，光景易研綜。胡為日閉門，清詞絕吟誦。豈果天籟發，不由人作用。當俟其自至，妙處心賞共。秋雨斷行客，蘚花綠無縫。葡萄亦已熟，蘑菇不須種。晚晴款蕭寺，老衲燒筍供。新詩頃刻成，佛堂了殘訟。

六月晦日李青瑯招同吳穀人鮑雅堂汪杏江顧弢庵小集晚過具園

炎氛如酷吏，中人逾斧鑕。積霖如貪夫，曾不計滿溢。北窗雖清涼，逃此竟無術。晨起踐良諾，簷頭掛紅日。微風習習生，暑氣一天失。始知秋意萌，山水孤煙出。閑軒況幽敞，花竹亦暇逸。頗怨鮑與汪，談禪坐芥室。松脯已飽餐，弗我饑腸卹。過午驅車來，入門呼酒疾。錢塘老詩伯吳穀人，倚墻揮醉筆。斜陽轉疏林，草根吟蟋蟀。乘興訪具園，小景輞川匹。我是裴秀才，誰作王摩詰。

七夕汪杏江招同吴縠人鲍雅堂谢芗泉赵味辛张船山芥室小集分赋洗車雨

洗車雨，天上來；　眼中淚，心裏灰。長橋宛宛雲門開，爾車不行胡為哉。安得祝風吹雨行，銀河倒瀉玉壘城，洗車不如還洗兵。長安春雨貴如油，秋霖過多農夫愁。車上之塵盍少留，君不見，郎牽牛。

吴縠人前輩勘定拙詩并許為序

我詩如清醨，君詩如醇醪。成就有高下，原本皆風騷。廿年步後塵，文讌陪翔翱。玉堂春晝閑，伴君親揮毫。煙水染衣綠，海棠花影高。青山何日買，白髮臨風搔。詩卷在天地，氣象空吾曹。瓦缶自戛擊，無意諧雲璈。詎期老鳳凰，翻喜寒蟲號。

微材荷獎勵，感激逾終身。溢分豈不慚，黽勉歸吾真。救人出水火，世遂稱其仁。文字重因緣，時或傷湮淪。鼓吹仗大雅，推挽傳千春。西湖秋雪庵，百頃煙波新。詩瓢及酒盌，不染人間塵。長安日征逐，難療生平貧。三間打頭屋，風雨資吟呻。

我有百畝田，遠在北山北。性弗辨黍豆，地乃委荆棘。老仆買一牛，行將學稼穡。水風散晚涼，林月吐秋色。土竈燃松柴，酒漿翻頃刻。薄醉卧巖石，寒泉掬可得。狐貍不畏人，夜深嘯枕側。一鐘響斷續，百蟲吟啾唧。真詩隨物具，我祇寫胸臆。先生倘肯來，祇攜半壺墨。千峰與萬峰，蔚作詩人國。

送何蘭士出守九江

太守方面官，九江衝要地。君受天子知，乃膺此重寄。人方引為榮，而君益惴惴。書生百不諳，焉克任外吏。吾獨謂不然，斯正書生事。民心即我心，一室九州備。君家敦孝友，子弟氣和粹。書聲起外堂，羹水調中饋。琴瑟及壎篪，春風一一被。舉此加諸彼，何民不整治。

君性特清妙，山水秋夢繞。此行及吳越，一帆極幽窅。無窮登眺心，對茲可以了。潭底探吟龍，巖端躡飛鳥。望見香爐峰，煙重壓林表。庾樓風月多，陶宅松竹少。攬秀匪君事，救弊功不小。草青生意堂，靜對春鬟曉。

憶我與君交，忽忽十五年。身心藉培養，不徒文字緣。夜聽北郭鐘，朝來西涯蓮。沉醉鰕菜亭，抱石三日眠。掃葉蒼雪庵，倚樹聽流泉。我亦時訪君，老屋孤燈圓。長公愛結客，竹榻南榮懸。諸季皆友愛，翁也尤余賢。一旦遠別去，詎忍瞻君船。彈琴續詩話，焚香參畫禪。功業我則無，前途君勉旃。

以拙文質趙味辛舍人且訂西山之游

文章無古今，惟其是而已。我久筆硯焚，見獵輒心喜。東塗與西抹，究未窺奧旨。世人好延譽，瑕疵孰肯止。先生我石交，攻錯他山比。秋鐙徹夜圓，雨聲響不止。佛堂清磬動，蟋蟀孤吟起。千古英雄氣，消磨都由此。君擬振衣去，摶風九萬里。我年四十九，殷殷鑽故紙。光陰行自惜，精力豈不揣。結習苦難忘，何心炫華美。積潦斷行客，閉門三日矣。君廬隱蒹葭，渺渺隔秋水。蓄酒待重陽，西山殘照裏。飲君三百杯，菊黄及蠏紫。

七月十四日百祥庵老衲導余拜西涯墓

野寺雲際欹，孤村林外斷。山氣翠濛濛，秋影卓天半。下馬認殘碑，蘚澀字痕爛。老僧導我前，危橋荒草漫。摳衣涉行潦，足繭背浹汗。掃石蟋蟀唱，剪榛狐貍竄。敬告西涯翁，墓田復舊觀。造物誠忌才，身後猶遘難。幸逢賢宰官謂胡宛平，定此一重案。始知顛倒中，天固有成算。湮淪三百年，照雪在一旦。公名自山斗，蜉蝣奚足憚。僧若解斯意，仰空發浩嘆。夕陽屋角沉，牧童叱牛散。

贈曹復堂善

我不識古書，點畫但粗辨。孫公自江南，遠寄鐘鼎篆。書中論時髦，生也稱冠冕。冒雨訪詩龕，策蹇踏溪蘚。墨起嶽雲重，風來湘扇展。碧石鐫赤字，目迷手空撚。曾贈書扇石印。秋堂淨如洗，竹石映婉孌。病僕儼枯僧，守門仗黄犬。充盤乏梨栗，澆湯衹茗荈。君弗吝齒牙，娓娓精義闡。笑我懶廢久，時喜徵故典。江湖傳好句，二難增睇眄。時論及許香巖、秋巖昆仲。結文古所難，把臂緣不淺。城南僅十里，到門每多舛。睠彼清閟閣，圍坐秋鐙剪。謂蕭昆田、潘笠舟。飄然雲夢雲，西涯任舒卷。行當煩椽筆，手署麓堂扁。西涯祠成，擬請曹君書麓堂扁。

贈周省齋明球明經

昔我為文章，頃刻萬言就。鬼神若忌才，兩腕病發驟。每際下筆時，十指成贅瘤。得意欲疾書，牽左更掣右。清興索然盡，落筆傷蕪陋。是使我不才，釁皆腕所搆。十年訪良醫，多方施補救。參苓竟無效，繼之以針灸。周君舉制科，學問天人究。岐黄特餘事，數語理說透。心正始筆正，此論豈悠謬。行當坐空齋，萬緣謝奔湊。依稀黑松底，一線月光逗。得主則有常，百體聽奔走。他日登君堂，一覽湖湘秀。好句寫胸臆，磅礴揎衣袖。此筆天所與，此臂君所留。

送陶蔚齋象炳司馬

憶我官司業，時年方三十。君年二十餘，青袍黃鵠立。氣象既岸然，下筆絕沿襲。論文時契合，相見時一揖。別去八九載，橋門我再入。君復來司鐸，詩龕殷負笈。槐花滿地黃，秋雨天街濕。鵬飛九萬里，乃息百里邑。凜茲民社膺，皇皇如不及。念己亦百姓，百姓待己緝。一夫苟失所，此咎將誰執。松風響玉琴，三月盜氛戢。天子晉以官，疆吏需之急。君愈斂抑甚，撫躬惟感泣。前途君勉旃，必克大功集。心虛眾善歸，氣下百僚挹。

同胡印渚登蔣氏平臺望淨業湖

樂雖由心生，借鏡乃舒暢。名位身外物，對酒何須讓。春明百萬家，樓臺麗且壯。惟有淨業湖，水木頗幽曠。平臺三五間，插雲枕湖上。竹井簹石翁，曾此發高唱。我亦題詩屢，好景苦難狀。當場勍敵逢，捲旗焉敢抗。主人觀壁上，神采忽張王。湖煙入尊𥲤，綠微秋意釀。遠山一角孤，高柳天半放。歸雅趁夕陽，晚林任夷宕。造物詎有私，茲獨我輩貺。心間百憂寂，高懷謝塵障。鐘聲響蕭寺，燈火隔橋望。

思元道人畫蘭竹見貽

蘭草喻幽人，竹箭況正士。高齋寫贈我，陋質安足擬。暑濕益愁病，閉門種菊杞。地僻車塵少，朋舊阻秋水。苔砌百蟲鬧，茶竈孤煙起。鐘聲響南樓，黄葉落不止。天上明月光，沁入肺肝裏。放筆畫蘭竹，蘭竹不在紙。湘雲江雨中，翛然遇彼美。塵垢為掃除，參觀得妙理。愿持清淨根，聊介報知己。

八月九日胡蕙麓大令邀同謝薌泉侍御出西直門憩松泉寺相西涯墓址蕙麓獨往西山視木石謀為公創祠余因偕薌泉至極樂寺復過大慧寺盤桓竟日

西風送敗葉，淒緊打馬首。青豆雜紅秫，糾結塞村口。荒田積秋潦，漲漲作泉吼。棄馬步高隴，寒綠散衰柳。小謝感舊游，花竹別來久。入寺不拜佛，據案先呼酒。清狂發薄醉，叱僧如叱狗。胡侯腰脚健，片刻西山走。丹霞繞衣袂，白雲隨腕肘。登岡度夕陽，高下胸中有。君子一舉動，凡事期不朽。我將把禿筆，大書曰某某。

讀書秋樹根圖

竟欲此間老，讀書何所求。青山黄葉路，高樹夕陽樓。一客坐無語，百蟲吟不休。松門守孤鶴，問字有人不。

題姚春木椿長江萬里圖記後

天荒石破青，地絕水吹綠。人心耿不死，湛然方寸燭。區宇一浮漚，古今幾轉軸。詩書鬱填胸，江山紛縱目。此筆鬼神秘，君乃操之獨。昏崖疾霆走，虛澗秋虹縮。五嶽力穿透，百怪隱慴伏。君卻抽布帆，斜陽新酒漉。趁月撈魚蝦，冒霜翦松菊。耽幽出至性，詩龕愛尤酷。春明甫卸鞍，先問西涯竹。

君昔試橋門，逸氣翩飛鴻。伸紙疾揮灑，花雨吹濛濛。萬滴珍珠泉，一氣迴天風。我時眩五色，獲此心怡融。傳寫石鼓旁，三舍春燈紅。旦暮卜騰躍，何事傷萍蓬。豈知世神物，動必摩蒼穹。渺瀰瀛洲波，斂息來從容。振衣白玉堂，矯首丹霞宫。俯視里巷兒，但作號寒蟲。

題亦舟廬

何必浮江湖，始許一帆剪。十丈秋煙中，扁舟繫清淺。墻腳隱紅蓼，石根漬寒蘚。風戛新篁聲，依約輕撓撚。林梢吐微月，涼影檐頭卷。爐香淡不波，花氣隔簾泣。蒼葭白露間，有客歌清沔。

樂雲道人以雪月書窗小玉印見貽

雪後見月月倍明，月下看雪雪有情。雪耶月耶兩無約，清光卻射讀書閣。前身恨不為梅花，稜稜傲骨埋春沙。壯心只合詩中老，冷淡生涯差覺好。道人貽我靈山脂，寒雲黯淡青蟠螭。良工斧之更琢之，我將奉此志孤潔。萬古空山伴冰鐵，紙帳春風吹不裂。

書思元道人風雨游記後

風雨從天來，文章自我作。興會所已到，妙悟非雕鑿。往往山中人，始能具此樂。道人清懷騁，翩翩謝塵縛。西峰一片翠，野風吹欲落。蓆帽湖雲低，葛衣花氣薄。遠綠菰蔣滃，新影榆槐拓。四山積煙霧，回首前路錯。冒險度危橋，禁寒坐草閣。燈光散苔影，濃墨苦難著。蕭疏祗數筆，逋峭見邱壑。

內充外自足，神全行可畧。文潔復晝幽，引我到巖脚。滿庭落葉聲，仿佛來猿鶴。楓菊逞丹黄，我亦踐良約。

九月三日曉出阜城門慈悲院早飯卜葬之便游山

良侶不易得，好山欣共往。出郭剛半里，已聞槲葉響。寒蔬供僧廚，秋味愜心賞。秣馬還飯僕，都作出塵想。詩瓢及酒椀，芒鞵更藤杖。南嶺紅日卓，照見路如掌。

芭蕉村道中

悠悠三十載，重訪白雲隈。山色青如舊，鬢絲霜已催。深林古寺山，淺草夕陽來。禿筆知何用，名心亦漸灰。

望石逕山

峰缺樹益縱，樓破鐘尚打。細雲澹石色，微飈逗秋影。山水結臟腑，草木皆清警。果園沒荆蕪，佛塔聳西嶺。借問采樵人，玉泉再修整。明武宗微行至石逕山玉泉亭，經數日乃還。

渡桑乾河

沙漲氣漫漫，危橋跨急湍。野風吹水大，白日照人寒。荒草鷹平度，秋山馬細盤。回頭窃塵境，獨立蓼花灘。

由奉福寺度羅睺嶺晚至潭柘寺宿

秋山既入眼，舉趾忘勞苦。村煙與樹色，各挾奇情吐。殆已鬱之久，修容待我睹。萬緑不相奪，峰峰自媚嫵。孤鳥翠明滅，幽花紅仰俯。一路竹輿聲，伊雅似搖艣。招提我別久，會面成今古。蝙蝠出簷飛，蟋蟀向人語。佛堂一枝香，猶縈舊時縷。循竹步虛廊，濛濛翠如雨。

琦玗亭

入寺山忽低，閉門天亦換。四圍蒼玉色，詎厭百迴看。胸中塵俗氣，竹風為吹散。眾緑收一亭，日影不能亂。暗泉無急聲，白石浸已爛。山僧掃殘葉，勸客歇亭畔。

晨起過紫竹院

緩步青松坪，遂至紫竹院。風吹片雲墮，濃壓清涼殿。九朵芙蓉花，青蒼隱不見。老楓逞薄醉，作意霜姿炫。

少師靜室

俗慮時一空，欻聞水激壯。寒泉爾何事，出山百不讓。昔年姚少師，曾此寄閑曠。借問緇流中，幾人病虎相。

龍潭

泉從山下出，茲乃匯山頂。巖竇僅涓滴，演漾遍諸嶺。疑是龍所噴，膏澤施俄頃。洄洑復瀦蓄，終古蘿逕永。萬緣分一石，涼日散天影。秋痕破蘚花，霜氣聚楓癭。濁酒澆熱腸，煩惱何時屏。亟來漱幽淙，齒牙頓清冷。

蓮池

窮力陟東岡，散步造西谷。丹林隱一庵，疏風動業竹。蓮花已斂萼，池水含空綠。殘菰尚聚魚，幽草時引鹿。隔澗望佛廬，鱗鱗萬瓦簇。欲枕石頭眠，僧報飯已熟。

青蛇

昔聞二龍子，名著大小青。蜿蜒佛殿前，日聽僧誦經。愿滿挾風雨，頃刻歸東溟。子孫毓繁衍，寄此秋泠泠。我循梵唄音，餐秀娑羅廳。風散石壇花，殿角猶餘腥。

延清閣晨粥

竹色迢遞來，綠糝粥盌內。清涼沁肺腸，無處留濁穢。輕霧解樹腰，薄曦轉山背。詩瓢儘空闊，滿貯西峰黛。一路吟哦聲，小犬隔林吠。

度馬鞍山至慧聚寺

望之秀蔚然，行矣窈窕極。突雲迸山脇，暗霞穿鳥翼。一路踏寒翠，日高幡影直。松柏散新綠，自留太古色。鐘磬敲逾靜，鸛鶴喧不得。獨憐草根蟲，向陽吟唧唧。

戒壇古松歌

是誰削此蒼玉幹，萬古厓風吹不爛。陰森百丈寬十圍，鳳凰結巢胡不歸九龍松。出土便作臥龍偃，鱗甲之而氣深穩。鋪雲貯月青濛濛，以手撼之聲靈瓏臥龍松活動松。餘松皆是千年物，惟此三松尤鬱崛。蒼鼠噉子鶴守門，病衲曬日偎秋根。我來當頭覆寒綠，啜茗一甌香心腹。何年拔宅芙蓉巔，團蒲方丈秋鐙圓。支離叟導諸君前，高吟狂飲休參禪，醉後便藉洪濤眠。

登千佛閣

秋聲萬葉聽未足，千佛閣頭秋藹矚。東林酣碧西林黃，樓臺倒影迴斜陽。石磴蘚濃立不穩，倦游我欲隨鳥返。隔山一縷樵煙來，餘青繚自林中開。僧房簇簇若居井，我身卻在萬松頂。梯雲百折客告饑，僧言松腳茯苓肥。

游化陽洞登極樂峰回憩慧聚寺出花梨坎宿奉福寺

峰居萬山巔，洞出峰之脇。天驅碧蟾蜍，龐然匿巖峽。支頤噴古煙，晚林風恰恰。捨命探幽險，燎麻負鋻鍤。腰腳學虺蛇，聲音宛鵝鴨。初轉軸力猛，漸縋梯徑狹。陰風起地底，水聲當頭壓。平生仗忠信，到此亦心怯。攀蘿出深黑，坐與紅日狎。盧溝浮片綠，迢迢接寒硤。霜摧梨栗墮，知我餓兼之。歸途趁夕陽，苦茗容一呷。禪房榻已掃，新月雙梧夾。

由奉福寺渡河過皇姑寺抵翠微山三山庵久坐歷大悲寺至龍泉庵

欲游翠微山，五更我先起。霜氣侵衣袂，四山欻已紫。車行犖確中，秋夢冷如此。便過皇姑寺，殘碑殿廡圮。巍然剩破樓，孤立蒼煙裏。亂石格馬足，躄躃行五里。叩門僧雛引，一軒宛舟艤。三日所歷境，遙遙皆可指。幽潔茲為最，規模稍隘耳。宛轉踏黃葉，得寺便欲止。回頭前境換，冷暖不移晷。誰撥玉琴聲，流出龍泉水。

龍泉庵啜茶果畢游香界寺

僧知客已憊，蒸梨更煮棗。孤亭聊憩息，仍欲諸險造。招提插天半，石逕白雲遶。虚澗追渴猿，層巒侶飛鳥。豁然寒霧朗，樓臺出林表。天光徹廊廡，溪聲振松篠。從此車馬喧，不復清夢擾。

寶珠洞

行到翠微頂，翠微全在下。峭壁不洗濯，孤青自淡冶。山聲石上來，暮色天際寫。土竈然松柴，放出煙一把。

龍泉庵孤亭據松泉之上同人聚飲抵夜吳穀人侍讀有詩次韻

西山日在望，今夕始追歡。微月隱松色，秋泉生夜寒。江湖余獨遠，簪紱此偏難。清磬一聲響，佛煙吹石闌。

翠微山晚步

嵐翠萬山仍，秋雲此夕增。松間初見月，竹外又逢僧。凄切憑蟲語，光明放佛鐙。生平鮮依傍，卻仗一枝藤。

宿龍泉庵呈同行諸君

起聽龍泉聲，開門月滿地。風從松際來，吹落衣上翠。佛燈暗復明，僧藉黄葉睡。石屋吟詩聲，增我打包愧。臥雲豈不好，無術矢獨寐。諸君騁清懷，道心何所寄。酒氣散四山，丹楓先我醉。

曉起吴穀人汪杏江再和前韻疊韻報之

茲山僅一宿，原為再來地。豈知我胸中，轉蓄無窮翠。兼之黄葉聲，打門不能睡。挑鐙續殘句，清妙殊有愧。殿上木魚響，倚松託薄寐。僧餉蔬果至，澹懷霜味寄。醇醪可弗嘗，山光飲已醉。

秘魔厓

漸聞流水聲，適有松風雜。滃然秋一泓，菊杞香匼帀。欹帽秋花看，兜輿夕陽踏。石几隱殘墨，滴滴巖翠沓。但具出塵想，奚必作僧衲。累我果何物，詩簡與畫榼。

慈壽寺

望見窣堵波，認是慈壽寺。荒荆翳殘瓦，寒苔澀斷字。九蓮不復花，猶傳夢中事。如何午時鐘，不響三摩地。徒合游客來，松間謀一醉。紅桃開半山，我當策蹇至。

摩訶庵

鶴老慣守花，鳥倦思棲林。松檜雖殘醜，風過猶成音。白石淨如拭，惜未攜瑤琴。飄飄杖履間，猶帶西山陰。雙扉日緊閉，秋菊禪房深。我欲借僧榻，何日抽朝簪。

出山别盈科上人

松間一相别，淨緑飲何年。馬亦戀山色，僧惟稱佛緣。白雲秋草路，黄葉夕陽天。彌勒一龕共，誰參玉版禪。

留贈潭柘寺月朗禪師

老僧一無事，抱石山齋眠。夢掃九峰翠，心清百道泉。潭閑坐終日，龍去記何年。偶爾拈花笑，真能破俗緣。

立冬日趙味辛約同吴穀人鮑雅堂汪杏江謝薌泉張船山戴金溪敦元亦有生齋消寒即席次味辛韻

霜氣遠林肅，寒葩色孤展。柳巷積潦衝，蘿軒荒蘚踐。遂覺溪上風，到此吹亦善。刻燭償宿逋，追呼終不免。境險造道深，心平出語淺。光景取現在，何事徵故典。游興託北邙，嗟誰粮糧辦。味辛約游北山。鐘聲斷春水，幡影指秋巘。塵俗釋無術，坐待山靈遣。在在有衡泌，勿笑漁翁湎。蒲芳更鯉肥，草堂濁醪餞。薄買陽羡田，清夢梅花葳。

韓旭亭居粤東時其尊甫補瓢老人香山梅花嶼空月軒諸詩并録

陳霈齋汝楫徵士記文冠首王椒畦學浩孝廉作圖余綴詩紙尾

羅浮幻清夢，吹落香山岑。空月淡無看，滿地梅花陰。椒畦半甌墨，寫出雲東心。石氣自然青，外垢奚中侵。松篠水煙閉，蔦蘿春雨深。湖光與樓影，尺幅供追尋。豈有天籟發，弗協風泉音。側聞補瓢翁，日撫無絃琴。

夜間雨雪甚大晨起胡蕙麓大令邀游極樂寺候翁覃溪先生

及吴㲄人趙味辛張船山皆不至禪榻話舊抵暮始歸

雪聲續雨聲，山風隔夜送。林葉催鴉起，朋束促驢鞚。出郭投荒寺，初日松梢凍。老僧鐘磬廢，清晝杞菊弄。客久困塵鞅，暫來懷抱空。城頭雁飛滅，石根蟲語閧。寒緊萬竹凄，煙暝一鈴動。宛坐江蓬底，翦燭話詩夢。

偕吴穀人汪杏江謝薌泉趙味辛張船山姚春木於鮑雅堂齋中消寒分賦飲中八仙拈得汝陽王璡

居高身益危，處熱心獨冷。迢迢花蕚樓，大被承恩永。友朋結褚賀，山水愛箕潁。黄塵抗烏帽，古月抱秋影。香螘浮樽遲，渴虹投澗猛。恨我非酒人，客中坐如癭。猶得稱頑仙，霓裳詠俄頃。

題關山覔句圖送莫韻亭侍郎奉使瀋陽

君詩得自天，似不關閲歷。何況此行役，寵命由帝錫。霜月警清曉，奚事佳句溺。山光與海色，雪齋塵容滌。尹邢詎相掩，目成結幽覿。風從天上來，冷翠落松櫟。關頭青萬重，滃滃馬頭滴。殘夢續晴日，午亭黄葉激。倘逢金遼碑，清苔煩手剔。

夢禪居士倣香光卷子

好山何處無，妙筆不常有。偶然參畫禪，萬壑秋雲走。風霜老櫧櫪，煙翠飽菘韭。借問荷鋤人，梅花栽幾畒。

王子卿澤孝廉作詩龕圖索詩為報

萬山收尺幅，煙綠着未滿。遠勢欲浮空，放筆嫌紙短。茲龕本湫隘，寫出極虛窽。凍雲皴幾層，青不礙篠簳。松柟石際寒，芭蕉雪中暖。嶽色恣冥搜，江風許密款。草木見天大，鷗鳥覺性散。豈有橐籥在，吹噓到腑脘。春花北郭紅，騎驢來緩緩。

消寒集吳㲄人庶子有正味齋題葛洪移居圖

先生愛山不愛官，先生鍊心如鍊丹。有妻有子詎違俗，忍饑忍寒吾意足。羅浮雨過香濛濛，四時不斷花青紅。婢理藥鐺僕韲甕，顛風出林月孤送。烏雞黃犬聲相聞，葛衣席帽團溪雲。我有薄田久荒殖，一髻青山買未得。十年飲水西涯清，隨人又聽鐘樓聲。卑官倘許乞勾漏，我亦飄然侶猿狖。

消寒集汪杏江芥室題華嚴世界圖

吾不通釋典，難下華嚴注。間嘗肄風詩，或弗礙禪悟。一無所依傍，自恐岐途誤。入彼門逕中，又怕為禁錮。惟有大智慧，百年齊旦暮。非想非非想，頭頭是道路。古月明至今，春花紅幾度。空山日靜坐，歷歷悉其故。三界與四禪，淵然方寸具。萬感幻生滅，孤燈耿去住。達人隨遇安，何喜復何怒。天上驗有無，舌間說名數。究竟意云何，吾但了章句。

緩步

緩步不妨遠，獨行偏覺幽。斜陽下西嶺，清磬起南樓。萬葉綠相逼，一蟬吟未休。山廚香飯熟，飽喫復何求。

燈下讀楊蓉裳芳燦農部芙蓉山館詩集

才大兼眾妙，含咀味始出。瑰瑋詎貌為，語不貴拾掇。襲取皮與毛，久且性情失。君詩得自天，稜稜一枝筆。六籍聽驅使，碑誌成聲律。世間散碎詞，偶然為綜括。塵垢立湔祓，精神頓振拔。萬朵芙蓉花，青山列秋日。隴頭梅細吟，關外馬屢秣。磨盾檄草就，彎弧錦袍奪。孤城百戰經，廿載情偽悉。春明告朋舊，僅此詩盈帙。髮鬢嗟蕭騷，文章驚老辣。豪氣未掃除，嘉會卜真率。特愧持箏琶，難驟合鐃鈸。苔岑釋同異，風水現活潑。雲鶴自高唱，寒蟲任噪聒。南樓起鐘鼓，北牖響松栝。敲冰磨墨丸，凍月催燭跋。

吳穀人汪杏江鮑雅堂謝薌泉趙味辛張船山姚春木集詩龕消寒題新篁白石圖分用唐宋金元人題圖七古詩韻余拈得元遺山題范寬秦川圖

聽雨擁被秋燈前，簷撲蝙蝠盤蚰蜒。萬竹蕭森倚涼石，夢醒如坐瀟湘船。倪生運筆精神全，水墨著紙枝枝妍。更染芙蓉落几席，萬朵湧自崑崙巔。西涯綠暗湖光連，門前三里皆湖煙。潘侯愛我寫我照，天風吹影心悽然。濁穢坐使涴仙骨，欲騁霞步難軒軒。詩情浩蕩寄淮海，佳人遲暮悲趙燕。鵲巢鳩借奚不可，天地為我留數椽。洗苔掃籜邀諸君，沙平路細衝溪雲。畫圖詩卷生平親，米顛未改愛石癖。坡老詎是食肉人，性之所近自成趣。桃源何必真避秦，彌勒同龕吾所聞。

臘月十九日集汪杏江芥室拜蘇公生日即為消寒會用東坡八首韻

我居淨業湖，湖上多藜蒿。日夕涼露泫，採擷忘勤勞。回頭顧僕夫，畏難已潛逃。我循長松行，以鍤翻土膏。雖弗惜筋力，惟恐傷髮毛。加餐樂有餘，奚事求名高。

楊柳非佳木，清陰我自適。晚風吹青蒼，秋雲增蜜栗。香飯熟鉢中，過門不肯乞。饑餓忍暫時，半生得曠逸。我躬尚弗恤，何況問家室。綺霞西嶺沒，皎月東林出。一年復一年，光景總難必。

幽居許借棲，山光綠城背。入門先種竹，無病且鋤艾。閑招雲水儔，偶卜真率會。畦町謝古人，機杼出大塊。偶然發奇想，舉頭已天外。顧聞食蔬筍，必欲取精薈。一飲與一啄，中有因緣在。何須乘長風，坐噉江魚膾。

春明好風景，城北可歷數。風定鐘鼓聲，波晴鷗燕語。藕花與菱葉，錯雜煙中舉。更有老柳條，搓青垂萬縷。時來江南客，席帽藤杖拄。貪涼待新月，露氣濕如雨。迸起紅鯉魚，秉將綠楊筥。吹火理羹湯，水香猶帶土。客雖戀蓴鱸，此味或心許。

官清禄弗問，矧復田園荒。兒子方九齡，成立心相望。五十齒搖落，髮鬢已半蒼。炙背趁晴日，坐見圭緯昌。愿為信天翁，怕作觸籓羊。青天窈白雲，富貴久矣忘。

出語誠文飾，下筆去雕斲。久諳世險夷，但勿改忠慤。天地本無私，凋壑任冰雹。卑官乞勾漏，我非不愿學。雄心茍有託，丹心遍五嶽。自古真神仙，襟懷常犖犖。石青凍不死，松色雪逾渥。相期二三子，各守山一角。

春坊兩庶子，秋夢縈江村。鮑謝擅詩名，風流傳省垣。國士推張趙，尚書宰相孫。姚生後起彥，鼓篋來橋門。懷抱各自喻，肫然真意存。相見交勗勉，歡意託魚飧。蔦蘿施松柏，要當一氣論。晚節克終保，豈不賴諸昆。

汪氏盛科名，三代五十年。愛客固家法，罔惜買酒錢。萬卷擁自足，寧復求良田。瓦燈澹紅燭。竹榻仍青氊。傷哉玉局翁，没世乃稱賢。我讀斜川集，氣象誠萬千。

除夕顧彀庵畫祭酒圖見貽即題幀上

北風獵獵城頭呼，門外索債聲同龘。我但閉門學賈島，星斗分光壓殘橐。排比日月從頭編，兔魚已得忘蹄筌。雖然敝帚千金享，嘔血斷髭幾奇想。人生快意祇有詩，推敲誰是韓退之。顧生工詩復工畫，忍餓長安從不賣。儵然往來惟詩龕，自出手眼彌勒參。為寫長松及修竹，異書堆滿三間屋。山雲水月費雕鎸，肺腸瀝液傾芳妍。何若功成凱歌作，新樂府制凌煙閣。生也搖筆粲生花，吾亦好句輝雲霞。鬼神慎勿掣吾肘，吾酹鬼神漿與酒。

存素堂詩初集錄存卷十一

辛酉

元日試筆

亦領神仙俸，不愁饑與寒。有年九州福，無事一家安。隴蜀干戈息，江湖歲月寬。勞深青鬢改，長葆此心丹。

朱閑泉壬自杭州寄詩龕圖至己未除夕前一日作也

閑泉自向杭州住，卻畫詩龕寄我來。正是祭詩前一日，春風吹信動江梅。

愷之新寫祭詩圖，著墨不多風格殊。為告煙篷釣詩客，西涯那得比西湖。

贈孫少白琪布衣

湘南雄傑才，十人我識九。君歷游江淮，困頓風塵久。策蹇來長安，先訪西涯柳。胸填萬卷書，下筆靡不有。何至屢窮餓，殘年斷脯糗。我無薦賢力，坐視空引咎。識管抱微尚，説項未住口。誰與九方歅，虚心辨牝牡。勸君入衡嶽，看雲日飲酒。飽讀有用書，上與古人友。

答孫鑒之延明經

烏絲寫細字，翠蘭明丹髹。讀罷視相笑，膠漆情交投。君刺江南船，冒雨來盧溝。何以詩龕詩，一一君剔搜。生平不飲酒，燕市無歌謳。佳句偶爾得，落紙風生漚。愛重遂逾分，自顧殊增羞。君固有心人，下筆輒弗休。瓣香奉坡谷，樂府周秦儔。關隴盜賊平，計日韜戈矛。淋漓製鐃曲，宫徵諧鳴球。雍容步玉堂，看我朝簪抽。

贈胡香海森大令

君是種梅人，復愛梅花寫。揚州月下看，臨去不能捨。兀兀來春明，夢中覯芳冶。君甫入都，即得姚公綬墨梅一軸。橫斜壓故紙，香氣吐荒野。君乃寵以詩，老梅愈嬌姹。我惟羨且妬，題句慚大雅。君詩追杜韓，弗窺唐以下。淵然有性情，詎屑事撏撦。借問邗上人，一代誰作者。

答吳竹橋

風雪上元夜，展君中秋書。書中及瑣屑，款款情思攄。君有好兒郎，萬事可以疏。冬寒氣凜慄，不擾梅花廬。抱甕寒泉搜，負耒明月鋤。墻根迸新筍，溪尾來雙魚。一飽更無事，詩成惟笑呼。我日趨史館，竟無刹那暇。形勞心頗逸，書生習氣化。靜坐便有得，窮餓亦不怕。歸來深閉門，汰筆誡嘲罵。荒田止百畝，未能了婚嫁。奇書幾篋存，欲買卻無價。竹樹極蕭疏，清陰最宜夏。軒屋取幽潔，可以十年借。近借徐鏡秋同年宅，約十年還之。

題白石翁移竹圖後

前身我是李賓之，立馬斜陽日賦詩。今向河橋望煙色，一陂春草幾黃鸝。
水流花放自年年，誰有閑情似石田。幾筆山光到秋竹，盟鷗射鴨晚涼天。

上元後一日雪鮑雅堂喬梓招同汪杏江喬梓暨令侄覺生小集

風鈴簾際語，月凍紙窗裂。曙鴉鳴未已，松梢啄殘雪。屐聲忽在門，故人素柬拆。糗脯謀中饋，展作上元節。老驥久跧伏，雛鳳一行列。我似春江鷗，天性愛幽潔。酒痕雖涴衣，腹未沁辛冽。新詩纔脫口，真僞已區別。當仁例不讓，吐詞誡鯁噎。樓鐘催客歸，坐惜風花瞥。新泥踏滿街，市燈紅未滅。

阮芸臺元中丞寄段二端經籍纂詁一部

冰雪隨冷官，十年裘未換。乃蒙憐范叔，遠寄錦繡段。中有纏綿心，江風吹不斷。復念我耽吟，經史資淹貫。枯腸力搜索，燈火恒夜半。清風千里來，春雲一階爛。擬盡典貂褕，抱甕菜園灌。君今任封疆，何暇弄楮墨。吾聞古書生，厥功在社稷。操尺遂秉節，兩浙仰名德。人人皆飽暖，誰甘為盜賊。補偏即救弊，大臣此其職。春風無所私，被物有餘力。結習或未忘，江山亦生色。

偶作

非是寡言笑，我懷人不知。春風吹柳色，湖水綠生漪。因共忘形友，長吟漫與詩。東坡和陶句，豈止妙文詞。

春雪後招同人小集詩龕用韓旭亭和東坡韻

三日未出門，湖水綠已長。誰是盟鷗人，冒寒盪孤槳。雪色積城背，草痕盎春壤。西山判袂昨，南軒日企仰。良會適然得，先期不能想。文章攬眾妙，煙墨匪獨饗。往往人所棄，我見輒心賞。天曠自成籟，山空時一響。詩龕雖荒陋，客至每抵掌。梨棗足盤盂，奚事大烹養。

韓旭亭游西山歸倣其宗人立方洗馬故事作圖徵詩

游山事常有，茲游乃稱罕。難得十三人，各各詩筆悍。山靈解娛客，風日出晴暖。東老興尤豪，詩篋歸已滿。蒼茫感朋舊，白雲天末散。前輩不可追，故事君家纘。作圖紀登陟，索句吐懇款。或待桃花開，重為洗酒椀。白髮與青山，總是風流伴。

贈盛藕塘植麒上舍

我于李賓之，曠代默相契。作文存厥真，知人兼論世。秋雨槐花黃，生也來角藝。灑灑數萬言，匪僅炫藻麗。余以李賓之論課多士，拔生文為第一。落筆千丈強，中實能斷制。顛風屢鎩羽，此才竟淹滯。學問溟涬寬，執一則有弊。愿君為通儒，文章更經濟。

寄懷汪劍潭端光司馬

君本神仙姿，十年餐苜蓿。全家勾漏赴，丹砂倘盈谷。行見驂鸞客，縹緲桐山宿。胡為鬱鬱久，慣作窮途哭。琴鶴典已盡，硯穿筆亦禿。妻孥屢告饑，先生一捧腹。憶君出都日，我方寒閉門。未能造盧溝，作詩侑清樽。相憐遂相念，悽慘傷心魂。粵西山水佳，風俗古拙存。剪燈榕桂間，句法從頭論。及時保令德，遑計飽與溫。兩郎卜成立，氣象果出衆。橋門昔蹁躚，人稱大小鳳。聞今益折節，不復矜吟弄。空山下鶴書，交柯玉堂貢。君仍渡黄河，沙暖蹇驢控。重對詩龕竹，一聽春禽哢。

唐容齋廣模自莫寶齋晉學使署至京述學使意存問感賦

鳳凰鳴朝陽，世皆仰靈瑞。方其草澤棲，幾以凡鳥覬。君昔斂光采，我早識奇異。至人貴無名，君子乃不器。余官祭酒，以「君子不器」為課題，學士舉首。嗣學士登上第，以此題為先兆云云。方今制舉業，世推君獨至。我謂著作才，詞華特餘事。

不接汾陽書，忽忽將一年。唐生容齋款我門，致語情纏綿。謂君嗜朋盍，故舊尤拳拳。論文及燭跋，猶戀寒時氈。此念久弗渝，可以為聖賢。太行不了青，繚繞槐街煙。

久不接初頤園同年耗

小別已二年，相隔復萬里。此在尋常交，眷念猶弗已。況君知我深，實自入官始。文章苦切磋，道義藉礪砥。同榜百六十，獨君躡雲起。洱海在天南，民俗夙知止。虛堂日高坐，氓庶咸就理。草木自榮瘁，春風何彼此。蠻雲深復深，無事斯為美。大臣一舉動，人人測意旨。而我臥茅茨，操筆輒忘俚。一飽遑他求，逝者東流水。

鄭青墅光謨大令以大集見示

我讀青墅集，知君詩人裔。下筆取厚重，論史出斷制。生平忠愛志，攄向干戈際。書生坐蓬廬，瞭然睹萬世。自古除大害，不必剔小弊。盜賊亦人耳，人心可激勵。此理通諸詩，溫柔消沴戾。妖星大風掃，青天明月霽。君當聽鐃鼓，鏗鏘凱歌繼。

寄懷陳師山鍾琛觀察

我公古循吏，矧復家學傳。綺歲登賢書，作令來幽燕。直聲動中禁，行卜儀鳳翩。豈意安籠池，徘徊四十年。至今嵩洛民，知公不愛錢。昨冬蒞京華，訪我城北偏。生平未謀面，一見遂留連。世味我久薄，朋友情猶牽。五嶽不能到，此意何人憐。端居出奇想，交盡一代賢。聚散總難必，風雨吟成篇。

熊謙山枚侍郎示詩龕圖歌賦答

宿霜散晴日，綠泥釀春滂。城南枉尺素，意真詞典奧。詩龕本無有，託名永吾好。公乃徵諸賓，罕譬更深導。神山最縹緲，可望不可踏。豈可踏平地，堂室都能造。公雖喻言耳，我則奉忠告。司寇職平反，何暇寄嘯傲。結習未能忘，下筆氣排奡。蒼茫風雨感，慚愧瓊瑤報。

謝蘇潭中丞札來索詩

春風陋巷噓，積雪松根輭。草堂但荒雲，碧凍隔年蘚。共隱烏皮几，清談飫新荈。月上盧溝橋，回首詩龕呵。好句遞蘇齋，憐才忘貴顯。公出都有見寄詩。灕江水清駛，虞山峰宛轉。桂丹榕綠閑，士知經術闡。公當闢轅門，禮樂恢邦典。浸假詩書氣，雍容化愚褊。公惟坐一室，筆墨自研吮。我前所寄書，緘篋可曾展。望公點竄之，中尚有訛舛。

送李舒園元滬之任清泉

聞說清泉縣，家家住翠微。月明無雁到，春暖便鶯飛。煙綠不粘屐，水香多上衣。最宜斜照裏，穩坐釣魚磯。

君今彈玉琴，聲在衡州陰。九面青山色，三年赤子心。要期化頑梗，不必詡登臨。如此稱循吏，方知經術深。

寄衡山令范青子鶴年同年

范侯方髫齡，得句驚比隣。石農李觀察鑾宣時語我，此才今罕倫。芳蘭散幽澤，欲佩何由紉。豈知岳麓雲，歷刼猶輪囷。西涯一滴水，遠溯茶陵津。君識楚才多，當為面命諄。詩教辨雅俗，慎勿淆偽真。

李舒園赴清泉任寄秦小峴廉訪

君序《及見録》，文派衍韓歐。此藁今未成，懷舊增赧羞。卻仿顧阿英，玉山雅集修。比似耕漁子徐良夫，用意進一籌。巢民水繪園，好句同人投。間嘗竊取之，縑素鏘琳球。精神萃一時，義惟親切求。於我若無係，佳什無由收。起例雖甚嚴，積久且汗牛。要以人存詩，匪曰開選樓。君或艷其事，點筆疏源流。

杜公南岳詩，集中傑出者。若求氣體工，必致性情假。卓哉茶陵翁，雍容扶大雅。君今履其鄉，當為設尊斝。遍告岳麓賢，公墓屋已瓦。年年六月九，祠門塞車馬。子規不復啼，老淚自盈把。生平忠愛心，一一詩中寫。我文匪定論，要自異撏撦。君肯序斯集，此事何妨哆。

李侯至性友，經史夙研究。千言人不了，彼能一語透。外貌鮮修餙，其中特娟秀。昔年贈友詩，頗糾作令謬。今已自作令，必克蒼黎救。君當掃閑軒，招使雅音奏。花竹澹心與，乾坤清氣留。瀟湘秋水生，斜月一林瘦。香草不在多，君子有餘臭。

徐朗齋鏷慶寄玉山閣文集至

讀書習戎馬，倥偬干戈地。生平所期許，未必即此事。轅門豎義旗，盜賊不敢至。想當藉詩書，積漸化險詖。文成玉山閣，取境極幽邃。甬東諸老輩，下筆無此粹。史館余四人，三長殊抱愧。手腕竟欲脫，日得數百字。洪稚存王惕甫天一方，一緘末由寄。濛濛雪堂春，千里渺煙翠。

屠笏巖紳過訪

知州陞通判，此事前無聞。君畧不介意，看花兼看雲。劵驢過盧溝，長安來賣文。或得補一官，當亦君所欣。胸中萬卷書，奚能救困貧。昨冬訪詩龕，正值祭詩辰。滔滔口懸河，睥睨旁無人。青山久跌宕，白髮仍鮮新。胡弗勒一書，典章名物陳。倘藉遷固筆，力挽淳風淳。不然飲美酒，遠希葛天民。宦海原蒼茫，何必傷沉淪。

袁雙榕詡文訪劉松嵐於寧遠州署旋都出遼東壯游圖松嵐既書五十韻余亦續作

君從桂林來，銜此松間風。五年倏兩度，騁馬東天東。使墨如使劍，遠勢猶能工。借酒筆力出，一掃雲霧空。丈夫負奇氣，焉肯囚樊籠。冒雪出嚴關，行李何匆匆。劉侯君所師，循吏而詩翁。贈君五百字，一串珠玲瓏。百里蒼生救松嵐句，此語何樸忠。凡百厚責己，持論亦至公。吾詩乏藻采，又窘偏師攻。相期勿因循，意與劉侯同。牽連綴紙尾，藏君懷袖中。

和蘇東坡并引

東坡四十九歲有《和太白紫極宮感秋詩》，蓋太白有「四十九歲非，一往不可復」句。今余又和東坡，才德不逮，情事略同，二賢其鑒我乎。

北地無梅花，繞屋種松竹。歲晚彌鮮新，寒綠滴可掬。延賞豈無人，嘆息乃余獨。緬昔李與蘇，一代老名宿。知非四十九，行藏實自卜。我惟坐茅簷，春風一年復。誰能採玉芝，手撥白雲覆。忽報園中韭，午陽曬初熟。

久不接唐陶山明府書寄問

折柳去江南，吾詩可徵信。君榜下，以知縣用。余題《聽鶯卷》，有「折柳春明城，攜向江南綠」句，後果得江南。黃河一道水，渺瀰阻芳訊。七見桃花開，捲簾雙燕進。春風何所私，霜雪盈我鬢。衰懶日益甚，閉門筆墨峻。蒼茫念朋舊，青雲各騰振。行當師耕夫，荷鋤明月趂。君乘五馬來，過橋雙柳認。

余夢至一山四面皆水松竹雜植猿鶴相聞與穀人味辛談長生術抵掌賦詩醒後頗記憶之邀二君同作

四面江聲一柱山，松濤竹籟鳥間關。廚中水火無生滅，壺外春秋任往還。掛樹野猿偷果悄，守門老鶴曬翎閑。神仙自愛清虚住，那肯隨人涉險艱。

得徐鏡秋粤東札

同第遂同館，而又同鄉井。陞降每倚伏，銷鑠見骨鯁。賤子駑駘姿，伏櫪宜莫騁。君固冀北良，乃亦困簿領。茲或借長風，青雲起南嶺。富貴適然值，弗關人造請。我已榮辱忘，何必城市屏。安心苟有法，不在無人境。行事日益拙，作詩日益警。空言究何補，一笑忽自省。

我年四十九，君年五十二。橐筆趨金城，各抱經世志。相期廿載後，臯夔可立致。豈知天所為，有軒必有輊。淺深厚薄問，惟視人才智。君矜腰脚強，宦塲稱健吏。後房一再索，得男非奇事。我髪已種種，蒲柳易顛頓。兒子方九齡，略辨爾雅字。擬俟五經熟，吾當一官棄。

君家老瓦屋，秋草年年荒。槐花及桑葉，掩映成青黄。我時際微月，倚樹攤繩床。飛出北山雲，片綠城頭翔。風約來虚亭，添我衾枕涼。忽憶珠江頭，夜靜春花香。浮樽綠蟻影，照髩紅燭光。可念茅屋下，聽雨聲浪浪。人謂揚雄宅，庾信居相當。幽棲貞十年，無病貧何妨。

寄懷王穀賸宗炎同年

治吏範氓庶，治書陶秀美。蕭山毛西河，氣雄才跅弛。當時鴻博中，首當屈一指。傷哉門下人，未能闡微旨。我友王夫子，篤志窮經史。自捷南宮歸，足不出鄉里。生徒列北面，如坐春風裏。涵濡二十載，花開盡桃李。我亦循鱣堂，教胄十年矣。君肯抽一帆，北渡黃河水。我當掃桐軒，為設烏皮几。生平未信書，煩君手校理。

二月十一日胡蕙麓大令邀陪翁覃溪先生暨諸同人極樂寺早飯抵畏吾村勘懷麓堂廢址

春雲為養花，三里覆寺垣。繞寺萬陂水，日上煙猶昏。丈人先我至，早歇林中轅。覃溪先生早至。花窨氣候幻，不寒亦不暄。暗香沁肺腸，坐久怡心魂。胡侯雅好事，花下開清樽。茶陵舊松楸，綠散畏吾村。紙灰三百年，不曾吹墓門。一時賢公卿，欲薦西涯蘩。行見懷麓堂，風雨三間存。我愿學耕夫，荷鋤循隴原。暮逐牛羊歸，朝同燕雀翻。佛堂鐘磬寂，草木偕忘言。

盛甫山舍人詩畫皆有逸趣懶不為人作余有求必以詩易舍人索余詩喜賦

君畫日益精，吾詩日益曠。欲以詩易畫，毋乃不自量。士為知己死，此語匪過當。知君豈易言，筆墨天所放。靈氣借手出，掃去古今障。淵然足内美，弗學世花樣。一波與一折，水墨資醞釀。吾愿秀色餐，脱换塵俗狀。置身松櫟間，蒼茫嵩華望。

汪遲雲日章參議和顧跂庵看畫詩同賦

吾不通畫理，而頗喻畫趣。兀兀五十年，未辨江南路。名山與大川，脩阻何由步。緣慳抑數奇，竟莫測其故。或因詩思刻，遂遭鬼神妬。靈境示幻相，往往畫中遇。卓犖金閶彦，天性嗜竹素。雲鄉嗟曠别，關心舊花樹。清光忽到眼，憑空得好句。顧生殊解事，登樓遂作賦。孫退谷高江村富收藏，零縑半朽蠹。借觀復待價君所輯二書，此理誰領悟？吾但喜吟弄，看畫如坐霧。期君二書成，藝林廣流佈。秋燈佐掃葉，蒼蠅驥尾附。

永壽庵

隨月趨城偏，墖鈴響風際。高樹淨如掃，秋堂雨新霽。前年此留宿，稚松一握細。今來憩松間，濃陰已覆砌。人驚鬢鬢改，我嘆年華逝。行當滌心慮，瀟灑柴門閉。

煙郊

人行十里外，早見炊煙碧。芭蕉響疏雨，秋店最幽僻。寒泥墮燕巢，殘花閉雞栅。遥看一山翠，滴從萬松柏。我欲踏翠竹，溪雲幾重隔。安得謝鞍馬，陂陀事阡陌。

東留村

街頭刲白羊，陌上剪黄韭。誰攜通州餅，消此薊州酒。我惟愛山色，古寺憑欄久。樹老花不多，石瘦致彌醜。山月送行客，依依出村口。照見柴門西，蒼苔一寸厚。

虹橋

虹橋臥秋雨，秋雨新放晴。橋下水嗚咽，橋上人送迎。此水從何來，當年洗甲兵。至今斷刀頭，出土猶錚錚。白骨積沙拚，黃犢春田耕。農夫幸無事，曝背依南榮。

桃花寺

寺以桃花名，春色已可愛。況復一滴水，迴洑四山內。我行樹陰底，潑眼剩秋黛。想當二三月，十分出姿態。且倚奇石根，坐閱殘暑退。東峰月既上，西峰雲不礙。

望盤山作歌贈藹亭德慶員外員外官盤山總管

騎馬夜出三河縣，我與盤山初對面。松風石氣空中旋，非煙非霧青相連。回頭不覺衣帽濕，春霧無聲天影襲。前峰低忽後峰高，東澗水流西澗遭。絕頂指是雲罩寺，雲耶寺耶一滴翠。我生好游亦好閑，愿喫香飯棲空山。羨君萬事不掛眼，白髮滿頭酒在琖。今昔蒼茫百感生，論詩論畫皆有情。自言三載盤山住，識盡山中花與樹。何必買帆去江淮，松可為屋石可齋。

曉行薊州道中

村雞不住鳴，殘月看猶在。春霧著荒柳，綠重黃已改。披衣問前路，故人炊飯待。老松倚石笑，招客涉雲海。客豈無雅懷，車馬奈煩殆。我今與松約，此行實慚悔。秋涼到客衣，謝絕人事猥。寒翠留幾峰，松平勿余紿。

送趙味辛赴青州司馬任

甘蔗海南植，牛乳薊北產。自然氣味投，詎人所料揀。獻賦試上等，君昔多白眼。賤子蒙青睞，春風託醴醆。忽忽二十年，握手增愧赧。偃蹇荒澗柳，蕭疏雪不綰。幸未失舊業，一燈事述撰。屈宋作衙官，亦復持手版。

茹膏既苦肥，食骨復嫌硬。君能渾剛柔，交者久而敬。詎惟涉世熟，肫懇實天性。官不判崇卑，拜秩凜朝命。側聞恭毅公，流風與善政。凡事秉家法，清光百年映。世方出新意，花樣一時競。造物深忌才，慎勿名太盛。

昔年阿文成，愛君筆墨潔。欲薦直樞密，忌者肆詆訐。低首試禮闈，不肯通關節。鋒鋩雖屢挫，心自堅金鐵。陽春大地回，深澗無冰雪。幽谷蘭芷花，獨與桃李別。快慰南陔歡，且自東州悅。多謝金闈彦，慎勿怨蹉跌。

我自與君交，始治散體文。君力主雅正，弗事搜典墳。五城十二樓，何嘗輪奐紛。真氣自結構，隔絕人間氛。方謂一瓣香，可以時時薰。忽然天風來，吹君入青雲。稷下舊講堂，至今期會勤。廬陵暨眉山，卓卓治行聞。官閣松廚開，宿醾梅花醺。脱稿倘相贈，望遠情慇慇。

杜梅溪大令與吴竹橋芍藥詩倡和成卷梅溪出示兼索題女史屈宛仙畫

昨夜豐臺雨，街頭芍藥紅。過江傳好句，隔歲寫春風。詩裏人還在，塵中障已空。淡懷賡險韻，羨煞竹橋翁。

宛仙詩書流，弄筆花間樓。杜老蕭疏極，一官隨白鷗。江山託吟嘯，風雨念朋儔。十里西涯路，偷閑半日留。

吴竹橋寄詩至次韻

雁飛曾未阻江關，柳上春歸信已還。人過中年工苦語，花開三月慰衰顔。何妨酒少頻張讌，不愿錢多日買山。小鳳飛來梧樹底，仙班惟剩我猶頑。望賢郎赴禮闈試也。

杜梅溪疊韻見貽依和

冒寒前歲訪禪關，黄葉聲多君早還。蓴菜頻年續鄉夢，桃花兩度换春顔。鷗邊雲氣釀新雨，驢上詩情戀故山。我亦瓣香杜陵叟，卻難换骨是疏頑。

觀亭巡撫海成園中聽粤東周生某彈琴

此是何處梧桐根，斲以為琴形渾渾，大絃小絃清且溫。道人生長羅浮村，吹氣猶帶梅花魂。書聲曾撼秋槐門，心中那有富貴存。指頭一動鸞鳳騫，世上箏琶何足論。主人與客俱無言，惟聞萬葉林間翻。

送汪杏江庶子養疴旋里

兩年違故山，柳色黯江關。樓靜月長滿，徑荒花亦閑。馬循溪路去，鶴識主人還。宦橐嫌詩富，老妻親手删。

立夏後二日時雨初霽邀同人晨出西直門憩極樂寺抵萬泉莊游長河諸寺

北方見山水，心目競森秀。草木抱城郭，一雨萬綠透。晴日苔磯明，遠風麥隴皺。言招江南客，載酒娛清晝。僧寮極幽窈，酒村殊荒陋。食肉勝食筍，此言或不謬。我雖不飲酒，頗愛交酒人。鄙懷藉滌蕩，爛漫存天真。矧兹一代才，各負千秋身。相逢復相得，終歲難其辰。清風林外來，吹動波粼粼。好鳥適和鳴。何知戀餘春。文士愛名譽，高人志澹泊。性情雖弗同，要都怕束縛。生長太平日，吾自具吾樂。停杯看鳥還，坐石待花落。委心任天運，何事費穿鑿。蕭然退院僧，安禪勝行腳。天公愛佳客，特為除塵土。農夫荷鋤笑，昨夜得好雨。客皆江湖人，聞言忭且舞。我飽太倉粟，慚無毫末補。快際風日清，賦詩義有取。諸君田間來，曷以報田祖。

先同人抵極樂寺柬謝薌泉同年

竹外山猶睡，橋邊寺已分。一鷗前導我，匹馬獨逢君。花鳴半依水，佛龕惟臥雲。多時鐘磬寂，蝴蝶鬧紛紛。

寄徐雪坪開德

西江歸棹十三年，老去才名遠近傳。春水生時鷗導客，梅花開後雪盈巔。磨人磨墨兩無礙，參畫參詩總是禪。門外乞書閑不得，吳興夫婦自神仙。

雨後同人集鄒蓮浦文瑍水部一經齋看藤花

去歲看藤花，方當望雨時。驕陽炙紅霧，觀者神不怡。主人情特殷，枯腸搜不辭。聊以誌嘉會，慚愧稱風詩。今年好雨多，草木咸華滋。賓至皆名流，我亦操筆隨。老藤殊自矜，黯淡芳心持。桃李附炎熱，逢塲逞容姿。藤也三兩花，夭矯雲中披。真香詎在多，能沁人心脾。門外看花客，多向豐臺馳。及問花何似，看花人弗知。君子審物理，勿被浮名欺。

四月四日陶然亭重會己亥同年率成三詩并懷未與會者

春過二十年，煙景仍娟好。人過二十年，髮鬢漸衰老。彰義門前柳，陶然亭畔草。青青弗改色，一雨塵都掃。我愿隨諸君，趂閑事幽討。斜日下林遲，飛雁渡江早。神仙不可為，努力晚節保。

嘉會渺難追，兩度經九年。癸丑、乙卯曾兩會同年於陶然亭，極一時之盛。曠隔天一方，情愫何由宣。賤子鵠退飛，君等鶯喬遷。杏花開幾回，紅猶絢芳筵。生平慕勝侶，既往成風煙。縮地術何有，望雲眼徒穿。詩成雖漫與，佳話江湖傳。

君子重神交，異苔而同岑。相彼空山中，萬鳥啾啁音。各安其境遇，力至遂獨任。要知一物名，皆具精能心。月自東樓昇，霞仍西閣沉。勉旃永終譽，後人方視今。

師荔扉範大令過訪言及敝廬即十年前寓齋感賦

南園不可見，君筆似南園。君與錢南園論詩最合，余方謀梓南園詩。句法商量後，文章古拙存。柳荒難繫馬，花放易開樽。一路看山色，春風又薊門。城北浩煙水，野鷗猶識君。槐高門徑掩，沙軟石橋分。萬里此相見，十年何所聞。浮名吾久愧，行欲事耕耘。

存素堂詩初集録存卷十二

辛酉

胡香海大令以仇十洲桓伊吹笛圖乞詩

胡侯愛畫不愛錢，月明茅店風翛然。我來如上米家船，萬里江天忽到眼。誰據胡牀敲玉板，春寒楊柳青溪淺。除是王郎抑謝公，歌者泣者皆英雄。使君於此何匆匆，不交一言客竟去。水龍吟罷蔣山曙，梅花落矣不知處。

蔣藕船知讓同年出尊甫心餘先生攜二子游廬山圖屬題

我昔登瀛洲，一識先生面。其時三郎君，皆以文章見。匡廬游半日，詩篇積成卷。父子並神仙，風雨共筆硯。峽猿聲既淺，潭龍影忽旋。從此漱玉亭，墨光時掣電。事隔二十年，藉藉人稱羡。我悔問字遲，遺文補謄繕。近于書肆得先生遺稿一帙。邇幸交季子，聽泉南海淀。春明煙水處，遨游都已徧。行將抱琴去，名花栽溝縣。但勿如在山，偃臥隨己便。可憶蒙頭時，梅花開滿堰。記中語。

雨後同周西麇顧𢧐庵李青瑯暨兒子桂馨由三汊口抵極樂寺

水鳥破煙去，村居事事幽。用桂馨句。人閑誰似我，雨小亦生秋。佛自具青眼，花原羞白頭。幾回覓歸路，卻為聽鐘留。

吴柳門文炳明經過訪

君過盧溝橋，阿兄劵驢去。衣塵尚未掃，訪我何匆遽。感君情意真，遂忘話言絮。士伏草澤間，最易招毀譽。豈知悠悠口，雌黄不足據。況復才俊流，必有江山助。此筆授從天，當以奇氣馭。我自師古人，莫為古人御。往往好文章，得諸無意處。

周卣封啓魯進士擬就廣文詩以堅之

西涯雜詠句，一時和者衆。君篇擅老蒼，湖燈恣吟諷。豈知山中桐，又復引孤鳳。淮海諸青衿，望君歸騎控。點易梅花林，月明折酒甕。閑階秋蝶上，疏雨幽禽哢。廡下讀書聲，夜半竹牕送。

樂蓮裳宫譜寄書至

樂生寄我書，披就明月覽。西江萬斛水，入紙增慘淡。頗聞秋試罷，殘衫漬埃窞。襆被尋故人，登樓理錦贉。胸中瑰奇氣，仍復寄鉛槧。舊聞與佳話，我嗜如昌歜。畏暑日閉門，高梧寒綠晻。晚涼循石溪，一亭出葭菼。缺墻閃螢火，斷岸避魚槮。因憶題襟客，燒燭賦菡萏。我友誠吟詩謂王愓甫，清狂有誰撼。可惜樗園花，紫蕤更紅糝。君醉倘作歌，定能破鬼膽。魚緘加審重，要防煙水黮。前蒙惠寄詩札皆浮沉。

懷萬廉山承紀大令時閑居曾運使署中

梅花棲萬山，魂為君筆攝。寒影森一龕，月明不移屧。君為余畫「今作梅花樹下僧」卷。作令去江南，好音未一接。高睡花間堂，勝鼓煙中楫。選樓彙群書，神經雜怪諜。使君別五色，取根舍枝葉。詩能抉骨髓，詞弗煩齒頰。君當據長几，百家都涉獵。華嚴最上乘，荒庵雪夢愜。君自號「雪夢庵主」。秋雨濕繩牀，飱魚莫彈鋏。

吴蘭雪孝廉春闈報罷留宿詩龕

十載尚閑身，相逢倍愴神。題詩先贈我，賣字又依人。暑雨且尋竹，秋風休憶蒓。得魚有何羨，還自理煙綸。

集謝薌泉有耻齋消暑分賦蟬

又聽爾長鳴，原非訴不平。沙堤千萬樹，暑雨兩三聲。得氣肯趨熱，過枝仍飲清。涼飈雖未至，去住一身輕。

疏柳與長槐，柴門取次栽。若吟三疊罷，殘夢五更迴。風定鳥聲在，月明秋影來。螳螂伺煙滸，高處莫教猜。

答汪艾塘庚太史

君翁老詩伯，竟為詩所窮。人遂疑造物，作詩忌求工。豈知古才士，有塞必有通。君能讀父書，橐筆吟宸楓。江湖傳君詩，謂似東坡翁。敦修後進禮，踵門投刺恭。展卷益我感，懷舊心忡忡。挾此一枝筆，何堅不克攻。西涯煙草荒，我比號寒蟲。暑雨蘇病竹，夕照薰新桐。移榻傍苔石，坐君花氣中。惠然家集攜，字掩孤燈紅。

伊墨卿太守自惠州寄尊甫雲林詩鈔

翁詩寄我讀，不遠數千里。我雖不敏悟，三復會厥旨。嶺南多名家，幾人得詩髓。今都襲皮毛，下筆取華綺。君常稟庭訓，力挽世風靡。顧君職太守，所重匪故紙。蒸然詩書氣，化民去卑鄙。百姓知愛上，不自百姓始。孝弟與力田，人人可以使。

聞君愛坡老，朝雲祠新筑。此意殊可風，且足勵末俗。祠成何所薦，水仙與秋菊。坡老神其來，對此一捧腹。從此惠州民，百世享神福。我修西涯墳，重睹松楸綠。就石為軒廊，因溪補花竹。百年打麥場，換作讀書屋。君肯榜祠額，大字寫懷麓。

久不接周霽原大令音問

不接龍川書，盼斷雁飛影。江天雲水闊，一別增酸耿。調琴尉佗城，虛懷塵事屏。當道皆清官，蠻民不復獷。君但坐鎮之，中濟以寬猛。縣堂榜默化，我為彥質請。宋周彥質守循，東坡榜其堂曰「默化」。新柳濯春塘，懶雲斂夕嶺。放衙趁月涼，栽花遲酒冷。細字三兩行，慰我相思永。

寄答徐山民達源

作詩不古人，末中識蹊徑。作詩必古人，於義為贅賸。三唐暨兩宋，議論紛靡定。豈知天無功，全以一心勝。我友郭頻伽，胸有寸珠瑩。筆掃古今障，秋山竹燈暝。君因郭交我，新詩遠持贈。惟惜誠齋集，覆瓿等墮甑。殷勤乞敘言，鄙夫恐不稱。楊氏踵蘇黃，實驂石湖乘。生面能獨開，天然廢餖飣。我詞弗雅馴，焉足資典證。感君纏綿情，遂欲肝膈罄。老馬愧知途，臨風悲蹭蹬。揮汗作報書，午槐綠陰凝。

得吳南薌文徵濟寧書兼寄且園十二景圖冊

酷暑雨尤甚，苦無退避法。海東書拆緘，城北畫開匣。中有清風生，泠然出斷峽。何來破空筆，咄咄倪黃壓。刻劃到微細，花苗及菜甲。煙疏兩行柳，水涼半池鴨。且園我暫棲，據此當豪劫。湖西買窪田，力儘菱藕插。秋潦積十畝，奚煩置堰牐。君欲上揚州，翩然與鶴狎。但愁梅花冷，只有孤月洽。姑作畫圖觀，搖艣泛清霅。

集吴穀人有正味齋消暑題吴元瑜陶潛夏居圖

衆綠不相奪，萬山時一空。斜斜西嶺日，浩浩北牕風。松菊悠然見，琴書偶爾工。此中有情緼，不是信天翁。

避暑果何術，入山今最宜。涼生武功筆，澹絕柴桑詩。濠濮之間想，羲皇以上思。敗荷倣崔白，世但賞豐姿。

長日掩雙扉，雲還鳥亦歸。堂開深柳隔，林靜落花稀。吹面水風細，照書山月微。西涯浩煙景，吾欲買魚磯。

雨中懷蔣藕船

青草年年江浦生，白頭相見轉多情。看花最好是三月，三月間有看花之會。聽雨又愁交五更。酒病蘇當壚牘了，詩篇富恐宦囊輕。兩行疏柳金臺路，不斷秋來蟋蟀聲。

六月十二日涪翁生辰吳山尊太史招集藤花吟社消暑

涪翁詩嶔崎，原不在字句。生平雄傑氣，往往筆間遇。恨弗躬侍翁，一詩詩中趣。前歲摹翁像，千載欣把晤。楊君今詩豪，與我有同慕。重摹因轉贈，古懷託縑素。今年暑雨大，十日不得住。新晴天氣佳，驅車宿約赴。適際翁生辰，太史奉香炷。楊君持像至，清齋几筵佈。詩老茅及吳，餘各擅詞賦。惟我稱下駟，藤陰忝飲胙。翁當元祐初，翺翔玉堂步。交游得子瞻，自詡臯夔附。僅以文傳後，似與翁意忤。古來磊落才，時命每多故。遙睇修水居，白雲鬱江樹。

題夢禪居士指頭畫

林梢綠忽沉，港口紅微吐。沙汀雙鷺鷥，不知夜來雨。
山氣雜水氣，併入一村綠。林深草閣寒，六月秋已足。
老樹倚夕陽，孤亭盎山背。黃葉被風掃，青山與我對。
百尺水晶簾，掛我秋樹底。石潭坐日夕，塵淙忽焉洗。
竹竿長在手，得魚非所期。秋生定何處，祇有蒹葭知。

西涯晚眺次韻

荷荻花殘柳滿津，波明沙淨石橋新。半城秋水荒於草，幾樹斜陽紅近人。寶劍垂腰期報國，奇文掛腹不醫貧。慈恩寺裏鐘聲響，驚起閑鷗去白蘋。

陳石士用光庶常玉方希祖比部招同人小集即廣詠茶菇

吾聞古仙人，每飯餐靈芝。又聞廬山中，石菌採充饑。或附松竹生，或緣溪澗滋。厥味甘且旨，肉食者不知。西江大小阮，玉樹森成枝。招客集閑軒，羅列樽與卮。茶菇制中饋，出釣詩人詩。客多江鄉來，蓴菜秋縈思。水花與園石，搖筆成異姿。我但守虀甕，終年臥茅茨。黃雞膾紫蘑，焉能日朵頤。一旦飽嘉蔬，光液流心脾。擬當艤小船，埽蘚蒼厓陲。春雨綠濛濛，倚樹拾雲蕤。舉綱得鮮魚，即于林下炊。更當糝為羹，滑美香翻匙。隨地皆瀛洲，芝菌需何時。

射雕行

世間惟有弄筆苦，我愿掉頭去學武。琱弓駿馬馳平沙，紫塞看遍秋圍花。大風獵獵平原起，我馬向空鳴不已。一雕忽在雲中旋，馬蹄未到人心先。爾雕爾雕性太摯，虎狼側目鷹鸇忌。禍機已伏爾弗避，我終不忍傷此才。讓爾矯翼天山來，追逐狐兔清群埃。血戰歸田兩臂痛，腰間長箭全無用。敢矜百步穿楊中，高歌沉醉酒家樓。同輩少年皆封侯，我今不樂將何求。惟恨西南賊未滅，焉敢偷閑告駑劣。一片酬恩肝膽熱，爭挽昔年五石弓，豪傑果出兜鍪中。君不見，將軍射雕亦射虎，朝平秦還暮平楚。

送胡香海之羅源任

聞說詩書氣，能消盜賊憂。此才今百里，餘事自千秋。天影盧山隔，江聲薊樹收。兩行紅荔影，分映石琴幽。

幾時得漁隱，結伴入西溪。蓴菜綠何處，桃花紅一隄。雨船詩夢穩，月寺酒盃攜。洞口招余往，春風或不迷。

姚伯昂元之孝廉為畫靖節以下至西涯十二人像

桐城二姚君，謂根重、世綸兩孝廉，皖江明經。與我皆舊知。昨年役磨堪，嘆君文不羈。柴門辱過訪，快讀無聲詩。驚為王輞川，又疑李伯時。古人不可見，名姓徒留遺。君生千載後，一一心摹追。筆墨妙生動，精采森鬚眉。懸我詩龕中，舒捲清風隨。誰謂一瓣香，邈然自我遺。樓灣萬楊柳，春水綠漪漪。殘荷萎西渚，新菊開東籬。君肯鷗波循，我當雞黍炊。

題吴柳門家山圖

我思住山中，日日飯煙翠。悠忽二十年，未能一官棄。雖棲塵市間，荒齋儼僧寺。每逢江南人，便問山居事。覽君家山圖，觸我扁舟思。白雲不上天，春水多於地。梅花正開時，客抱明月睡。松竹無塵容，雞犬有高致。

男兒志四方，況君當盛年。讀書期用世，何事耽林泉。身跨盧溝驢，夢繞黄山煙。恍藉一枝筆，攫此千峰妍。某水與某邱，現出秋毫巔。目窮雲樹底，指點孤燈前。君本瀛洲人，須耕天上田。難兄及難弟，聽雨床重聯。

送韓旭亭歸里

青山喜客歸，膏沐出相見。十年手種花，到家開滿院。老鶴髮漸秃，野竹綠不變。神仙那得有，先生此足羡。臨溪筑一樓，早梅與對面。新月悄入窗，白雲時凍硯。朝饑且勿問，但自理書卷。

向平愿已畢，五嶽皆可登。郎君況多才，政蹟東南稱。腰腳又復健，謝彼笈與簦。日攜兩童子，矯首青雲層。憶昨游西山，濟勝余頗矜。及臻絕頂峰，步步需紅藤。翁特撒手行，來往如蒼鷹。從此涉江湖，到處窮崚嶒。淡嘗香鉢飯，閑話秋菴僧。夜船續詩夢，耿耿明漁燈。

吳榖人祭酒南歸題顧㢶庵崧柏圖贈行

松風紙上吹，雲氣腕底送。南山一片青，袖歸北堂貢。顧生真畫癡，鉛粉不輕弄。三日緊閉門，清飛巖綠縱。中有纏綿心，欲藉楮墨頌。先生打槳去，書畫壓船重。萊衣舞拜日，此作屏風用。高置梅花間，只許鶴陪從。

伯昂過訪

秋水半城荒，秋花媚夕陽。幽人踏黃葉，訪我礿西堂。鐘歇露蛩語，酒醒風篠香。不須催月上，庭院足清涼。

奚鐵生自浙中寄詩龕圖至

山水雖溺情，風騷卻入骨。丹青借驅遣，筆墨見突兀。獨坐梅花林，清興偶然發。酒氣時上天，紅燈黯白髮。剡藤僅三尺，萬里勢飄忽。石醜雲細皺，竹涼雨暗歇。中有飲泉人，手汲古明月。我非忘世流，對此念耕垡。浮家羨鷗鳥，寒煙日出沒。

題畫

松梅

野梅自分山中老，卻與喬松共歲華。縱有千巖萬巖雪，春風一著便開花。

松竹

性情標格兩相宜，一在山巔一水湄。不是此君太孤直，後凋同有歲寒時。

九日李墨莊主事楊蓉裳員外招同人集陶然亭

九日例登高，策馬城南徂。朋友胥素心，禮數戒勿拘。一亭屹佛閣，四面圍秋蘆。平生憂患多，至此空欲無。但覺數鷗鳥，瀟灑隨吾徒。泊然簪紱忘，極目思江湖。忽聞疏雨滴，響出西堂梧。半髻樓外山，頃刻青模糊。寒生菊幾叢，香黯酒百壺。頗恨意難盡，不知日易晡。鐘磬催我歸，殘鴉同覓途。

題奚鐵生畫

山風入夜息，鶴鳴亦不聞。秋陰妬明月，綠暗樓中雲。孤客夢乍醒，半枕涼濤分。玉琴尚未彈，流水聲何殷。天籟不終閟，靜者情多欣。行將抱石眠，遠此人間氛。

題西涯先生像後

我嘗校公集，因知公素志。近為作年譜，搜羅及軼事。大抵公性情，和平而沖邃。在官五十年，保全皆善類。逆瑾覆綱維，百計社稷庇。卓哉顧命臣，焉敢艱危避。奈何羅侍郎，門生倡清議。王瓊陳洪謨踵訛謬，顯與實錄異。韓文逐瑾之謀，《武宗實錄》暨《明史》載焦芳洩其語，《雙溪雜記》、《繼世紀聞》乃誣為公。元真觀碑文，安知非作偽。嗚呼公致政，魚菜不能備。清操有如此，乃云徇祿位。此像藏閔氏，上有癸亥字。公年五十七，謹身殿初蒞。時和百司理，僚宰無猜忌。公早抱隱憂，鬱鬱不得意。蒼生四海望，藐茲一身寄。劉謝繼去國，幼主付誰侍。微公秉國鈞，楊韓將奚置。我過畏吾村，墓田久荒棄。日暮牛羊來，無復狐狸睡。公曾祖葬地為白狐睡處，見《堯山堂外紀》。草堂葺三楹，四圍楊柳植。湫隘匪舊觀，幽潔抵山寺。燕許大手筆，擬作墓祠記。石君尚書許作碑記。孰更勒公像，一碑耿寒翠。

重經西涯訪汪瑟庵廷珍學士新居

秋水無人管，夕陽空自閑。鸕鷀飛作陣，楊柳綠成灣。極目餘芳草，抬頭見故山。欲延溪月人，且勿竹扉關。

陳仲魚鱣徵君過訪詩以贈之即書其尚友圖後

離群固可傷，泛交恐無當。君讀萬卷書，下筆老益壯。遙遙千載後，不敢古人讓。心小眼故大，時欲董賈抗。天地有正聲，造物無私貺。六經既陳跡，一心足醞釀。霜清月自明，風過波初漾。君方手一編，前古後今望。我雖寡學問，端居抱微尚。翛也飄然來，老屋秋相向。黃葉與白雲，坐久冷都忘。世稱君多聞，我更喜直諒。寒夜竹燈剪，幽懷倘能暢。

秦良玉錦袍歌

丈夫衣錦吁何人，文燦嗣昌皆大臣。鼓聲正奮甘掩袂，豈不貽笑將軍秦。將軍西川一女子，挺身愿為朝廷死。紅粧上陣白桿搖，三十萬兵平地起。天子臨軒褒厥忠，錦袍賜出明光宮。搴衣上馬提戈去，萬口嘖嘖稱英雄。六軍銜寒僵且仆，本兵袖手賊負固。將軍下令捐私財，此袍直欲江山護。賊中瞥見五花來，偃旗棄甲哭聲哀。男兒豈真不如女，神勇所向堅能摧。竹箇坪下陣雲黑，揮刀殺退十萬賊。可惜奇策不果行，坐使錦袍黯無色。零落於今二百年，殘縑剩綺人爭憐。舒捲臨風餘戰血，被服想見疆場前。調兵箸帚全無賴，再拜號跳毁冠帶。金印徒勞石砫齎，賊中誰敢窺旌旆。將軍往矣錦袍貽，此袍抵作將軍碑。寧南矯矯衣冠隊，名敗難同一土司。

蘭雪信宿詩龕適有以賓谷生子來告者賦詩寄賀兼調蘭雪

生兒豈奇事，乃獨於君喜。況君必有後，此可斷諸理。造物遲之久，山川為鍾美。湯餅走衙官，歡聲遍閭里。一夕題襟館，好詩寫千紙。我方偕故人，聽鐘倦隱几。佳音客傳到，兩人同躍起。頓忘寒夜深，吮墨不容已。檢書徵典實，又恐乏義旨。得意遂疾書，相期汰浮靡。我兒方九齡，侍旁供驅使。方其墮地時，我已四十矣。成立那可必，頗知弄書史。君兒年差小，識字之無始。鼓篋長安來，一輩説孔李。兩翁謝簪紱，南北各秋水。可笑蘭雪生，時署天隨子。

訪煦齋侍郎於樂賢堂長話語及顧寧人郡國利病書勸煦齋購之

年華日以增，朋舊日以少。疏懶既成性，矧為筆墨擾。趁閑訪故人，入門見清篠。幾時不相接，萬竿出篬表。交深語無擇，坐久月已皎。偶然念今昔，愧比倦飛鳥。時復投林木，思欲霜翮矯。

君今為大臣，翰墨特餘事。當自際遇惜，隱合蒼生意。作詩與飲酒，外務足捐棄。持盈古有誡，謹小斯為智。淵然一心安，推之四海被。世任遑毁譽，君子素其位。不聞春秋例，賢者方責備。

郡國伏利病，為政當周知。診脈録成方，詎足稱良醫。顧無指授法，臨藥將何師。卓哉亭林子，群籍一一治。習俗某淳澆，山川某險夷。孤燈坐深室，燦然遠近窺。吾身所繫重，言非一人私。胸中留此書，事來輒應之。萬物苟得所，衡泌吾樂飢。時至樂賢堂，切切還偲偲。

張船山為趙穆亭承杰畫木石秋色

君家世工詩，山水氣獨厚。長安住幾年，江村自梅柳。縮地苦無術，光景胸中有。張顛足奇趣，使墨如使酒。頃刻西湖煙，紛紛落顛手。日暮霜氣清，林葉寒日久。松石少亦佳，老態不嫌醜。作畫與作詩，總難脱窠臼。此境極荒寒，身疑在田畝。人是柴桑翁，路是輞川口。畫耶抑詩耶，展卷君自剖。

池上篇送張徵君炯歸里

春草年年緑，一亭池卜閑。著書消白日，買酒醉青山。奇字何人問，新詩隔歲刪。長安花事了，又逐白雲還。

一樓松下偃，兩水屋邊圍。言採梅花去，相將白鶴歸。溪風上衣綠，山月吐林微。魴鯉隨時有，墻根筍正肥。

董文恪為宣城張芸野翁畫西阪草堂圖

吾愛宣城詩，因愛宣城客。至今西阪堂，云是謝公宅。宛山便宛水，千古自深碧。霜氣入草木，秋心增日夕。高人此著書，坐久時脱幘。月上一松滿，風來萬竹隔。苔香冷襲衣，泉聲暗出石。破硯手親滌，殘縑心屢惜。富春董尚書，放筆寫幽僻。迢迢四十年，想見林棲跡。西涯有吾廬，對此感今昔。

紀陳石士太史慈母姚宜人事

良才當幼穉，養之貴得術。養之弗及知，甘苦受者悉。事過數十年，受者溯一一。太史產德門，傳家厚陰騭。玉堂清晝閑，母教向余述。時君方九齡，生母遽君失。宜人加顧復，何曾異己出。未寒先理衣，既飽又防疾。學塾不歸來，倚門看斜日。遂教隨阿兄，同弄生花筆。蹁躚繼入官，其忍忘恩恤。朝廷五品誥，再拜奉母室。母曰余何人，敢與嫡婦匹。況翁擅義方，成立汝輩必。母言有足風，吾為紀厥實。

送周西麋歸里

績溪古勝地，川谷接蜒蜿。昔年蘇子由，曾此寫雲巘。君少與阿叔，人稱大小阮。著書石鏡岡，蕭閑塵世遠。鼓篋游成均，叔也一官蹇。君復抱孤潔，掉頭故鄉返。憶昔揖槐堂，斜日話清婉。聯牀接風雨，三年共餐飯。得失自在天，於君何增損。長夜手一編，坐對殘月偃。世方侈榮名，君獨務根本。歸趁春水生，溪上釣鯉鰋。白雲傍幽石，老圃花開晚。

贈鮑曇原桂楨

浩浩落落絕依傍，前古後今遠相望，物外逍遥齊得喪。夫君家住黃山村，白雲滿地秋無痕，騎馬三入長安門。愛惜殘縑與剩字，石鼓摩娑不忍棄，趁晴手自剔寒翠。北風獵獵雲漫漫，酒瓢詩卷繫驢鞍，幾回土窖梅花看。意興年來猶不淺，尋幽踏破西涯蘚，坐對梧陰向西轉。語言文字本來無，曷取今吾證故吾，魚日在水忘江湖。

郊行

霜氣深四郊，騎馬就寒日。林中響敗葉，老翁坐捫虱。問翁村遠近，耳聾語難悉。秋水尚滿田，何處採新栗。

夢禪畫石

此老胸中蓄奇氣，不識人間富與貴。抱石眠雲四十年，青山畢竟買無錢。偶然乘興寫片石，筆間宛留太古跡。世人那得知其心，一縑但欲酬一金。

杜梅溪貽江南故人書並示蔣藕船房山近耗

踏雲跨仙鶴，身在大房山。半夜風兼雪，柴門醒未關。梅花獨余寄，江雁伴誰還。說是琴堂客，舊詩重手刪。

松底聽泉坐，高情託酒杯。一年又春去，百感入詩來。雪大逢人問，農收隔歲猜。田間莫吹笛，北地少梅開。

客至

荒圃竟何有，石根空自多。正愁晨雪大，忽報故人過。寒竹春微吐，山雲凍未和。柴扉且虛掩，新月散林柯。

不寐

月從溪上來，照我窗間梅。花自遠塵俗，未春先已開。香能襲詩卷，暖不借樽罍。凍雀疑天曙，無端倦客催。

招吳蘭雪

夢中把吟袂，去訪匡廬君。醒倚梅根坐，清歌孰與聞。古苔藏細雪，寒樹吐微雲。臘酒招同醉，商量剩藁焚。

題朱野雲畫

一松鳴未已，吹作萬松聲。此水流何處，前山月正明。梅花開滿谷，春雪積連城。心逐寒鐘去，悠然遠世情。

金粟道人像歌

玉山亭館今何有，玉山風流炙人口。可憐金粟託前身，隱君之意不在酒。少年結客姑蘇城，三十六橋秋月明。樵青收網榜歌唱，璚娘揎袖親調箏。一時賓客詩中虎，元鎮廉夫及伯雨。珍重玉鸞配鐵龍，水仙舟裏吟思苦。床頭摘阮復彈碁，贏得詩囊酒在卮。烽火隔江僅百里，平生歡笑倏成悲。武略將軍歸海上，彩衣金印天人樣。老翁醉詠秋棠花，夜闌秉燭餘悲壯。壙銘像贊寫高懷，藉草憑山便骨埋。遷徙臨濠死亦好，清魂如傍可詩齋。曠世增悽文待詔，生綃曲盡添毫妙。碧梧翠竹半荒蕪，桐帽椶鞋猶冷峭。我家舊住西涯西，十頃芙蓉三里溪。閑鷗野鷺參差見，畫榼詩瓢次第攜。幽姿摹出龕生色，想見當年樽盌側。吹笙擫笛奚足多，惟有豪情壓不得。野雲為我圖耕漁，朱野雲山人近為余摹徐良夫像。峨冠儼服清且癯。異代相逢應一笑，天地何處非吾廬。

耕漁子像歌

玉山草堂翠浮几，清閟雲林落吾紙。世間萬事憑心生，眼中但少耕漁子。清修玉立貌非常，徐瑆耕漁子，傳為人清修玉立。峨冠儼服來蹌蹌。道衍《耕漁軒詩序》：徐良輔氏峨其冠，儼其服。我生未入光福里，曠世相感良夫良。野雲筆能奪造化，肖極翻令觀者訝。遂幽軒頽幾百年，草木精神縑素藉。曳杖翩翩鄧尉山，梅花樹底一身閑。朝驅黃犢桑麻外，暮逐白鷗煙水間。挑燈自寫金蘭集，道衍匆匆為補輯。青邱北郭皆敗亡，剩爾廣文屹獨立。鳳琶鐵篴龍脣琴，簪花溪鳥都關心。顧豪倪俠徐樂道，三人臭味稱苔岑。武夷九曲寄歌嘯，看到青山詩絕妙。扶病猶攜孤鶴游，幽魂只許秋猿弔。鐵崖道人醉不休，句曲外史那知愁。先生胸中殊了了，聲華於我如雲浮。豈料後人生企慕，直欲買金賈島鑄。白雲洞口倘相逢，黃葉村頭或重晤。我亦江湖多故人，星梁月落寄詩頻。集成略仿金蘭例，不藉沙門作序文。

臘月十八日壽楊蓉裳員外

夫君似明月，照我白雲身。萬古一詩境，四時皆好春。青山何日買，老鶴此相親。他日尋漁夫，滄州結釣綸。

詩名擅崑體，生日早東坡。分酌紅梅酒，同吟白雪歌。小樓看月上，高樹得春多。更有《斜川集》，挑燈細細哦。

揮刀能殺賊，誰敢侮書生。馬上詩曾賦，鷗邊夢易成。難忘春草句，尚感塞鴻聲。榮辱忘都盡，關心蜀道平。

華山青萬丈，歷歷貯胸中。筆底精靈洩，人間垢慮空。成名君獨早，序齒我偏同。白髮登詞館，西堂與鈍翁。

香山道中

匹馬橋西路，空林雪有聲。牛羊村外細，燈火水邊明。有客松溪至，開門病衲迎。佛前不多語，惟篤歲寒盟。

聽仲梧彈琴

不是悲涼客，如何激楚多。美人怨遲暮，壯士感蹉跎。江上青峰見，林中白鶴過。未須刺船性，深恐涉風波。

臘月十九日石士齋中同蓉裳船山王方鍾溪希曾拜東坡生辰船山畫公像石士更乞為山谷畫像因論及二公詩

大雪隔斷城南路，晨起雅聲噪晴樹。故人畏寒方掩廬，飲酒有時還讀書。爐香隱隱沉虛閣，我卻登堂踐幽約。三杯手酌酹東坡，七百年華彈指過。峨眉秀色鍾吾友，謂船山。詩畫當今無對手。潑墨偶寫坡仙圖，坡仙飄灑隨吾徒。西江詩派定誰續，欲畫涪翁配玉局。學使新渡瞿塘來，極言蜀地多清才。張顛仰天忽大笑，坡谷吾皆識其妙。君等慎勿悞皮毛，謬之千里差釐毫。心境由來即詩境，世上紛紛賞形影。楊侯學詩三折肱，一聞此語深服膺。勸我歸家且高臥，下筆先須萬卷破。請看蘇州與柳州，不著一字得風流。胸中要自有依傍，匪是從人乞花樣。酒殘帳底梅花香，竹簾暮捲春雲光。

存素堂詩初集録存卷十三

壬戌

題黄文節公石刻像後有序

嘉慶庚申十二月十九日，蘇齋拜東坡公生日，適得黄小松札，以蘇像册屬撫文節像，坐中高玉階摹寄，覃溪先生書公自贊「似僧有髮，似俗無塵，作夢中夢，見身外身」四語於後，小松勒石徵詩。

蘇齋前歲拜坡公，雍容壁上瞻涪翁。刺史書來索翁像，高生寫出神采王。寒巖鐫字題款詳，涪翁精氣山同長。紙光墨影起寒絳，燈下摩挲遠懷觸。翁昔橐筆偕坡仙，玉堂儔侶剛三年。端明學士忽出守，翁亦倉皇江上走。蘇公儋州翁黔州，題詩各寫生平憂。轉瞬已逾七百載，同堂二老風流在。明月忽破松陰來，鐘磬不響梅花開。山僧一瓢清酒薦，身外有身苦不見。翁今真箇夢中人，衣冠濯濯秋無塵。白雲畢竟歸何處，我欲從翁看雲去。

李墨莊自琉球歸出泛槎圖索詩

雲夢久填胸，大海從未涉。展圖氣先王，望洋心已攝。使君天上來，一槎小於葉。長風鼓厚力，中流自妥貼。蛟龍宛轉趨，星斗横斜接。百靈默感孚，萬怪胥怖慴。此時使君心，但期王事協。塵緣倏已空，詩情澹方浹。世間章句儒，陳編事漁獵。榮辱紛厥中，出語同夢魘。覩兹妙明境，令我幽賞愜。前度游瀛洲，憶曾隨步屧。故紙鑽不出，長年守史牒。老馬戀芻豆，久矣忘蹀躞。惟羨君此行，奇句歸滿篋。擬攜松竹間，泠泠寒笛擫。人生貴適意，隨處有苕霅。

題畫

窈彼青楓林，圍此白石屋。南山荷鋤歸，趁月把書讀。起聽秋蟲聲，泠泠在深竹。

哭鮑雅堂郎中

造物畀君才，君匪不善用。鬼神妬特工，顛倒肆簸弄。坐是一生窮，萬卷徒吟誦。名塲四十年，時作夢中夢。詩篇寫性靈，不分唐與宋。袖草就我商，一燈風雨共。抒胸塵𡐨遠，脱口隱微中。前歲游西山，恃強劣馬控。醇醪飲擅場，險韻闢先眾。晚坐黄葉底，感秋抱餘痛。著書剩秃筆，買山乏清俸。毁譽任幻杳，死生付倥傯。有子雖克家，鎩羽傷孤鳳。周恤漸無術，徒以詩為賵。遺編託何人，我愿佐甄綜。

二十六科長松圖為朱石君尚書賦

松在萬卉中，具有壽者相。人世祝嘏詞，遂舉松為況。顧非貞固材，諛言了無當。卓哉南厓翁，歸然魯殿望。翰林重前輩，詎僅年齒尚。自公入瀛洲，二十六科放。朝廷尊宿儒，藝林奉宗匠。退食手一編，未改秀才樣。要知根本深，自然枝葉王。霜日閲幾時，冬春久矣忘。清陰蔭十畝，秀色表千嶂。蔦蘿雖微物，臨風頗跌宕。方其生空山，孤根鮮依傍。吹落萬葉低，寒緑氣微颺。茯苓暨琥珀，豈不資醖釀。正直見本性，渾厚徵德量。大夫十八公，稱名殊誕妄。造物與終始，高縱霄漢上。

柬和泰庵中丞

官職君屢遷，性情知未改。老來愈真率，别久想風彩。憶昔話蕭寺，手自調梅醢。酒殘日斂山，招呼明月待。得錢便買竹，謂足消鄙猥。招我聽寒籜，吟興清於茝。自君萬里行，索居十餘載。譬如駕扁舟，天風吹入海。忠信雖自矢，憂惑幾瀕殆。君詎不我念，雲峰隔崔嵬。今幸引手便，良藥救沉腠。君亦善調攝，勿過恃磈磥。東魯近邦畿，百司防玩怠。倘欲籌殷阜，曷先起貧餒。大抵飽煖民，中無盜賊在。日對明湖水，豪情增幾倍。新詩肯細吟，舊約夫何悔。

送顧弢庵歸里

君從江南來，但挾一枝筆。如何五嶽雲，都自胸中溢。春明詩畫流，交口誇秀逸。君特斂抑甚，未肯矜藝術。道心重自持，百慮期得一。不及見古人，怦怦如有失。詩龕君最喜，挑燈時促膝。幽軒無客擾，秋陰坐寒日。奇文每示我，往往柳州匹。詩帶山水音，泠泠響清瑟。作畫致瀟灑，近頗講沉實。要須其自來，迫使不可必。疏狂緣是名，或且加妬嫉。低首試有司，既陟復被黜。春江水瀰洱，歸去布帆疾。山中多白雲，與君性情暱。脫屣松桂間，柴門莫輕出。

贈郭生賢瑚

藝事造厥微，輒為有職賞。萬楮日在手，捲舒一心往。問生操何術，生言夙善養。方其紛然投，胸中或悒怏。息機靜以理，所得非所想。選材既務精，備物須求廣。工夫積漸加，循途誡鹵莽。吁嗟有道言，可以諗吾黨。

項道存紳孝廉介吳蘭雪畫詩龕圖見貽

吾讀吳生詩，因之悟畫理。及觀項生畫，天機妙如此。吳生有神解，字都不著紙。五城十二樓，飄若淩雲起。每稱項生畫，妙處即詩旨。為我圖詩龕，塵壒淨一洗。孤月寫澄潭，炯然方寸裏。我家淨業湖，門前半春水。桃花入釣船，斜陽一竿紫。兩生灑然來，槐陰踏芒履。鷗鷺皆吾儕，何須赤松子。

贈陳一亭森

繪生術最苦，名世難其人。方今丹青流，自詡能傳真。形骸徒刻畫，取貌非取神。君踏江波來，滌盡胸中塵。但覺筆墨外，別有境界存。漫漫風雪天，寒山橫我門。酒人醉驢背，詩夢消無痕。心手妙虛曠，寫出梅花魂。忽然有我在，空色從誰論。萬理具一心，久矣除囂煩。春雨過前溪，落花滿閑軒。呼童洗古硯，為我圖西園。

雲川閣詩為徐舍人賦

好景隨在有，人苦自抛卻。男兒志萬里，豈能守邱壑。高情無已時，一鎌欣有託。春明三面山，隱隱抱城郭。舍人騎馬行，獨念故鄉樂。晝長午夢醒，瞥見雲川閣。湖煙日上衣，林翠涼入酌。竹深二三里，孤舟夕陰泊。峰青斂遠天，日斜猶不落。漁歌與樵唱，隔浦聽隱約。須臾月滿地，招呼溪上鶴。水苔襲幽徑，山風吹署約。短草帶露香，中有長年藥。富貴不可求，神仙那得作。此境許來游，早晚辦芒屩。移家住羅浮，視此更何若。

憶西山舊游書寄韓旭亭吳穀人汪杏江趙味辛蔣香杜姚春木

秋山別經年，依依隱在抱。奈何舊游侶，飄零各遠道。春風滿巖谷，花氣薰晴昊。前村風雨過，一夜生芳草。詩境即心境，無事費搜討。笑我塵網攖，入山苦不早。羨彼簑笠客，湖海稱詩老旭亭、穀人、靜厓。讀書貧未妨香杜、春木，作吏閑亦好味辛。惟嘆鮑參軍雅堂，至死猶潦倒。家空百畝田，篋剩千篇藁。癡哉顧虎頭彂庵，苦吟學賈島。賣畫竟買帆，愁來借筆掃。富貴不可求，聚散焉能保。幸有松竹聲，長年解煩惱。

春草

霜雪養根蒂，東風吹自青。石橋春雨細，苔徑夕陽暝。南浦人何在，西堂夢乍醒。桃花紅隔水，叉手候漁舲。

空山自榮瘁，寧復受人憐。極目忽千里，懷人又一年。陌頭吹作水，柳外澹成煙。翻覺幽居好，春來得氣先。

答治亭漕師兼寄黃心盦承增程禹山

手開淮上書，心蕩金焦煙。中僅三百字，紙短辭纏綿。告我臘月尾，政簡僚佐賢。賡唱少虚日，動輒三五篇。噫嘻此藝事，詎公所宜專。藉以娱性情，屏絶紛華緣。乃知古重臣，白髪猶青氈。萬姓治安措，一身俯仰便。凍雲松葉稠，寒月江波煎。更有古梅花，瘦影宵翩翩。斫筍破階蘚，煮魚汲山泉。漁翁坐曬網，不避官長船。墨氣忽浮出，驚起蛟龍旋。殘縑付寺僧，勝醵布施錢。

程生我故人，黃君我神交。夢吟二客詩，醒乃音問淆。選樓書成卷，久欲從借鈔。高閣茲題襟，寒山同打包。黃、程同游金、焦。新月横寺前，奇字重排敲。詩律森軍門，斗酒分中庖。廣庭竹柏聲，風過嫌喧呶。忽傳春草句，賦遍江南郊。我日坐幽軒，綠上楊柳梢。偶然弄筆墨，自解還自嘲。客至翦園蔬，陋室無嘉肴。病衰益慵懶，時復書卷抛。

近今詩畫流，愛我亦已至。散髪江湖間，早識賤名字。襆被盧溝橋，詩龕先投刺。款賓無長物，西山一片翠。白鷗聚春潭，黃葉散秋寺。翰林雖散官，近頗勤職事。史館日西斜，緩緩策歸騎。低徊故紙堆，可憐蠹魚似。寒軒近鼓樓，燈炧那能睡。時方校八旗詩。公倘念舊游，時時筆札寄。天空雁往來，遑待詩郵置。

思元道人以臨摹諸帖見貽並示游香山臥佛寺詩次韻

夢中見青山，醒來坐閑畫。春陰在高樹，令我想寒岫。打門好音寄，望雲詩思逗。細字森斜行，精神巧結構。妙處不相師，獨能出硬瘦。新篇極幽峭，泠泠滴雪竇。松風未許雜，泉水何曾漱。好句天所具，適然待君就。傳播江湖間，可竝金石壽。披吟病霍然，勝以木苓救。泚筆報嘉貺，匪敢險韻鬥。平臺花放遲，此詩羯鼓侑。

題張船山畫梅送銀槎回里

梅花在江南，家家許飽看。君自江南來，別梅揖野岸。春明住幾時，夢輒到梅畔。今歸鄧尉去，暗香浮酒幔。船山清曠人，詩筆夙精悍。近復愛寫生，百怪隱攝腕。借梅抒君意，槎枒出枝榦。平生冰雪心，莫為榮枯換。

柬趙琴士紹祖

耽書抱幽癖，君乃勝於我。殘碑與斷碣，搜討到蓬顆。脫巾拭蝸涎，照字借螢火。溟濛月落江，狼藉詩盈舸。巋然開選樓，萬卷横席左。涇川富文獻，著録聞已夥。精血耗一生，奇才傷坎坷。豈不望後人，闡微及細瑣。推君敦厚心，維持世道頗。文戰偶不利，奚傷氣磊砢。春生古墨齋，梅花開幾朶。水煙澹容與，山光接鬟鬌。笑我騎馬行，軟塵日揚堁。下直但閉門，一燈擁書坐。幸有素心人，千里神交可。

答張寄槎學仁

京口酒可飲，京口兵可用。晉桓溫語。吾謂京口詩，尤堪藝林重。近披七客吟，近有鎮江《七家詩》之刻。二客笑言共。謂子餘、鴻起。梅花疏雨中，一紙江頭送。攜就松間讀，隱隱續殘夢。想是三生前，同堂柔翰弄。不然胡知我，知我且異衆。聞君愛山水，無暇問飢凍。偶然得奇句，空山自號慟。天台雁宕間，背人時一誦。驚起水龍嘯，時招怪禽哢。

朱素人畫扇

宿雪初消緑半陂，有人橋上獨尋詩。春煙向夕猶寒色，好是桃花未放時。

弢庵南歸寫墨竹見貽

龍蛇深澗蟠，春雷驚陡起。回翔在空際，槎枒落滿紙。為君有奇氣，乃赴君腕指。古人寫竹法，筆筆皆中鋒。己意泯參差，墨影隨淡濃。君誠文與可，吾敢希坡翁。我詩大蕭疏，宜為人訕笑。君抱煙水癖，卻識此君妙。胸中出所有，適然與之肖。生長塵世中，不使一塵染。自留太古色，薄煙春夕斂。掃取寒梢聲，和雨成萬點。君歸臥空山，與竹共寒瘦。十飯九不肉山谷句，一天秋氣漱。茅亭月落時，梅花溪上覯。莫謂千尋竹，世間那得有。吐出幾斗墨，費卻一樽酒。故人從此別，清風閏我久。

四月朔日偕張船山檢討蔡生甫之定次公夢松兩編修陳雪香庶子集英煦齋司農賜園

連日苦塵坱，清涼今既覯。況復玉堂暇，三五聚朋舊。白鳥飛近人，青山低入囿。蔬短幸可剪，魚鮮不妨瘦。林花夾岸明，酒樽隔墻侑。人生快意少，十事九不就。茲會雖偶然，天若巧為湊。我本忘機人，愁來未嘗留。虛名實忝竊，循省增赧疚。惟望北邙雲，吹向西疇皺。濛濛一夜雨，千邨萬邨透。牡丹我不問，麥氣可森秀。

題孫子瀟原湘雙紅豆詞後

有情乃有詩，此語吾深信。三復紅豆詞，錦字心相印。近日大江南，詩家門戶峻。奇才不受範，萬言抒何迅。譬如遇大敵，頃刻列八陣。所以筆墨中，陰森見鋒刃。才氣君獨渾，倚聲細體認。五城十二樓，縹緲辨清瞬。梅花紙隔春，有人致芳訊。河上鴛鴦飛，房中琴瑟進。眼看絳雲樓，殘書剩灰燼。凄涼拂水莊，斜陽照蒿葴。留此一種花，陌上東風趁。結成記事珠，不為插青鬢。

題孫子瀟孝廉天真閣詩集

一驢跨殘月，破篋剩新詩。不但白雲句，感君黄淡思。學君能幾筆，除我更誰知。翻悔從前懶，商量竟病遲。

黄河限南北，空説寄書頻。兩卷天真閣，十年飄泊人。江梅如爾瘦，樓月為誰新。只有蘆簾下，推敲句法真。

西涯晚步

微雲剛壓六街塵，芳草斜陽辨未真。枸杞蘿摩俱不食，櫻桃芍藥偶相親。松陰坐久鬚眉綠，山色餐多肺腑春。惟有白鷗閑似我，沙汀晚立肯依人。

送洪孟慈飴孫還里

記踏西涯路，同看北郭山。君歸向翁語，我老益耽閑。心未隨時改，詩仍逐日删。故人肯題字，抵話玉堂班。

何蘭士至都

自我與君別，未飲終日醉。春山兀兀青，閑抱白雲睡。望見君顏色，清風南池至。君胡未四十，亦復告勞瘁。乃知戒懼心，惟有賢者備。匡廬豈不好，萬古自寒翠。安能驅疲氓，飲泉聽松吹。不知學陶公，歸去琴書寄。朝揚彭澤帆，夕整靈石轡。長安一樽酒，重憶十年事。我齒較君長，未能謝塵累。扁舟何日買，望遠空墮淚。

題朱野雲擬陶詩屋

余方六七齡，母氏授陶詩。含咀四十年，厥味無由知。近效蘇子瞻，擬陶偶為之。柴桑好風景，那許塵中窺。我友朱埜雲，春明老畫師。意得筆墨先，取神不取姿。琴樽在北窗，松菊存東籬。古月入君簾，寒苔上君墀。我來叩荆扉，一龕秋夢移。新涼枕畔多，何必羲皇時。

余方編校官書適李滄雲棨京兆邀同韻亭侍郎蓉裳員外墨莊主事野雲春波兩畫師集少摩山室因余攜所橅南薰殿諸像至野雲春波遂具紙爭寫同人賦詩紀事

連晨受詩困，解免悵無所。欣聞故人招，偷閑遣愁緒。畫稿天上得，藉已炫朋侶。入門客三五，詩筆健於虎。座中兩畫師，戒旦備佳楮。解囊出相示，技癢不可阻。但聞筆墨聲，虛堂絕人語。清森咫尺地，翩然接今古。主人有詩癖，婆娑忽起舞。莫老詩為命，搖腕千言舉。借事發天趣，頃刻奇氣吐。墨莊師太白，蓉裳學杜甫。獨我筆力孱，作詩便愁苦。風沙十丈高，吹乾前夜雨。苔青及花碧，醞釀成薄暑。低頭茅屋中，日與蠹魚伍。行當新竹長，睡足不知午。萬卷姑勿理，好詩吾重補。

題文徵仲畫

江南臘月春風多，梅花開遍山之阿。漁翁拍手唱漁歌，鄧尉楞伽吾未到。笠簷簑袂生平好，美酒鮮魚炊晚竈。此中有畫兼有詩，米家倪家吾不知，林煙江翠生差差。

五月二十八日諸同人張宴於正乙祠為賀虛齋賢智侍御祁鶴皋韻士楊蓉裳二農部謝薌泉祠部暨余作五十生日薌泉即日成五古四章余效其體

吾幼多疾病，五歲掖始行。六歲讀陶詩，句讀不能清。慈母抵嚴師，誡兒保令名。碌碌五十年，一事茲無成。豈惟門閭愧，奚以慰友生。乃逐諸鴻儒，列席引巨觥。山人雜藻客，鼓瑟還吹笙。

百齡推上壽，吾已歷其半。未來不可知，既往深足惋。人當壯盛時，弱者氣亦悍。春秋六七十，精神漸散漫。四君稟同優，才華稱浩瀚。峨峨老成人，邦家作屏翰。吾方愧勞薪，猶復就炊爨。

玉堂職清暇，吾今忝四入。目昏手動搖，勉強負書笈。昨在瀛洲亭，雙燕翩然集。欲去似識我，芹泥旋復拾。忽憶廿年前，清秘我獨立。西北風雨來，海棠萬花濕。燕巢遭傾覆，我曾為補葺。豈爾其儔侶，向我作悲泣。特我白頭人，不能爾周急。

槐陰古殿張，麥氣四郊展。新雨被物深，遠風出林淺。纏綿故人情，豈能一笑遣。恨我無酒腸，斟酌但茗荈。小謝詩先成，滔滔肆清辨。我方修官書，終日圖經闡。吟懷久鬱塞，敢不事研吮。來日幸方長，晚節期共勉。功業未可必，尤悔庶幾免。

六月九日同人拜西涯墓畢飯於極樂寺朱石君尚書後至

侵晨出郭門，言拜西涯墓。日斜猶未歸，國花堂小住。瀟灑南厓翁，乘凉選高樹。野鷺與閑鷗，怡然結良晤。古寺訪苔碑，荒村循草路。翠微山名一片雲，催公寫新句。萬鴉暝欲歸，一蟬吟不息。晴山帶雨容，熱泉蓄寒色。詩情夷宕生，畫意蒼茫得。老人興極豪，望古輒相憶。新城與宛平，謀此除榛棘。輾轉又百年，待公貞石勒。先生許作記勒石。

再和石君尚書韻

北方有學者，往往生不偶。南厓繼西涯，前後兩作手。懷麓堂久圮，廢壠迷左右。尚書念先民，翦榛躬獻卣。賦詩題祠壁，異代作談藪。扶衰更拯弱，風人旨敦厚。燕去三百年，春來重鷇𪂹。賤子匪松柏，自分宜培塿。生平所期向，漫郎與聲叟。卻憶茶陵翁，殷勤圖十友。公五十七歲會十同年，繪像作記。今所傳者即此，藉以贖墓修祠，圖之所繫不淺也。九客像奚在，獨公留不朽。後此三百年，誰歟為我壽。

念我與西涯，因緣誠不偶。搜討諸軼文，乃出我一手。謝鄉泉胡蕙麓良好事，築祠祇園右。池風舉葛袂，林露瀉瓦卣。新花媚夕陽，暗泉繞春藪。西山落遠翠，土脈茲獨厚。病瘳藥斯良，豨苓與馬勃。殖蕃土斯善，嵩岱齊部婁。楊一清存劉瑾敗殄，旋轉賴李叟。蕭然退朝服，三五筆墨友。禪空鐘磬涼，身亡竹木朽。公有《西涯圖》，文徵仲畫；慈恩寺《移竹圖》，沈石田畫。幸藉磐陀篇，年年作公壽。

柬王熙甫寧焯侍御兼示子文祖昌秀才乞石桐少鶴詩集

石桐少鶴吾不識，千里春風輒相憶。熙甫子文皆奇人，獨於二客稱先民。乾坤清氣大小李，前無古人況餘子。我讀劉侯二客吟，泠泠如鼓松間琴。摩挲略嫌篇帙少，想到殘編與賸藁。忽傳秘笈新雕成，紙堅墨潤筆畫精。誠齋苦索東坡集，病眼望穿情太急。今古詞流嗜好同，蠹魚游泳紙堆中。二客地下應含笑，覆瓿免矣吾早料。月明展卷秋聲來，胸中鬱熱須臾開。

西涯晚眺

移竹慈恩事渺然，茶陵心跡有誰傳。蓮花池北雙橋直，松樹街東一徑偏。亭外鷗波收入夢，相傳趙吳興宅近此。客來魚菜買無錢。騎驢踏遍西涯路，不見當年沈石田。

晚晴

近樹滴殘響，遠山收暮雲。螢飛還自照，花落不曾聞。病後陰陽驗，閑山黑白分。勞生何日息，塵事太紛紛。

夜坐

花外自晴陰，孤蛩任意吟。月光半湖淨，露氣一庭深。沽酒來朝事，彈琴此夜心。一風摇動處，早已覺幽禽。

午睡

芭蕉聲裏坐，睡起日西斜。竹北渾疑水，槐南別有家。蟬枯猶抱葉，蝶倦不離花。物化閑中領，吾生未有涯。

存素堂詩初集録存卷十四

壬戌

奉校八旗人詩集意有所屬輒為題詠不專論詩也得詩五十首

恭壽堂集 鎮國愨厚公

寥寥十五篇，元氣渾中天。古曲何人識，清才一代傳。文章乘運早，豪傑感恩偏。《恭壽堂集》，常熟孫某所刻。獨詫漁洋老，稱名訛誤沿。《池北偶談》載公名國燾。查《通考》公名高塞，今正之。

紫瓊巖詩集 慎靜郡王

山水音清妙，移歸富貴人。詩中能有我，酒外恐無賓。獨坐一心遠，閑觀萬物春。花間孰酬酢，只得李公麟。謂李豸青山人。

王池生稿　紅蘭道人蘊端

東風居士集，強半學西崑。愛聽蓼汀雨，時開蘭室樽。性情從可見，寒瘦亦曾論。為憶春郊句，花飛不著痕。主人《春郊晚眺》詩有「東風無力不飛花」句，問亭將軍見而賞之，時稱東風居士。

紫幢軒詩集　香巖居士文昭

王孫因病廢，詩自病中恢。身付空山老，春從下筆回。隨州工短句，樂府擅清才。池北談文獻，唐人三昧推。

白燕栖稿　問亭將軍博爾都

將軍愛賓客，交接盡名流。派衍紅蘭室，情餘白燕樓。東皋蒔花竹，北海盛觥籌。往往秋蒹裏，蓑衣伴釣舟。

曉亭詩集　曉亭侍郎塞爾赫

歸愚沈宗伯，不滿曉亭詩。盡取恢奇語，還樓刪削之。此編採沉鬱，當日苦吟思。咫尺匡廬面，晤當秋霽時。

詩瓢　樗仙將軍書諴

幽燕詩筆悍，句短見才長。獨爾樗仙老，能參太白行。行空騰逸氣，掩卷發寒鋩。老去詩瓢裹，兼收蘇與黄。《詩瓢》，樗仙集名。

嵩山集　嵩山將軍永奞

淡濃皆有致，貧富總關愁。此是詩人筆，休從陳跡求。狂能見情性，老益愛林邱。秋水荒汀外，時時侣白鷗。

延芬室詩集　臞仙將軍永忠

殘稿三千首，披吟十日過。有時佳句出，還是少年多。老節師秋竹，澄懷對早荷。勺亭新雨後，筆勢最嵯峨。將軍詩極富，余盡十日之力為披揀。

月山詩集　宗室恒仁

一邱復一壑，别自具神通。年少識奇字，身閑似野翁。天懷溯蘇白，兒輩有咸戎。明月前生悟，山居興不窮。

懋齋詩集 四松堂詩集 宗室敦敏、敦誠

白髮老兄弟，青山野性情。風騷不雕飾，骨格極崢嶸。直使鄙懷盡，能令秋思生。蕭然理杯酌，同結歲寒盟。

北海集 麟閣參政鄂貌圖

桂籍占遼東，平蠻馬上功。身行遍天下，句健出軍中。山色樽前落，刀光夢裏空。不聞唐一代，褒鄂賦詩工。

忠貞集 覲公總督忠貞公范承謨

一死已千古，遺詩誰所刪。如何職詞館，不許業名山。公館中酬唱詩，本集不載。咳唾九天上，風雲萬里間。即今傳剩墨，猶冠石渠班。《四庫》書列公集於梅村、愚山之後。

通志堂詩鈔 容若侍衛性德

侍中擅文墨，想是得天多。更藉賢師友，相於費琢磨。註經扶鄭孔，敲句敵陰何。笑煞憎園老，徒遭世詆訶。

益戒堂集　凱切總憲文端公揆敘

一生學初白，初白且師之。初白選庶吉士，公時為館師。涉筆自成趣，苦吟奚爾為。夢醒春草發，心曠野鷗知。相府堂堂地，山人驢任騎。

葛莊詩集　在園按察劉廷璣

一部劍南集，知君早貯胸。留心删複沓，極力出清雄。書卷微嫌少，山川妙不窮。家家小兒女，團扇畫劉翁。

楝亭詩集　子清通政曹寅

奉詔梓唐詩，衙齋校勘之。一生精力在，千古典型貽。博取遂嚴棄，狂吟還苦思。請看華藻處，原不藉胭脂。

與梅堂詩集　儼若大令佟世思

下筆便離塵，寒梅悟夙因。愁來偏有句，宦後卻長貧。春瘴一樓濕，蠻花隔水新。病中事研吮，咄咄逼前人。

味和堂集　章之尚書文良公高其倬

尚書歷臺省，偃蹇似寒儒。官貴身名薄，詩成氣象殊。江湖傳已遍，煙水味都無。近日倉山叟，推公大雅扶。

守素堂詩集　若璞尚書蔡珽

一生最心折，只有味和堂。名與身同沒，詩隨夢共涼。殘花開廢圃，乳燕認空梁。那有兒孫在，遺書託渺茫。公舊宅今為刻字館。

西林遺稿　毅菴中堂文端公鄂爾泰

相公真作者，德與位俱尊。老更耽詩句，貧仍到子孫。賣田全種樹，留俸半開樽。南國客來說，春風亭尚存。

蘭雪堂詩集　蕉園觀察岳禮

我愛蕉園墨，殘縑到處尋。誰知詩筆妙，直與畫情深。澮澮水中月，泠泠松下琴。夜涼吟不歇，勝聽磵泉音。

倚松閣詩集　松如侍郎德齡

時於秋寺間，與僧同往還。不知身已貴，直是性能閑。跌宕非關酒，低徊為入山。柳條攀折處，寫寄玉門關。

南堂詩集　南堂總督施世綸

軼事驚兒女，傳公非鬼神。歌成人欲泣，令出物皆春。憂樂一生志，存亡百戰身。南堂詩具在，筆勢壓全閩。

溯源堂詩集　岸亭中書賽音布

一代長城手，幽燕意氣豪。入山種花竹，上馬習弓刀。冷酒澆殘墨，清霜點敝袍。只餘身後集，聲價久彌高。

尹文端公詩集　元長中堂文端公尹繼善

讀詩如覿面，悱惻更纏綿。世許心如佛，吾稱句似仙。月桐俯幽石，霜篠濯清泉。此境何人喻，工夫到自然。

夢堂詩稿　竹井中堂文蘭公英廉

每變必臻上，老來情益孤。力刊眾人有，語妙一時無。石破雷霆出，松高鸛鶴呼。壽門老居士，酬唱記西湖。

虚亭遺稿　虚亭尚書剛烈公鄂容安

正氣餘天地，殘詩待我收。公子鄂岳舉公殘稿盡畀余。高情五湖寄，奇句百神搜。馬革嗟來日，牛腰不可求。料應西海外，精魄大星留。出關以外之詩，不可得矣。

退思齋詩集　景庵侍郎介福

無事取奇詭，自然金石諧。生徒遍天下，夫子尚清齋。花鳥都成趣，江天偶放懷。一官編一集，老去細安排。

親雅齋詩集　有亭侍郎雙慶

步伐從容甚，玉堂清興乘。胸撑黄海石，心炯白門燈。筆陣年年换，詩兵夜夜興。老來益瀟灑，載酒翠微登。

誤庵詩鈔　誤庵筆帖式卓奇圖

瀟灑一身外，除詩無與貪。晚花竹籬北，秋水石橋南。野性惟鷗狎，冬心只佛諳。採風誠好事，惜未五車探。君輯《白山詩存》未竟業。

道腴堂詩集　冠亭大令鮑鈖

自辛吳興後，吟情逐日增。桑皋詠蠶箔，蒹館賦魚罾。詩話江湖播，叢談遠近徵。歸家理殘業，稗勺有人稱。君著《稗勺》，極簡核。

樗亭詩鈔　魯望將軍薩哈岱

紫禁簪毫久，黃門結客多。偶然酬應語，可按管絃歌。豪氣餘杯酒，幽懷生磵阿。老來悲壯思，一半付煙波。

陶人心語　儁公監督唐英

琵琶亭子上，追想樂天翁。今日南樓客，臨風又憶公。文章去枝葉，天地久虛空。自署陶人語，應知存養功。

睫巢集　眉山徵君李鍇

自分山中老，徵書一再來。隨雲偶飄去，伴鶴又飛回。五字平生力，千秋吾黨推。萬松青處宿，只有野僧陪。

居白堂詩集　石閭布衣陳景元

苦學似君稀，遼東一布衣。文章寧爾誤，時命偶相違。有弟淩雲手，旋仍鎩羽歸。可憐紫荆樹，飄泊任花飛。君弟景中曾試鴻博。

雷溪草堂詩集　大盋居士長海

一生愛秋色，築室傍雷溪。款客時煩鶴，留賓未殺雞。長城心獨往，短劍手頻攜。每訪雲山老，解衣雲壁題。

自我集　拙菴老人明泰

拙庵百事拙，卻好筆通靈。身死無人問，園荒有客經。前生豈明月，同輩擬晨星。課讀尚書第，詩篇嘆剩零。

補亭遺稿　補亭尚書友恭公觀保

筆下風霆勢，胸中湖海情。有時相感觸，即物發音聲。御札從容給，衢歌頃刻成。山容比僧瘦，琢句抑何精。公和御製有「山骨瘦於僧」句，一時傳稱。

樂賢堂詩集　定圃尚書文莊公德保

五典春闈試，門生列幾千。春風百城擁，白髮六經研。澹語嫗都解，孤懷老益堅。嗟余受知早，孤陋愧彭宣。

蘭藻堂詩集　雲亭大令舒瞻

羨君登第早，況復政多閑。識盡浙東士，吟完江左山。一官行處好，舊句老來删。幾輩貧交在，年年清俸頒。

雲川詩稿　洛耆大令顧邦英

官職因詩折，蕭然解組歸。貧來方痛哭，金到又全揮。山水餐雖飽，賓朋老漸違。僧廬題柱句，今尚碧紗圍。

大谷山堂詩集　午塘侍郎夢麟

優曇花偶現，三十便徂亡。詩到無人愛，才開萬古荒。性情儘疏放，筆墨極精良。衣鉢東南在，蘭泉最擅塲。

枝巢詩草　裕軒學士圖鞳布

掃地焚香事，生平公不諳。愛吟黄葉句，老宿白雲庵。看竹到城北，訪僧來水南。至今精刹裏，遺墨寫清酣。

海愚詩鈔　子潁運使朱孝純

近傳謫仙派，推是海愚翁。老得山川助，狂增魄力雄。王文治姚鼐欣把臂，何李不藏胸。羅隱江東死，殘詩委釣蓬。余於羅兩峯几上讀先生詩，今集中多佚之。

酌雅齋詩集　贊侯侍郎福增格

松巖世家子，一味喜寒酸。倚劍空天地，謀篇損肺肝。平生惟好客，到老不知官。放棹羅浮後，新詩日改觀。

嘯崖詩存 道淵巡檢甘運源

作者踵相接，不如髯軼倫。得來清淑氣，掃去古今塵。此老偏無命，斯文信有真。千秋公論在，我豈貢諛人。

枕石齋集 蒼巖佐領汪松

蒼巖友嘯巖，時輩比戎咸。餘子卑無論，老懷真不凡。瓶花香自淨，階草綠誰芟。甘老零星墨，鈔存貯錦函。君晚年詩，道淵點定者皆佳。

謙益堂詩集 雲臣孝廉賈虞龍

身是平臺客，心空作者壇。人原同鶴野，命只比蟬寒。句僻無人愛，才雄獨我歎。北方詩峭悍，此卷足波瀾。

石經堂詩集 閬峰侍郎玉保

黯黯石經堂，十年三徑荒。多愁即奇病，不笑是真狂。冷句山中憶，高官世上忘。江南春草綠，客夢繞池塘。冶亭先生今年有《春草》詩，江南和者甚眾。

王春波至京為余橅古聖賢像

君自白門來，亟索詩龕詩。三年不相見，我詩老無姿。因亦乞君畫，君畫一代師。胸貯江南青，手染春明漪。我方直南薰，奉詔縑素披。上溯羲軒世，下訖元明時。聖君與賢臣，真像羅在茲。畫手不署名，揣度畧可知。唐宋所臨橅，漢晉相留貽。下亦衹侯官，承旨金碧施。我時兩目眩，神蕩心交馳。泚筆摹一二，以識遭逢奇。恨此好筆墨，未令君見之。君忽振衣起，繼復嗒然思。粉本全畀余，余將古人追。三日不出門，空堂何所為。但聞搖筆聲，聞者不敢窺。一一氣浮紙，六丁果爾隨。君技進乎道，猶屢遭凍饑。況我拙且病，偃蹇夫奚疑。且趁豆棚涼，高望撚吟髭。

奉答汲修世子兼謝搜採時賢諸詩集

世無好事人，文章奚以託。側聞西園中，藏書極浩博。凡百枵腹流，聞風輒踴躍。我生愛閉門，與世鮮酬酢。西山隔咫尺，天風每引卻。忽傳青玉函，遠藉五雲落。澄懷鑒蒙昧，健筆掃孱弱。譬如賑窮乏，好施為娛樂。豈望受者報，澤乃及轍涸。我方嘗鼎臠，鹹酸恣嗢噱。正恐沴戾乘，遂致疾病作。贈以長生方，侑之不死藥。登仙我未能，蠹魚亦揮霍。

吴衣園裕德約游盤山

余非山中人，而識山中趣。往往墟里煙，蒼茫夢中遇。故人山中來，就余索新句。因述秋色至，松風氣先吐。澹泊成詩境，微妙中禪悟。子肯從我游，我當導前路。青山買不到，休悔囊無錢。涉目偶成趣，何必我有焉。躡足巑岏中，倏忽同飛仙。上有太古月，下有不死泉。誰復如松石，長此青年年。松石有時盡，人心無時捐。

陳曼生鴻壽招同人陶然亭雅集

姓名雖久知，顏色艱一覿。旅館塵未掃，輾轉詩龕覓。我方校蘿圖，余方奉校《蘿圖薈萃》。萬卷手重析。疏竹空滿園，鶴逃門戶寂。偷閒三訪君，柴門亦虛擊。江亭羅眾賓，邀我蒲筍喫。暑風不能到，荒汀散蘆荻。天為鷺與鷗，塵境闢幽閴。西山秋色暝，潑衣翠欲滴。新涼入酒杯，肺腸頓清滌。君才一世雄，前途貴奮激。雋語費抒軸，奇字苦搜剔。我將伴樵牧，晚村牛背笛。時展故人書，望雲想所歷。

哭袁雙榕

袁生幼工詩，劉侯松嵐為指授。書法亦師劉，往往出硬瘦。橋門昔肄業，拜我石鼓右。槐陰日酬倡，我詩每先就。月涼君告歸，詩草篋滿袖。瓦燈夜半明，揮灑風雨驟。余詩成，每倩君為書寫。兩應京兆試，命奇文不售。茲將補一官，胡乃沉痾遘。尚書祿司農康君故人，生死一力救。桐棺渺萬里，山鬼嘯層岫。清魂寄白雲，定不隨猿狖。惟惜錦囊句，飄零莫與購。秋暝望天末，花露泫寒秀。

樂雲道人招同人集水閣小酌

神仙有窟宅，那容塵客覿。翛然古梅花，前生冰雪滌。雲中舉手招，遂自忘疏逖。一時平臺客，各各蒙賞激。秋陰激遠空，石聲響殘滴。萬竹共一綠，蘚花不可剔。酒氣雜白雲，紛紛起峭壁。我慚蕉葉飲，詩思復枯寂。散步柳塘邊，洗耳聽風笛。

諸客半散余以雨留復成此詩

秋氣不能已，瀟瀟夜雨作。主人興轉豪，復理池上酌。清響綠竹調，幽懷山水託。世間塵俗事，至此都拋卻。但覺詩與酒，人生最可樂。吾更進一解，勿為詩酒縛。

三君詠

舒鐵雲位

空谷有佳人，十年不一見。相逢託水雲，別去成風霰。臨行仰視天，遺我詩一卷。中有萬古心，事窮道不變。登科易事耳，君胡久貧賤。眄彼幽蘭花，無言開滿院。

王仲瞿曇

豪傑為文章，已是不得意。奇氣抑弗出，酬恩空墮淚。說劍示俠腸，談玄託賓戲。有花須飽看，得山便酣睡。更願道心持，勿使天才逸。人間未見書，時時為我寄。

孫子瀟

白雲游任空，胡為吐君口。明月生自海，胡為出君手。想當落筆時，萬物皆我有。五城十二樓，誰復辨某某。一笑拈花枝，妙諦得諸偶。未必天真閣，獨師韋與柳。

靜默齋

萬籟忽然止，瀟瀟竹有聲。林間微雨過，衣上薄涼生。黄蝶依花住，青蟲抱葉行。不知天地内，何事與相爭。

曉出東郊因迎鑾先行二日便游田盤

閉門因病懶，敢與世緣違。出郭詩情遠，看山酒力微。晨光上鴉背，露氣在人衣。物理閑中覺，秋雲傍我飛。

宿枕漱山房和衣園題壁韻

村轉疑無路，雲中見數椽。我來秋宛在，久坐意悠然。溪月到樓上，籬花落枕前。客懷有何屬，且抱石頭眠。

愁來作詩易，老去結交難。獨爾青山色，偏容白髮看。石花連水綠，松葉到門寒。不有任安在，誰知楊仲桓。

望盤山用薌泉韻

昨年游西山，爽氣軒客眉。今莅薊州城，萬緑仍我隨。五朶芙蓉花，盤盤天際垂。是誰張翠屏，隔斷黄塵吹。當有古仙人，狡獪空中為。隱秀入骨髓，新黛生膚肌。力厚不旁貸，情孤無定姿。澹煙明鏡開，秋影疏簾披。安得荷鋤來，結屋山之陲。松下斸茯苓，勝採天台芝。

由感化寺至千像寺

名刹七十二，茲據山以東。千盤始到門，所幸車馬通。僧頗解人意，推窗納諸峰。指點來時路，倏忽述前蹤。九華翠浮几，微雨洗新容。山靈厭俗客，我至山怡融。心知三十年，把袂今相逢。奇情那肯秘，秀色全填胸。斜陽送歸鳥，陰壑沉疎鐘。久坐飢渴忘，身恐化為松。

自枕漱山房抵古中盤慧因寺

丹曦射群峰，中透翠一窟。林風振客衣，山氣砭肌骨。回首崩崖失，舉步奔雲越。天半落人語，佛廬出突兀。緇流慕儒素，導我訪碑碣。巖薜幾迴剔，倚松看涼月。

少林寺

蒼翠轉眼非，丹黄隔林接。聒耳百草蟲，引入一秋蝶。僧言廢殿基，猶是晉時疊。興衰閱年代，料理難妥貼。門前蘋婆果，晚風吹獵獵。老樹矗無枝，新柯簇生葉。約客遲十年，重來肆登躡。

東甘澗

山中聞水聲，心已生歡喜。况復石筍青，都觸松根起。照人草木光，欲辨莫能指。秋影散四山，斜陽斂新紫。

西甘澗

秋水隨我行，白雲依依送。迂迴二三里，幽鳥破詩夢。佛香寒不縈，碑蘚緑無縫。楞嚴盡日繙，那能救饑凍。林翠涴僧衣，泉聲閉茶甕。忽聞天際喧，野鶴松梢閧。

萬松寺

路僅三四里，境已千百換。斜磴聳雲中，危橋亘天半。怪松破石出，醜石壓松爛。斜陽忽西沉，暮煙歸路斷。忽有採樵人，遙遙隔溪喚。情同鳥雀閑，身逐牛羊散。回首舞劍臺，望古增浩歎。

暮抵天城寺歸宿枕漱山房

山風不刺人，但激萬葉響。行行路疑盡，豁然天開明。窈杳寒翠中，殿閣闢幽敞。數峰峭倚天，不與衆峰仿。天欲遏抑之，奇情遂孤往。僧弗講菩提，沿溪拾栗橡。勸客宿東軒，暮煙歸徑莽。

再入山游東竺庵

入山剛五里，別自有天地。極目無雜色，遠近惟一翠。宛轉到寺門，大有桃源意。石龕貪久坐，妙香似通鼻。清冷一滴水，味與塵世異。我欲結茅菴，紅日松陰睡。一拓煙霞胸，頓忘婚嫁累。

上方寺

山險僧不居，樹密鳥難到。樵夫斂斤斧，老松恣兀傲。生平讀奇書，必欲窮其奥。兹來執此意，危境故平造。陟高雲作梯，縋幽石壓帽。輿夫色俱沮，剩有白猿導。

至雲罩寺登掛月峰憩舍利塔眺紫蓋自來諸勝

居高勢既危，造極心益悚。艱苦歷已盡，猶抱失足恐。兹寺萬山托，其塔三峰擁。我來值秋霽，山骨彌高聳。攀蘿奮前臂，披榛接後踵。百歇始到巔，無言神倍竦。北望盧龍水，海氣兼天湧。嶺側自迴互，石平猶擁腫。老僧苦衰病，汲泉不盈桶。循崖採杞菊，十日僅半籠。留客宿山房，待月出巃嵸。

游盤谷寺訪拙庵遺跡再經東西甘澗天城歸宿枕漱山房

兹谷以盤名，有誰曰弗宜。何必援李愿，始增谷之奇。況我游此寺，因訪拙公詩。拙公邈難見，圖畫松龕遺。語言文字禪，清曠想當時。僧雛廢筆墨，頗能安貧癡。講臺久荒涼，亭榭多傾攲。青溝昔日雲，出山有餘姿。流泉聲如昨，秋水空漣漪。夕陽轉嶺側，僮僕皆告飢。徑危路漸熟，境妙身忘疲。

已過每依戀，未至乃猜疑。如溫隔夜書，處處供研思。

由天城萬松越嶺抵青峰寺

行行漸忘險，前途指每是。石雖不語言，頗自矜奇詭。誘客入勝處，卻又危機起。天門在天上，望之輒欲止。回頭千萬仞，身已到雲裏。道心自堅定，靈境接尺咫。青峰是誰削，抑何瘦至此。

法藏寺

言尋法船石，遂憇法藏寺。石厂谽谺開，鳥飛不能至。中有盤龍松，隱留太古翠。想當有此山，此松與同植。風霆莫能撓，孤情任放恣。夭矯本天性，詰曲出奇致。老僧燒松花，茶煙一縷遲。諦視僕從人，喘定口猶哆。

由雙峰寺出西峪歸飯寓齋

雙鬟隱秋霾，側觀猶掩面。山靈喜客至，膏沐使相見。諸峰閱歷多，心祝山容變。開此一境界，兩目為震眩。人生貴適意，何感復何戀。良朋世有幾，名山賞難徧。秋夢壓孤枕，浮青落几硯。

別枕漱山房

拼忍三日飢，入山事幽討。稔知山中居，定比人間好。雞肥百不如，飯熟時最早。梨栗隨處有，魚蝦賤於草。午陽秋花曬，晨風敗葉掃。萬綠孤亭收，千峰一村抱。況有未見書，足以娛衰老。灑然竟歸去，多恐被山惱。且倩王叔明，為畫三盤藁。王春波許畫《盤山圖》。

待莫韻亭侍郎僧寮久不至用壁間韻

病起詩仍瘦，年衰筆不靈。髮誰催我白，山自任他青。斜日雙扉掩，秋蛩隔歲聽。松風真解事，塵夢為吹醒。

和韻亭重宿僧寮韻

松葉不聞響，綠陰吹石欄。去年今日客，獨我又來看。宿酒新開甕，秋菘早上盤。歸途悵無月，星斗照人寒。

仰止樓為賈素齋題

西涯既殂謝，門生胥倍之。獨有二泉翁，莫肯忘其師。東林舊講堂，傳是龜山遺。讀書勵明德，千古心相期。轉瞬三百年，高蹤不可知。賈生抱幽契，灑掃尋荒祠。高山苦難至，嚮往心在兹。古月白茫茫，衰草青差差。我生古人後，望古生嗟咨。春風空滿樓，我至當何時。低回懷麓堂，日詠西涯詩。

合江樓和素齋

雙江不斷流，孤月終古照。當年蘇子瞻，曾此騁筆妙。後來遊覽者，登樓發長嘯。萬里青衫客，横空白鶴吊。秋雲墮一片，涼石坐危哨。問君何事爾，無言但微笑。

山中早起

三日山中住，山中路不分。石根連屋起，松響隔溪聞。掃地留殘月，推窗放懶雲。偶然風過徑，秋果落紛紛。

存素堂詩初集錄存卷十五

壬戌

寄槎吟為張秀才賦

說到江湖人，我便躍然起。況子天機妙，一心寄煙水。京口耆舊傳，足以補國史。詩採三百家，刪修繼正始。高臥梅花林，月明四山紫。破簫信口吹，殘書隨手理。釣篷風暗送，泊入寒葭裏。鶴聲雜櫓聲，一夜聽不止。明晨招顧癡子餘，青溪畫三里。

何竹圃榕乞詩許以畫報戲贈

半生癖吟詩，能得幾筆妙。癖狂時慰藉，仰天出悲笑。詎料海上人，竟許我同調。暗室閉秋陰，破月寄危陗。奇詭自矜尚，不應世徵召。偶然讀我詩，擲筆肆酣叫。一畫換一詩，飢渴庶幾療。我詩久飄泊，僅等覆瓿料。感君意氣豪，遂爾忘戲鷇。

贈鮑鴻起文達兼懷顧子餘

憶昔接大阮，蕭然松下鶴。小阮出谷鶯，遷喬一枝託。天衢踏明月，攜詩過略彴。參軍繼騷雅，餘子擅述作。海門最後出，正聲諧管籥。君性恃豪宕，所學復贍博。奇氣鬱之久，一發遂蟠礴。相期道義砥，從此勢利削。細吟京口詩，自慚酒力薄。顧生子餘書不來，癡狂想如昨。

宿接葉亭得詩三首呈衣園并索載軒墨莊薌泉廉堂船山山尊同作

殘雲歸徑阻，淡月高林上。酒杯偶到手，詩情遂孤往。好官或勉致，良朋實難強。年年此佳會，不獲得三兩。青山隨在有，黄葉接時響。孤枕落遠夢，一亭天地廣。

孤亭已百年，萬葉爭一綠。當年初白翁，襆被曾此宿。秋懷我不淺，醉眼逢寒菊。主人愛我詩，留我住詩屋。搜句愁枯腸，數典愧枵腹。淡語自深至，庶幾免塵俗。

一時座上賓，各各天下才。當年朱竹垞與湯西厓，曾幾芳筵開。詩成取怡悦，今昔休輕猜。雲影冷不動，夜氣生酒杯。老樹勢突兀，白月中徘徊。吾當眷一驢，日踏秋陰來。

吳白厂照自大庾寄畫竹至

蘭雪句幽艷，白厂思清奥。都能不落紙，放筆從空造。我識蘭雪初，翩翩年最少。轉盼十五載，長安仍潦倒。白厂一官老，無復春明到。憶曾託阿兄，殷勤寄墨妙。君詩曾由令兄寄示。攜就明月底，展卷肆歌嘯。野情與狂態，千里相感召。賈生海上來，解囊蒼玉照。時當雨新霽，萬籜秋堂鬧。斜行綴紙尾，竟許我同調。白厂一生拙，得無阿所好。修途自加勉，虚聲恐致誚。我拙與君等，開函應大笑。古驛得梅花，北使一枝報。

杜梅溪大令寄示近詩

讀君危苦詞，動我喜歡色。邑宰盡如君，九州皆樂國。官亦百姓耳，適然居此職。一粟與一絲，全出百姓力。袖手無以報，即已傷吾德。何況朘削之，驅而為盜賊。君於筆楮外，曾無一物得。忍饑出秀句，衝寒試殘墨。清風是故人，明月為舊職。畿南無梅樹，賞雪坐深默。但期春麥熟，醉倒桃花側。

朱青立昂之許寫詩龕圖

古今一畫境，人苦寫不出。中歷數千年，費卻幾枝筆。朱生有畫癡，蕭然坐石室。置身畫之外，畫理斯無窒。江天渺萬里，落紙風雨疾。山青與水碧，生氣指間溢。不作山水觀，問君操何術。石田暨徵仲，皆作西涯圖。茶陵讀書樓，轉眼全荒蕪。詩龕即其地，春水仍平湖。門前載酒客，多半煙波徒。點綴入丹青，傳寫忘為吾。君肯寫君意，胸早詩龕無。空堦秋雨聲，瀟瀟生竹梧。

送王子文秀才游衡山兼懷清泉李舒園明府

昔年杜子美，載詠衡山詩。生平雄傑氣，兩詩具見之。君於嗜詩外，掉頭百不知。今從塞上歸，章句增瑰奇。秀色餐未足，買棹湘江湄。我亦癖山水，無術謝紲羈。內府衡山圖，今秋曾手披。今秋奉校《蘿圖薈萃》。但覺浮來煙，縹緲無定姿。千巖納宿雲，萬色生晨曦。計君履其地，正際春融時。朱鳥鏡中翔，玉女窗間窺。側聞清泉李，作令如作師。兩年不相見，佳句未我貽。峰頭值回鴈，煩寄梅花枝。

祭詩詩和素齋

祭詩我寫圖，不過孤情寄。門風君家擅，瘦句剔新字。歲寒具酒脯，千古此情淚。詩從肺腑出，肺腑方寸地。梅花不成林，破月荒庭墜。山寒色初斂，野鶴松間睡。門外催詩客，燈昏猶屢至。爐香燒未殘，詩人已沉醉。

訪陳旭峰之綱助教先之以詩兼懷徐後山昆員外馬秋藥給諫

黄葉吹滿庭，僮懶積未掃。君乘薄笨車，訪我來何早。君詩取適意，力主去煩惱。使筆極奔放，知君不衰老。松筠重晚節，奚以歲寒保。隔巷招徐陵後山，比鄰呼馬遠秋藥。狂談儘荒怪，妙畫取清婉。我偷半日閑，行將步莎阪。不飲菊籬酒，要餐松閣飯。一官久不遷，於君何增損。

宋蘭巖耀明府貽六安茶

才名遜東坡，嗜茶有同癖。七碗雖不堪，頭綱頗知惜。食肉方持誡，蒔菊聊取適。故人情味永，屢展秋苔屐。萬葉春煙濛，林陰煩手摘。爞材那辯此，但解澆胸膈。清泉涸山池，竹爐炊廢宅。松柴餘幾把，活水撥霜夕。涓滴西涯水，用以濯詩魄。夢迴瓦銚響，眼破磁甌碧。註經與作譜，徒為筆墨役。療渴倘著功，一餅愿仍借。

送陳石士編修旋里

我文師廬陵，我詩祖柴桑。浸淫三十年，未敢云陞堂。君於二家學，甘苦胥親嘗。前歲登瀛洲，揖讓柯亭旁。苔岑本一氣，形跡能相忘。風雨肆嘲虐，文字同商量。置我莊嶽間，當有換骨方。豈料煙波人，時時思故鄉。掛帆期廹促，對酒心徬徨。鷗孤悵失侶，柳老愁無行。青山萬里色，來往胸中長。詎得仿葛洪，乞令匡廬陽。萬杉懸層巖，數梅指修廊。欲讀萬卷書，先儲十載糧。仙砂可弗庸，甘菊貯滿囊。君乘白鶴來，三日松林翔。丹文與綠字，一一窺端詳。

題雍正丙午順天鄉試錄後有序

余輯《清秘述聞》，積三十年而後成。中缺四科同考官姓名，致書十五省學院，復於每科會試公車抵京，展轉咨詢。三五年來，吳江陳芝房學正毓咸寄康熙丙戌會試錄至，中州藩司方保厓維甸寄康熙己丑會試錄至，新安令杜梅溪群玉寄康熙壬戌會試錄至，遂得陸續補梓。惟茲錄闕如，直隸各學宮遍訪不獲。一日，宿吳衣園前輩接葉亭語及，翌日持一冊至，即此書也，披閱一過，如獲異寶，賦詩以紀。

紹興暨寶祐，兩傳登科錄。朱子與信國，前後姓名熟。清秘述舊聞，詎取炫流俗。亦謂備典常，一代彰癉屬。搜索三十年，幾番窮龜卜。九州訊已遍，四錄末由續。姑蘇更洛陽，近各尺書辱。茲錄梓京兆，滄海遺珠獨。遲遲今又久，接葉亭留宿。太史博群籍，甄綜到殘幅。開編指示我，蕩心遂豁目。譬如亢旱久，大雨轉溝瀆。又如游名山，姽嫿前峰矚。生平抱缺陷，頃刻為補足。古人重陰德，事微尤所勗。倬彼女媧功，區區一卷綠。

楊蓉裳貽骨種羊帽沿

昨讀舊唐書，心異拂菻羊。骨種與穀種，究莫書端詳。鐘鼓振以起，胎卵反其常。物但貴適用，奚事多評量。峨峨冠蓋流，置爾貂蟬行。破帽二十年，絮敗行自傷。畢彈亦偶爾，豈料逢王陽。素絲耿遠懷，烏雲收曉涼。挾琴事或雅，換酒毋乃狂。柳禿菊漸衰，漠漠秋原荒。誰與方山子，行獵盧龍疆。

僧寮聽雪

寺深惟有樹，入夜益孤清。松葉偶然響，棲禽時一驚。隔窗猜月上，歸院少僧行。侵早開門看，誰知雪滿城。

劉松嵐州署闢新園作詩寄示答之

近聞關以東，民和由歲稔。長官日無事，高齋足幽寢。五畝搆新園，三年節俸廩。山容見媌嫿，松陰坐清凜。石青浮差差，雲白吹淰淰。塞垣霜雪早，魚潛更鶴澿。耽閑君閉戶，賞奇客伏枕。抗懷讀古書，卑禮獎寒品。賣花傭到門，問字人接衽。菘韭妙及時，葵菽不失飪。仗履帶草香，襟袖餘墨瀋。固是示別裁，要自擅異稟。我久困衰病，萬事付嬾噤。歷境輒忘棄，下筆少研審。故交零落多，晚景頹唐甚。感君意興豪，敢以詩相諗。

松嵐代王子文刊秋水集喜而賦此

仲則與少鶴，詩集君梓行。士林感高義，二子死猶生。傳聞王秋水，跋涉寧遠征。想當負笈來，足痺還肩赬。君時坐西園，佳句無人賡。留客宿南軒，逞意摧強勍。閑軒坐兩月，侯也中懷傾。王生落拓人，富貴非所爭。胸中鬱奇氣，發而為音聲。當途知者鮮，生益傷孤惸。侯謂救生急，莫若成生名。薄薄一寸紙，款款千載情。生昨過我廬，忍餓仍長鳴。方欲挾詩筒，襆被游南衡。殷勤祝劉侯，早樹湖湘旌。

答顧弢菴兼懷張寄槎王柳村豫舒鐵雲王仲瞿孫子瀟

成名天所忌，抱道貴自適。心與世相忘，乃不為形役。書來敘離別，知屢遭困阨。來書所云。自古情至語，中必無色澤。君家江之渭，尚有先人宅。種竹是良圖，看山果長策。偶爾新詩成，寄我秋堂夕。昔年看花侶，半作聽猿客。西涯一片雲，恨有黄河隔。時藉明月光，照見長安陌。魚雁不可恃，風雨將奚責。

久不接南中朋舊音耗寄懷柬旭亭穀人竹橋杏江稚存惕甫小峴蘭雪香杜祥伯春木手山兼示味辛劍潭暨硯農元烺蘭士昆仲

詩龕讌游人，十年半零落。諸君退以義，江鄉欣有託。而我鬱鬱久，飢寒況促迫。苦吟類寒蟲，怯舞比病鶴。去歲暑雨多，秋水浸溪彴。遂至西涯花，今歲亦寂寞。謝薌泉張船山屢窮困，李墨莊楊蓉裳志澹泊。惟有周駕堂與吳山尊，酒狂尚如昨。青山趺宕仍，白髮侵尋各。諸君日高臥，無事勞腰腳。老梅一冬看，鮮魚每飯嚼。尋幽借釣篷，搖搖遠城郭。詩成寄京國，剪燭煩裁削。新漲阻寒浦，雙鯉字拋卻。夢中聞打門，黄葉聲又錯。

二何硯農、蘭士以憂歸，暫屏人間事。春明偶一來，文讌絕不至。趙味辛汪劍潭持手板，鞠跽非其意。

經年杳音問，想皆作循吏。我獨騎疲馬，日日走街肆。入直南薰殿，得盡窺中秘。前古逮後今，九天復十地。圖畫所到處，綜括成文字。深悔記誦少，對此背芒刺。疑難欲質問，雲山付瞻企。槐陰午日長，酷暑那敢避。鑽研如蠹魚，萬卷泳游恣。恐僅故紙繙，弗克典章備。尚望直涼友，巽聞一筒寄。郡國利病書，顧炎武撰。三才圖會志。王圻撰。他日茲編成，兩字總兒戲。顧書浩博賅洽，惜後無甄綜之者；王書則幾兒戲矣。

溪上

雪殘旋作雨，溪上乍晴時。柳暖春先覺，鷗閑冷不知。夕陽數峰見，芳草一年思。歸路逢漁父，殷勤勸酒卮。

寒夜

畏寒深閉戶，排悶淺吟詩。客臥有高枕，鳥棲無定枝。家貧書尚擁，病退藥猶施。忽聽雙扉響，山人約賭碁。

歲暮

不知歲云暮，何事最相關。馬老漸忘瘦，鶴饑時得閑。竹聲寒作雪，雲勢鬱成山。怪底忘生滅，適從僧話還。

春來

春來客不知，河柳綠差差。白髮欺人老，青山入夢遲。校書聊自遣，彈劍欲何為。又見東塘月，依依簷際垂。

緩步

閣迥曉來登，寒雲歷幾層。林空還墜葉，溪響不成冰。天外飛無鳥，煙中坐有僧。翠微最高處，策杖我猶能。

閉門

但有梅花看，何妨長閉門。地偏車馬少，春近雪霜溫。老剩書藏篋，貧餘酒在樽。說詩三兩客，往往坐燈昏。

鐘聲

鐘聲息群籟，酒力入新詩。吟苦愁偏遠，神清睡獨遲。前身明月悟，心事水仙知。憔悴溪邊柳，春來綠幾枝。

有談湖湘之勝者紀之以詩

山水緣雖淺，東南勝頗聞。遙情都寄月，懶意偶同雲。中秘圖書校，湖湘道路分。託言採香草，去訪洞庭君。

臘八日訪仲梧元圃

粥香憶隔年，琴響聽泠然。詩味與之永，禪心時一圓。慣同梅作伴，只有月相憐。兩岸西涯柳，先春已著煙。

路經西涯題寄仲梧

石橋向西轉，一寺隱高林。薜積寒塘路，松留古殿陰。碑欹誰繫馬，鐘罷不鳴禽。白石翁題字，何人骨雪尋。

王春波為李墨莊畫峨眉山圖

金陵王郎好手筆，畫山山髓能抉出。乘興偶寫峨眉圖，虛堂倏忽雲模糊。諦視林巒青可數，石詭樹奇增媚嫵。天風直向峰頂來，吹側水鋆千株梅。老僧炊飯坐屋角，花香撲鼻心不覺。有客當年此浪游，自言六月身披裘。曉日佛樓紅十丈，揎袖題詩神采王。自從索米來長安，低頭未得芙蓉看。王郎不惜三尺絹，泯江劍閣參差見。我亦有志名山棲，高曠如此何年躋。春雪濛濛作寒綠，短夢初醒剪殘燭。恍惚身到峨眉巔，泠然落枕鐘聲圓。

題畫

南田筆法參倪迂，畫師近復稱三朱。野雲、素人、青立。蒼古當推夢禪老，盛甫山馬秋藥張船山王春波筆都好。何郎蘭士詩工畫不工，三年不見神鬼通。手持畫冊索我句，且告劉生知畫趣。廿年放浪徂徠巔，跨驢歸踏梅花煙。書卷琴囊位置妥，廊廟江湖無不可。我亦人間好事人，購書蓄畫家長貧。一時畫手爭相識，我詩能為畫出力。

聽仲梧彈琴夜歸賦此

彈琴不知琴在手，此聲直為天地有。萬物相遭皆偶然，非桐非指還非絃。我來適值明月上，一寸清光萬里湯。主人愛客憐客癡，不談經濟惟談詩。窗外蕭蕭木葉下，簷禽瑟縮猿啼飢。燈花黯淡作寒綠，竹爐焙火松風吹。豈但富貴比雲幻，神仙不死終何為。一盂香粥一碗茗，丹砂石鼎無心窺。鍾期蔡邕長已矣，請問今日知音誰？主人推琴客無語，溪上雲深歸路阻。

癸亥

王淵花鳥

黄筌花鳥世罕見，淵也師之妙獨擅。錢塘江上春雨時，草閣垂簾寫東絹。玉堂既遇趙承旨，下筆不從紙上起。石闌日暖午風和，豪門爭邀王若水。王郎自吐胸中奇，後人愛重非所期。五百年落謝公手，城南飛騎催題詩。我知萬事皆雲煙，東塗西抹顛復顛。詩成正恐世傳播，夢中不意逢王淵。

唐寅江深草閣

晚涼入白雲，清露滴高樹。濛濛水氣中，不辯江上路。但期醉吟客，攜琴和新句。徙倚石橋側，窺人兩三鷺。唐生放逐後，動輒與世忤。散髪秋草廬，好詩不敢賦。胸中沉鬱氣，往往畫中遇。同時石田翁，獨擅林壑趣。生乃敢抗行，尹邢得無妬。此筆師李唐，頹放見樸素。無意作姿態，恣態益呈露。江南我未至，覩此生遙慕。高懸破壁間，日望扁舟渡。

周之冕花卉

胸中奇氣消不得，筆力往往借酒力。世人那得知其心，但詫狂生工奮激。怪哉吴士周服卿，殘衫破帽人熳輕。片紙流傳入中禁，長安價重豪門爭。道復叔平長已矣，此筆遂歸少谷子。吴縑展向晴窗看，一陣東風吹欲起。

夜坐

樓頭鐘不打，枕上夢何遲。飢鼠喧空壁，昏鴉怯晚枝。春寒頻喚酒，語澹不成詩。忽憶江南客，三年怨别離。

飲酒和丁春水學川韻

酒人有别趣，歲盡不知愁。破屋一樽在，長城五字留。風催梅吐氣，雪折柳低頭。還是閉門好，草堂諸事幽。

吟詩和丁春水韻

卻病還須酒，消愁只有詩。一年春最好，無事老相宜。江柳逢人問，河魚隔歲思。西涯訪吟侶，誰是李賓之？

祭硯篇為野雲山人賦

以硯為田者，四海豈獨子。拳拳報本心，仿古修禋祀。寒家酒醴薄，無事侈籩簋。梅花插滿瓶，濯之清泉水。硯神固有靈，三獻神斯喜。終年受君磨，隱然藉礲砥。毫禿更墨殘，鐵亦穿破矣。感君憐舊侶，不忍遽棄毀。更當出餘力，佐君寫萬紙。吁嗟古石友，感切未逾此。我年行五十，無田種菊杞。倚硯作生活，衰鈍貽爾恥。偶際新詩成，挑燈狂草起。心血嘔幾升，硯兮實終始。祭詩祭硯同，余有《祭詩圖》。詩龕畫龕比。余有「詩龕」，君亦作「畫龕」。愿合兩家圖，雜置一龕裏。又恐豪邁流，笑把酸寒指。

松嵐州牧以西園落成詩示余既和寄矣野雲山人愛之寫圖乞余書前詩更為賦此

西園我未到，風景卻能説。袁生_{翊文}嘗宿此，寫圖記離别。生亡圖亦亡，念輒中心結。聞君除蕪穢，務使纖塵絶。堂室勤灑掃，一如束身潔。心苦物力省，中恬外緣滅。青山借遠勢，開窗萬岫列。城角落清笳，松梢響殘雪。晚閣夕陽明，高天歸鳥悦。坐令淡蕩人，富貴有不屑。使君題成詩，筆筆參畫訣。怪哉朱山人，詩中三昧泄。神仙丹九轉，國醫肱三折。詩畫皆技耳，中自有巧拙。此畫與此詩，費盡幾斗血。

溪上

春到柳邊早，緑從溪上分。無煙不成雨，有水即生雲。老馬問誰繫，曉鶯時未聞。過橋訪禪侶，閑話坐斜曛。

韓城相公歸里奉次留别原韻

天眷深同主眷深，狀元宰相又山林。廣庭大木留心擇，老圃秋花任意簪。健筆勢分雲日色，雄文調協鳳鸞音。歸田不比陶彭澤，蕭散柴門託醉吟。

老臣不敢説忘機，晚節由來惜寸暉。某水某邱猶歷歷，一琴一鶴也依依。入林且聽雙鳩語，款闕仍歌四牡騑。九老香山續佳會，補圖誰是陸探微。

閏四月四日邀同人極樂寺看花春寒尚重花多未開詩以催之

杏花畏春寒，閏月猶未放。我欲詩催之，恐花與詩抗。特招數鉅手，花間決一仗。各欲騁吟懷，無暇較酒量。花雖不語言，已具輸服狀。頗肯出姿態，翩然一枝向。我本孤冷人，久矣榮寵忘。索句岑寂境，心地得高曠。花時看固佳，未開氣實王。恐到爛漫時，翻增人惆悵。夕陽山外明，澹雲空際漾。官柳緑河橋，晴色十里望。溟濛煙水中，城郭江南樣。

初五日極樂寺會己亥同年

京師會同年，往往在正月。會必有鼓樂，藉以宣愉悦。兹時屆春半，選勝取幽潔。城西國花堂，萬柳春城接。年年燕子飛，我來杏下歇。看到夕陽時，不忍與花別。今年氣候遲，二月猶雨雪。朝官職事勤，期會難預決。休沐幸有暇，敢惜芳樽設。水寒尚在衣，林緑已上葉。看花必紅紫，芳菲太漏洩。天心醖釀深，遲之不輕發。叉手步空廊，吾自安蹇拙。

三朱山人歌

千才百藝羅京都，畫手一時稱三朱。詩龕雅興無時無，山人墨客來于于。青立品格如青梧，作畫不與作隸殊。捫之點畫鋒稜俱，野雲嗜潔今倪迂。為我數寫雲林圖，高張素壁疑可呼。素人瀟灑怕束拘，三年兩年不抹塗。興到鉅幅成須臾，皆喜訪我城北隅。芒鞋竹杖溪頭徂，過橋不倩兒童扶。我已先貯墨一壺，東絹三尺南榮鋪。入室沉香燒在爐，人聲寂寞筆聲麤。西山一角青模糊，起視桐陰猶未哺。

為鄭勉齋敏行侍御題畫

高雲不落地，淨綠濕層林。白日松濤喧，時復鳴幽禽。坐令澹蕩人，懷此山水音。敷奏豈無具，溫飽非初心。諫草雖日焚，抱膝躭孤吟。何時選佳石，就子彈瑤琴。笑我太迂拙，坐老梧桐陰。

次韻贈丁春水

萬事偷閒好，奇才忍餓難。春愁江路遠，詩夢草堂寬。燕不憎花晚，魚原忘水寒。似聞持節使，今日有歐韓。擬薦春水于冶亭、芸臺兩中丞幕中。

次韻贈婁夕陽承澐

歲月回頭失，壯游如此難。老仍詩筆健，貧只酒杯寬。萬樹春煙重，一庵山月寒。君才方賈島，我獨愧稱韓。君有「紅走夕陽波」句，余易為「上」字，遂有「婁夕陽」之目。

再用前韻自贈

百年已強半，五嶽遍游難。心定功名薄，官清進退寬。石休嫌醜怪，竹自任荒寒。卻媿摳衣客，登堂道識韓。

新晴

夢裏驚寒雨，蕭蕭亂竹聲。詩從天外得，愁向病中生。濁酒遠攜至，奇書剛寫成。捲簾問童子，溪上可新晴。

晚坐

客愁消酒半，暝色暗燈初。細雨含沙重，春雲壓水虛。頻看游子劍，時把故人書。聞說城西雪，今年沒草廬。

松間

三日松間住，行行阻斷蹊。杏花微雨後，僧屋小橋西。樹老春無色，山深鳥不啼。登高縱游目，一片草萋萋。

巖居

嵌空好巖岫，古木半杈枒。秋水浮來石，春陰散作花。夕陽明柳色，新綠暗蒲芽。欲訪漁翁去，無心問酒家。

訪友

村近炊煙見，天空木葉聞。山依樓背起，水到寺前分。竹密時聽雨，松高不受雲。穿林訪支循，誤入鷺絲群。

漁翁

漁翁不知路，日逐水東流。入夜侶明月，多年狎白鷗。開樽便期醉，吹笛忽生愁。從此篷窗底，時防歲及秋。

草堂

草堂日無事，翰墨即生涯。寫竹筆雙下，哦松手入叉。繩床支近水，茗椀置依花。藜藿吾方飽，城頭數暮鴉。

西園

誰及西園草，春回便爾青。引入來極浦，送客到長亭。細雨寒煙在，斜陽古道經。官橋看柳色，新綠隔漁汀。

觀棊

袖手固然好，平心大是難。先幾誰了了，前路總漫漫。不肯出奇計，如何成壯觀。無言甘寂寞，方寸少波瀾。

清明日婁夕陽丁春水同作

杏花風信到清明，一路炊煙接禁城。衣綠隔年疑柳色，酒醒何處是鶯聲？過江草又逢春雨，垂老人多愛晚晴。溪上碧桃待催放，座中好句孰先成。

村晚

芍藥花時置酒樽，野人三兩候籬門。鷺絲也愛斜陽好，淺水寒沙負薄暄。

題畫

半放桃花似野梅，石橋春水一時開。詩人畢竟緣何事，每到斜陽獨自來。

溪行

聞說前村花已開，溪行怕誤滑蒼苔。青笻慣識斜陽路，攜向棠梨深處來。

存素堂詩初集録存卷十六

癸亥

送李松雲堯棟太守之任徐州

又到莫愁湖，湖山識客無。民思賢太守，官重舊師儒。白髮誠難遣，黄河尚易圖。板輿得親侍，匪直戀蓴鱸。

題朱青立畫

竹外是桃花，漁家復酒家。孤舟聽風雨，晚市賣魚蝦。雲起前村失，山横去路差。小樓容我住，不事乞丹砂。

春雨

移床對春雨，衣袂漸生寒。屋背花全放，溪頭水忽寬。小樓欹枕聽，半夜捲簾看。菜價明朝減，貧家得飽餐。

雨晴尋春

何處尋芳好，花邊更柳邊。白雲寒到水，青草暖生煙。古道春沙溼，孤村夕照偏。農夫聚三兩，飯罷話豐年。

答何蘭士朱野雲

如此好風景，出門何所之。愁來但欹枕，春去不吟詩。鳥自憐人拙，花寧惱客癡。徘徊偃松下，叉手看彈碁。

出紅石口抵黑龍潭

殘星沒遠天，澹霞吐春水。一角畫眉山，旖旎長林裏。路出紅石口，行行且十里。晴飈捲地來，朱閣凌空起。中有神龍宅，萬民沐靈祉。我來拜宇下，清波絕塵滓。一魚來蜿蜒，非魴亦非鯉。僧言此即龍，遇者生歡喜。我本落拓人，久自甘弇鄙。豈其冥漠中，明神特垂視。顧我負奢愿，不僅為一己。麥隴青復黃，幸澤誠殷矣。甘霖沛崇朝，立殲蝨賊死。我當隨農夫，田間事耒耜。

出黑龍潭至大覺寺

路轉畫眉山，一村灣復灣。人家松樹底，酒旆夕陽間。牛揀碧陰臥，燕銜微雨還。道人灌園罷，叉手藥畦閑。

恨未攜琴至，空聞流水聲。古人不相見，山月此時明。松老僧同瘦，竹陰天自晴。煙蓑恐無分，徒抱著書情。

愛古賴吾儕，殘碑手自揩。石香借泉漱，筍稚任花埋。廚積含霜葉，爐燒帶蘚柴。丹砂不須煉，梨棗略安排。

憶自經秋雨，廊欹竹樹蕪。花開幾人到，春去一詩無。雲氣連村暗，山聲入夜麤。牡丹紅處屋，遲我十年租。

宿大覺寺和謝鄰泉韻

誰指寒梅是後身，旃檀信宿悟前因。山中見月愁先忘，老去看花意倍親。萬事不堪一回首，同時竟得兩閑人。破窗半夜溟濛雨，明月溪頭看趣塵。

入山贈碧天禪師

山路不知遠，白雲隨我深。泉聲滌塵夢，花氣濬禪心。櫻筍此時好，猿狙何處尋。同來古松下，坐看日西沉。

紅石口早行

侵曉出春城，殘月城頭掛。濛濛隔岸花，妙筆不能畫。花片紅成泥，時惹幽禽啼。酒家問何處，指在雲峰西。

長柳拖煙搖婀娜，襯出芙蓉青萬朵。樓丹屋碧闍黎家，不種桑麻但種花。石橋板橋踏幾徧，山影溪光千百變。林深緑重曙猶昏，行到塔頂日初見。

法雲寺

日上青龍橋，雲斷金山口。破砦多野花，孤村少美酒。櫻桃已丹杏子黄，夾道十里聞酸香。短竹森森剛過墻，緑陰遠近生微涼。匹馬繫寺門，老僧向客揖。蝙蝠簷際飛，鷺絲池上立。樓頭風過清磬鳴，隔窗送到山泉聲。怒濤一片出松頂，撲滅佛前燈火影。

領要亭晚坐和壁間韻

野花不辯名，紅紫都可愛。樵夫行白雲，折取一枝戴。我生不能酒，山色飲已醉。待月踞松頂，聽泉坐竹背。仙鶴忽長嘯，滴落滿身翠。童子呼不起，酣抱石頭睡。

鸊鶿谷

鸊鶿已飛去，春水猶送影。我隨飛鳥來，不覺踰煙嶺。石苔緑一天，土花紅半井。危澗躍身過，回頭悔力猛。設使計較生，焉能奇妙領。松陰五畝寬，日午坐猶冷。

桃花峪

峪以花得名，我來花已謝。萬葉水陰共，一村山綠借。雲中雞犬聲，時時見茅舍。亦有白髮翁，柳陰牛背跨。望見塵市人，欲語每驚詫。翁喜麥將熟，不復辯春夏。陌頭幾回醉，村酒無重價。約翁明歲春，趁雨花開乍。松柴肯為燒，筍脯行當炙。移榻明月中，看花住三夜。

白鹿巖

山中積煙霧，日午氣始晴。芙蓉千萬朵，是誰斧鑿成。仙人騎白鹿，來往巖際行。靈砂偶落地，蒼檜凌空生。盤旋幾千尺，鬱此風霆聲。怪禽暗不叫，流泉激以鳴。誰攜玉琴來，寫此泉石清。老饕厭沖舉，但解餐筍櫻。

隆恩寺

地氣鬱獨厚，山色窈孤稟。燕都游覽志，述此原詳審。西溪三日雪，老鶴不知凚。軒畔古梅樹，一枝稱神品。江南騎驢客，繞樹時噤唫。我來訪遺蹟，掃蘚涼泉飲。僧雛半癡聾，無復梅花稔。或當殘臘時，石龕借一枕。

唐陶山州牧抵京

南岳悵未游，西涯欣屢至。不見茶陵翁，陶山實同志。潦倒翰林官，蕭散滄江吏。一別輒十年，時落懷人淚。昨聞君優擢，狂喜夜不寐。卻為梅花留，雪帆寒浦遲。閉門適養疴，日倚孤松睡。僮子報君來，猶疑夢中事。白髮各在鬢，青雲略無意。細詠桃花詩，君修「桃花仙館」并刻《六如居士集》。載展衡山記。重鐫宋陳田夫《南岳總勝集》。凄涼萬古情，艱苦一心寄。我亦抱殘經，借榻慈恩寺。風滅佛爐火，霜折僧竹翠。惟有積水潭，年年薦荷芰。

邀陶山游西山

心胸欲開拓，境界須閱歷。蒼莽九土煙，咫尺無由覿。君行半天下，振衣寒綠剔。我年與君等，終歲伏槽櫪。駑駘夫誰怨，何日謝羈靮。西山近郭門，夕陽萬松櫟。佛廬春發花，野水秋生荻。石怪寫不出，泉幽聽愈激。茲當櫻桃熟，約君去飽喫。薜磴赤雙足，水來任蕩滌。燈昏響疏磬，月明擫涼笛。窗外芭蕉聲，蕭蕭似雨滴。借問江南客，此景何處覓？

題劉榮黼畫蘭卷

幽人寫幽草，作意取荒寒。秋影空山裏，月明君獨看。

偶從林外求知者，竹太蕭疏梅太野。只有瀟湘最冷雲，夕堂向爾襟衫寫。

偕唐陶山謝薌泉楊蓉裳吳山尊何蘭士朱野雲由極樂寺抵李文正公墓下作

風微不惹塵，林淺卻藏寺。鷺絲破煙飛，雪外一重翠。墻陰轆轤宛轉鳴，新蟬學語猶低聲。鐘磬不響爐煙清，僧雛樓背偷山櫻。我來掃石坐，巾舄映皆綠。土花紅上衣，初陽升佛屋。官閑都有江湖思，多情誰是李賓之？石廩諸峰渺難見，萬樹松濤閟一殿。

西涯小集餞陶山之任海州蘭士野雲即席作圖余為題後

約君游海子，西涯舊名海子。君向海州行。待種花圍郭，先隨鶴入城。海州產鶴。一帆雲外數，百感酒邊生。白石翁誰是，詩成及畫成。沈石田為茶陵作《西涯圖》。

藕花香不語，紅上客衣來。石畔榻重掃，鷗邊門自開。漫驚頭上雪，且盡手中杯。問詢官塘柳，何如野店梅。

櫻桃紅幾度，又到送君時。寺廢誰移竹，西涯有《移竹圖》。吾衰怕詠詩。新蟬噪風急，病蝶出花遲。魚萊無錢買，由他食肉嗤。

聞說橫塘路，桃花繞墓門。請移三兩樹，分種畏吾村。春雨人孤往，青山價莫論。鴻飛定何日，要認雪泥痕。

五月四日為謝薌泉生日前一夕賦

石榴花下初三月，照見君家畫閣杯。老樹又看春葉改，貧官最怕節錢催。游山略具平生慨，詠藥能消幾許才。報道葡萄新結子，先生笑口忽然開。

讀樊學齋文集

奇文無他巧，惟在說理透。況論古人事，尤忌語遷就。堂堂樊學齋，春雨萬蔬秀。主人退食暇，疏簾澹清晝。政書暨稗史，反復日研究。古人去我遠，不幸留罅漏。勉強附和之，何以懲悠謬。片言折其衷，力挽習俗狃。菩薩心慈悲，風霆筆馳驟。盥手施丹鉛，焚香辨句讀。韓碑與柳雅，猶嫌大刻鏤。

天然去斧痕，一氣妙結搆。推敲豈弗擅，恐人誚寒瘦。

雨過

殘滴尚響竹，夕陽紅在梧。落花鋪逕滿，熱客到門無。蝸細盤衣上，蛙涼隔水呼。居然城市裏，畫出野村圖。

夜坐

暑氣散林莽，清光生座隅。草間百蟲語，花外一螢孤。多病藥頻蓄，無錢山不租。瓦燈蛾撲滅，明月滿床鋪。

畫魚

蘆葦聲繁秋水急，大魚掀波作人立。揵鰭擢尾龍門來，九天駘蕩風雲開。辨族非魴亦非鱮，得意扶搖九萬舉。今春撒網隨漁翁，斜陽掩暎千鱗紅。我忽觀之慘不樂，腹飽安忍彼湯鑊。老饕寧甘三日饑，悠然縱爾游溟池。何人畫此有生氣，妙處丹青不多費。天陰高掛素壁頭，水煙江影橫空流。任公往矣誰汝鈎，慎勿飛去吞人舟。

廣慈菴晚坐

山色城頭暝，雲陰殿角齊。綠生蒲褐重，涼入葛巾低。螢照自清夜，蟬吟無定棲。登仙吾不愿，何事藉提攜。

懷遠詩六十四首

翁覃溪學士

博學高文重當代，諛墓之錢從不愛。即今病臥東山巔，破窗風雨仍青氈。議論古今少所可，憐才未肯徑遺我。苦憶説詩蘇米齋，夕陽容易移秋槐。

許秋巖觀察

登堂中饋親調羹，進城每逐昏鴉聲。淮上書來詞悱惻，萬古傷心幾行墨。東南所患民其魚，君早飽讀河渠書。豈獨文章救衰靡，黄河清同一笑矣。

洪稚存編修

衝寒一騎凌邊霜，歸來萬里詩壓裝。豈有才高不畏死，愚戇都由讀書起。世詫文成酒助多，一枝大筆青天摩。海外奇山游亦遍，詩是古人題創見。

王惕甫典簿

廚下時復炊煙絕，堂上歌聲出深雪。公卿動色才名誇，至今猶未簪宮花。歸舟搖向鷗波去，紙帳蘆簾讀書處。登樓北望黄金臺，萬馬都逐秋風來。

吴蘭雪博士

其人如蘭心比雪，幽香萬古性情結。六朝麗句今芟除，孤鶴守扉聞讀書。寒夜苦吟卻誰見，弓衣傳繡新詩徧。瘦羊畢竟不可餐，好山湖上騎驢看。

吴穀人祭酒

相逢但見先生笑，卻寫新愁成絕調。廊廟何曾異江湖，寵辱胸中一點無。朝宿吴山暮越水，浮家閱盡東南美。松下哦詩今幾年，月明醉聽秋濤圓。前年同宿翠微山，就松月間賦詩。

趙味辛司馬

周旋中規折中矩，閉門索句心獨苦。尚書清節詎敢忘，一生悔不登玉堂。白髮青州老從事，磨滅填胸五千字。手板傴僂謁上官，路旁誰作詩人看。

汪劍潭司馬

瀟灑不似寰中人，一枝筆掃千秋塵。掉鞅詞場三十載，少年結習老頗悔。槐市賣字心焉傷，為貧又復監官倉。藏書盡付兩兒子，君請冥情百姓理。謂兩郎君全泰、全德也。

李石農觀察

長安過夏棲僧房，鬻書賣畫謀舂糧。門前幾輩問奇字，騷擾先生夜不睡。春風吹上紅綾筵，宫花報捷酬無錢。天台雁宕茲游熟，書來猶問西涯竹。

汪杏江庶子

出山入山胡不深，白雲來往真無心。四梵神通我未見，六道輪迴倏馳電。野梅花下邀山妻，遠勝踏雪詩僧攜。月笛煙莎世有幾，老翁春醉沙塘尾。用楊樸事。

王述庵侍郎

少年操筆政事堂，晚歲參禪蒲褐房。九州豪傑都結識，蠻煙瘴雨皆文章。黄金到手刊書用，白髮盈頭尚豪縱。可惜徵來湖海詩，挑燈日聽門生誦。

鐵冶亭撫軍

玉皇香案兩仙吏，並馬灤陽訪秋寺。即今衣鉢傳有人，門下門生總清秘。泰山雲氣春飛揚，文星下奪明湖光。誰取中州集手訂，梅花開遍惟清堂。

曾賓穀運使

梅花陰薄山吐月，官閣吟聲時未歇。十年飽看蜀岡雲，一竿夢釣西溪雪。王揚州後盧揚州，誰能一字一縑酬。題襟館大亦如舟，孤寒八百來從游。

玉達齋制軍

南舟北車幾萬里，百家九流供驅使。旌旆無聲官閣嚴，海寇東南不敢起。憶前灑墨寄亭間，寫盡灤陽千疊山。年華如水誰能挽，我亦蕭蕭鬢髮斑。

阮芸臺撫軍

經濟文章妙兼擅，求諸古人不數見。海風萬里吹樓船，破賊歸來滌詩硯。一榻舊同秋史齋，秦權漢布親摩揩。故人墳上已秋草，零縑未使塵沙埋。余藏江秋史遺詩，君輯《淮海英靈集》為錄存之。

秦小峴廉訪

吳篷款客聽春雨，筆聲搖動健於艣。越水湘水游十年，一帆歸去老漁伍。結習難忘文字禪，茶鐺藥竈筆牀連。好是有詩頻寄我，墨痕猶溼春江煙。

韓旭亭丈暨令子桂舲對廉訪

清比梅花瘦比鶴，一枝筆從九天落。兒輩才名四海知，老人猶自安貧約。為看紅葉西山西，穿林曾不青笻攜。飄然已逐野雲返，我尚尋詩未過溪。偕游潭柘龍潭，翁步履最捷。

劉松嵐觀察

四海知君我最早，一官未免傷潦倒。只有躭詩性不移，收盡人間未完稿。沒齒感恩誰得知，孤寒生恨識君遲。才人心血江山色，都被先生祓濯之。

李松雲太守

髫年文筆世已重，黄堂慣作青山夢。吴江花草泰岳松，費卻先生幾清俸。海棠時節住僧房，筍蕨延賓愿未償。官清那有梅花贈，漫與詩篇驛遞將。君約僧廬看海棠，未果。

李載園州牧

桃花水漫西沽村，騎馬遇我天津門。夕陽卻趁晚潮退，醉墨寫向春煙昏。前身君是老梅樹，偃蹇猶堪見風度。填胸南海古波清，老去筆頭泫秋露。

吴竹橋太史

一生最怕染塵俗，廿載湖山春睡足。聞説先生鬢仍緑，梅花時節寄書來。書來已屆桃花開，讀罷輒復思千回。蒲帆安得虞山買，南望喜當秋竹矮。

徐鏡秋太史

城根瞥見桃花紅，石橋西去尋詩翁。謂錢南園前輩。水亭卻與雲林通，計自舟車判南北。兩年不接一行墨，夢中時見君顔色。田園荒蕪松菊存，燕飛只認王謝門。

汪瑟庵學士

青袍鵠立槐花黃，佐君課士彝倫堂。先生一目真十行，文星光奪皖江月。秉筆森嚴同秉鉞，更有何人敢請謁。桐城書屢寄梧門，詩法直欲從頭論。

蔣最峰學正

酒杯顛倒不離口，墨瀋淋漓常在手。寵辱於我夫何有，石經校畢長安居。長安貴人爭索書，得錢買醉歌聲麤。羊裘敝矣霜毫禿，天寒換米畫修竹。

唐陶山州牧

十年消受江南春，六如祠宇桃花新。一官瀟灑仍清貧，寄柯亭子槐陰葺。桴鼓無聞海寇輯，仙鶴一雙排闥入。請君吟嘯官閣扁，恐有魚龍海上聽。

李舒園明府

看書直如習主簿，作詩必學杜工部。一心洗盡腐儒腐，九面衡山得飽看。從前百姓今為官，為官安得人人歡？有書莫繫北來雁，白草茫茫隔雲棧。「百姓今為官」，君舊句也。

杜海溪大令

清宦十年髮已禿，頗悔田園荒杞菊。歸去又恐食無粟，官貧乃益知民貧。衙齋秋草高於人，一燈黯淡苦吟身。柿葉題詩先寄我，雨漬苔痕上紙裹。

蔣秋竹知節孝廉藕船大令

秋竹下筆務馳騁，藕船造句必新警。乃翁詩法各心領，興酣抒寫芝房歌。縱馬夜渡滹沱河，君家豪傑何其多。才子作官得收斂，我早愿隨學擊劍。

郭祥伯秀才

胸中塊壘鬱不滅，心似水晶筆如鐵。名場時復遭蹉跌，寧失不工句必奇。無驚人語生何為，江湖坐是清狂訾。山中著書亦大好，一事勸君須及早。

金手山秀才

半生工吟復善哭，說詩每就詩龕宿。酒酣為我移新竹，跨鶴揚州又幾年。梅花樹底人翩翩，青山欲買仍無錢。不如襆被重北上，葛衫一襲鞋一緉。

張莫樓彤觀察

烏絲小楷寫冰詞，正是煤山散學時。嘆息玉堂不得入，抱筆軍門去何急。前身乃是梅花僧，歸來風雪荒寒仍。禪板蒲團理清梵，胸中留得光明燈。

張蘭渚師誠方伯

賦才卓犖聲摩空，雲旗繡斾乘春風。始知才大百事舉，藉爾詩書固吾圉。太行以西風俗淳，詩教猶不違先民。使者序詩具深意，轅門何啻鐘鏞陳。晉人選《山右詩存》，君為作序。

孫淵如觀察

榜眼為郎自君始，一臥江鄉胡不起。少年人已稱詩仙，中歲注意周秦箋。白髮蕭騷春夢杳，索債追逋那堪擾。山瑩水潔何容心，買到奇書睟子瞭。

張水屋州判

跨驢日走城南北，長安書畫為君得。堂上賓客無時無，先生醉矣千花扶。黃金可憐視若土，一官又去聽衙鼓。劍閣馬蹄巫峽雲，丹青留待閑中補。

楊荔裳揆方伯

左手殺賊濺賊血，右手疾書指頭裂。天山莫辨況鬼人，此時那復區秋春。達人卻有遺世想，吟聲時逐馬蹄響。今日挑燈起草仍，他年聽雨聯床儻。

陳春嘘昶大令

下筆偶似蘇東坡，豪情至老猶不磨。海上彈琴知者聽，斯人得志吾黨慶。關東民較江南淳，化之有術官斯親。多讀書自氣質變，鞭撲之下無良民。

石琢堂觀察

大廷對策名第一，上馬提戈下馬筆。見者詫為飛將軍，豈知渠是苦吟身。畢竟讀書人可用，事來心輒分輕重。聽猿放鶴可無詩，手製鐃歌媲雅頌。

桂未谷大令

冰斯絕技世罕見，六法而今君獨擅。樂府一似楊鐵崖，簪花騎象工詼諧。君官滇，羅兩峰為畫《簪花騎象圖》。七十老人行萬里，仍自埋頭亂書裏。秋水浮將貫月槎，蠻煙溼透烏皮几。

顔運生大令

心齋讀書自有樂，陋巷風流恍如昨。吉金貞石費搜羅，籤排函列何其多。酒不傾樽客不起，新詩寫遍蕉牕紙。訟庭已斷鞭撲聲，梅花樹下清琴理。

錢梅溪上舍

梅花溪下三間屋，日漾東窗客猶宿。屋旁新起寫經樓，花開不見溪水流。白雲深處聞笑語，知是連番斫玉楮。別有奇情寄水仙，欲往從之隔江渚。

李書年觀察

人世誰能齊順逆，君改翰林，後屢膺遷擢。況君久作玉堂客。書生實有經邦策，桃花開罷官垂簾。百姓偏說軍門嚴，兩年不得接一紙。猜或黄河鯉魚死，夢中卻親君杖履。

魏春松觀察

讀書有暇便讀律，生人死人一枝筆。幾幾十得無一失，翩然跨鶴揚州回。逢人只說官塘梅，觀風今又向鄒魯。匹馬西涯踏春雨，一龕坐對山人語。君赴東訪余不值，壁間懸孟山人像，索筆書百餘言而去。

趙渭川希璜**太守**

十指槎枒出光怪，不分唐派與宋派。劇腎嘔心老未懈，斂才和我西涯詩。清磬泠然江月遲，海峰四百三十二。峰峰都有君題字，擬築一庵峰頂睡。

馮魚山敏昌**比部**

少年五岳都游遍，老向魚山磨鐵硯。蕭然有如僧退院，齊梁風格周秦腴。胸中別具造化鑪，詠物當年偶游戲。夫子乃抱昌歜嗜，每說鄙人識奇字。余有《詠物詩》二百四十首，君奇賞之。

淩仲子廷堪**廣文**

柳暗學宮白雲爛，桃花紅濕讀花案。坐聽幽禽春雨喚，譜録讀從蘇米齋。橋門同賦許衡槐，典故正欲招君問。梅花江上絕春信，相逢仔細看雙鬢。

黄東塢旭**大令**

西江爭說黄解元，我早握手槐花門。淚痕今上青衫存，春官報罷先告我。說起前游繫念頗，讀書只要能活人。蚩蚩盡是堯舜民，吾黨誰與臯夔倫。

吳白厂廣文暨令兄退庵孝廉

欽崎歷落真奇才，海南但遺梅花陪。梅花樹底酒千杯，萬里贈我幾行墨。借竹寫出古顏色，一事寄語阿兄知。逢人莫誦詩龕詩，龕中人今兩鬢絲。退菴喜向人稱余詩。

舒鐵雲孝廉

六朝文字三唐詩，能抉骨髓非毛皮。雄才見爾頭猶低，衣不禁寒食不飽。造物由來忌奇巧，多君愛看江頭雲。朝入鷗群暮鹿群，姓名只許漁樵聞。君寡交，人鮮知之者。

師荔扉大令

南園錢灃詩友惟君在，收拾殘書去為宰。老學峨眉頗心悔，白岳風雨黃山松。可能到處支吟筇，馬鞍不及牛背穩。記得斜陽吹笛返，聽鼓人偏散衙晚。

孫子瀟孝廉

天真閣詩秖兩卷，君詩極富，艱于資，先刻兩卷。多少才人為色變。我亦眼中未多見，青袍沾漬長安塵。歸去未肯輕依人，空山晝長書味永。老爾文章莫馳騁，江月無聲花竹冷。

劉金門學士

粵西銅鼓手親槎，泰岳今又秦碑摩。先生好古不泥古，瘦句稜稜出肺腑。昌言北地非正宗，卻信西江有鼻祖。十年許贈翠一丸，愧余才盡筆聲乾。君和余詩有「持贈一丸翠」句。

鄭青墅大令

堂堂之陣正正旗，溫柔敦厚詩人詩。黄河風大軍聲急，投袂提戈先馬立。丈夫例得裹屍還，誓不殺賊不生入。功成細譜太平謠，鏗鏘雅奏諧咸韶。

黄心盦山人

五湖剩爾老煙客，匿跡選樓操筆削。草鞋溼透巖阿青，葛衣涼濺魚蝦腥。茶竈筆牀略安置，鷗群鷺侶多飄零。敲門報說寄詩到，掀髯出迎向詩笑。

趙偉堂大令

苔花黯淡湮秋井，蝴蝶空階抱寒影。鬖鬖白髮辭青山，十畝霜菘官閣閑。君官安肅地宜菘。剩字零縑燕市賣，殘衫破帽江鄉還。寄書屢訊盧溝雪，前度騎驢怨蹩躠。

樂蓮裳孝廉

十年酒醒揚州夢，二分明月江頭送。野人調笑豆花棚，樵譜漁經事事徵。鬼語鋪排《耳食録》，秋聲搖撼讀書燈。頭聽掌故待君續，柯亭日午槐雲緑。君著《耳食録》。

胡黄海廣文

好詩到口吟不絶，好官到手去如瞥。游遍江南又嶺南，無山可葺梅花庵。豪情一半付流水，佳句多年貯石龕。白雲歸宿定何處，卻恐飛同白鶴去。

賈素齋布衣

詩人已死君何與？碧血無煙葬詩處。秘書訪問天盡頭，奇情直挾波濤流。雲中偶逢採芝客，丹文緑字親相投。正恐詩魂埋不得，星斗之光江漢色。君有詩塚之舉。

劉芙初嗣綰**孝廉**

新詩脱口霏春花，故人款戶翩春霞。自是珊珊有仙骨，修到梅花更明月。飄泊江湖又十年，青衫仍復詩龕謁。此筆搖向明光宫，定出奇氣丹霄衝。

呂叔訥星垣廣文

我昔逢君賣酒市，醉後罵人不識字。手攜殘藁扣我門，衣間時帶秋雲痕。詩人海内從頭數，眼中只有洪稚存與孫淵如。一别長安今廿載，聞説疏狂猶未改。

王仲瞿孝廉

異書偏工收碎散，狂名嘖嘖九州滿。飛揚跋扈非奇才，豪杰多從閲歷來。白雲在天跡安託，空山無人花自開。霜雪盈頭老將至，一帆春水夕陽遲。

王春堂屯牧

鐵甲卸向寒雲裏，古寺秋燈檢故紙。騎馬夜出彰儀門，回頭屢看西涯水。黄鶴樓頭敢賦詩，白鷗江上同眠起。六韜多是書生書，君才誰復嘲空疏。

姚春木上舍

青衫短短三尺長，余識君，年纔十五六耳。翛然謁我彜倫堂。骨相不凡果天驥，萬馬誰敢爭低昂。鹽車之阨毋乃酷，蓋有天焉非人傷。大器晚成詎虚語，問君何事自期許。

蔣香杜孝廉

早歲金華牧羊客，一渡黄河髮半白。說詩坐熟花間堂，尋山踏破雲中屐。暫棄鉏犁情可憐，偶託樽罍事何益。半畝梅花半畝蔬，能免饑寒還讀書。

顧弢庵秀才

不畫楳花畫楊柳，君以畫柳得名。青山那堪離别久。筆頭洗去春明塵，詩味濃於京口酒。西山隨我踏秋雲，萬朶芙蓉落君手。老夫月下僧門敲，吟成好句無人鈔。余游山諸作，皆君錄槀。

存素堂詩初集録存卷十七

癸亥

樂游詩

謝薌泉儀部

得酒不問錢有無，看花莫辨春模糊，方寸自現光明珠。萬古留此一枝筆，奇氣卻從肝膈出，那管人間有得失。金山水瀁焦山雲，孤情只許江鷗群，詩成報與山僧聞。君遊金焦詩，為江南人士所傳。

何蘭士太守

年未四十官已棄，膝下兒孫鬧如織，萬卷低昂任醒醉。近復寄興丹青中，嶺煙谿雨春溟濛，筆所到處愁能空。灤陽夜起陰符讀，朝行南山去射鹿，鐵弓搖搖上寒綠。

何硯農民部

方雪齋中新試帖，千佛名經眾賞愜，長安紙貴書一疊。秘省退直來何遲，瓦燈寒夢縈殘卮，正是賈島祭詩時。記得文淵同校字，石岫冰花耿寒翠，被人指作神仙吏。

英煦齋侍郎

交心難得從總角，鷗鷺翩然友鸞鶴，幽抱平生冰雪濯。行馬雖設東閣嚴，策蹇依舊趨堂檐，文酒跌宕無猜嫌。春訪豐臺秋退谷，舊游猶記街南屋，詩成攜就花陰讀。

吴衣園編修

武英喫飯文淵宿，三萬六千卷飽讀，贏得蕭然兩鬢禿。春綠猶濃接葉亭，自鈔茶譜與魚經，紅日半窗人未醒。枕漱山房山更好，梨花一樹倚晴昊，擬筑茅庵此間老。

周載軒侍郎

略賣街頭小花竹，種向空階動春綠，白髮蕭疏書補讀。巇藤老屋低打頭，酒波墨瀋横空流，醉後狂書力愈遒。笑我兩腕有鬼掣，卻愛就君講點撇，晴窗時復藤繭裂。

張船山檢討

峨眉山月清茫茫，巴江流水秋浪浪，鬱結奇氣成文章。太白仙去東坡死，大筆淋漓屬吾子，玉堂人物那有此。病媼持扇求題詩，老顛高臥忘朝饑，東鄰饋酒吁何遲。

楊蓉裳戶部

才高自下世有幾，數奇劉蕡差足擬，我輩登科真可恥。問年愧說吾為兄，梅花獨爾修前生，澹懷孤影冰霜撐。案牘如山賊如沸，馬上一言百姓慰，老作史官修典彙。

吳山尊侍讀

殿上執筆千言奏，江上騎驢梅影瘦，酒痕狼藉污襟袖。樓頭玉笛吹玲瓏，歌聲悽惋盤雲中，髣髴鸞鳳翔春空。高齋就爾商競病，天寒不避北風硬，筆力凌虛老愈勁。

李墨莊主事

天風吹墮峨眉巔，海氣滌蕩心花妍，歸裝只載詩盈船。異方習俗入掌錄，老蛟噀雨潑紅燭，不知門外秋草綠。昨年結伴游東山，醉倒白石長松間，奇文許我從頭刪。

李滄雲京兆

游戲翰墨見天性，睡起落花紅糁徑，脱手新詩故人贈。聽猿踏遍巫山頭，搏虎雄心老未休，一生南北隨車舟。愛煞丹青入骨髓，讀畫工夫比讀史，煙雨蒼茫論萬里。

王儕嶠侍御

陳檢討後吴祭酒，四六文章推鉅手，君於兩家無不有。舊聞鈔撮慚無稽，依經據史施金鎞，何人敢復加訶詆？朱衣何因爾我避，造物豈真工妒忌，北夢迢迢付掌記。

瑛夢禪居士

學佛學仙非本愿，翰墨偶然破孤悶，一菴老矣誰尤怨？偶然興到畫山水，筆聲在空不落紙，雲煙飄飄十指起。近舒爪甲摹老鷹，四山落木秋棱棱，欲揩病眼看飛騰。

朱野雲山人

青鞋慣識白沙路，破廟荒菴古人墓，閱盡春花與秋樹。長安賣畫三十年，不曾收得我一錢，詩龕畫龕香火緣。山妻報説廚無粟，君自蕭然枕石宿，客來大叫設酒肉。

陳石士編修暨令姪王方主事雪香學士

清門吾及交三世，匪直少年取科第，人人都是珪璋器。大阮小阮登玉堂，秋曹下筆霏秋霜，君子之交滋味長。退食閉門高枕臥，萬卷奇書讀欲破，堂上猶聞督功課。

初頤園侍郎

耽詩卻復章句鄙，工書從不筆墨使，過眼雲煙心獨喜。讀書願學皋與夔，知無不言敢然疑，謂臣戇直臣奚辭。對客但與談風月，清話移時午煙歇，誰識巖疆曾秉鉞。

莫韻亭侍郎

長篇全擬吳梅村，一氣奔放中胚渾，混茫直溯崑崙源。詩家特喜開生面，艷粧炫服出相見，繪事何曾素為絢？西風高柳秋聲哀，攜酒日上黃金臺，誰把鐵板高歌來。

鳳仲梧孝廉

琴德在心書滿腹，始許十年不食肉，老傍秋燈耐苦讀。下筆不知有古人，直以造化為陶甄，此才吾見猶逡巡。幽情每說住山好，天涯何處無幽草，但恐抽身難得早。

玉元圃甯**員外**

三寸毛錐一枝箭，五更下馬親洗硯，青山對面何曾見。史館機庭退直遲，偷閑猶自鈔唐詩，酸寒何減學堂時。一事羨君真過我，兩郎氣象都磊砢，名成當不居君左。

張雨岩森**太守**

宦場閲歷十年久，老作長安貧太守，一官何日到君手？抱琴不肯人前彈，世間想是知音難，談深時復披心肝。馬上題詩憑驛遞，對我如何説學制，即此已徵君所詣。君曾由驛遞詩於唐陶山。

李漁衫懿曾**明經**

連黜有司不得意，雄才那肯為俗吏，背人時墮千古淚。黄塵十丈污青衫，衆中早識君非凡，怪他世味殊酸鹹。我詩力欲芟蕪穢，君肯酒酣一編對，剪燭商量及繁碎。

曹定軒給諫

紫藤花下日月長，翠微山色吹滿床，老境頗薰知見香。幾杯濁酒寄歌哭，放曠之中見真樸，諫草何曾教世讀。三舍重修君指陳，青衿墮淚黄槐門，辟雍鐘鼓何人論？尊甫慕堂前輩奏建辟雍。

馬秋藥光禄

詩筆何啻臥犢強，宦情卻比沙鷗涼，門前秋草如人長。湖上梅花別幾載，月色凄清全未改，守梅老鶴知猶在。夢裏家山咫尺看，醒來放筆寫荒寒，明年歸去將閉關。

劉澄齋錫五侍讀

白玉堂前史成束，紫薇花下夜剪燭，二十年來筆全禿。西山好句傳江南，隨園下拜稱奇男，如何彌勒我同龕。隨園稱君及余。秋水迢迢一城隔，半年不到羅含宅，展圖望見君標格。余藏城南雅集圖，首即君像。

葉雲素繼雯舍人

丹綍承宣揮灑疾，五色雲中五色筆，漫比吟風與賦日。買盡人間未見書，秘文奥句勤爬梳，南山之獵北江漁。僻事屢欲從君問，無稽多恐遭嘲靳，幽禽不作人間韻。

盛甫山舍人

兩牛鳴地秋泥深，雨昏涼寫芭蕉林，閉門擁鼻工酸吟。藤床移近松庵綠，赤腳蓬頭清興足，午夢蘧蘧一枕續。作畫何心與俗諧，江梅山月攄幽懷，胸中邱壑誰安排。

曹儷笙通政

妙語無獨必有偶，造物不過假君手，遂詑五丁闢二酉。長歌幽渺猿鶴音，短歌凄婉詩人心，薰風一曲諧瑤琴。日日驅車天上至，可能消盡煙霞志，載酒擬從君問字。

譚蘭楣光祥**儀部**

少年文章已老極，瘦蛟起舞萬牛力，天女原非世間色。山谷句。五陵豪氣都蠲除，寶劍換酒餘奇書，一官容得人蕭疏。病眼新揩擷荃蕙，南嶽歸來詩律細，健筆居然杜陵繼。

王春波山人

梨棗丹黄風自落，秋衣誰寄江南鶴，韭菜花繁入虀䐳。香草美人彼一時，月明每觸湖湘思，鴻離鵠別君何之。未肯閉門抱羈獨，半領青衫一盂粟，能事年來受迫促。

胡雪蕉永煥**水部**

十年冷淡蒹葭霜，琴瑟在御書在牀，耳根浩浩松濤長。驢馱畫篋船載酒，又折春明門外柳，醉倒堦前筆在手。生平愛讀王維詩，雪裏芭蕉夢見之，石交珍重冬心持。

吳玉松雲編修

老眼無花識奇字，手採湘蘭本無意，門下門生天位置。君佐褚筠心先生學幕，拔謝薌泉卷，後薌泉典試江南，君獲雋。翔步玉堂今白頭，棕鞋藜杖思前游，野懷不減春江鷗。閉門最怕酬賓客，苔花隔斷子雲宅，我每衝寒蹇驢策。

蔡生甫編修

草堂花落無車塵，冬心老子和如春，疲驢隘巷愁詩人。食盡黃虀三百甕，竹毛松脯山翁送，玉堂慣作江湖夢。一方鐵硯墨千螺，白髮蕭疏人共磨，我欲換字慚無鵝。

涂淪莊以輈主事

夜堂疏雨槐陰綠，欲睡猶燒兩寸燭，賸字殘篇為緝續。余詩君曾為編訂。我一詩成君每來，千紙掃盡秋陽隤，惡詩佳字人疑猜。余詩多君為代寫。城南近日疏樽酒，蟹紫菊黃何處有，煙寺凄涼餘萬柳。

陳旭峰助教

出門大星猶掛樹，煙水橫街不得路，三兩黃牛一白鷺。蕭然貧宦同孤僧，松花如雨沉秋燈，書聲滿耳呼不譍。破篋殘縑堆滿案，老眼看花能不亂，多少鴻文經點竄。

胡蕙麓大令

黄葉斜陽踏秋寺，山僧未起君先至，為贖西涯墓門地。西涯墓地，君贖歸。盛事重開北海樽，紛綸古墨衙齋存，一字直欲千金論。君重刻北海碑嵌壁間，懸「古墨齋」扁于前楹。人間有此好縣令，吾當更代百姓請，勿僅誇張詩筆橫。

陳雲伯孝廉

定山堂筆無此健，定香亭裏名獨擅，詩格年來凡幾變。豈但文章光焰長，逸才奇氣誰頡頏，勁敵只有楊蓉裳。梧桐樹底邀君坐，西涯短句從頭和，妙義王裴未窺破。

同人集極樂寺胡雪蕉贈詩依韻

風雨蕭蕭屋數椽，被人誤指作神仙。病蟬吟苦吾方愧，孤鶴聲低世漫傳。幾樹斜陽黄葉寺，一湖秋水白鷗天。蒲團禪板蕭疏極，莫論前賢與後賢。

閑園種得萬林於，白柄長鑱退食餘。月氣涼生前夜雨，蘚花緑上故人書。酒懷不在舉杯處，詩味要參無字初。欲就高齋商競病，城根積潦屢回車。

極樂寺和韻

卻病無良藥，看花有故人。愁方託樽酒，老益愛松筠。極目青山遠，搔頭白髮新。鉏犁吾棄置，望歲意偏真。

慧聚寺拜裕軒曹慕堂二先生祠

行過萬松更無路，清磬一聲秋殿住。病衲指言二老祠，游人憩息爭題詩。拂苔先認碑間字，二老當年舊同事。鷗鷺無猜共起眠，梅花明月三生緣。滄江轉徙青山裂，惟有此心能不滅。石龕炯炯光明燈，靈旗翠羽神所憑。詩成欲就二老問，俗筆如何出遠韻。回頭雙鶴雲中翔，曳杖吾自循長廊。

陳原舒雪蕉圖為胡水部賦

凍綠犯雪威，新紅借冰色。未肯隨時移，回天倘有力。榮悴空山中，俯仰長自得。秋雲與舒卷，夜雨相掩抑。只有纏綿心，不受風日蝕。雙鶴爾何來，翛然茲棲息。

歎逝詩二十首

袁子才太史

乾坤斂奇氣，腐儒守鉛槧。大樹忽飄零，蚍蜉肆搖撼。匪公自信深，後人議何敢。畢竟金碧光，不為沙礫揜。

羅兩峰山人

長安大雪中，梅花寫斜插。三五泠澹人，就君究筆法。微雪簾底飛，春風吹恰恰。看竹慈恩寺，繫驢清水閘。在李公橋南。

汪雲壑贊善

詩城屹如山，酒國曠若海。愁來輒不禁，詩酒老頗悔。溫飽豈初愿，何至屢凍餒。滇南萬里歸，瀟灑文章在。

江秋史侍郎

日月送瀟灑，江山寄高曠。家具米芾船，風流馬融帳。白雲何所適，青山遂汝葬。可憐金薤書，弗入秘密藏。

程蘭翹學士

心境太清虛，腹笥卻華贍。蘆簾終日垂，萬竹圍成塹。自守詩律嚴，那知酒波艷。一從賦玉樓，豈復人間念。

武虛谷大令

判古筆猶刀，看書眼如鑒。嶽嶽氣自奇，吶吶言毋僉。半生受官累，老喜被山賺。探幽淨業湖，人鷗一波泛。

許石泉編修

官書夜猶勘，寺鐘午已擊。三年直清秘，百事付荒寂。幽元藉闡揚，謬誤荷指摘。醒吟思舊詩，惆悵山陽笛。

鮑雅堂郎中

紅綾餅許啖，慘綠衣誰識。讀書三十年，未得讀書力。偃蹇古梅花，受盡冰雪逼。惆悵春風中，不作桃李色。

徐閬齋州牧

弱水不可渡，秋湘放夜艇。孤懷馬上多，瘦影鷗邊迥。白月照心寒，春風吹夢醒。半生困凋瘵，萬事付酩酊。

邵二雲晉涵**學士**

註疏日益繁，考證日益密。君能滙群流，源委指一一。語弗涉依傍，典必徵切實。秋聲不在指，卻向指間出。

陸僕堂廉訪

鹽車困多時，雲路復中蹶。勉強買青山，蕭騷怨白髮。人咎志愿奢，我惜才力竭。何不十年前，扁舟弄明月。

王葑亭太僕

筮仕已廿年，讀書只一閣。倉山置詩郵，謂袁子才。君為司秘鑰。臭味雖不差，諍書卻頻削。與袁論議不合，每以書規之。卓哉道義交，不徒重然諾。

范叔度太僕

大似落拓人，每膺艱鉅任。天外冰雪深，髑髏亦堪枕。獨餘忠愛心，退食氣殊凜。如何憂患身，倉卒受祅祲。君以賑災受疫氣不起。

李鳧塘驥元**中允**

妙手工刻劃，奇情善刳剡。老境造平淡，半生事幽險。二十四泉篇，草堂手自檢。至今明湖水，猶受殘墨染。君《東游詩》甚佳。

李介夫如筠**編修**

幽窗裂藤繭，夢破寫淒凜。覽茲句勁嶮，稱爾貌寒寢。老妻太解事，有詩誡來諗。君易簀，室人即收其所著錄藏之，密秘不示人，王安石有「密以詩來諗」句。吾恐精魄淪，人忌鬼亦懔。

龔海峰太守

梅花明月篇，取譬君文境。朱滄湄主試陝西，評君擬程「滿地皆梅花，何處著明月」文境似之，二語乃余詩也。吾謂句平淡，未足喻奇驚。年衰百念灰，官久雙眼冷。去臘拜東坡，側聞語哀哽。去臘十九日拜東坡像于蓉裳齋中，猶及君說詩論文，不五日而君沒。

王夢樓太守

海氣與蠻煙，蒼莽收筆下。抽簪三十年，林泉自瀟灑。皈衣繡佛前，華嚴經默寫。詩參書畫禪，風格似梅野。

陳花農琪**詹事**

緩步石龕來，馬聲止林外。我喜故人至，倒屐忘束帶。南嶽七十峰，芙蓉與紫蓋。宛委落餘青，陰森萬松檜。君督學湖南，半年而歿。

周霽原太令

錦綈裹異書，走謁礿西屋。深杯佇涼月，短衣掛斜竹。伊余兩眼青，及爾雙鬢綠。閑心負白鷗，壯志摧黃鵠。

袁雙榕大令

山奇在峰多，文奇在筆妙。鼓篋來橋門，三年共言笑。酒酣寫我詩，余詩成，君每為代寫。字裏出危峭。病髮北風吹，離懷孤月照。

劉松嵐過訪不值留示新詩和韻

蓬蒿雨後高於屋，水氣如雲路不通。怪爾白頭老詩客，八年重為寫屏風。

坐破蒲團尚鈍根，一年一認雪泥痕。余頻年改官。而今擬筑盤山屋，飽喫黄精自閉門。

宣和蠶研歌

道君昔御宣和殿，即墨侯封文繡院。龍尾池頭載石來，萬工留得幾方硯。至尊自署宣和人，御書刻石端禮門。柳外鶯歌聽百囀，腕間筆力迴千鈞。金衣半覆鸜鵒眼，玉几含毫興不淺。軍報燕雲戰馬馳，史書艮嶽靈芝產。太清樓下朝公卿，汝州馳奏麒麟生。十行手詔紀嘉瑞，上林春雨鳴倉庚。龍德宮中稱教主，此硯朝夕經摩撫。幽魄長留五國城，貞珉卻返臨安府。淪落江湖數百年，宣和兩字人多憐。拂拭泥沙出光采，似有蟾蜍清淚在。君王徒事文房工，一任半壁山河空。至今紫塞臥秋草，慶雲長繞飛來峰。艮嶽慶雲峰今在三座塔。

范文正公石琴歌

雲膚鏤空石骨斲，落霞為琴春波濯。內官捧出太清幄，龍圖老子班師歸。鬼章奏凱三軍威，宫門詔許朱絃揮。天章閣開十事上，規模闊大氣骯髒。誰與阻者章得象，功高受賞朝廷恩。黄金百兩分軍門，清琴獨欲貽子孫。貢馬惟三琴則一，琴賜仲淹臣愧慄。世守勿替仲淹筆，西夏當年戰霧深。枯桐不可徽黄金，獨爾太璞情愔愔。客坐高堂想巖谷，楚峽猿聲巫峽續。細雨生寒在深竹，拜命攜歸政事堂。戎衣何暇瑤琴張，一彈今日薰風長。

陸放翁藏東坡硯歌

坡仙一字值一絹，況乃當年手製硯。放翁愛讀斜川詩，此硯卻是蘇門遺。萬里風煙雙鬢改，石交幸有陶泓在。草書學張行書楊，龍蛇入腕神飛揚。陸詩有「草書學張顛，行書學楊風，又有龍蛇入我腕。」句。生平知己黄祖舜，書白二府誰能信。嚴陵山水臣拜嘉，九重詔對筆力誇。寶章閣下待制誥，嘆息臣年已衰耄。良硯之利良田過，竈堂詩老詩真多。南園撰記翁負汝，東坡手澤自千古。後人見硯知翁心，南園記即南園箴。

石琴室聽泉

生平抱幽尚，所居厭塵俗。名園許臨眺，放眼入空綠。小憩石琴室，無絃理亦足。水聲何處來，泠泠與石觸。江海隨在有，千古自洄洑。不事疏瀹功，焉得秋氣蓄。涼沙白一汀，土花紅半谷。主人興不淺，平地起林麓。風蟬瘖不語，草蟲寒以縮。似聞天河傾，瀉作珠萬斛。虛堂傳鼓鐘，別館應箏筑。此真是天籟，弗受人杼柚。尚際月明時，石琴鼓一曲。天風振蕩之，吾當短歌續。

題陶然亭雅集圖送陳竹士基

年年新雨後，此地一憑欄。秋已先人到，花寧禁佛看。才高多縱酒，謂戴金溪、張船山。詩好不宜官。誰向關河去，匆匆事馬鞍。

次樓村道中因卜葬地

次樓老樹鬱蒼蒼，一路泉聲引興長。今日始知驢背穩，是日騎驢。頻年深悔馬蹄忙。白沙溪外過秋雨，黃葉村西尚夕陽。賈島祠堂半榛莽，卻留新月照僧廊。

入孤山口

石屋八九家，斜陽三兩樹。寥落不成村，溟濛入山路。羨爾採樵人，竟隨飛鳥去。驢背望白雲，悠悠向何處。萬仞青插天，一線隙可度。山靈厭俗駕，面目肯輕露？低鬟媚晴昊，高髻擁寒霧。吾將學蟻行，前途曲折赴。

接待庵小憩

行觸碎石聲，隔溪鐘磬答。敗柳支作橋，只許一人踏。老僧如病鶴，負暄披破衲。自言三十年，茲庵遠客納。路仄花擁門，屋低苔上榻。四山惟一青，不受纖塵雜。清泉到處流，誰復攜瓶榼。

發汗嶺

掩關日靜坐，筋力益形憊。意氣時自豪，歲月嗟已邁。崇岡曳杖來，為了行腳債。石空蛇易藏，樹危猿不掛。前人踵未穩，後人頂已屆。幾有傾覆危，豈止垂堂誡。要知造物奇，往往出險隘。喘定目猶眩，沉病喜已瘥。

雲梯

石斷天忽空，雲入綠無縫。大風挾人行，獵獵九霄送。生平局促懷，至此乃豪縱。殘霞一桁低，飛瀑四山動。鳥喧驚落花，鐘響定寒夢。笑彼古仙人，往來白鶴鞚。

兜率寺

濕翠散遠風，丹碧紛斜陽。僧寮如鳥巢，與樹同低昂。茲弄恰山半，磊磊居中央。魚板澹詩夢，筍脯餘寒香。海棠十畝花，倚破僧人房。三里松栢陰，宛轉成迴廊。禪榻支別院，步循新月光。

止宿文殊院

路轉聽梵橋，一松間十竹。傴僂松竹中，窈窕出佛屋。僧病怕迎客，山廚飯已熟。我愛繡木瓜，樸被樹下宿。蚊蚋秋不擾，鐘磬夜相續。幽淙漱石齒，時與殘夢觸。欲窮仙水源，隔溪虎飲綠。

觀音堂

北地看梅花，多在盆盎中。空山地脈暖，綠萼披秋風。此時雖無花，已不凡材同。經霜自深碧，溉雨紛幽叢。僧云佛力護，吾謂靈氣鍾。勸僧加愛惜，未可虧人功。擬當雪後來，坐對千椒紅。寄詩鄧尉客，吾亦支吟筇。

摘星陀

空天不可上，茲陀天盈咫。望之何所見，一氣但青紫。倦輒憩石陰，衣邊落松子。萬磴歷已盡，一隙悵無倚。樵者雲中歸，遙遙天外指。我欲賈餘勇，霧雨溟濛起。巒岫倏不見，混混桑乾水。

雲水洞

板扉開復掩，石筍爭突兀。僧腰繫葫蘆，取水弗顛蹶。勸客少休息，燒火煮薇蕨。言自秋雨零，洞水適陡發。青蓮不可見，處處苔花沒。草根翠易濕，石頭路尤滑。破樓敲晚鐘，松梢上新月。

華嚴龕

不聞五丁驅，卻有巨靈跡。當年華嚴師，曾此為窟宅。洞口吹來雲，散漫半山白。傳説花開時，騎驢有狂客。傾樽醉花陰，三日卧寒石。我亦看花人，何年一龕闢？

一斗泉

山骨不嫌瘦，姿態溉愈出。想當混沌始，磅礴具奇質。此泉潤澤之，永煥太古色。松留秦代雪，非曝堯時日。鶴咳四山應，雲起千峰失。樓臺脚下斜，星斗鬢邊直。我欲寫入詩，愧乏靈運筆。

中院尋天開寺遺碑

傳聞六聘山，霍原教授地。延祐虎兒年，勒碑天開寺。我來尋斷碑，剩幾蝕餘字。筑場今打麥，登堂昔委贄。殷勤告牧童，此碑漫污漬。牧童但含笑，側身倚碑睡。

歸宿懷德草堂

暫息登頓勞，遂忘行旅苦。欲問某醉醒，不辨誰賓主。炊煙淡入雲，車聲遠疑艣。山近秋雨繁，林暗大星吐。

雲居寺

五步一梨花，十步一松樹。我來非春時，白鳥導前路。雖乏峰岫奇，卻饒水竹趣。豆青肥可摘，柿丹圓似鑄。煨芋更煮筍，草草麥飯具。隱几聽泉聲，更益煙霞痼。

小西天石經堂

荒榛敗棘中，娩𡟖見雲巘。翠拔峰棱棱，雲覆逕宛宛。土花紅入井，柳葉黄隔阪。嵚崎石經堂，創自隋靜琬。從古愿力堅，流傳必久遠。緇流尚知此，吾儒盍自反。

別懷德草堂留贈劉潛夫玉衡秀才兼示徐竹厓夢陳進士閆致堂孝廉

雲水無定蹤，金石有至性。我非山中人，而持頭陀行。百里致一書，五日宿六聘。草堂本無塵，秋雨洗逾淨。籬花受風軟，盆石出水硬。深情託雞黍，虛懷商競病。徐公慷慨人，閆子敦樸士。飛騰各有時，煙霞豈無意。水漫道元鄉，雲迷賈島寺。抵掌話深夜，勝讀房山志。煩君盧溝橋，為我蹇驢鞴。楓葉與桃花，一年我一至。

發次樓村歷花梨坎抵戒臺宿

青山送馬蹄，紅日炙客背。車行七十里，仍復在山内。樹老秋葉稀，年深古廟廢。隔溪三兩家，一犬向人吠。掃石歇片時，水外鳥聲碎。峰翠宛宛接，嶺霧冉冉退。始知南山雲，不入北山隊。忽聞天半鐘，迢遞引吾輩。松借新月光，十分出姿態。鬟眉映微綠，衣袂染淺黛。禪榻何處支，捲簾松影對。

由戒壇抵潭柘寺

老槲染新霜，已紅三兩葉。初陽烘客衣，薄霧散馬鬣。漸覺孤村煙，濛濛隱山月。峰頭翠屢斷，洞口雲忽接。秋草臥鳥鞬，菜花亂黃蝶。我來不憚煩，欲補從前缺。衲子款故人，蒸藜更烹蕨。一如溫故書，又似臨舊帖。事歷跬步閑，境習幽賞愜。諸客任登攀，我自竹廊歇。

猗玗亭新竹

朝撫戒臺松，暮倚岫雲竹。遂覺四山青，不及一窗綠。憶此三年前，我曾留信宿。病篠困渴泉，對客每羞縮。茲來重握手，為我祛塵俗。清風託故人，萬遍看不足。

方丈院殘桂

上方一山梅，潭柘滿院桂。北方殊罕見，地氣此獨異。巖谷得秋早，連日況新霽。不知何處香，暗襲人衣袂。僧鉢飯味永，雲堂煙縷細。誰修鼻功德，禪扉半日閉。

潭柘午齋罷紆道西峰寺小憩仍宿戒臺

山鳥催客行，日斜隔溪喚。林杪別徑懸，草色一橋斷。樹圍茆茨密，雲撲馬頭散。荒寺煙火稀，石幡倒井畔。老狐睡松龕，饑鼠拱佛案。何人此布金，當年起危觀。清磬猶蕭疏，貝葉早壞爛。回頭月已墮，粥鼓響天半。

答韓桂舲對廉訪

兩接湘南書，半年疏報謝。披圖故人遇，剪燭秋雨乍。愛君詩句清，想見政多暇。危樓一鐘送，高林萬葉下。遠山月已吐，百回吟未罷。香草遠難寄，徘徊念中夜。遲雲岳麓間，頭白一庵借。

抵戒堂重謁裕軒慕堂兩先生祠堂

雙扉又向翠巖開，千樹斜陽滿院苔。鐘磬無聲蛩自語，雲霞有路鶴頻來。幾人濯足桑乾水，二老皈心般若臺。三面欄干重徙倚，松陰深處獨徘徊。

朱野雲畫小西天

峰頭黄葉掩，洞口白雲封。廢井秋無水，荒庵午不鐘。石奇蹲作虎，松老臥成龍。欲乞丹砂術，吾將勾漏從。

存素堂詩初集錄存卷十八

癸亥

趙象庵鉽話雨山房看菊

菊性我不識，惟覺疏益好。豐臺賣花翁，造作無乃矯。下以青蒿接，上復黃葦繞。一如瀟灑人，束縛不堪擾。舍人愛菊花，此意殊了了。揣其意所至，霜前豫為保。花也無語言，獨恃託君早。氣味澹相與，風雨經多少。乃知清妙人，別自具襟抱。君方闢南園，行當補松篠。殘石一任欹，落葉不可掃。寒香引孤蝶，茶煙散歸鳥。我仍跨蹇驢，余偕君策蹇游山。城南踏幽草。

亦粟僧閉戶三年詩以示之

闢佛我不能，佞佛我不敢。惟持清淨根，弗受塵壒染。幼曾讀儒書，遇事思奮勉。老年精力衰，萬物輒來撼。衲子江湖客，筆墨頗研吮。魔障自內除，外緣不能感。三年住一庵，歷盡風雨慘。石龕冷鳥窺，香飯飢鼠噉。凍蘚雪中青，殘燈夜深颭。死生久矣忘，榮辱吾知免。望師峨眉巔，為我精廬選。

朱辛田滋年自江南乞余序其詩作此以報

十年憐舊雨，余于十年前獲讀君詩刻。千里寄新詩。宦久貧方好，山空老不知。夕陽漁網曬，春雨藥苗移。梁父吟成後，援琴和者誰。

著錄吾何敢，性情君自研。書裁黃菊畔，夢落白鷗邊。正味淡彌旨，古今音不傳。抗懷扶大雅，真僞辨宜先。

東軒圖有序

乾隆丁未，安邑宋葆淳、順德張錦芳既為翁覃溪學士合作瑞州東軒圖。後吴縣張塤監官倉，取蘇詩題泗州南山監倉東軒故事，亦顔其齋曰「東軒」。覃溪學士于西江使院賦詩寄之，適陽城張敦仁治高安，亦和其詩，并寫入此圖中。學士抵京持贈羅兩峰山人。山人歿，此圖流落市肆。今為張昞所得，因倩遂寧張問安、問陶題紀其事，余亦繼作。

西涯夕煙暝，東軒阻寒夢。三復蘇齋句，秋懷瑞州送。舍人瘦銅暨太史藥房，宿莫增哀慟。陽城古愚今循吏，術業吾取重。拈來舊約在，蘇齋詩有「三張舊約共拈來」句。寫出新詩共。三張繼三張，念陵得此卷，復倩亥白、船山題句。誰與狡獪弄。浮生易聚散，造物隱甄綜。精神寄絹素，楮墨救饑凍。苔蝕與塵漬，紙綠已無縫。勸君抱此圖，緩緩蹇驢鞚。薄田買百畝，趁早松菊種。紅日掛茆檐，春酒曉開甕。

東軒圖詩成見幀尾有楊蓉裳截句一章戲效其體

蘇齋艷說蘇公事，詩夢凄清畫卷涼。他日東軒徵故事，前三張與後三張。

曾賓谷運使抵都

燕市鮮梅花，何處尋詩好？城北多酒樓，雪大行客少。蕭然一庵臥，清吟對松篠。故人別三年，恨不攜手早。兩鬢或未改，萬事可無擾。讀書力孔厚，寵辱付草草。愧我如蠹魚，往來故紙繞。隨身乏長物，史藁與詩藁。時奉纂宮史及編校八旗人詩。養疴宿西山，元白時壓倒。君倘負幽興，僧齋落葉掃。蒸梨更燒芋，一鉢香飯飽。天寒晷刻促，驅車趁晴曉。短書觸遠夢，高林響獨鳥。

胡果泉觀察自粤東至

折柳送君行，看梅喜君至。梅花嶺南盛，君何不我寄？長安逢大雪，飲酒能無醉。想君閲世久，幾墮憂時淚。纏綿一片心，別有報稱事。憶昔通籍時，羨君年最穉。轉瞬三十年，齒牙半凋墜。朋儕聚散多，情懷今昔異。我幸作閑官，君勉為畺吏。他日西涯西，擬早茆茨置。君肯訪故人，當先屏從騎。闌入白鷗群，飲君半湖翠。

讀張古愚敦仁刺史題畫詩

讀詩蘇米齋，覃溪先生齋名。覿面接葉亭。衣園編修宅。相思三十年，月落春雲停。君昔居草廬，淹雅習九經。治民無他術，黽勉遵先型。昨展東軒圖，數點匡廬青。搖筆勢凌漢，得句瀾翻瓶。有如巫峽猿，哀怨舟中聽。又如吹玉笛，酒人夢初醒。嗟我塵世人，乃獲天樂聆。跡象無可尋，獨餘清泠泠。

張念陵昞大令屢訪不值作此招飲

燕市歌悲風，秦關唱古月。每入春明城，必先詩龕謁。看青幾角山，贏白半頭髮。人生無百年，禁得幾回別？寒花發顔色，冷酒助嗚咽。長安一夜雪，萬姓動歡悦。柴扉夜不扃，以待不速客。殘菊未斷黄，凍蘚猶餘碧。倘肯跨驢來，勿滑溪邊石。

王惕甫寄淵雅堂編年詩至

渣滓除已盡，字字出瘦硬。匪緣讀書精，安得行氣盛。憶昔芳草齋，挑燈商競病。深閨具魚菜，酒釅寒星映。隔牆招二何硯農、蘭士，短李介夫顛張船山并。但知笑言永，詎愁歲月更？自君買棹歸，吾道遂不振。江湖望白雲，霜雪改青鬢。撰述日益繁，德業未由進。尚幸郭外山，扶杖春墟趁。七百二十寺，僧衲都我認。君臥梅花廬，一編寄情性。日高猶未起，柴門絶幣聘。生平厚期許，出處希賢聖。且留幾卷書，遙待後人評。

哭吴竹橋同年

今年兩寄詩，怪君不一報。方疑採藥忙，無暇登山嘯。驚聞玉樓成，修文君應詔。從此少微星，頓掩人間耀。昔年駕扁舟，寒江隱漁釣。天際望紫雲，時復詩龕眺。烏絲押紅印，每隨雁飛到。至今懷袖間，清泠月孤照。生平著述富，下筆輒高妙。文去齊梁習，詩泯唐宋調。諸郎繼父志，當早遺集校。難弟今宗工，删修必得要。我愿跋文尾，敢避續貂誚。迢迢千里隔，愧莫草堂弔。質言作哀誄，九原定狂笑。

題丁春水江帆圖

夢裏會稽游，醒覺鬚鬢綠。江帆落秋影，煙雨耿心目。雲埋紅蓼村，舟隔黃茅屋。大雪正閉門，瞥見山陰竹。誰挽天河水，紙上任洄洑。嘆息畫中人，園荒有松菊。長安住三載，裘敝髮又禿。美酒不能飲，奇書那堪讀。懷鄉阻遠道，寫圖寄歌哭。我負四方志，年華去已速。感君飄泊情，多我棲遲福。租田種秋藥，何必定食肉。

芝圃先福方伯寄書并其家集至

聞名未覿面，室邇卻人遠。翰墨信有緣，千里寄誠悃。上以先德述，繼乃餐飯勉。關河寸心阻，風雪尺書展。梅花江上開，古驛一枝剪。馬銜黃葉行，雁帶秋雲返。寒廬我高臥，何事慰孤蹇。文史屬職業，歲月藉消遣。奉詔修輿圖，郡國利病闡。愧無顧公寧人才，推測懼淆舛。桑梓採風謠，鈔撮敢云選。望君直諒友，補我聞見鮮。吹到廬山青，西湼春雨晚。他年屏騶從，緩踏柴門蘚。

冬夜讀敬庵德敏詩

雨雪三年前，鮑子雅堂清樽置。謂有老詩客，勸當厚屬意。且許圖詩龕，催我銜寒至。詎料君病作，時抱梅花睡。鮑子哦君句，不飲心輒醉。昨年鮑子亡，詩老何由侍？江風吹雁迴，寄到相思字。清籟響泠泠，蕭然警獨寐。令弟芝圃近為君刻《清籟閣詩集》，寄余校定。空山一鶴鳴，凡鳥皆退避。疏放殆天性，孤冷世誰類。荒齋萬葉零，樓鐘雜幽吹。呼童撥爐火，自起剪燈穗。讀至憶鮑詩，石交君不愧。

索敬庵畫詩龕圖

我寫詩龕圖，已遍江南北。詩老室則邇，如何求不得。豈謂龕中人，古音莫辨識。否或疑禪悦，縹緲難潑墨。我龕空跡象，我詩謝粉澤。但取中有餘，弗假外生色。亂竹屋角欹，醜石牆根踣。酒來便醉鄉，花開即香國。白髮不知老，青山何日息。真氣浮絹素，丹黄倍出力。能事敢促迫，幽興乘頃刻。雪晴窗几間，勿愁歲華逼。

靜默寺訪玉達齋制軍

三年離別苦，一夕笑言親。風雨灤河夢，旌旗澤國春。荔支尋舊約，梅樹悟前身。圖繪乾坤手，如何倪米倫。

體國無休暇，吟成取自娛。門生代鈔寫，詩話遍江湖。我亦躭歌嘯，曾同對竹梧。蕭疏北窗下，歲月十年徂。

海氛都掃盡，百姓不知兵。任重安危繫，心虛智慧生。長林朝放馬，春雨夜聞鶯。豈識元戎帳，籌邊坐五更。

幾回入蕭寺，鐘磬晚風疏。殘雪映雙鬢，夕陽明半廬。知公能愛士，笑我只躭書。故紙鑽研透，艱難老蠹魚。

時還讀書齋飲杏酪同仲梧元圃

今年春雨時，山中住十日。杏花紅可愛，作詩曾紀實。轉眼快雪晴，書齋容促膝。杏漿飽飲我，勝啖石崖蜜。問君醞釀法，費盡幾人力。老饕僅一呷，不復思肉食。誰知有心人，俯首千村憶。茅茨捲隨風，洪流趨下急。室家且弗保，口腹安足恤。耰鋤把終歲，饑饉絕餘粒。我叨大官俸，素餐滋愧慄。

剪燭剝江筍，圍爐爆園栗。豈謂救蒼生，賴此一枝筆。書生究何為，侈張身許國。停甌強下咽，潸然淚雙溢。

仲梧讀余西山詩招同夜話

眼中幽曠人，那得有三五。白髮各相望，青山無定所。深夜笑言共，草堂茗椀敘。高雲映一時，寒月照千古。疏籬隔積雪，數峰婉嫿睹。夫君喜讀書，萬卷偷閑補。愧我日伏几，多營卻寡取。詩以寫情性，翻受作詩苦。人笑柳生肘，我冀水投乳。秋風葛衣襲，逸興芒鞋舉。無心逐鷗鷺，忘形到爾汝。君肯北邙游，明年待春雨。

寄懷王述庵侍郎

文獻東南望，風流湖海傳。夢迴盤馬地，心冷釣魚天。松菊存三逕，圖書載幾船。北窗且高臥，消受好林泉。

奇才享清福，自古幾人能。老去繙書慣，貧來愛士仍。抱琴訪漁父，載酒約山僧。黃葉蕭蕭下，小樓紅一燈。

大谷山堂廢，謂夢文子侍郎。何人工苦吟。雲煙驚過眼，風雅妙關心。我近頹唐甚，公猶愛惜深。高山與流水，千載契幽襟。君早歲受知於文子侍郎，詩來，以侍郎期余。江雁先春至，殷勤尺素貽。古人不可見，作者厚相期。月照山空處，梅開雪大時。況余有情性，能勿感心知。

極樂寺晚坐

步隨橋共轉，心以寺為家。古殿書橫几，頹垣字隱紗。余屢年寺中所題詩，僧多粘壁間。鳥翻秋樹果，蝶戀夕陽花。我卻支頤坐，西山看暮霞。

初頤園侍郎由滇旋都出壬戌歲除日重游龍泉觀看梅詩索和次韻

閲世頭將白，逢山眼倍青。寺梅看幾度，江笛擫誰聽。酒畔無多客，天南只此亭。使君心似水，官閣不須扃。

萬里一天雪，兩迴孤寺春。客行續殘夢，花放識前身。久坐竟無月，清吟定有人。老僧原解事，不辨去來因。

此心無住著，隨在得翛然。況是山空處，兼之歲暮天。政閑聊遣興，詩瀹欲參禪。笑問林和靖，妻梅又幾年。先生宦游十年，不攜眷屬。

梅花未余識，詩裏雅知名。把卷不堪贈，巡檐空復情。黄河何日渡，白石一生盟。竹外柴扉掩，還須倩鶴迎。

題張念陵龍門觀瀑長卷送之東湖

半生託鴻爪，千古此龍門。天上河聲壯，人間禹跡尊。清琴撫誰聽，奇字向余論。記立槐花雨，衣衫緑尚存。

此去紅梨在，夷陵第一花。久無人賞識，空復樹横斜。江鳥催征騎，春風入晚衙。歐公舊題句，壁上可籠紗。東湖縣署有千葉紅梨花，歐公曾作歌。

馬秋藥為其甥鎖成畫讀未見書齋圖并繫以詩乞和

宫史區六門，書籍乃其一。續修奉明詔，中秘許造跡。辨色目眯眩，望洋心惴慄。頗笑典春袍，千錢换一帙。三年校勘勤，落葉掃未畢。訛舛且不保，精義安能述。羡君愿力深，萬卷自梳櫛。坐老秋樹根，殘縑消古日。聞説城東偏，寺牆詩寫密。藥翁近無事，薄酒輒放筆。寒菊及衰柳，歌嘯成故實。生也奉杖履，吟蹤每牽率。我欲製剡藤，招君執不律。緩踏東華雲，天上搜奇逸。

鞠見南純德刺史自江西至都貽近刻竹垞集并許購書

君從西江來，淵明詩飽讀。此老有性情，詩成故不俗。聞君政多暇，亦復躭松菊。近喜徵典故，奇書堆滿屋。亭林與竹垞，吾亦素推服。淺學悞奇字，經史苦莫熟。老儒擅箋釋，善本貽庠塾。君舉付剞劂，世將廢簿錄。人間未見書，搜討愿相屬。一船風送急，梧陰夢春綠。

李石農觀察抵都

君昔住春明，青袍棲古廟。中夜起讀書，屢借佛燈照。長安自人海，風雨孰同調。每乘孤月上，詩龕聚吟嘯。壁蛩深淺鳴，鄰雞斷續叫。我貪奇句搜，君喜禿筆掉。當場逢勁敵，作氣遑攻剽。轉眼二十年，前事多可笑。詩人今循吏，政事播越嶠。搜剔雁宕奇，仍作錦囊料。此行最快意，東南肆登眺。民謂官長清，夾道奉輿轎。野田藜藿採，春溪魴鱮釣。我老坐荒齋，桐竹左右繞。書生昧世務，甘受迂潤誚。

壽楊蓉裳員外并寄荔裳方伯

人間最冷月，五十一回看。百戰歸關隴，千秋想杜韓。文章達中禁，兒女聚長安。又見春明柳，垂青到石欄。

阿弟憐余病，仙桑寄蜀西。山風鬆紙裹，江翠濕封題。野店梅同笑，春筵筍共攜。感深藥籠物，省卻幾刀圭。

歲暮懷人雜詠二十首有序

謂之雜詠者，補前所未及耳，或存或亡，或遠或近，不復分別云。

鮑覺生中允

睡覺聞鐘磬，蕭然世慮忘。書聲兼暮雨，花氣自空廊。煮飯儲松葉，熏衣借佛香。蒓鱸肯輕羨，滋味菜根長。

朱滄湄文翰主事

攜我詩篇去，華山高處吟。數峰天外笑，十字夢中深。江月照從古，梅花開到今。多情原是累，誰喻寂寥心。余有「滿地皆梅花，何處著明月」句，君奇賞之。

阿雨窗撫軍

不接適園書，梅花又歲除。倚松看殘雪，燒竹煮春蔬。老愈江湖遠，閑仍筆墨疏。翠微尋舊約，蓑笠更招余。邀余游翠微兩次，皆為雨阻。

伊墨卿太守

太守真風雅，朝雲墓肯修。誰來撲黄蝶，爾去跨青牛。書已西涯似，人原北海流。草堂春酒熟，介壽復何求。

錢南園澧副使

三十年前地，槐堂早綠陰。余居即先生三十年前下榻處。壁紗秋月照，楹帖古苔侵。世謂塵緣淺，吾知忠愛深。孤燈炯殘夢，無語酒頻斟。

王熙甫侍御

吟蹤侔二李石桐、少鶴，篇法祖中唐。老以文為命，窮猶古自狂。選樓行欲葺君為二李刻遺詩，諫草死仍藏。可有遺篇在，空山掩劍芒。

王子文秀才

清門賢子弟，東海老詩人。料理千秋業，安排五嶽身。才多原是病，老至不知貧。二十四泉水，清冷孰與倫。

周西麋明經

看冷西涯月，江帆一夕歸。詩非今日瘦，草是故山肥。星斗九天辨，龍蛇三館揮。揚州雖有鶴，不逐比雲飛。

方鐵船元鵾**水部**

樂府擬廉夫，幽燕氣象殊。君工樂府，多詠畿輔遺蹟。官仍書劍狎，老益性情孤。破屋蔽風雨，新詩寫畫圖。水衡原自好，可剩酒錢無。

洪桐生梧**太守**

知君名姓早，二十五年前。白髮仍夷宕，青山未變遷。愛花原有癖，刊集恐無錢。五色不迷目，休矜衣鉢傳。王愓甫會闈曾膺君薦，愓甫不執弟子禮，君亦不怪。

玉閬峰侍郎

石經堂上坐，古碣日摩挲。種竹能全節，栽松不改柯。水清得魚少，樹大受風多。花事南園好，秋陰夢薜蘿。

吴个園徽休**孝廉**

扶杖青山看，無心逐野雲。江頭誰載酒，竹底每逢君。墨氣穿林出，漁歌隔水聞。幾回坐殘月，林雀語紛紛。

吴柳門鳳白鸞**孝廉昆弟**

江水年年到，如何書不來？偶教紅鯉誤，長被白鷗猜。門對雙溪柳，園增幾樹梅。時還把書卷，昆弟笑顔開。

許香巖封君

江上荒苔色，東風緑到門。漁樵爭入市，花竹澹成村。詩夢春城續，茶煙月夕昏。茅庵隨意筑，只就白雲根。

王野梅堂開**孝廉**

一庵秋入夢，萬里夜攤書。老未功名遂，貧宜故舊疏。守門寒有鶴，下箸晚無魚。松菊委榛莽，田間日把鋤。

方葆厓撫軍

海外更天外，關中與隴中。一身能砥柱，百戰尚橫戎。堂構情偏切，田園念已空。畿南耆耇在，扶杖欲迎公。

金蘭畦光悌**廉訪**

《楞嚴》讀萬遍，仍是宰官身。香草何曾碧，梅花不識春。孤情天所與，豪氣老來真。泰嶽雲飛動，層陰覆海垠。

黄小松刺史

草堂見歸雁，夢裏乍逢君。黄剩盧溝月，青多泰嶽雲。春燈照殘雪，樽酒對斜曛。身後零星墨，編排竟不聞。

葉琴柯學使

萬里傳佳句，梅花一樹春。近于初頤園處，讀龍泉寺詠梅詩。尋山曾幾度，剪燭共何人。日養丹砂氣，風銷綠綺塵。登樓應北望，雁帛久沉淪。

李小松鈞簡學使

許寄匡廬志，三年一紙無。梅花春驛遠，江月草堂孤。山谷有詩派，柴桑誰酒徒？心憐《懷麓集》，舊本半糢糊。君有重刻《懷麓堂集》之約。

閑居

閑居甘寂寞，鳥雀散空林。只自繙殘帙，同誰理素琴？故人書緩答，春酒夜孤斟。為念黄河水，曾無麥隴侵。

擁衾

豈無南畝志，翻愧北窗情。把筆每相笑，擁衾時自驚。雪殘松竈冷，星墮竹燈明。忽聽春禽語，來朝定曉晴。

話山同仲梧

無事轉頻約，忘機何遽還？每來君獨喜，深信我能閑。醫俗不須酒，怡情只有山。明年射雕去，隨爾玉門關。

曉起

曉日侵孤枕，瓶花照眼新。年衰惟愛睡，病久不知春。鼠飽跳從壁，鴉飢噪向人。柴門難徑掩，問字客來頻。

歲晚

疏懶自天性，況當心跡違。月明僧不至，風定鳥還飛。春草隔年綠，故人何日歸？紛紛貽雉兔，我卻喜寒薇。

搟關

松葉不曾掃，雪中還一青。竹斜時入戶，梅小只宜瓶。凍雀午猶噪，酒人春未醒。山僧寄詩札，苦約粥魚聽。

晚景

冷月無顏色，空庭獨立難。春星隔林大，山雪入城寒。樽酒何人共，唐花不耐看。平生愛芳草，真意足盤桓。

思梅

世有梅花在，何年許我看？豈真墮塵俗，便不稱高寒。跨鶴縱無分，騎牛行自安。園桃與溪李，春事未闌珊。

採藥

有意茯苓採，無心梵唄聞。林香散鴉背，谿影亂鷗群。春雨時兼雪，村煙遠帶雲。登高極空闊，蒼翠鬱難分。

不寐

不知誰氣力，分綠入空林。梅自限南北，春原無古今。可憐亭上月，獨照壁間琴。不寐愁難卻，看書擁破衾。

殘僧

照眼惟孤月，隨身有片霞。不堪踏芳草，只許折梅花。落日明寒石，春泉咽暗沙。人間鬬紅紫，不及爾袈裟。

就火

雪片東西漾，風光遠近春。誰知騎馬久，翻覺閉門新。有火吾猶冷，無衣汝太貧。家家有紅日，莫作向隅人。

小病

自作窺明鏡，從今愛草廬。病方思蓄酒，貧轉欲抛書。堂淺時飛燕，溪深莫釣魚。柳條有長短，何日爾扶疏？

憶山

上方七十峰，峰盡是芙蓉。僧老不貪睡，天寒獨打鐘。春來梅吐氣，上方有梅花。雪後虎留蹤。未必丹砂得，靈芝或偶逢。

窨花

竟從風雪裏，冷眼見桃花。燈下靜相對，酒邊紅半遮。春鶯聽隔歲，芳草夢誰家。獨有水仙子，翛然立白沙。

贈雁

此去定何意，寥空任爾飛。江湖隨處好，粱稻半生違。聲肯隨殘葉，身將傍夕暉。一樽好相待，應伴燕同歸。

燈下

明燈伴余久，不肯不花開。雪裏春先到，愁中酒易來。抽簪驚白髮，倒屣誤青苔。辛苦安吾分，殘書又幾堆。

送寒

隔城仍雪積，出戶已寒疏。柳色臨溪活，松聲入夜虛。僕知蓄春酒，兒喜買奇書。已報黄羊熟，隣家饋白魚。

北園

柳老何妨禿，桐孤不畏寒。客愁風雨共，春事酒杯寬。山色照人綠，林聲入夜乾。東隣知我起，款戶索詩看。

守歲

辛苦又終歲，冰霜幸暫時。道心生暗室，春氣入殘巵。得趣不關酒，忘言忽有詩。勞勞還自笑，掉筆欲何為？

朱素人移居圖歌

松樹街東煙水活，小石橋南林木潤。憶自松街移石橋，老屋前後西涯割。西涯祖居小石橋，後移慈恩寺。山人愛煞鐘樓涼，葛衫坐我梧桐旁。凝眸撫卷似睡去，忽然大笑落筆狂。一輛牛車書萬卷，畫篋琴囊老鐵硯。零落菊花八九盆，殘壞青氈三兩片。恐我吟懷太寂寥，添出詩瓢更酒瓢。此外家具略點綴，純以意匠空中描。述敘且嫌物碎瑣，況復揮毫期貼妥。三里秋陰沁一心，山影蒼茫雲淡沱。葛洪曾畫移居圖，星霜剝蝕青模糊。採砂乞令世或有，朱生朱生此筆無。

奚鐵生畫山水歌

方薰既死岡第一，浙中近來無此筆。恐被丹黄損性靈，皴染不須借顏色。空中邱壑意匠為，世上畫師豈能測。知己千里遠相寄，百餅黄金換不得。江嵐湖翠秋堂懸，我身疑置峨眉巔。白鹿一去三千年，歸來仍舔丹砂田。六月青天飛大雪，蓮花十丈空中結。孤雲直上鳥飛絕，大聲霹靂蒼厓裂。千錢斯買一烏牛，偷閑竟欲營西疇。卻怕桃花阻歸路，清溪渡口無扁舟。不如仍宿山中樓，飯飽讀書何所求。

坡公生日同人集何氏方雪齋用公集李委吹笛詩分韻得飛界二字

坡公艤扁舟，坐對寒山暉。笛聲歇千年，白鶴仍南飛。茲來拜公像，孤調聆清微。公喜託漁翁，日坐蘆中磯。畫成笠屐圖，似自江頭歸。月上方雪齋，照見青蓑衣。

公神自在天，求諸像已隘。即以文字論，誰能限以界。孤臣志忠孝，生平斥險怪。當年恐看煞，至今留佳話。如何百東坡，寫作屏風掛。我不辨真僞，入門先下拜。

立春日陳石士編修冒雪過訪贈家刻數種并云茶菇一函入羹甚香冽檢之則峨眉茶也賦詩為謝且索茶菇

故人如春風，飄然隨雪至。古書遠肯攜，知我愛奇字。又恐腸久枯，搜句乏新意。茶菇實珍饈，殷勤老饕饋。路逢赤松子，仙乎狡獪施。攫彼峨眉英，換此匡廬翠。冷香散一室，幽人警清寐。山鹿與江魚，計較入餚胾。菇也不到手，芳冽何由寄？得畫兼得石，此例古人遺。調水符勿庸，買菜翁不啻。詩成笑枵腹，無從徵故事。且欣雪掩廬，容我三日睡。

存素堂詩初集録存卷十九

甲子

伯玉亭撫軍寄書稱述舊事兼以近詩委勘拉雜書此以報

纓紱不溺情，詩書有至味。秀才與相公，何曾前後異。自家方寸安，四海蒼生庇。聞君尚寧靜，手挈數大事。河汾少怒波，恒霍鬱佳氣。豈知使君勞，獨在無人地。沉吟蟋蟀詩，秋堂警清寐。旌門明月高，俯仰松風吹。

敝廬城北偏，徐公此堂構。憶昔跨馬來，壺觴敘朋舊。廿年前，君偕菊溪中丞及余同飲于鏡秋齋中，今為余所居。花光映鬢鬟，酒痕濕襟袖。不謂笑言永，翻成離別驟。可憐枝頭鳥，猶自喧春晝。故人各霄漢，顔色何由覯。剔盡燭花紅，新詩出蒼秀。

官高休縱酒，一時游戲筆。君扈蹕木蘭，余寄詩有「官閑須縱酒，秋近最宜山」句。後晉巡撫，余改為「官高休縱酒」，君來書猶諄諄述及。君乃久不忘，此意有誰識。吁嗟道義交，片語長相憶。書來略寒暄，反復前言述。定知百僚佐，各各矢忠直。葑菲採下體，芻蕘獻一得。所以古臯夔，坐享熊羆力。

山右近人詩，我喜吳蓮洋。横空寫清峭，奇氣凌太行。此後雄傑才，多在星辰旁。採風使臣職，敦厚追陶唐。勒成一代書，要須搜散亡。燕公大手筆，謂張蘭渚方伯。校字煩中郎。謂蔡呂橋。坐取澤州本，澤州李錫麟有《山右詩存》之刻。補短而截長。誰謂山水音，不足陞明堂？

顧子餘書山水

生從京口來，尚未詩龕謁。閉門臥三日，先已思力竭。晨起笑向天，放筆勢飄忽。障翳掃殆盡，精神始入骨。新柳綠在空，不受水煙汩。水煙自澹沱，乃從寒竹發。雲霞取象遠，淡處愈超越。早知生胸中，奇氣原突兀。偶然借楮墨，乘興寫林樾。如何別已久，烏絲袖中沒。梅花三度開，獨看金焦月。

宋芝山松石圖

誰取堯階松，配以女媧石。真青不能變，掙映太古白。宋生性狂真，放筆寫胸膈。只自取瑰奇，那肯加色澤。遂覺九州煙，飄入秋堂夕。懸我素壁間，觀者無俗客。塵埃萬草木，誰及爾標格。此物世常有，此筆足愛惜。夜深風雨來，每有蛟龍跡。老爾空山中，將毋嘆窮厄。

朱野雲畫山水

哀猿叫空峽，聲徹白雲裏。殘月墮空江，騷客舟中起。歲華去如瞥，感慨烏能已。蒼茫挹無盡，收拾入片紙。精神與之會，能事非腕指。寫山不寫山，寫水不寫水。炯炯方寸光，千里與萬里。石庵誰所闢，想自混沌始。一花開四時，歷刼不能死。朝尋桑苧翁，暮訪天隨子。雲中騎白鶴，海上跨赤鯉。不如坐此龕，無譽亦無毁。

孫少迂畫卷

有樹任横斜，有石任錯雜。有堂任傾圮，有水任迨遝。出自詩人筆，遂不嫌重沓。頓覺四山青，遠近一窗納。幽人坐讀書，蘚花青上榻。綠漲前溪頭，時聞春雨颯。雨止桃花開，曳杖新月踏，澗底風泉聲，泠然林谷答。

朱素人畫山水

雲氣滃石根，筆力透紙背。看似不經意，意先具筆内。几席咫尺耳，何由辯明晦。卻從千里外，以心為進退。茫茫九州青，磊磊五嶽黛。驅遣入草亭，幽情萬古在。造物豈不巧，汝筆與之配。一似造物權，今為汝所貸。我既獲茲圖，遨游竟可廢。雨過竹窗晴，焚香悄相對。

馬秋藥畫山水

馬君疏放士，作畫特縝密。五朝三易藁，圖成懸秘室。自謂詩人為，中固無俗筆。持以贈知己，非詩人不識。嗟我讀書少，落紙傷輕率。君乃惜之深，諷我萬卷畢。所以嵐翠外，秋樹寫有色。卻恐巖谷中，十年臥不得。藥庵大自在，亦為飢驅出。

張船山畫山水

顛張每作詩，思必超物外。畫從詩中生，那復著塵壒。畫山不畫峰，畫水不畫瀨。峰瀨豈不好，落筆防其太。但取己胸臆，坐與萬象會。謝盡皮與毛，手筆所以大。我敢託畫禪，祇自抒詩籟。把臂峨眉顛，舉酒蒼雪酹。

陳詩庭畫山水

錢公竹汀遠寄書，稱述陳子畫。陳子持畫來，老梧秋葉敗。虚堂落江影，中有詩境界。波瀾久貯胸，富貴眼不掛。生平志山水，寫成肯輕賣？知己荷顧盼，俯仰斯為快。一任幽草薰，甘受涼月曬。只恐春燕來，誤認杏花砦。

吳南鄉畫卷

冷酒滴入胸，殘墨漬滿手。遂覺九州煙，一時皆我有。意中有所得，發揮憑臂肘。圖成掉頭去，任人自攜取。幽情繫鶯燕，芳意憐梅柳。誰見桃花源，姑託輞川口。

王春波畫山水

誰取江南峰，障我西涯水。當年白石翁，留茲一丈紙。王生採其意，放筆煙雲起。煙雲非外至，都出胸臆裏。江綠望欲空，蓬蓬詩境擬。他年訪二泉，篋中當攜此。

顧容堂畫卷

筆墨加一層，精神出百匝。大葉與粗枝，看去似拉雜。豈知遠近峰，樓閣空碧納。松直無棲蟬，簷危有怖鴿。南山雲不飛，北澗風初合。君肯攜詩瓢，吾當理畫榼。

吳退庵畫卷

退庵詩最工，丹黃乃餘事。此畫即是詩，筆筆出秋氣。廊斜抱遠勢，亭欹擅幽致。天曠境與遠，塵隔夢自異。此皆君所得，而肯我相寄。何不入匡廬，為寫三百寺。江濤與山翠，吟成幾千字。

題姚之麟為陶怡雲涣悦畫雲山圖

青雲飛上天，白雲栖在水。方其未出山，同一無心耳。靜者睠山色，適值雲初起。朝夕雖萬變，行藏匪二理。姚生好手筆，畫師蚤喻此。高空寄澹沱，觸石乃奇詭。人間磊落姿，必從激厲始。林塘春雨過，轉眼詫紅紫。豈知醞釀功，祇存膚寸裏。未肯向蒼生，宛轉託知己。

生日雜感正月十七日

積書苦太多，欲讀不能畢。退食詎無暇，既老惜精力。夜深燈未昏，勉盡兩三帙。古人邈難追，心理感相得。孝悌本天性，聖賢無異術。生平愧所學，剩此一禿筆。兩腕有鬼掣，揮灑不由己。歌嘯取自怡，塗抹輒盈紙。詎料江湖人，嗜痂乃到此。梧門一片綠，森森秋玉比。投我古梅花，報之以蘭芷。日坐草堂中，放眼輒千里。老妻臥在牀，呻吟日三五。拘攣雖肢體，病實中肺腑。偃息已十年，誰能悉其苦。兒女非渠出，卻能善事姥。半生弄筆硯，今乃計釜庾。饑寒倘不免，吾力何以努。我兒十二齡，記誦苦不敏。上口遂齟齬，下筆頗遒緊。無心取游戲，有志事研吮。人許肖乃父，我益增憂憫。此言冀弗驗，厚福要愚蠢。滇南袁蘇亭，萬里寄書至。朋友以義合，本無南北異。酒食與徵逐，雲雨反覆易。我疚抱方深，日凜虛車愧。造物況忌名，貧酒行且備。何日避巖谷，松根抱石睡。時有山中僧，招我山中住。豈忘簪紱榮，無奈煙霞痼。行辦買山貲，松間數椽具。何苦石倉鑿，亦不古佛塑。但藏萬卷書，還種幾行樹。隴上逐烏犍，溪邊侶白鷺。胸中自有秋，誰作秋聲賦。

入春二十日，寒仍生敝裘。雪意橫四山，入夜風颼飀。有酒不能飲，何以驅新愁？坐聽笙歌音，來自鄰家樓。鄰家皆少年，賤子已白頭。但見月東上，不聞水西流。默默感年華，何意干王侯。

楊子貽我詩，剡箋及蒼石。詩句既清新，箋石亦堅白。敢不重君意，撫躬自愛惜。奈我性枯淡，恐難加色澤。便擬從今春，暫註劉伶籍。或者驅酒魂，入而盪詩魄。渣滓盡消除，精神漸充溢。朝餐雁宕青，暮啖龍門碧。四海與九州，雪鴻要留跡。

袁蘇亭文楔自雲南寄詩札至

萬里遺君詩，迄今三四年。頤園自滇至，稱述蘇亭賢。而無覆我札，念此殊拳拳。去歲三月書，忽落春燈前。寒翠涴數層，中有梅花煙。時違易風雨，路遠多山川。朋友交有道，不貴言笑便。虛名忝叨竊，蹭蹬方自憐。推許毋乃過，益我尤與愆。矯矯南園句，一似孤鴻騫。遺詩我作序，今已新安鐫。逸者君補之，斑豹窺其全。閉門養心氣，筆力稍稍堅。合君所綴輯，吾為文以宣。

白石橋

水東萬柳園，水西諸寺擁。淨綠草根齊，遠黛山腰拱。茆茨三兩家，一竿酒旗聳。幽鳥那嫌孤，寒魚莫棄冗。杉檜臥墻陰，猶抱寒雪腫。暫閑遂自矜，百事嗟不勇。早歲謝世憐，老寧怙佛寵。過眼優曇花，何如麥横壟。

陳曼生詩龕圖歌

陳生畫筆即詩筆，除卻奚岡誰與匹，秋牕潑墨風雨疾。騎驢夜入西涯門，歌聲直撼梧桐根，月魄下濯詩人魂。看罷詩龕忽大笑，一筆兩筆盡其妙，但寫精神不寫貌。

朱青立詩龕圖歌

山人作畫如作書，筆之起落皆憑虚。華嶽滄洲游已遍，春明來寫詩人廬。純于空際出氣力，天地頓生好顔色。一花一竹隨手成，吐盡胸中幾升墨。

張南華鵬翀畫山水

蟠兹太古翠，鬱作千萬峰。秋影吹不滅，落地成芙蓉。南華擅仙才，奏賦明光宫。晴窗墨壺倒，筆意先凌空。鵾鳴寺有月，猿叫山無風。壞石雷所穿，洄洑流寒淙。陰慘混朝暮，窈窕移西東。香閉雲中花，響遲天外鐘。蒼茫萬景涵，總出才人胸。乃知艱險極，始許幽冥通。回視澗底雪，仍是堯時封。

奚鐵生畫

一片西湖山，新翠落瑤席。奚生好手筆，此尤見標格。移燈細把玩，江天出深碧。溪風答鐘磬，秋陰冷桐栢。茅齋亦人間，心閑境幽僻。架梁借瘦梅，鑿牀選蒼石。他年泛秋槎，寒潮濯詩魄。載酒問奇字，先訪子雲宅。

次伯玉亭示諸牧令詩韻

下令屹若山，承流速於水。事之有本末，如花判萼蕋。綱維上所操，百務具舉矣。良醫療沉疴，形察復脈視。鍼砭偶憑藉，疲癃乃振起。邪氣乘間入，調護烏容已。外觀不為據，初平詎可喜。時當銷鋒鏑，率民斸耒耜。禮義生飽煖，盜賊亦人子。桁楊與刀鋸，區區那足恃。果能免饑寒，誰復求錦綺。蟋蟀鳴在堂，秋風歌樂只。烏尚凜巢毀，牛且畏鞭撲。民固有室家，能勿慮傾覆。大臣握綱紀，小臣謹條目。念爾魚鮪淰，惕彼鷹鸇逐。良士惜羽毛，丈夫恥溝瀆。上自尊瞻視，下已知祗肅。上自裁浮夸，下已安樸屬。訟庭有落花，書案無停牘。情偽阻咫尺，忠信勝推鞠。稽古唐虞世，慎重選群牧。

旌旗列轅門，晴晝雲霞舒。擁座春煙稠，拂簷嘉木敷。庭懸徐孺榻，筵曳鄒陽裾。淡花晚始明，幽泉寒不枯。階草隨意長，榛棘矢必除。廣廈葺萬間，四顧徒愁吁。勿溺青山青，勿守愚溪愚。熙然引民物，俯仰游華胥。清風衣袂生，古月松林儲。隔墻見竹孫，捲簾來燕雛。莊周夢為蝶，惠子觀非魚。恐有澤中鴻，聲雜水畔鳧。防身苟如玉，請致綢繆芻。神明黯昭假，何事懷椒糈。

那能舉一事，人人都稱好。循良日益多，姦宄日益少。使君靜無為，衣帛復食稻。塵緣百不攖，惟以善為寶。騎馬歷郭門，春綠原頭草。氣力民所勤，此意使君曉。勸農詩屢賡，語長筆敢掉。而我隔千里，白雲太行繞。舊業嘶荒蕪，豪情嘆枯槁。述作古今事，到手粗能了。鈴閣緬清嚴，恐致竿牘擾。讀書三十年，腹笥未曾飽。誨我望諄諄，淺學庶深造。

笪繩齋畫山水

笪氏江上居，讀書葺高樓。老樹經百年，那復雲煙稠。掞天一枝筆，曠代長貽留。乾坤不蕭寂，萬物爭雕搜。上極高山高，下窮流水流。偶然藉縑素，抒寫何綢繆。春草綠侵榻，新月明一鉤。拭塵與靜對，耳目移清幽。笑我簪紱身，未便從君游。何日桃花開，簑笠隨魚舟。

笪繩齋倣閔貞畫

閔子擅真意，瓣香良獨難。笪氏家法承，放筆生蒼寒。俄頃春明城，煙竹千萬竿。水氣借半湖，秋影分一欄。眼前白鳥盡，意外青山寬。何不寫梅花，風雪催吟鞍。

王春波倣沈石田卷

昔年白石翁，潑墨圖秦園。人多羡其筆，灑落詩意存。王郎作客久，延佇思江村。忽曳三尺紙，放出千山奔。空外偶頓挫，綠漲林塘根。但聞松栝鳴，詎雜蜩螗喧？風濤起素琴，月魄沉清樽。尚欲乞王郎，為我除囂煩。樹老莫為煙，草新莫為痕。但以我所得，而溯彼之源。縱弗肖石田，真氣中胚渾。

萬廉山寫山谷今作梅花樹下僧詩意

煮石山農法，寫梅惟寫神。一片匡廬青，雪夢庵無塵。君號雪夢庵主。放筆圖梅花，幻成千萬身。著我在花間，頓悟來去因。六月蒸炎暑，揮汗憑風輪。亦有松竹蔭，那得冰霜鄰。黯然太古色，一寒誰與親。我年僅五十，老蹇梅與倫。月魄鑒孤冷，石骨交嶙峋。不肯示姿態，寧復知冬春。

題華亭汪墨莊鯤桃花潭水集後即送其歸

我詩雖未工，不喜皮與毛。我游雖未遠，登眺意氣豪。心力倏已衰，萬事徒劬勞。羡君性堅忍，筆墨平生操。足跡遍湖海，幽怨兼風騷。跨驢走燕市，辛苦尋吾遭。時會難豫期，貧困誰能逃。桃花幾度春，汪子仍青袍。忽念故園中，三徑餘蓬蒿。揚州騎無鶴，廣陵觀有濤。隨柳聽雨鶯，對菊持霜螯。三百青銅錢，十日醺村醪。明月照醉醒，青山無低高。清言自然綺，短鬢何須搔。充君所造詣，可溯韋及陶。葆此清淨根，適與澹泊遭。僞體宜别裁，勿學寒蟲號。

萬廉山詩龕圖

飄來松隙風，吹出梅梢月。四山併一綫，寒欲濯毛髮。茅庵誰所葺，當是古時佛。君為我作畫，奚為此髣髴。或因六根淨，讀書塵妄滅。詩境證空明，筆端擅幽潔。人静溪聲長，天高雲影絶。一庵心太平，萬里途曲折。竹籬插短短，便與人世隔。花開知屈春，石涑仍含碧。笑我忘機久，尚抱煙霞癖。

蔡研田本俊畫山水

衆山各有態，一水斜抱流。石煙夕陽變，林緑春陰稠。匪倣黄癭瓢，下筆原清遒。吾師謂文恭公君子儒，家學宗魯鄒。君性時瀟灑，癖此丹黄幽。敲門索我詩，畫卷聊相酬。片紙袖中出，萬里蒼茫浮。懸掛素壁間，倏忽風颼飀。遐矚更冥討，勝溯滄江游。

題王椒畦畫

船山始作畫，乃學王椒畦。椒畦詩沖澹，畫亦超恒蹊。筆墨不留跡，皴染純天倪。諦觀僅咫尺，萬里從兹躋。獨坐春雨中，似有鶯亂啼。落花幾片飛，頓令樵逕迷。隱隱松梢頭，一痕新月低。吾欲招船山，重此清樽攜。

邵雲巢玘詩龕圖

邵君隱吳山，不識盧溝橋。西涯湛空緑，取向胸膈澆。太史我故人，千里慰寂寥。此卷為吳竹橋同年所寄。水不取涬溟，山不取岧嶢。老梅吐幽葩，寒柳舒煙條。一寸心光清，百丈塵氛消。何必入詩龕，始許詩龕描。野鷗未可逐，老鶴雲中招。

高泖漁玉階詩龕圖

高生始謁余，畫法猶弗精。兩年未相見，下筆迴風霆。賣畫住長安，車轍來公卿。此圖意境外，往往神采生。斷石沒雲跡，長峽留猿聲。古月不擇地，照人心跡清。何必入空山，始有遺世情。誰能逐白雲，飄飄天際行。老漁具鮭菜，瀟灑柴門迎。吾當把耰鋤，辛苦梅花耕。

吴山尊詩龕圖

手操一枝筆，三十年不休。乃於讀書暇，乘興圖林邱。謂此即詩龕，詩龕何外求？余生喜夷宕，略比波間鷗。風來輒披襟，客至思登樓。所愧塵網羈，未豁江天眸。位置高雲中，身與天地浮。明月照我懷，白髮侵我頭。擬蓄酒千甕，還種花百疇。時時招君來，爛醉西涯秋。

送盛藕塘之官德安司馬

憶余掌成均，佳士得三盛。盛超然、盛木及君。一死一遠宦，留君商競病。君今去雲夢，造門再三請。

吾聞七澤間，騷人擅吟詠。此行所切要，虛心理百姓。但恃儒術深，漫詡詩筆横。暇或搜佚聞，西涯佐幽評。昔年試橋門，嘉君議論正。余於成均試士題為「西涯論」，君樹議最正，拔冠多士。秋帆一水隔，嶽麓高雲映。先民遺矩矱，後人取藻鏡。莫謂職司閑，操縱讓守令。濯濯簪紱身，凜凜朝廷命。伊古名公卿，究心在初政。

孫淵如觀察重蒞泲上魏春松贈句云羲陵湯塚考原真行部重來雁澤春別有蒼生迎馬首搨碑人與賣書人張船山補為圖賦詩中其意

名碑與奇書，搜訪吾所愛。淹貫漸未能，鉛槧敢輕廢。君今任觀察，災黎宜恤賚。耳目稍壅蔽，害將被闤闠。澤中百萬鴻，哀鳴待招徠。魏侯歌以詩，用意蓋有在。知君讀書多，論古無窒礙。水經辯順逆，輿圖識向背。恢恢方寸心，直欲吞全岱。姑舉一二事，抒寫生平概。笑我真腐儒，終日一編對。幽情隨境足，壯懷逐年退。行且焚筆硯，入山理鋤耒。醫俗多種竹，醫貧多種菜。君肯騎馬來，坐我茅庵内？祇愁兩鬢霜，難換數峰黛。

題查伯葵揆孝廉詩集

浙詩在國朝，作者稱極盛。海寧有查氏，文采後先映。阮公輶軒錄，吾曾著論評。不謂同時賢，詩筆乃爾横。大宗擅典麗，初白取醇正。君能藉學力，抒寫己情性。兩家之妙兼，卻無兩家病。

空山守貧素，懷抱同幽蘭。榮悴難豫期，富貴非所歡。日逐雲水僧，碑字落青刓。梅花深雪間，天地如此寬。萬卷填滿胸，寧復愁飢寒。三日不出門，人將比袁安。

既不親拜揖，亦未通姓名。把君一卷詩，拳拳念生平。秦君小峴自南來，因述君性情。三十猶青衫，髮白已數莖。三折肱誰憐，九轉丹不成。廣廈雖萬間，志士羞營營。莫舉古毛錐，棄等寒燈檠。

存素堂詩初集錄存卷二十

甲子

題羅兩峰畫梅為陳雪香學士賦

鬱蒸苦難卻，閉門十日餘。稺竹兩三莖，不能蔭堦除。安得冰雪顏，掩映蓬蒿廬。學士素心人，示我梅花圖。聘也擅絕技，此筆今時無。著墨不在多，花榦皆扶疏。搖曳午窗間，頓覺炎氛徂。遠夢落江南，惆悵孤山孤。良田賃幾畝，種花明月鋤。

思元道人園中十詠

螺旋臺

循途步蒼莽，不覺身已高。寄語躁心人，何事空勞勞。

眺松亭

風雨落圓濤，夜深清夢淺。起來坐亭上，蒼翠入遐眄。

丁字廊

昔游丁字沽，頗得煙水趣。今看月轉廊，便欲抽帆去。

樊學齋

小人無遠志，半生喜農圃。如何五雲客，關心在晴雨。

筍石

出土便凌雲，堅心又直節。荒蘚焉能污，天地清氣結。

葦橋

未見煙水昏，但聞秋葉響。載酒欲從之，風露不可往。

舊樹

巧質嘆飄零，寧復任梁棟。要知閱世深，根節異凡衆。

井亭

綿綿汲古心，朝暮愧綆短。風送轆轤聲，可以警衰懶。

松棚

虬枝縛未安，鶴鳴聽已近。熱客誰肯來，此棚自風韻。

月墀

明月最無私，照物不擇地。幽窗悄相對，分外出姿致。

哭程中伯維岳同年

前年接君書，頗矜學力進。山中日月長，腕下風雨迅。鷗鷺無定蹤，猿鶴有天性。催詩牘未發，君許為搜羅江南遺詩。忽接委蛻信。聞君兩年中，霜雪齊上鬢。憂胡從中來，一蹶遂不振。不惜肝腎摧，只求筆墨橫。幽花射人紅，涼燈入夜暝。塵網雖莫攖，古懷誰與證？我亦行自傷，塗抹日酬應。有如老蠹魚，破紙恣游泳。君死吾益孤，南望涕泣迸。

陶然亭接孫子瀟寄書並和余三君詠即席報之

高官久不慕，好友時難忘。萬疊東南山，入夢青偏長。適游陶然亭，一雁空中翔。剖緘反復吟，泠泠清肺腸。我作三君謠，非為三君傷。三君負才久，寂寞歸江鄉。巖谷隱佳人，草木皆馨香。武陵清溪在，誰肯隨漁郎？此中積有書，定免秦火殃。借載一船歸，分置三閣旁。三君橐筆來，校勘奇文章。風亦吹我至，坐對秋蒼茫。

六月一日胡蕙麓招陪翁覃溪先生宛平署中早飯先生出拜文廟詩屬和次韻

中外頻年奉簡書，采蘭倦意采芹初。青衫恩許官袍換，白髮涼分苑柳疏。數仞墻今作山仰，一區田好帶經鋤。雲麾碑後重題記，敢有何人此曳裾？故人多在五雲邊，一度相逢一灑然。縣裏花開蜂蝶遠，水東雨過鷺鷗翩。山光几席今番接，詩話江湖幾輩傳。又為詞林添故事，門生門下愧登筵。余時修《詞林典故》。

送李載園回任題朱野雲畫載書圖後

世間讀書人，多為名利誤。循吏茲報最，蕭然託寒素。生平慎積蓄，圖書實滿庫。斯須不遠離，藉以慰朝暮。朱生好手筆，又夙諳掌故。漁洋載書圖，風流咫尺晤。青山何處無，白髮良可懼。誰謂龔黃流，而必鄙章句？牖下嘆我衰，時復得佳趣。晨接南洲鴻，夕逐西涯鷺。

答韓旭亭

君本淡蕩人，而取幽閑樂。吳山幾百峰，蒼茫寄兩腳。心共嶺月高，影帶秋霞落。偶逢採樵人，跽請不死藥。先生笑語之，但勿被情縛。泉激萬竹響，林逼一星灼。濕翠暗上衣，新篇漸盈橐。珍重故人寄，再三拙句索。憶昔游西山，我忝隨芒屩。每到險絕處，藤杖翻拋卻。方寸自有主，外物奚假託。今又五六年，神明聞勝昨。笑我年五十，手足不聽約。一從游興減，倍嫌詩筆弱。

答顧藕怡仙根

蜩螗沸高樹，日受炎威侵。千錢買十竹，坐臥清涼尋。故人在空谷，千里相思深。烏絲遠寄將，中有泠泠音。此音勿他求，萬古同一心。輞川有聲畫，靖節無絃琴。覽君述作旨，匪僅希何陰。北方罕學者，吾自成吾吟。年衰進德難，辛苦書中蟫。前湖雨初過，禿筆秋森森。

張蘭渚方伯抵都

志乘煩君寄，鑽研愧我疏。黄河不相見，白髮竟何如。卻病真無藥，消愁只有書。烏絲貯懷袖，珍重雁來初。

身閑心亦懶，無事怕開門。驟雨忽然過，小蟬時一喧。不知故人駕，已稅盧溝村。定欲去相訪，晤君何所言。

送方茶山體出守

兩鬢忽侵雪，一官仍讀書。古今望蒼莽，民物念何如。萬本梅花樹，中間太守廬。南枝肯頻折，休道北鴻踈。

哭楊荔裳方伯

我知君工詩，不在覿面後。館閣各一官，良辰每孤負。櫜筆去從軍，十年鞍馬走。政暇輒歌嘯，書卷未釋手。豪杰慮書深，疢疾積已久。大星夜西墜，妖風川北吼。阿兄嗜儒雅，立言期不朽。長安雖人海，遇我情獨厚。敦迫序君集，敢自匿衰醜？荒徼疆域分，百蠻情偽剖。生平數大事，靡不詩中有。當作奇書讀，詎止資談藪。

贈嚴麗生學溠兼寄張水屋譚子受蜀中

聞君與姚生椿，髫歲入巴蜀。姚詩如岷江，奔放百川浴。君詩如峨眉，蒼秀萬峰矗。得天固已厚，於人豈無屬。姚也使氣雄，毋乃少洄洑。君乃持之固，一發仍涵蓄。博收復約取，身世閱歷熟。來看長安花，先訪慈恩竹。詩法論殷勤，交游述往復。張譚我故人，苦為官縛束。各有一枝筆，搖撼川水綠。奇氣那能抑，往往託歌哭。寄語賢公卿，此輩不可辱。

熙朝雅頌集題後

英靈不淪沒，中必有憑藉。經營閱歲時，主持實造化。我朝興東海，臣庶習騎射。浹洽三百年，文教遂揚播。鬱爲忠義氣，起衰更振懦。太古雄直音，不由萬卷破。方今執戟士，乃愛奇書借。森森幽燕筆，肯受脂粉涴。昔年元裕之，採詩國史佐。宇文吳蔡輩，增人幾涕唾。篇什傷寂寥，氣運付摧挫。矞皇一代文，遠矣唐宋駕。薄材荷鉅任，十年忘坐卧。秃筆任軒昂，昏燈忍寒餓。掃塵狐跡憎，剔蘚虎氣怕。店廢蝸汙墻，寺荒螢燭夜。朋儕笑迂腐，僮僕肆嘲駡。肱折術始精，血嘔志未惰。果蒙天鑒及，謂視周雅過。至道有所麗，虚名烏可嫁。文章變氣質，禮義講閑暇。區區補綴勞，庶幾無罪謝。三復中州集，秋蟲叫初罷。

徵修熙朝雅頌集續編再賦一詩

從來賢子孫，必念乃祖父。音容慨難接，文字可時睹。勃勃忠直氣，纏綿歷今古。周家設輶軒，漢室立樂府。采詩協律郎，宣播列鐘鼓。我朝雅頌音，鑒定由聖主。股肱喉舌司，烏能廢言語。要期本務敦，豈僅華藻取。薈萃成一編，十年費織組。英靈恍釋茲，精魄不淪土。善也寡學問，餘勇尚可賈。掛漏勢難免，從容待續補。詩教在人心，歷劫未朽腐。身死心不死，蒼茫託毫楮。雲霞出新鮮，天地與仰俯。聞知暨見知，各自喻甘苦。天章踞讀罷，小臣淚如雨。長安百萬家，誰弗念依怙。門限幾踏破，縑素約略數。何須開選樓，叢脞列千部。偽體為別裁，拔十或得五。零箋敗簡中，的皪珠光吐。槖灰掃篋底，螢綠耿夜午。停杯略沉吟，揜卷起歌舞。肯讓元裕之，巍然作鼻祖。

西涯晚步

紆迴溪路轉，寂寞寺門空。惟有橋南柳，時搖岸北風。鷺飛人語外，秋在雨聲中。滿地皆芳草，誰為採藥翁？

讀汪積山寒燈絮語示兒桂馨

古人讀書法，日在無間斷。間斷之為害，甚于書積案。少年事游嬉，長始弄文翰。人休吾弗休，數年抵道岸。蘇公二十七，閉戶喟然嘆。東方朔上書，厥稱盍披玩。四十四萬言，十年一以貫。循序必有成，偷閑是所憚。

寒蟬效劉勝，枯木同子綦。其人恂恂如，吾無所取之。曠覽天地間，何者非吾師？無甚關緊要，會心每在斯。癢極得搔爬，此樂誰相知？長史觀舞劍，筆法能生姿。他人豈未觀，未嘗一再思。常地與常物，翻嫌據為私。夏蟲昧堅冰，坐受通儒嗤。

投杖起謝過，乘軒失逡巡。卜子暨端木，良友朝夕親。《顏氏家訓》篇，提命誠諄諄。智好問則聖，凡物皆有真。一字偶放過，疑惑留終身。無事看韻書，愿亟誠齋遵。啟口羞勿憚，舉手勞豈辛？陶公不求解，別具胸懷春。

荒唐險怪文，不如豐腴好。刻峭所弗勒，精氣宜自保。寒者衣布帛，飢者食粱稻。在物了無累，于人則已寶。虛鋒與漲墨，努力早除掃。與其玩唐花，不如驗階草。

觀書貴細心，更要耐長久。伊川每讀史，揜卷思妍醜。溫公《通鑒》成，當代推作手。一紙閱未終，茫然避席走。挾山異折枝，奈何弗深剖。

春誦復夏絃，抑揚乃有聲。八音弗配之，不可得性情。絃誦法絕傳，節奏所必爭。未許稍增損，乃能分濁清。可笑鹵莽流，心手徒營營。伸紙操筆墨，神智何由生？

考辯後箋疏，發明先證據。唐以後無子，小說取參互。秦漢訖唐宋，文章異旨趣。碑誌擅議論，尤足訂舛誤。歐公暨趙氏，亟亟金石注。不憚登陟勞，非取臨摹助。亦謂天地大，一物一理具。

唐仲言汝詢目瞽，李公起垓聾啞。耳治與目治，居然稱學者。聰明備爾躬，畏難事苟且。農夫棄耒耜，工人毀埴瓦。尚以賤目之，質勝豈不野？義理果內充，文辭詎外假？雷同勦襲輩，任他去撏撦。

哭丁郁茲履端

恍惚十日前，猶讀君警句。如何驟入秋，敗葉隕高樹。君年未五十，蕭然同病鷺。可惜好手筆，無暇大禮賦。退衙日愁貧，坐悔簪紱誤。卓哉李開州，辛苦殘詩護。

石墨齋詩和覃溪先生有序

先生藏東坡天際烏雲帖，屢倩畫手寫意不肖，近得石屏如化工然，賦詩屬和。

天然詩境天然畫，幻落江湖七百年。今日蘇齋酬昔夢，依稀星月硯屏前。

畫在詩先孰共論，篆煙一縷起雲根。人間不少倪黃手，雪浪原無斧鑿痕。

德勝門外看荷花

水氣并花氣，不能分淡濃。塵容愧相見，詩客悵難逢。映日自然好，揚舲不可從。棲鷗飛又住，較我更疏慵。

山中

秋山連日雨，巖壑少塵埃。古寺微聞磬，深林尚積苔。猿偷山果去，鷗帶水雲來。爭怪林和靖，追隨鶴與梅。

偕佟秋帆明誠何蘭士訪李謙齋吉升於橋灣別墅

石路忽然斷，柳塘秋水明。潛魚知客至，馴鷺導人行。不雨松常翠，無風葦自聲。江鄉吾未到，塵夢此偏清。

橋灣即景同伊墨卿何蘭士朱野雲

秋夢連宵落釣磯，水村風景託依稀。過橋便與人間隔，紅蓼花邊白鷺飛。

止宿橋灣別墅

新柳如短竹，潑綠障斜日。沙路過秋雨，柴門閉深黑。早翻鷗鷺影，未辯水木色。荷花雖已殘，想見君子質。西風吹自涼，積潦汙不得。煨芋更燒筍，半是湖田食。

橋灣十景

天橋

雲路絕歸鳥，水漪搖斷虹。似欲跨孤城，飄渺横秋空。蹇騾莫繫此，恐墮蘆花中。

柳堰

峭風催客行，長條挽客住。如何踏塵馬，得及銜波鷺。漁郎舉手招，水深不可渡。

萬綠堂

榆槐拂雲高，苔蘚上階厚。中立數怪石，山勢蒼然有。難得白髮人，長日此飲酒。

心遠閣

高柳與短葦，蕭疏同一色。遠遠西山峰，嵐陰暗斜日。忽聞水際喧，舟行蓮葉北。

生秋舫

終年屋打頭，那識浮家樂。煙綠一分厚，衣衫一層薄。正恐熱客來，此境嫌冷落。

荷風榭

風來花不知，花氣風已送。緬維君子懷，時防薄寒中。浮綠掠衣袂，孤燈永詩夢。

艤亭

水浮物亦浮，本不論小大。此湖僅十畝，舟行聲濊濊。艤向柳陰邊，一亭詩境外。

葦間廬

廬背靠寒綠，廬面臨清流。誰謂廬中人，不如波上鷗？莊惠世豈無，濠濮空悠悠。

月湖

我來適無月，聞說月時好。照花雖有情，未免憎人老。我背銀燭看，殘荷休懊惱。

釣磯

與其把禿筆，不如把長竿。得魚小事耳，人心生喜歡。莫怪羊裘翁，六月風猶寒。

彈琴圖為唐鏡海鑒作

我聞流水聲，輒作出塵想。幽人宣以琴，秋玉四山響。君從湘江來，何日湘江往？泊船嶽麓間，數峰青莽蒼。

題船山畫

客從青山來，青山不知處。秋猿只一聲，萬里踏雲去。

呂叔訥教諭寄白雲草堂集至侑以長札題其集後且奉懷也

老境取平淡，造詣今異昔。獨留奇怪氣，時向紙間發。白雲飛無心，青山老此客。廿年莫相見，夢落江村夕。忽枉尺素書，彷彿接几席。天末數知好，與君皆莫逆。謂洪稚存、孫淵如、趙味辛、王惕甫。出處行跡判，衰遲都可惜。惟有磊落懷，萬古不能釋。文章雖小道，要自出胸膈。竊謂史有徵，百家取埤益。陸耀書主謹嚴，徐斐然編示綜覈。未若黄梨州，精粗同攟摭。汪洋浩瀚中，而自適其適。譬如筑大廈，必先百材積。廣文屬閑曹，固有化導責。愿君屏窮愁，竭力事典籍。

贈汪研薌吴昉

幼梯黄海雲，老眄白門月。天遣江南山，朝暮君迎謁。贏得詩滿囊，一官任飄忽。愛我性瀟灑，殷勤置筍蕨。秋齋絶塵壒，遠緑暗林樾。雖無朱弦瑟，言語自疏越。往事觸懷抱，澹交忘齒髮。斗米豈不欣，腰間有傲骨。丹砂亦可採，無術去城闕。倒君篋衍字，引我清興發。名篇絡繹在，奚弗早剞劂。山川出靈異，風霧斂駭勃。藤枝許獨攜，萬磴冐中歇。

茹霽堂綸常十年前以詩集寄余未有報也適其鄉人張雨厓聖詔道霽堂垂念鄙人甚殷賦贈

河汾鬱奇氣，往往鍾詩人。青生與蓮洋，得句捐纖塵。窮餓老不悔，高節秋嶙峋。茹翁繼二老，瀟灑稱天民。弗希簪紱榮，獨與魚鳥親。梅花生空山，寧復知冬春。幽客契孤芳，同此明月身。千里寄尺素，十年愧逡巡。

寄南中同學

日月挽莫回，文章留萬古。楮墨易灰燼，精理中揚詡。唐以前無論，宋元明可數。薈萃苟無人，不絕者如縷。輶軒費搜羅，丹鉛慎擇取。李昉姚鉉呂祖謙蘇天爵黃宗羲，別裁意各主。賤子奉明詔，熙朝雅頌補。例沿元裕之，義宗尹吉甫。交遊勢利見，禦之如禦蠱。勿令石淆玉，勿使金錯土。人勿區顯晦，地勿判齊魯。意在筆之先，氣為理所輔。波臣巖穴客，聞風歌且舞。雍容士大夫，豈不思黻黼。

尺五莊招李廉訪長森朱棟觀察不至即席柬同年諸君

幾行鴨鸛鬧，一帶葭葦起。板扉日長閉，酒旗綠楊裏。石缺苔猶花，橋折魚自水。貴客招不來，幽人夕陽倚。

送伯玉亭制軍滇南

今日巖疆使，當年侍從臣。讀書鹽鐵熟，愛物柳梅新。筆下慈祥氣，胸中浩蕩春。南人罷爭戰，夫子自綸巾。

從來山水窟，必有性情詩。春酒醉南月，梅花開北枝。百蠻果風草，兩鬢任霜絲。匪敢躭文墨，教他敦厚知。

嶺南有奇士，磊落總無前。公欲干戈熄，今宜禮樂先。人才發田畝，氣象鬱山川。自古調和手，關心是薦賢。

存素堂詩初集錄存卷二十一

甲子

次冶亭中丞見懷韻

尊酒年來勝會稀，幾囘月落盼鴻歸。多公千里頻貽札，笑我三年不製衣。移竹西涯趁秋雨，校書東觀擁晨暉。人間尚有商平叔，未必遺山事總非。《中州集》創于平叔，《雅頌集》創于君也。

功業生平自信無，天教西抹與東塗。鏡中白髮時相見，畫裏青山可與娛。老境偏逢射雕手，酒塲還逐鬥雞徒。濟南僚佐如余問，報說江淹筆未枯。

懷先芝圃方伯

又見南州雁，飛飛到草堂。烏絲耽奇字，落月滿秋梁。瀟灑容吾輩，旬宣仗老蒼。當年韓與范，事業在封疆。

鄱陽一湖水，洗綠匡廬峰。風雨有時至，神仙不可從。誰攜天外筆，寫此雲中蹤。當日柴桑老，悠然籬下逢。西江詡宗派，恃彼性情真。益以太和氣，遂令湖海春。文章作餘事，清白念先人。蘭雪家風在，胸中豈有塵。聯牀傷去日，謂令兄敬菴。把袂約他年。鮭菜亭邊月，鷗波舫裏煙。讀書心自苦，種樹地宜偏。公欲蒼生問，吾當利病宣。

王惕甫寄新刻文集至

鐵夫散體文，頗自示謙抑。奇氣不可掩，勃勃紙上溢。支撑宇宙間，要賴此枝筆。理每透數層，意每從己出。譬如獅搏兔，遑遑用全力。後生寡學問，撏撦為充實。榮辱兩未忘，觸手傷荆棘。君與鷗鷺儕，空山日抱膝。十年臥雲水，萬卷填胸臆。姿態出天然，全不藉粉墨。人間桃李花，對此黯無色。惟有樗園竹，與君同孤直。我筆雖淺陋，心血抛不得。分日課童子，繕成數鉅帙。君宜任校勘，吾將付剞劂。

重陽前一日汪研薌招同人棗花寺探菊

明晨屆重陽，城中未見菊。詩客折柬招，尋秋至佛屋。我衰百事懶，幽曠輒心屬。翩然鷺與鷗，荒汀日追逐。淡雲不成影，高樹尚餘綠。海棠黯無花，寺中海棠，春時最盛，甲于京師。蕭摵隱殘竹。爾菊持晚節，兀傲霜雪觸。造物能遲之，不能使不馥。老僧解勸客，後會或重卜。北風行且大，齋房可止宿。流連夕陽罷，瓦燈夜深續。秀色餐許飽，吾方誡食肉。

菊既未花朱野雲欲即景作圖張船山以無酒為悵再賦此章

秋陰一片下城來，竹樹蕭疏菊未開。天許此花矜晚節，世推吾輩擅清才。樓臺有分成圖畫，風雨無緣入酒盃。煨筍燒猪余不辦，蹔時閑暇遠塵埃。

研薌再以同字韻索詩

寄意禪枝忍草中，匪關黃菊與丹楓。秋來氣味何人領，老去情懷幾輩同。寧使筵前不持蟹，莫教澤畔尚棲鴻。諸公早奏匡時術，我借僧廬睡日紅。

題王荃心運河待閘圖

柳色長安五度青，故人蹤跡半飄零。傷心野戍荒寒句，紙上秋聲不忍聽。卷中劉純齋觀察二絕句最佳，今純齋下世矣。

贈瞿菊亭頡

竹橋死兩年，邂逅交菊亭。和我採菊詩，逸響秋泠泠。梅花一卷樓，竹橋所居。殘墨多飄零。君冐搜佚亡，老成存典型。襆被來長安，問訊賤子名。未見風雨思，既見肝膽傾。十年讀古書，不克通一經。提挈三寸管，坐老槐花廳。髮禿餘會撮，手顫羞娉婷。孤鴻抱遠志，焉肯眠沙汀。淒涼白雲白，瀟灑青袍青。斷續樓上鐘，晨暮敲人醒。

題思元道人畫竹

畫出煙稍數不清，湍飛石裂筆縱横。西風一夜瀟瀟雨，紙上依稀聽有聲。
板橋籜石寫寒竹，未寫風煙先寫心。識得清涼拈取法，人間何處不秋陰。

題朱野雲畫寄潘厚甫仁司馬時司馬訂北山之游

秋光最蕭槭，先感騷人心。暖暖白雲鄉，迢迢青楓林。空溪放孤舟，寒木收稠陰。淡懷誰與酬，一鶴偕一琴。詩境在眼前，乃索諸高深。秋草亦有色，秋蟲亦有音。

我非江湖人，北山有邱壟。可憐萬松楸，日抱戕賊恐。所賴官長賢，坐使姦宄悚。煙墨滋吐納君工畫，草木荷矜寵。明年春雨時，杏花紅蔽塚。草堂借半間，酬應刪煩冗。

雪煉松氣厚，雲煉石骨堅。居庸內外岡，大行相鉤連。我隨飛鳥來，定欲巢其巔。蘚破滑須防，徑仄行丘顛。夕陽壓斜峰，林樾生暝煙。一燈紅趁人，惆悵僧廬偏。

哭杜梅溪

杜侯無奇能，恂恂守樸拙。衙齋日讀書，五更燈不滅。酒盡瓦瓶倒，風勁紙窗裂。辛苦五字成，惝慌六丁掣。昨來西涯西，執手話淒切。夕陽掛秋樹，徘徊不忍別。嘆息衣上塵，指點鬢邊雪。馬蹄去忽遠，鴻影飛竟絕。

題華喦沒骨山水

新羅山人畫，妙不憑筆墨。醖釀胸中深，落紙出秀特。淡雲多遠姿，秋樹鮮媚色。君昔游揚州，一縑萬錢直。玲瓏館久荒，書畫場誰憶。華堂歇管絃，旅客念衣食。一二技藝流，袖手長太息。此圖存人間，詎不藉有力？顧匪造絕詣，奚克免剝蝕。吾愿學道人，返躬自省識。

題宋人贈行畫卷用卷中胡舜臣詩韻

殿上承新寵，關中賦勝游。青山離別色，黄葉泬寥秋。雲木千年盡，川原一筆收。如何蕺桂帖，原詩有「叢桂方招隱」句。不貯太清樓。

冬夜題王蓬心太守摹北苑瀟湘圖

太守生蒙山，乃署瀟湘翁。永州暢游覽，蒼翠滋胸中。北苑瀟湘圖，齋閣留匆匆。詩境忽然開，落筆天無功。萬疊江上雲，半夜林外風。頓使人心魂，冥漠山靈通。蒹葭蔽寒汀，艫舳浮長空。古樂不可聞，好句難為工。摩挲此圖畫，彷彿推孤篷。眼迷煙波煙，夢斷鐘樓鐘。

瑤華道人貽畫

身疲匹馬間，夢出飛鳥外。青山如故人，一年期幾會。春風墮泠雲，撩映草堂大。微陰積暝煙，暗泉響秋瀨。酒涼覺近竹，衣綠知染檜。著墨卻不多，瀟然謝塵壒。林岫鬱蒼綠，草木待沾匄。萬卷書擁護，一字師倚賴。所慚拙觴詠，未時接襟帶。胸膈愿滌蕩，沙礫略激汏。不飲誡惡客，酒愆或詩蓋。

題魯山木仕驤明府扇頭自書格言為陳石士編修作

太行兩循吏，並稱陸余師鎮堂先生與魯。經術湛一世，文筆卓千古。吾師久病廢，縑素散如雨。魯侯賴甥賢，片楮慎攜取。縣堂值炎夏，揮汗坐日午。搖管書箑端，字字攄肺腑。訟庭苔蘚深，書院蝴蝶舞。仁風一以扇，百草帖然俯。吾師亦有集，愧余缺綴補。倘付山木傳，作序煩駒父。

雪後吳荷屋榮光編修邀同鮑覺生中允李雲華翃吳美存其彥兩編修朱孝廉涂小集

雪斂四山色，夢破百禽語。掃逕淨風葉，洗觥酌雲侶。梅樹踰黃河，枝幹能幾許？不信南海春，中有太行阻。庭翠斜日動，午煙新茶煮。淡薄故園菌，遠勝秋江鱮。黄虀三百甕，期共泠宫茹。

編次詞林典故留宿翰林院呈同事諸公

樹密燈火稀，天近星辰大。心定鐘磬餘，夢落湖海外。百年稽掌故，甄綜此其最。虚庭積苔蘚，壞櫝染塵壒。小史司鈔胥，計較如駔儈。我欲擇焉精，下筆時激汰。惟求理斯得，不使意為害。朝廷留憲章，藝林厚沾匄。誰與擅三長，潤色柬里賴？

憶昔登瀛洲，庭花奪袍艷。十年我重來，青草古亭苫。卉木胥荒蕪，池塘少瀲灩。手植百桃柳，雲日映華瞻。賡颺仰廷陛，提握俯鉛槧。孤衾擁寒夜，進退頗自念。玉堂真天上，慚愧枝巢占。一如聾聵僧，長年守佛坫。焚香更掃地，心敢生倦厭。老隸竊嘲笑，白髮筆如劍。朝餐進黄虀，識我舊屬饜。

翰林院十詠

登瀛門

突兀紅塵中，縹緲樓閣起。仙凡隔跬步，一差便千里。我如守門鶴，翱翔不離此。

劉井

源豈導昆侖，派總通天池。綆短汲不深，心力恒竭斯。應制每有作，慚愧劉定之。

柯亭

吉士賦古柏，仰企學士跡。一日百匝行，嘆息西涯客。寒月照枒槎，吾亦念今昔。

敬一亭

半空鳳鸞吹，四壁龍蛇蟠。那須載酒來，自有奇書攤。卻笑老橐魚，故紙無能鑽。

原心亭

後賢袞袞來，推我作前輩。天近五雲多，夜長一燈對。心跡翛然清，浮名老不愛。

清秘堂

簾閉秋影深，階擁水煙厚。夜來星辰氣，沉沉壓戶牖。仰瞻寶墨在，白日雷霆走。

寶善亭

憶余謁館師，鼓篋登斯堂。三揖更百拜，儒館風流長。庭樹綠依然，余髮今蒼涼。

瀛洲亭

天風送我來，天風吹我去。相逢看花人，不辨花開處。檢點神仙籍，姓名紙尾署。

成樂軒

天樂奏何年，華亭留妙墨。璀璘大星影，掩映五雲色。年來秋雨多，恐有苔花蝕。

狀元廳

幾回尋壁詩，紗碧籠春煙。階南手種花，對客增暄研。飄蕭兩鬢霜，曳履吟花前。

夢遊盤山得句醒足成之

層梯絕巘勢鈎連，不盡朝煙與暮煙。白髮相看餘兩鬢，青山一別又三年。風吹石裂松根直，雪壓峰低月影偏。那肯棲遲侶猿鶴，玉堂小謫亦神仙。

乙丑

元旦試筆

未遂巖栖志，仍然簪紱身。嘯歌隨意足，梅柳入年新。白髮橫侵鬢，青山笑冷人。江淹已才退，孤負玉堂春。

正月十七日張船山招同人集蜚鴻延壽草堂為余作生日賦詩各以其字為韻

月前拜東坡，未和蘇齋詩。強韻拈幾回，空自勞心脾。看燈紫陌歸，短札城南遺。知好醵金錢，戒旦春酒治。我年五十三，顏髮蒼白滋。及今不行樂，行樂將何時？凍梅伏瓦盆，新放三兩枝。涸跡風塵中，猶勝桃李姿。

幽齋絕管絃，曲院迴松杉。一桁西山青，風送層檐嵌。坐客皆詩流，佳句煩鐫鑱。我衰百不能，大嚼娱貪饞。殘葉響空壁，濁酒污朝衫。登車望林月，已在城頭銜。摩抄故人書，星斗翻雲函。杏花計日紅，細雨迷江帆。時以查梅史詩示坐客。

李松圃秉禮郎中寄韋廬近詩至

冷月一窗白，苦吟春不知。百年悵良晤，萬里寄新詩。此調世誰解，古人方與期。琴聲取清越，何必定朱絲。

孟麗堂覲乙山人寫余詩意成卷

吾詩鮮色澤，讀者多擯棄。山人嗜好殊，為墮千古淚。昌歜亦凡材，性情有獨至。三日絕言語，四壁墨花墜。草堂僅咫尺，萬里走煙翠。河嶽果何術，驅遣入紙內。真宰苦逃匿，物象愁瑣碎。梧桐春雨深，挑燈悄相對。蕭然寢食忘，永夕吟嘯廢。純乎化工為，全不藉粉黛。

孫春甫蘭枝舍人招同人集春酒堂用查梅史詩句分韻拈得如字

四瀛與十嶽，大半歸樵漁。身入歡喜場，何在非吾廬。胸膈少芥蒂，跬步皆坦途。指數斗室中，團圞十酒徒。今日春酒堂，客夢移西湖。詩情借酒氣，狂叫招白蘇。門外柳條青，屋裏梅花孤。獨我與朱生野雲，避酒如避逋。生也工潑墨，又能多讀書。笑我百念灰，寂寞成老夫。惟有朋友情，感觸猶粉如。佳句偶到眼，的皪千明珠。久欲勒一編，筆墨愁荒蕪。嘆息西涯西，衰朽梧門梧。

查伯葵屠琴隝各以詩集見貽

孤雁空悲鳴，春蟲誤幽響。閉門俗慮絕，彈琴古人仰。茶煙暝不飛，凍蘚綠初長。江鄉每客至，詩龕輒神往。眼明盧溝月，夢繞錢塘槳。奇氣遏不得，振衣視天壤。

送何蘭士太守之寧夏

寧夏古巖郡，即今烽火清。旌旗春詄蕩，書卷日縱横。黄犢長驅阪，青山半入城。使君何所事，風雨課民耕。

誰引黄河水，青銅峽裏流。人家買魴鯉，官市下羊牛。古雪朝明埭，春沙夜擁舟。管絃催客起，彷佛是蘇州。

勤苦見君性，非惟不愛錢。病蘇仍誡酒，畫好即參禪。春檻花爭發，山樓月自圓。此中少塵滓，過眼任雲煙。

梅花有斜榦，桂生多直枝。詎因人棄取，遂定物研媸。路遠空吹笛，心閑且賦詩。素絲吾自凜，珍重寄羊皮。

胡惠麓蔚州書至述桑乾河泹書帖一篋

十年淨業湖，聯騎尋秋花。牆頭遞新詩，不待朝開衙。訪古畏吾村，碑字親搔爬。零縑與壞紙，癖乃同嗜痂。宦囊太羞澀，書畫三五車。馬走桑乾河，白日愁黄沙。龍伯攫之去，冰立風交加。物聚必有散，侯也休咨嗟。蔚州太行麓，萬古青槎枒。中有寒松堂，環溪雲木遮。君時屏騶從，踏蘚來山家。當逢問字人，兼可詢桑麻。搜得異書歸，慎勿迷蒹葭。

贈一粟師

悟徹禪如春，文字乃可作。不然浮物耳，下筆皆穿鑿。粟師產湘陰，髫歲性恢拓。内行豈不事，恐被微名縛。薙髮心月庵，心月無住著。朝涉洞庭水，暮躡錢塘屩。排雲叫九閶，捫星拜三閣。詩偶雜仙心，僧不抱佛腳。林磬聽飄蕭，齋鼓慰寂寞。根從灌溉來，花向瞿曇落。淨慈雲影鬘，春明日華焯。一龕絶依傍，三載暗尋摸。蒼苔繡袈裟，真香繚瓔珞。群魔俄頃滅，諸妄漸次削。雪山廬許棲，風濤舟與泊。胸燈耿不滅，塵網那能絡。吁此精進才，吾黨望且卻。昌黎送文暢，古懷寫磅礴。我雖鮮文藻，交游性所樂。師也過從密，談笑見標格。米汁飲何堪，玉版參相約。準備春雨時，城南掘山藥。

萬壽寺晤冶亭制府話舊

春陰昨夜重，溪水一尺長。杏花猶未開，紅已四山仰。橋轉水聲大，林空寺門敞。寒竹不改綠，瀟瀟作雨響。我友持節來，雲堂話疇曩。萬物具懷抱，故人各天壤。畢竟狂簡流，環顧任吾黨。生平負直諒，議論取誠讜。蔬筍蒲貯胸，江湖快抵掌。午煙出檻遲，疏磬穿雲上。非開北海樽，早挹西山爽。

夢禪居士畫香雪山莊圖為吳柳門題

畫山必是山，畫水必是水。即克肖厥形，而已失其理。夢禪非參禪，寂寞通畫旨。莽莽江頭雲，驅之入片紙。枒槎老梅樹，歷劫香不死。中有詩人廬，突兀梅花倚。林雪閟深綠，沙月發空紫。吳生獲茲圖，旅思蒼茫起。蹔時驢鞍卸，輒欲扁舟艤。春明萬柳條，倒插明鏡裏。年年二三月，聽鶯與釣鯉。吾宅枕湖上，梧竹陰上几。夢禪昔圖之，桃花十度矣。灑掃鷗波亭，滌蕩墨壺滓。蜀箋買百幅，翠微寫岪嵸。

萬壽寺

萬竹忽低池上風，水煙吹到寺門空。斜陽不管花開未，一角西山各自紅。

夢中游山得大星掠鬢邊飛鳥度腳底句醒足成之

白鶴前導人，似解賓主禮。古佛坐無言，老僧去乞米。桃開秦時花，薜雜堯年薺。松風響琴筑，石泉灩酒醴。天光谷口豁，露氣山骨洗。大星掠鬢邊，飛鳥度腳底。風雷護梵筴，六丁不敢啓。

寄懷洪稚存編修

識面雖云遲，今已十六年。追送盧溝橋，君赴伊犁，余追送至盧溝橋。從此音書捐。萬里難苦閱，一生忠信傳。賢郎擅學問，父書讀能全。坐我梧竹間，話舊情纏綿。述翁健腰腳，登陟侔飛仙。朝脫虎阜屐，夜扣鶯脰舷。身隱青山多，睡飽紅日圓。生徒所餽遺，足供買酒錢。相逢同志人，笑樂不減前。沾吻便千鍾，叉手仍百篇。君歲今六十，洗罼東籬邊。黃花不愁貧，白髮應放顛。我少君七齡，衰憊空自憐。卻憶柳陰底，同看西涯蓮。

桐陰詩思圖賦贈彭石夫壽山秀才

憶昔種梧桐，高不及我門。轉眼四十年，樹老枝柯繁。彭生抱琴德，問字春風園。望古思蒼茫，寂寞忘語言。空天上明月，暗水流孤村。層雲蕩寒綠，中有詩人魂。生從揚州來，讀書梅樹根。茅庵此棲息，古香衣袂存。但勿失性情，格調姑弗論。字字出胸膈，一洗雕斲痕。折我青玉枝，佐爾朱絃溫。

存素堂詩初集録存卷二十二

乙丑

陶然亭雨集

雨洗黄塵去，花憎白髮來。廚煙尚雲壓，佛閣已風開。山色入新柳，衣香生古苔。此行鷗自喻，卻被寺僧猜。

日夕雨止

清磬不知處，穿雲到上方。野花明廢寺，春樹艷斜陽。黄犢有時返，白鷗終日涼。脱巾坐林下，客轉笑僧忙。

題黄小松瀫水圖為陳孝廉希濂賦

迢迢大雲山，淵淵椒石潭。寒翠深溟濛，中有梅花庵。陳君去鄉國，胸膈餘煙嵐。刺史筆墨超，寫此草木酣。懸我素壁頭，巖谷容遐探。金華宋學士，執鞭吾所甘。當日讀書樓，餐勝誰其堪？百年悵風雨，萬木秋藍鬖。尺幅具遠勢，蹊逕幽人諳。憶接濟南書，桃花紅度三。揮涕念良友，扶病圖詩龕。小松三年前病中圖詩龕見寄。

書桂未谷大令札後

小清涼館雨聲粗，七度藕花紅過湖。天外折梅寄京國，數行殘墨認糢糊。

香巖寺小憩

枯僧少禪味，睡起石門開。任蝶花間去，看鷗煙外來。山雲總遮竹，春雨不生苔。酒店人喧語，家家打麥回。

乘月出德勝門

月似解詩意，依依照我行。林疏數星大，水近一燈明。衣食關生計，津梁念遠征。素餐真可愧，勝策是歸耕。

大樹庵

憶來此庵宿，二十六年前。大樹綠猶昔，老夫衰可憐。涼生昨夜雨，花認舊時煙。衲子指相笑，君誠嬾散仙。

淨業湖和彭石夫韻

兩鬢任長白，一湖仍舊青。馬蹄何處踏，鷗夢有時醒。寺竹逢人問，樓鐘隔水聽。涯翁已祠宇，殘墨卻飄零。

大覺寺

行到臥雲處，石門過幾層。花殘仍見蝶，竹密不逢僧。放鶴人何往，騎驢我尚能。年年春雨後，一笠一青藤。

幽村

匪是不能閑，村居易往還。月明且花看，鶴在莫門關。宦興如雲薄，詩情比石頑。櫻桃幾千樹，紅到畫眉山。

書吳蘭雪詩後

仙人吹玉笛，雲外有秋聲。明月每孤照，寒江無此清。鷗心如我澹，鶴骨自天成。昨共陶廬坐，高吟到五更。

同蘭雪夜話

揮毫擅神秘，一往性情深。崖石冰霜氣，湘絃山水音。愁邊寄香草，病後坐疏林。童子燒茶熟，微煙散竹陰。

慰蘭雪

愁苦轉親切，窮交從古多。不須學黃老，且復辨陰何。鴻鵠志終遠，蘭蓀氣自和。題殘幾紈扇，狂笑水雲窩。

小病

軒冕不來過，心閑百病瘥。故人書漸少，老樹碧仍多。雨足聽蛙鬧，亭荒任雀羅。山翁贈紅藥，麥價近如何？

柬吳蘭雪

吳生吟冷詩，更欲為閑官。官閑無人親，詩冷無人觀。身行半天下，襆被來長安。公卿多識君，掃榻爭傳餐。君謝膏粱腴，而就蔬筍寒。新詩日料理，千苦成一歡。不嫌松菊叢，笑比江湖寬。白鷗解君意，飛過菰蘆灘。布鞋踏春蘚，天際斜陽看。倦鳥思投林，驚魚遲上竿。湖灣風乍迴，止水生微瀾。進退會有時，趨避原無端。勸君姑吟詩，但勿摧心肝。拳驢游西山，趁及櫻桃丹。

補輯康熙己未詞科掌錄寄阮芸臺撫軍

駑馬駕鹽車，昂首時激奮。蠹魚鑽故紙，那能脫塵坋。髫年讀書少，衰遲徒恚忿。雲水寫性情，文章守職分。天南故人札，諄懇勞下問。恭維制科興，煌煌垂大訓。如何百餘年，姓名半堙紊。殘書檢官府，斷字辨邑郡。孤燈耿明滅，匡牀坐摭攟。十日不停披，百家資釀醞。始而芟蕪雜，繼且商聲韻。益敢等買菜，多轉嫌餽餫。賢者識其大，吾惟述舊聞。

書敬業堂集中山尼詩後應覃溪先生命

中山自有尼，斷非宋家女。宋女自有夫，悔翁殊莽鹵。敦厚旨有歸，激昂句無取。景會志宋墓，分明世系譜。及考公行略，歲月可悉數。豈公死十年，倉皇此詩補？比邱果何人，志略顯齟齬。卓哉覃溪老，存亡一一剖。宋公官川西，中遭飄泊苦。性命寄蠶鼖，室家昧區處。悍卒即云衆，奚至盡豺虎。先生住水西，烏蠻戰伐睹。慷慨寄歌嘯，憂傷託毫楮。詩成慘不樂，姑作兒女語。深見亂離時，父母失恃怙。官長且如是，窮黎況羈旅。奈何宋玉稱，奈何萊陽舉。三復慎旃集，殘鴉噪昏雨。

孫雨卿肅元畫山水

藻采從外生，精氣由内運。聰明不自刷，筆墨焉能奮？孫子工六書，丹青性所近。忽然自得之，落筆遠塵坋。人遂指天授，毫不關學問。豈知孫子胸，百家資釀醖。閑中見瀟灑，空處出情韻。乃知手筆超，必先屏聲聞。

新柳和韻

水外煙痕染乍成，枝頭春雨又添聲。盧溝月只行人看，一半黄昏一半明。
折盡長條剩短條，草青一色認裊腰。玉堂花底春應接，直送詩人到退朝。
山客猶眠鳥亂啼，一枝濃到渫雲樓名西。離亭有樹誰攀贈，萬里春風寄赫蹏。

朱閑泉畫山水

畫雖技藝流，俗客無能為。厥旨參諸禪，厥趣通諸詩。君住西湖西，兩代稱經師。乃灑蒼玉煙，故紙憑空施。一角江南山，位置春明陂。水霧白滃滃，鬟髻青差差。無福飲山翠，坐使詩腸飢。君割芙蓉腴，拓我雲霞思。咫尺草堂間，倏忽天風吹。滿庭積明月，松菊猶未衰。

雨後

一雨便無塵，昏鴉噪向人。晚山意寥落，小竹氣清新。花少原宜病，書多不救貧。偶繙三兩卷，尚論覺情親。

清梵寺

雨止客初到，鳥啼花亂開。風泉自蕭瑟，雲木與徘徊。攜杖成孤往，題詩待別裁。齋堂鐘磬罷，又見燕飛來。

汪池雲方伯贈扇

仰氏舊京稱雅製，先生詩扇我詩瓢。金陵瑣事今誰續，嘆息人間無李昭。

再題中山尼詩後

魏公嫁文姬，徒增蔡邕恥。當筵舞柘枝，憂悴潭州妓。元輿誤題詩，世人猶稱美。又傳西山裔，落籍嫁小史。貝闕紀事篇，明明有所指。新城持議正，詖詞痛詆訾。如何序查集，見乃不及此？忠厚有同情，古今無二理。吾愿有筆人，毋徒誇綺靡。

睡起

睡起日初長，官閑病不妨。早蟬多遠韻，新竹有餘香。帽喜松間脫，衣憎雨後涼。老來看富貴，草露與燈光。

雨過

驟雨過庭際，柴門時半開。捲簾雙燕入，隔水一鷗來。引客穿花逕，逢人問釣臺。得魚渾不管，林下且徘徊。

東坡黃州小像

讀書底事不封侯，陌上花開叱一牛。鶴去江空殘夢醒，酒痕狼籍記黃樓。

雪城轉餉詩孫子瀟屬賦

轉餉特常事，何煩重記述。太守志忠孝，生兒擅史筆。粵昔判成都，巴勒布內逼。公乃從將軍，上馬日殺賊。兵出打箭爐，天地為慘黑。擾攘萬民命，崎嶇萬里國。炊煙斷一夕，三軍多菜色。峆岈雪城路，上下組欹側。輾轉踏寒冰，人馬幾顛蹶。公實任勤劬，各各受撫恤。孰知造物巧，偏竭勞臣力。庭萱忽告瘁，奔喪竟無術。從軍古有制，勉強事縗墨。傷哉孝子心，一慟遂不測。以手指肺腑，欲剖剖不得。高高帝恩厚，復還太守職。閱今十五年，小鳳梧岡陟。藉此三尺絹，表爾一生實。蕭蕭猿與鶴，如助三太息。回首望金沙，濕淚霑胸臆。

靜嘯山房詩為陳晴巖傳經賦

昔年尚書公，引疾歸田園。至今溪上春，指點山房存。峨峨雅山堂，巀巀歸雲門。萬柳蔽斜日，綠煙吹雨痕。昨宵一夜風，孤舟偎樹根。客去可讀書，客來可開樽。矧茲園主人，妙有賢子孫。特是三逕中，惟有松菊蕃。飢驅泊江湖，拋爾鶴與猿。六月北風涼，一夢來江村。

和蘭雪夜出三轉橋踏月遂至十刹海觀荷之作

三間矮屋一榻掃，坐臥其間吟不休。吳生新從匡廬來，袖中但攜彭蠡秋。日坐槐陰看明月，新詩萬態供冥搜。吳生愛月有月癖，踏月湖上登酒樓。酒樓之下萬香國，明月況被千花留。青鞋踏破古苔蘚，慈恩僧寺尋沈周。坐使老僧笑且詬，後人何苦前人求。幸有鷺絲導我步，又有星露涼我頭。此時非天即煙水，不知何地來扁舟。胸中奇氣吐不出，大叫明月落酒甌。高柳亭亭作人立，大魚拍拍鳴葦洲。清泉可飲花可茹，長虹欲跨風颼飀。樓上鐘聲已五轉，人間醉客消百憂。勸君清狂且少歇，慎勿驚散沙間鷗。

偕陶季壽章溈歐陽磵東紹洛彭石夫三汊河看荷用吳蘭雪韻

十刹海花看月下，三汊河花看雨後。雨後更比月下好，坐臥況有千株柳。紅雲萬朵水邊生，白鳥一雙花外守。葉陰得雨長參差，花事經旬開八九。沿河車馬去何急，野店蕭疏坐偏久。此花開謝不因人，造物豈真吾輩厚。山水情密富貴疏，坐使此花為吾有。不然君家皆水鄉，生計家家種菱藕。落魄來看長安花，九澤三湘但回首。眼前行樂莫蹉跎，何必佳肴與美酒。吳生可憶積水潭，出水荷花先入手。黑頭早望取卿相，白髮誰知換衰醜。星霜彈指二十年，生死合離幾良友。縱筆君寧讓謫仙，和詩我仍稱漫叟。

和蘭雪題錢南園御史畫馬

我性更比騂騮野，氣概昂藏就羈絡。年來空厩嘆衰遲，甘與駑駘同寂寞。錢侯畫馬惟畫骨，紙上精神猶奮躍。想當興酣落墨時，凜凜風霜有寄託。錢侯性躭酒與詩，不識人間高官爵。欲將肝膽報朝廷，那管骸骨填溝壑。下筆勃勃具生氣，金韉珠勒都拋卻。高高者柳巉巉石，亦為此馬寫落泊。此馬原從天上來，陌上徘徊難立腳。奇才幾輩如郭隗，真賞那能遇伯樂。千金買骨聲價高，萬里行空氣象博。錢侯工吟畫馬歌，妙筆兼能寫秋鶴。余得所畫鶴為人攫去。我昔拾從故紙堆，詩畫剝蝕皆不惡。遺集幸賴師子荔扉刊，題詞兹有吳生作。我與錢侯商競病，三十年前已心諾。雖然作記題幀端，只就存亡抒大略。吳生吳生好手筆，寫出錢侯心磊落。天陰雨驟亟捲圖，正恐乘風不能縛。

題蘭雪詩後

吳生詩特工，窮非詩之力。連日坐雨中，真氣發胸臆。從前幽艷句，至此變雄直。但覺一紙上，蕭疏不是墨。十丈妙蓮花，一片明月色。閱詩數十家，獨取南園筆。題集兼題畫，心事為寫出。嗟哉忠厚旨，世人那能識。但謂生清狂，安足比籍湜。豈知老博士，竟欲昌黎抑？即此畫馬歌，咄咄杜陵逼。

未必槐街中，此人瘦羊食。

既和蘭雪玩月看荷之章雨中復成此詩戲柬

明月如流水，可玩不可掬。荷花如高士，可近不可黷。君視淨業湖，直是一別筑。夜夜行湖邊，鷗鷺紛相逐。殘僧苦燈燃，老漁怕舟覆。酒樓拒醉客，防同僵柳仆。河伯出奇計，黑雲遮林谷。苔蘚阻幽徑，晝夜雨斷續。坐使老博士，孤館日瞑目。忽然枌槎生，萬詩撐腸腹。千言一揮成，字字戛寒玉。老樹既扶疏，數峰乍膏沐。先生對之喜，愿老此茆屋。乃知月與花，胸中秋氣足。西風一夜涼，高詠四山綠。

熱機適得快雨

蚊蚋譬小人，噆人人弗覺。及至痛肌膚，又難施擒捉。所幸疏雨過，清風散庭角。松淨竹疏疏，綠天如帳幄。蒲葵扇可抛，披襟且騰踔。所以君子心，但自勤澡濯。不聞與不知，內驗平生學。

題蘭雪雨中看月詩後

後院看明月，前院墮疏雨。詩人遭遇奇，此境天所補。思議入變幻，方欲刻肺腑。陰晴換林谷，咫尺異聽睹。難得五寸管，題句必千古。倔強效孟郊，排奡學韓愈。我謂魄力大，牢籠似杜甫。生也投筆笑，捉月向花舞。不計青衫濕，只要奇氣吐。

和蘭雪三汊河雨中看花之作

荷花出水萬人見，見花之人心目倦。冒雨看花君獨行，一領青蓑一瓦硯。紅日不出紅塵無，涼風習習如秋初。車行比水馬比箭，荷花注意在酒徒。藕根雪白藕英紫，酒徒不愿食蓮子。但愿花氣結為雲，萬朵芙蓉秋不死。酒徒有病愁秋生，今從葉底尋雨聲。雨聲稍歇月已上，茆店疏籬交五更。

且園雨中作歌貽蘭雪

槐雲半頹丁香委，十日不雨花何恃。甘霖連宵落不止，蜀葵牆角數枝紫。老夫又怕踏蒼苔，手扶藜杖曳敝屣。蝸篆滿壁既迷目，蛙鼓半庭徒聒耳。青蟲墮地猶葉抱，黃蝶濕衣尚花倚。惟有門前數老梧，蟬聲不聞鳥聲喜。而我擁書數萬卷，日日埋頭搜故紙。東塗西抹取適意，奧奇往往闖諸子。作詩不復辨唐宋，總期思議出自己。遠自江湖近官府，謠諺謳謌一一擬。交游首數蘭雪生，孫原湘與查伯揆。南榮掃除博士榻，青甆甕設烏皮几。博士茶癖過盧仝，一飲七椀猶不已。清晨獨游三汊河，便思吸盡西涯水。青山招客面前迎，黑雲催詩頭上起。腹中雷鳴飢欲死，衣上雨淋誰所使？友朋訕笑童僕訾，吳生之狂有如此。

思元道人招同蘭雪小集

道人闢園無百弓，道人種花無千叢。純以意匠發神巧，若遠若近天無功。臺不必高月可看，池不必深流可通。孤蟬抱葉足秋意，野鶴守門饒古風。亂螢滅燈出深竹，蒼鼠嚙碧跳長松。道人學道苦未足，攤書北面堅城攻。芻蕘往往矜一得，葑菲見採哀愚衷。東鄉吳生有道者，近日棲息詩龕中。看荷夜夜發狂興，驚散鷗鷺與漁翁。萬頃玻璃一明月，吳生醉倒湖橋東。寺僧扶起上驢背，飄然如駕吳江篷。歸舍無魚更無酒，一飲欲盡茶千鍾。衣綠尚疑萬蘆葦，燭紅猶認千芙蓉。天公一雨阻行客，吳生方自悲詩窮。拆柬招游事亦巧，收拾佳句排吟筩。我固癡懶老成癖，官閑尚為世所容。吳生況復古狂直，疏籬清簟時游從。四海九州幾明月，園中之月將無同？三更五更我不問，要與明月常相逢。

和陶季壽出德勝門看荷花歌

湖湘之水多於地，湖湘之花美人似。長安莽莽十丈塵，六月炎天暑難避。陶廬正好邀陶公，參差新竹雙梧桐。淨業湖倚淨業寺，春楊柳接秋芙蓉。德勝門外橋西轉，菜畦瓜徑清苔蘚。晨曦初漾山遠近，夜露猶濕水清淺。君等各各江湖居，垂竿日釣煙波魚。揭來冷眼窺行客，幾輩偷閑能讀書？看花了不關事業，片刻尋鷗與放鴨。但葆平時磊落心，勝泛蠻溪入巫峽。豈無車騎河干過，驅之驅之花奈何。勸君早作湖湘主，脱卻朝衫换緑蓑。

淨業湖有感

鮭菜亭空夢跡陳，我隨鷗鷺踏湖漘。酒樓隔水密於樹，荷葉隨花高過人。事後空思歌舞盛，眼前誰與薜蘿親？鐘聲又響橋南寺，一角西山入眼新。

待月淨業湖

荷花出水作人立，柳樹夾岸如牆圍。酒樓之下鷺鷥睡，酒樓之上蜻蜓飛。隔湖秋寺藏樹底，老僧捕魚時未歸。新月有錢不能買，一痕穿破雙板扉。鮭菜亭前幾延佇，月橋猶是人全非。飲馬池頭誰飲馬，稻田蓮渚空依稀。我生進退取適意，何苦衣馬求輕肥。青山推月出湖上，擬筑茆庵臨釣磯。

積水潭

海寺月橋尋已遍，荷花不放老夫歸。白鷗認是貴人至，只向潭西空處飛。

張船山為王竹嶼鳳生畫江聲帆影之閣圖吳蘭雪賦詩感而有作

北人不作南人夢，江上輕帆任風送。船山之畫豁余眸，蘭雪之詩益余慟。秋水閣祇大如斗，我與阿翁初執手。二十年前積水潭，余與葑亭及船山、蘭雪游積水潭，今二十年矣。荷花如舊人何有。玉樹交柯一枝折謂香圃，七字吟成句幽咽。至今遺集比斜川，當日抗行軾與轍。白下風光抛不得，青山仍作六朝色。有魚可釣酒可沽，如何容易去鄉國？手剪竹燈照窗紙，紙上秋煙吹欲起。筆墨化為明月光，感人瀉入肝脾裏。我避炎歊如避仇，看荷日上河邊樓。江是白雲帆是樹，野人只似沙汀鷗。

酬陶季壽

秋氣滿天地，不入樓臺中。此身取瀟灑，何事辭蒿蓬。環顧吾故園，猶存石與松。偶然弄孤琴，泠泠引天風。昌黎没千年，誰復追高蹤。子乃一枝筆，奥抉幽微窮。身從衡山來，手劚岣嶁峰。新詩挺奇骨，削出青芙蓉。訪我西涯西，慨慕茶陵翁。議論數千言，磊落抒心胸。停車三汊河，日映荷花紅。唱酬誰最佳，蘭雪更磵東。愧我筆孱弱，思欲偏師攻。君提十萬師，將軍飛自空。一戰敗華陰，寧取攖其鋒。我亦有邱壑，旦暮扶枯筇。清修萬竿竹，兀傲千尺桐。雨止酬清蟬，月上賡寒蛩。閉門日歌嘯，天或憐疏慵。

酬歐陽磵東過訪貽西涯詩

六一居士吾所尊，八百年後交公孫。公孫近宅沅水側，下筆時挾江濤奔。長安六月炎暑盛，寒士避熱常關門。而我家住城之北，市廛漸遠如山村。綠楊萬樹月橋接，碧潭百頃風荷喧。岸上祇見酒旗颭，水中惟許沙鷗翻。跨驢訪我過溪上，小雨滌蕩詩人魂。蒲羹松欋餐不得，淨綠初瀉葡萄樽。涯翁生平君所悉，此詩真能風教敦。安得傳寫遍江漢，湘水一洗茶陵冤。世謂劉謝去大好，六尺之孤誰所存？梁公祇知有社稷，何況顧命承前軒。朋友悖負尚不可，君臣有義寧無恩？方今人材楚最盛，懷麓堂集斯淵源。前後複沓宜釐正，一其體例芟其繁。昌明詩教事猶小，生平心跡宜細論。不然請看公弟子，師死幾輩遵遺言。

鶴意似聽詩蘭雪為余題夢禪畫扇句也項道存孝廉為補圖屬余賦詩

延佇亦已久，徘徊仍獨行。秋來先有氣，詩外更無聲。此意太孤潔，何人知性情？只宜雲臥處，野鶴共平生。

贈王潤亭彬明府

王郎別廿年，執手成髯翁。聞君宰閩邑，生徒坐春風。冷眼看青山，日對千芙蓉。在山雲意遲，出山雲澤豐。王郎臥空齋，褵褷孤鶴從。蘭氣薰衣涼，荔影交檐紅。古琴聲何高，哀怨振長松。我亦蕭疏人，山綠填滿胸。安得航武夷，鼓枻尋仙蹤。

寄題龍山慈孝堂

天地心至仁，感孚及盜賊。請看鮑氏堂，巋然峙千尺。當年父若子，梟獍苦相逼。爭死而得生，出險至誠格。讀書廁士林，自負頗奇特。呼吸存亡間，幾人持定力？龍山五百年，清芬誦在昔。至今孤月明，猶照雙松黑。

息隱園五詠

鏡清幃碧之軒

一日不出門，便已塵世隔。鏡中心自清，幃外花全碧。色相苟能忘，何必在山澤。

樹芝館

採芝果何人，樹芝定此館。癯鶴比佳兒，但少梅花伴。一枝白雲中，踏雲我又懶。

吟青閣

山從六朝青，至今色不改。一杯明月光，借山抒魂磥。往往歌嘯聲，中有千古在。

欹屋

世路悲崎嶇，人情喻反覆。欹器古有誡，茲乃作欹屋。我心如水平，月斜幾竿竹。

竹風蕉雨之居

竹無風不韻，蕉無雨亦俗。翛然風雨中，掩映一天綠。東山上明月，高人秋睡足。

岳鄂王遺硯歌

硯陰刻「持堅守白，不磷不緇」八字，為岳王筆，下有謝疊山藏記，文文山銘，于忠肅、王文成題字，歸董思翁，今為先芝圃方伯所得。

宋室金甌嘆殘缺，岳家石硯猶瑩潔。唾手燕雲細字書，小朝廷事那堪説。軍中檄用麻札刀，點筆磨墨王親操。雅歌投壺意瀟灑，東松題寺秋風高。持堅守白平生志，不磷不緇君子器。三字獄成莫須有，紫玉一團同播棄。橋亭石重謝枋得，玉帶生傳文信國。藏之銘之賴二賢，此硯遂同徙南北。文采風流畫禪室，堂堂于忠肅王文成大手筆。紅羅幟上岳字標，精忠之氣硯寧銷？十七札皆帝所頒，病哭仰答黄龍山。三萬六千一百言，此硯不寫風波冤。金佗稡編珂也撰，未聞淚滴鸜鵒眼。想彼端方更確犖，骨節玲瓏嶒艮嶽。濕翠染遍青原峰，詩成壓倒黄涪翁。

贈先芝圃方伯

聞説蕉園公，遺藁十七束。阨於黄州火，上帝取作籙。克家我方伯，搜訪善輯續。黄州題警句，靈心天啟沃。坐客皆斂手，超妙遠塵躅。東坡邈難及，斜川世久矚。雲中宛委書，剔翠煩屢屬。茲獲笑言共，重以車騎辱。衣上匡廬雲，一片西江綠。卻餘下筆聲，洶浩吞巴蜀。靜言約真率，繁文誡華縟。書生不解事，草堂秋睡足。頗憶湖海内，故人多建纛。萬姓胥得所，我更有何欲。衣漸范叔袍，飽愧太倉粟。蟋蟀自有聲，要難比黄鵠。貢諛我未能，皋夔我君勗。

秋雨夜坐

似聞聲在竹，旋看水平池。病後尋無藥，秋來剩有詩。濕螢兼葉墮，孤鶴隔花窺。明月涼應重，茶煙出檻遲。

明祭酒陳文定公畫像歌

氣節凛凛經術崇，十年不調官南雍。僵卧碉壑如孤松，歷仕仁宗與宣宗。君維明聖臣維忠，乃有建安西川翁。在朝濟濟稱恪恭，娟嫉曷獨施於公。朝廷豈真才勿庸，是有天意非人窮。四箴可書幣不通，閹豎何物能取容？襄城高宴千花叢，一飲且盡三百鍾。白雲在天明月東，醉眼不亂紅粧紅。畫像今日生春風，吾將拜倒詩龕中。

題黄左田為王子卿所作畫

我生不識梅花樹，畫裏相逢徒慨慕。我生不辨江南天，夢裏相思四十年。兩個神仙各天上，煙水迷濛輒惆悵。月落未落人寂寥，花開未開地幽曠。圓照寺悄鐘聲孤，月色如水梅花鋪。吟成只有溪鳥答，酒醉合倩山僧扶。白雲迢遞黃河隔，冰雪高寒濯詩魄。寫出于湖舊草堂，梅花與客同標格。此筆蕭疏空一代，觸景懷人感興廢。草色時餘楚澤陰，石根猶染秦時黛。我家近傍鷗波亭，捲簾飽看西山青。君肯灑墨圖為屏，淨業湖水秋泠泠。

廣慈庵同己亭英貴太守夜話

枯僧化去三十年，佛閣燈焰青依然。二客對語倚禪榻，清磬相答聲聲圓。香廚斷續不滅火，坐久檐花開幾朵。生死江湖朋舊多，衰老猶存爾與我。君判川西兼領軍，使筆使劍徒紛紛。短鬢寒生破山雪，戰袍濕帶巴江雲。元戎年少兵符握，偏是青衫舊同學。不諳供帳逢迎工，但合莠良分別確。揭來剪燭秋庵涼，雨止滿地槐花黃。猛憶當時事科舉，滋味還是山中長。我每避囂居此屋，一院清陰數竿竹。伏枕愛聽蟋蟀吟，閉門怕展韜鈐讀。

書吳蘭雪題錢南園畫馬歌後

御史畫馬不畫肉，筆所落處神已足。博士題詩非題詩，發洩一段胸中奇。詩成擲筆向天笑，俗子那能知其妙。分明御史自寫照，夭矯權奇好材料。千金買骨世猶誚，吳生對此且歌嘯。天風浩蕩從西來，吹我湖上蓮花開。吳生踏月湖上回，青鞋布韈污秋苔。大呼良馬君子哉，恨不相逢御史陪。一時風義有千古，畫手紛紛安足數。人間徒重吳興紙，傲骨安能到如此。

答李怡庵如枚榷使

曩輯《雅頌集》，徵及尊公詩。尊公撫滇南，方略蠻夷知。作詩特餘事，宗派蘇黃遺。君今榷江關，先德憂弗滋。從容百事舉，孤寒尤念茲。使君坐中庭，口講手畫之。我嘗抱古經，不停松間披。豈無生徒列，空言招謗嗤。良材滿天下，採擇惟工師。廣廈果萬間，吾亦忘朝飢。

約鮑樹堂勳茂小飲適攜王惕甫書至

客從邗上來，告我樗園事。吾輩弄文墨，斯人竟廢棄。鮑叔知我者，一樽共秋意。野水綠半城，斜陽媚孤寺。人與清風來，雨帶白雲至。酒戶約比隣，詩卷壓歸騎。沙汀鷗自飛，何必驄馬避。在山與出山，士貴各有志。

題萬廉山梅花即寄廉山索畫

兩峰畫梅花，曾無一筆敗。廉山畫梅花，意在梅花外。風雪居長安，日負梅花債。兩峰長已矣，尺幅十金賁。今年夏酷熱，驕陽草堂曬。日臥松竹間，有風不暢快。千里江南春，枒槎北窗掛。廉山善治民，或卽如作畫。瀟然退食暇，閉門寫幽怪。驛使肯相寄？敢以詩為介。

送仰山鍾昌之貴州兼懷尊甫耐園伊湯安觀察

君家老詩翁，髫歲同筆硯。今雖志大行，猶日擁萬卷。方今黔以西，文教日於變。詩書氣醞釀，可以息征戰。無事坐官閣，但揮白羽扇。君今買秋帆，彷彿尋巢燕。酒情紅樹遠，詩境白雲羨。計日抵蠻州，梅花滿僧院。凍竹時出林，江魚定入饌。剪燭鈔翁詩，寄趁驛使便。

瑤華道人竹趣圖歌時為道人校定詩集許作畫見酬

道人落筆有秋氣，秋雨瀟瀟寫竹意。門外紅塵十丈飛，堦下綠雲三尺漬。千杯百杯道人醉，雨止未止道人睡。詩成殘墨猶在壺，放眼萬梢十指寄。書生寡營外務棄，愛向秋園弄寒翠。清泉繞屋聲不喧，黃葉滿林我獨至。何人領此蔬筍味，玉板參禪特游戲。但求瀟灑傍溪山，不愿杈枒拄天地。深宵剪燭讀奇字，高文典冊難強記。牆根暗火逗疏螢，巷口清風散歸騎。白石老翁真好事，移竹曾寫慈恩寺。沈石田曾為李西涯寫慈恩寺《移竹圖》。北海而今缺酒樽，西涯誰肯圖荷芰？

送英己亭還西陽州任己亭太守銜

君從西州來，還向西山去。西州江水天下無，西山藏書貯何處？大禹事隔五千載，江花江鳥今猶在。與君相別曾幾時，兩鬢星星看都改。哀猿夜叫嘉陵西，大船小船飛渡溪。將軍下令賊穴搗，太守親手搥征鼙。風雨倏忽弓刀鳴，死且不計何論生。前軍立掩白蓮壘，萬騎仍歸細柳營。議功太守膺異等，宛轉秋江泛煙艇。猛憶空山夜讀書，樓頭春夢風吹醒。桐鞋朝踏東華塵，釣絲夕理西涯綸。江亭聞笛各惆悵，淚痕猶漬青袍新。十七人中八叉手，庚子科留館十七人。未免高寒受獨久。三山望見不可登，此生只合漁樵友。五馬到日梅花開，一花開勸一銜杯。詩成編作劍南集，驛使和春同寄來。

高枕

萬竹逼人涼，蕭然身世忘。暗螢吹火碧，秋燕落泥香。夜靜心俱遠，官閑病不妨。閉門且高枕，安用沈蘇方。

憶舊

憶我兒童日，時時貧賤憂。江湖成遠夢，軒冕半同游。白日何人繫，黄金不可求。夜深明月上，吹笛水邊樓。

送别

宦途難逆料，遠别易傷神。落日下高樹，衰年逢故人。夢長詩易好，酒淺話偏真。自古多愁客，時時猿鶴親。

西涯

西涯涯下水，長為老夫流。一夜凄涼雨，前村遠近秋。如何今日酒，仍引去年愁？寄語乞詩者，吾將漁釣儔。

晚渚

晚渚白鶴涼，疏星帶水光。山多浮遠翠，樹只剩微黄。古寺月初冷，斷橋苔更香。樓鐘醒客夢，最是五更長。

獨立

白髮不能换，青鸞安可騎？風雲愁阻隔，花竹種參差。醫俗原無藥，娱情只有詩。可憐人睡後，扶杖立空墀。

月橋

坐殘月橋月，忽響鐘樓鐘。此地惟荒草，當年有碧松。酒樓誰繫馬，僧院又聞蛩。濃淡西山色，飛來第幾峰？

秋寺

玲瓏幾樓閣，明滅半煙雲。秋氣隨人至，泉聲到寺分。文章天上有，富貴夢中聞。悟得清微旨，胸中少垢氛。

空谷

不知空谷裏，别自有煙霞。斷水明蒼石，秋陰上野花。鶴飛松葉亂，蟬墜柳枝斜。笑語茅茨底，漁家共酒家。

山夕

耳喧泉萬道，目極柳千條。鶴與人爭路，溪將樹作橋。壯懷消筆硯，前路託漁樵。雨洗松間石，彈琴慰寂寥。

送友人還蜀

馬影入殘月，猿聲低暮鐘。風雷爭一水，煙雨失諸峰。黄菊行堪把，赤松安可從？梅花使君迓，官閣且扶笻。

書竹泉詩後

萬竹動參差，飛泉百道馳。野風秋水外，明月此君宜。老鶴飛空遠，孤琴出響遲。空舲憶猿嘯，哀怨似吟詩。

南唐澄心堂冰玉琴歌

棲隱廬山筑仙館，帝臺春句諧簫管。南海遠獻龍腦漿，九十二種香盈囊。元日登樓賞春雪，圖書絲竹都稱絕。華堂清艷澄心題，當年誰此箴規遺？瑤琴本是鈞天物，北苑粧成南國拂。空山流水兩三聲，人間但覺風飈欻。琴背分明細字刊，保大二年製造官。玉堂晝永御詩下，金徽響播松風寒。飲香亭畔觀蘭口，紫雲夜擁十琴出。因其為丙冰玉名，臣億希正所甲乙。長春殿圮鶴空飛，小樓昨夜東風微。秣陵王氣漸消歇，振羽沉官不可揮。焦桐埋沒隨荒草，河山一角猶難保。元祐淳祐幾何時，泗水河南空見寶。慶亭愛菊兼愛琴，白髮黯黯情愔愔。讀書得間小見大，蒼茫萬古蘇齋心。霜竹寒松字遒勁，彌勒一龕今昔映。筆勢居然擬撮襟，字法直堪溯書聖。草堂寂寞秋煙昏，四壁猶有寒蛩喧。老大愛琴勝愛菊，灑墨手搨東籬根。

訪蓮龕繼昌夜話時蘭雪留宿齋中因讀近詩

無月水明夜，蘭雪句。此時秋在心。坐來螢火暗，不覺夜堂深。舊雨三年別，新涼兩鬢侵。莫嫌更漏短，高樹未星沉。

陶季壽約同人小集江亭

衝水車聲似放船，葦塘煙濕佛爐煙。尋巢秋燕驚時晚，避俗閑鷗占地偏。今日山光容我看，他年詩句定誰傳？柴桑家法沅湘客，倘許前賢讓後賢。

江亭即事

一雨江亭萬綠收，半城煙樹極空浮。西風柳葉難青眼，北地蘆花易白頭。此會許誰詩壓卷，人生幾度酒盈甌。蟹肥菊瘦尋常事，何必重陽始感秋。

後竹趣圖歌

道人畫竹衹畫趣，觀者那能知其故。酒氣拂拂十指騰，秋煙漠漠空堂度。澹墨爭教乳鳳憐，暗香直被籜龍妬。槎杈底向胸中生，頓挫全從空處悟。頃刻玉板枯禪參，依稀菜把園官誤。草堂百事都不宜，冷宦十年何所慕。新筍成竿一丈雲，濃綠繞門三尺霧。涼天無月逗疏螢，破帙有風走殘蠹。盥手花氣薰燈前，回首粉香吹日暮。

和周希甫有聲太守見贈

莫漫相逢嘆二毛，十年握手氣猶豪。梅花繞屋蠻雲冷，春酒浮樽海月高。詩筆已堪齊鮑謝，政書直欲壓蕭曹。南人不復愁征戰，陌上斮牛賣佩刀。

題合作詩龕圖有序

朱自庵覽奚鐵生所作圖，摹為此卷。適鐵舟僧見而皴之，攜示夢禪、甫山、間泉，益以松石水竹，野雲渲染，而素人色澤成幅。評詩者以羚羊掛角、無縫天衣為極品，此又何減耶？賦詩以志。

我生交畫師，約計十餘人。夢禪老居士，八十猶嶙峋。甫山最迂懶，當是倪瓚倫。朱家四昆季，六法皆精純。鐵舟乃緇流，下筆能通神。託跡春明城，來往詩龕頻。邱壑胸中滿，鷗鷺時相親。人中有顯晦，紙上無屈伸。咫尺茅庵中，倏忽秋無垠。豈是芙蓉花，萬朵凌高旻。妙手雖空空，詎廢染與皴？物外運以心，即物生鮮新。羚羊何以掛，天衣誰所紉？化工不言工，工極翻失真。吾為詩記之，猶恐煙墨淪。

八月初九日掃墓諸同人約游湯泉明陵一帶期而不至惟定軒給諫偕往

掃墓擬獨行，同人約共往。古語無宿諾，此期竟可爽。獨有定軒老，時作出塵想。花竹愛蕭疏，山水情悒怏。隔夜整驢鞍，呼童攜鶴氅。亦有斜川兒，令子隨往。奉以紅藤杖。敝廬久傾圮，野寺尚莽蒼。乃藉清冷泉，滌去生平坱。三杯酒氣豪，萬古詩懷蕩。可惜謝薌泉與吳蘭雪，平日誇骯髒。浪費買醉錢，不辨尋山緉。

薊邱

積土成岡陵，乃有蜿蜒勢。百家列闤闠，京邑藉拱衛。我適驅車來，正當雨初霽。炊煙茅屋掩，秋樹孤城蔽。病僧睡松根，廢寺出雲髻。風高馬蹄縱，露冷蟲響細。農喜沽酒歸，日午柴門閉。

清河道中

隴背驅烏犍，道旁拾紅秫。天然農樂圖，畫師寫不出。富貴吾所愿，干求苦無術。只可隨漁樵，夷宕娱夙日。兵革早消歇，民物況安吉。草荒戰壘平，沙寒雁飛疾。惟有青山多，蒼茫赴詩筆。

湯泉

坋垢幾無垠，到此滌欲盡。秋陰散土花，細路吐石菌。老松乾曬脯，新竹亂抽筍。聞說五六月，荷氣山雲引。疑入江南村，詩才我亦窘。枕頭明月高，流水聲淒緊。

聖泉寺在小湯山

誰割白浮山名腴，擲此萬翠裏。峰岫散嵐靄，形勢列案几。流淙晝夜響，不識何年始。山骨鑿無縫，撫之有脈理。涓涓一滴泉，潴為千萬水。天風詎能凍，霜雪任填委。僧言桃柳樹，先春發青紫。何不買梅花，種向河之涘。

法雲寺在昌平城東南郡村

昔游畫眉山，曾憩法雲寺。茲乃寶泉遺，北枕天壽翠。花竹雖數叢，門逕極幽致。客欲鈔碑文，僧已捉筆至。因述十三陵，規模資掌記。果涼散午炎，茶清醒晨醉。我喜草閣靜，正欲抱石睡。莽莽黃塵飛，乃為投詩騎。

天壽山

西出昌平城，北望天壽山。磊落十三陵，參差高下間。紅門接碑亭，迢遞排雲鬟。鑿石象人物，儼奉蓬萊班。黝黑萬松檜，蕪沒千榛菅。翠岫爭岧嶢，翹首非塵寰。惟有河水聲，不復流潺湲。王氣此忽盡，天意誠哉艱。成祖實叛背，負扆良忝顏。遠避金陵門，來塟居庸關。峰頭只十三，此外皆汀灣。我朝禮遇隆，異代殊恩頒。採樵不敢入，石樹交暄妍。飢鼠下飲綠，秋禽飛啄煙。野花補斷橋，積葉堙寒泉。白晝日陰森，古殿風迴旋。鬼物與趨蹌，虎豹時蹁躚。蒼茫萬古胸，到此憂心煎。回首王公墳，壘然峙道邊。吁嗟科目流，乃不知中涓。王承恩墓在思陵側。

望居庸山不至

犖確石聲微，鴉軋車聲續。斜陽忽下林，老馬行且蹜。因念山邃險，路纔容車轂。蒼煙如水來，軍都山名喜在目。若者溝溝崖，若者石峽谷。溪光與山色，滿貯詩人腹。從前戰伐場，今日明月屋。如何刀頭血，化作溪上菊。絕少寄書鴻，時逢帶箭鹿。西風黃葉灑，萬疊翠雲矗。

燕平書院

荒涼山館中，乃逢此亭樹。綠雲柳塘暗，明月竹窗暇。老馬怯長途，寒蛩入深夜。山中景幽怪，夢裏猶驚怕。宦興老年減，秋光半日借。睡起數殘星，聲聲黃葉下。

狄梁公祠余曾著梁公論

春秋責賢者，我論公生平。若為世儀表，公允唐廷英。有舉莫或廢，廟貌今崢嶸。寒蛩咽涼露，如聞嘆息聲。我來踏黄葉，沙月檐頭明。照見野菊花，秋殿顔色矜。

劉諫議祠

登科者有愧，公論非譽之。上書詆時務，投筆安茅茨。乃埒昌黎公，異代尊為師。古殿久零落，老樹仍離披。至今松檜枝，猶帶雲霞姿。我入昌平城，先訪諫議祠。斜陽下頹垣，荒草蕪空陂。徘徊短鬢搔，敗筆題秋詩。

沙河舊名鞏華城

宛轉戾陵堰，淼漫車箱渠。沙河兼白河，脈絡皆溫餘。石橋臥長虹，雲際風卷舒。沙來時落雁，沙去時見魚。小坐楓樹根，紅葉打我驢。豈無白髮翁，無意求奇書。霜栗貯一囊，秋菘藏半廬。謝彼鳳山鳳，且去漁陽漁。

贈昌平牧戴懷谷

西有幢幢水，北有溝溝巖。斗大昌平城，山水實不凡。日煊萬峰岫，霜勁千松杉。時坐衙齋中，老圃秋菘芟。遥知明月光，猶在樓西銜。濁酒斟一壺，書開故人函。醉墨寫淋漓，緑濕芭蕉衫。

周載軒給諫出彈琴畫卷索詩

我昨題詩冰玉琴，澄心堂字筆畫深。一彈再鼓聲愔愔，高山流水誰知音。載軒自是柴桑客，白髮坐老松間石。人疑明月是前身，我道梅花此標格。西堂颯颯秋風生，蟋蟀不比鸞鳳鳴。夜窗飄蕭黄葉下，老梧黯淡青蟲行。淒清轉憶米顛句，詩中大有琴中趣。萬重山隔萬重雲，目極匡廬彭澤路。

唐伯虎寒林高士圖

黯黯者樹荒荒山，老子終日柴門關。草堂黄葉伴岑寂，斷橋活水流潺湲。乞砂採藥從誰始，果否神仙真不死。縹緲青天十二樓，蒼茫大海三千水。高士放浪煙霞中，讀書飲酒人所同。山風山雨年年換，那教陳跡留吾胸。忽對老梅長太息，似爾枒槎世豈得。無花益覺風淒涼，抱獨何妨月昏黑。唐生本是落魄人，時以絹素傳精神。自知榮悴關天意，不寫朱門富貴春。我每借詩論作畫，落筆先須除芥礨。枝枝葉葉儘容刪，竹外水邊寄幽怪。

同人集韻亭侍郎齋中余以雨阻留宿

我每登斯堂，徘徊不能去。秋氣先客來，雨聲併一處。畫師四五人，各自寫心素。張顛船山雖嗜酒，醉語雜詩趣。紅燈忽照壁，虛庭積寒霧。主人早投轄，黃葉悵歸路。林雅暗無聲，巷柝響不住。藤枝借風勢，夭矯西窗怒。幽淙漸漱石，濃綠不掛樹。我擁布衾坐，拳足比沙鷺。奔騰感歲晚，瀟灑送日暮。良朋得數輩，開樽便把晤。紙帳臥風煙，竹榻捫星露。黃菊與紫蟹，我更何所慕？埋頭故紙中，任人嗤老蠹。

再題寒林高士圖

閉門詠新詩，不問塵世事。但覺溪頭梅，慘慘著綠意。白雲半隱樹，黃葉盡委地。時有打門人，載酒問奇字。明月未上樓，難辨水南寺。斷續鐘梵聲，驚醒沙鷗睡。此景最閑曠，吾欲尋詩至。借題小西涯，添寫萬荷芰。湖雨作晚涼，岸風醒薄醉。倚石發孤嘯，側耳聽松吹。

九月初八日止宿秋隱山房答吳蘭雪

風雨不作秋，出城訪寒菊。登山踐夙約，乃就秋齋宿。主人誠賢豪，客亦鮮塵俗。揚州自有花，匡廬豈無竹。但覺平生句，只欠西山綠。明日翠微頂，詩卷隨意續。蔬筍氣味好，勿勞攜酒肉。

重陽日五更即起出太平莊抵翠微山甫曙

山情滿貯胸，伏枕不能寐。林風颯有聲，庭月欻西墜。驢鞍隔夜整，竹杖預期備。疏星炯在天，殘水綠于地。沙明辨遠村，樹密隱孤寺。稻田與漁莊，每觸江湖思。秋山媚佳客，高髻絢新翠。初陽四峰亂，微霜萬葉醉。我本瀟灑人，簪紱久欲棄。厭看長安花，松間時一至。閑居念陶公，高齋抱書睡。陶季壽約而未至。

三山庵次吳蘭雪韻

塵壒漸已遠，苔蘚侵我衣。寺門落山影，鳥噪人聲稀。乃有檐際暄，拓以林間霏。花氣閟一庭，磬響開雙扉。幽廊啓南榮，參差松竹圍。顏色自深淺，匪藉東峰曦。別此已四年，林綠猶依依。我思葆晚節，感物憐芳菲。日處紅紫中，焉能謝絆鞿？五嶽不可到，三山焉肯違。芭蕉綠成天，楓柏紅吐微。笑他杜牧之，博士風堪希。拈花即詩境，擊鉢皆禪機。清狂嗤孟嘉，擲筆長歔欷。

隱寂寺次蘭雪韻

青天漸低境忽僻，回頭已失來時跡。怪樹訝從盤古植，白日暖暖風瑟瑟。我筆恨無一千尺，題詩焉敢汙翠壁。黃葉如雲補石隙，不知是雲還是石。僧從葉底穿雲出，勸客且坐山之脊。幽澗無水野花碧，鐘磬不響齋堂寂。

龍泉庵次蘭雪韻

入門但覺松栝森，坐久乃知山落陰。老龍何年此棲伏，寒泉汩汩流至今。怪石倚階本蒼黑，近歲況復皴秋霖。僧雛移立補牆缺，游客指是星精沉。博士愛泉識泉處，手撥黃葉松根尋。濃墨新詩寫粉壁，登樓擁鼻低徊吟。山靈對爾羨神妙，鈎月掩抑西山岑。涼潭不照霜鬢短，清磬忽度雲堂深。孤鳥喚醒下方夢，秋花傷盡才人心。君倘攜琴奏水調，千巖萬壑皆松音。

香界寺

香界太行支，有寺枕其股。舊雖稱平坡，萬山入仰俯。眾鳥飛欲絕，一鈴靜可數。莊巖茲最勝，幽偏我所取。茅庵如扁舟，但少幾聲艣。湖波與山翠，依微藉手撫。山亭望昆明湖，萬壽山如在其下。落葉半尺深，乃不因風雨。孤松蔽斜日，野蔬散寒圃。嫣然紅蓼花，隔牆一枝吐。我欲過溪行，白雲蔽廊廡。

寶珠洞

山行無路阻絕壁，古樹根穿盤陀石。夕陽一片下盧溝，搖曳千千萬山碧。河聲直挾崑崙來，東之以山波陡回。猿聲鶴聲聚峰頂，游人到此空徘徊。吳生讀書喜幽邃，使筆文塲慣掉臂。踏實了無縮地法，行空似有摩天翅。黃葉以外皆白雲，下方鐘磬何所聞。鴻鵠拍江夢清遠，松櫟不響秋氤氳。白晝燒燈尋古洞，洞口蕭瑟西風送。土花得氣紅可憐，石乳生香森欲動。生平愛坐彌勒龕，世味酸鹹初未諳。玉泉瞥落甕山底，好從山北看山南。

次和蘭雪半幅精廬月中聞笛

山月依微吐松頂，松陰滿院孤煙暝，坐久滿身寒綠影。敗葉風送如歸潮，隔溪不見楓根橋，平林荒草秋蕭蕭。半幅精廬對山起，十丈紅塵隔夜洗。暫時放眼入空明，往日填胸幾煙水。香山甕山落杯底，玉泉流出山之嵴，詩聲泉聲振兩耳。醉眼不管山花碧，殘酒淋漓雜殘墨。秋夢忽醒風外笛，萬里歸來卧寒石。老僧寂寞雲堂空，石鼎聯吟一笑逢，倔強我愧昌黎翁。

宿三山庵半幅精廬看月

看花不及看月好，看月只要登樓早。我宅差憾無書樓，辜負長安多少秋。登高直躡翠微頂，塵夢十年今始醒。把酒東堂松竹閑，茫茫者月蒼蒼山。白露横空密如雨，黃葉驚風出林舞。洞簫宛轉雲中吹，神仙忽感飄零悲。搖步翻疑涉滄海，蘆花蕭瑟扁舟在。有客新從彭澤來，東籬飽看菊花開。鄱陽湖水明月色，去年此日芳樽側。身寄長安心戀家，夜深那不思天涯。勸君放筆寫奇句，山中重陽能幾度？

初十日五更即起雨聲不止曉晴始歸

月色尚掛眼，雨聲忽響樹。誰撮千萬峰，飄忽入寒霧。造物若有意，陰晴旦夕遇。殆使游山人，遍領山中趣。停車楓林下，暫向白雲住。東風送初日，嵐翠照迴互。客散飢雅噪，葉落棲鴿怖。回頭語山僧，壁詩好籠護。

是日李春湖宗瀚學士招同人看菊余與蘭雪由翠微山冒雨趨赴余獨留宿

風露尚滿衣，花竹正出檻。學士雅好事，嘉會重陽展。博士惟高曠，看菊興不淺。冒雨西山歸，山色餘婉孌。酌酒花枝前，惆悵翠微眄。而我閉戶久，登峰增愧勉。朋舊結老成，話言具型典。今夜坐庭月，昨宵臥石蘚。江湖各有懷，我思在秋巘。